Ihr persönliches,
unverkäufliches Leseexemplar

Der Titel erscheint
am 2. September 2019
bei Heyne Encore

Bitte besprechen Sie dieses Buch
nicht vor diesem Termin.

Bitte lassen Sie uns Ihre Meinung
zu diesem Leseexemplar wissen –
mit beiliegender Postkarte
oder per E-Mail an
meinemeinung@heyne-encore.de

RÜDIGER BARTH

DAS HAIFISCH HAUS

ROMAN

WILHELM HEYNE VERLAG
MÜNCHEN

Sollte diese Publikation Links auf Webseiten Dritter enthalten, so übernehmen wir für deren Inhalte keine Haftung, da wir uns diese nicht zu eigen machen, sondern lediglich auf deren Stand zum Zeitpunkt der Erstveröffentlichung verweisen.

Unter www.heyne-encore.de finden Sie das komplette Encore-Programm.

Weitere News unter www.heyne-encore.de/facebook

MIX
Papier aus verantwortungsvollen Quellen
FSC® C014496

Verlagsgruppe Random House FSC® N001967

Redaktion: Jürgen Teipel
Umschlaggestaltung: Johannes Wiebel | punchdesign unter Verwendung von Motiven von © shutterstock (Ilya Khuroshvili)
Fotos Vor- und Nachsatz: Erik Weiss
Satz: Satzwerk Huber, Germering
Druck und Bindung: GGP Media GmbH, Pößneck
ISBN: 978-3-453-27239-2

Für meine Familie

Das Licht schwindet, und obwohl jeder das aufeinandergetürmte Gewicht all dessen spürt, was vorher geschehen ist, müssen die Spieler noch in der Gegenwart spielen, müssen sie noch die Vergangenheit beiseiteschieben, um einen weiteren Aufschlag zu returnieren, während jeder einzelne Zuschauer sich fragt, wie sie es machen – nicht nur, sich den Schlag vorzustellen, sondern auch, im Geiste nicht vorzupreschen und sich Niederlage oder Sieg auszumalen. Ihr Verlangen verbirgt sich im Spiel selbst.

Leitartikel in der New York Times *zum Wimbledon-Finale*
Rafael Nadal gegen Roger Federer (Juli 2008)

Ein Spitzensportler beim Ausüben seiner Sportart ist eine kostbare Mischform aus Tier und Engel, die wir unschönen Normalsterblichen in uns selbst schwerlich erkennen können.

David Foster Wallace

Die Nummer eins ist das Einzige, was zählt, John. Das weißt du so gut wie ich. Wenn du Nummer zwei bist, kannst du genauso gut Nummer drei und vier sein. Dann bist du ein Niemand.

Björn Borg zu John McEnroe, nachts in einer Hotelbar,
irgendwo in Amerika (November 1985)

NULL

Ich halt mich fern von Verlierern. Das schleicht sich sonst so rein. Wie 'ne Krankheit, wie die Grippe oder Masern. Das fängt in den Synapsen an und landet dann in den Fingern. Kribbelt wie verrückt. Und dann kriegst du das Weiche in der Birne nicht mehr raus. Miloslav Mecir hat mal von unten aufgeschlagen, weil er von oben nicht mehr konnte. Das war lange vor meiner Zeit, aber in der Kabine haben sie immer davon angefangen. Ich irgendwann auch, um die Jungen zu erschrecken. »Echt?«, haben sie gesagt. Große Augen. Und dann haben sie selbst gewackelt. »Das kommt vom Nachdenken«, hat Erdmann immer gesagt. »Nachdenken ist beim Tennis ein brachialer Fehler.«

Ich logge mich ein und setze zweitausend, dass DiMarco dieses Spiel gewinnt. Einfach, wie er zum Aufschlag läuft. Der sichere Griff. Ich seh so was. Ich weiß so was. Es gibt Menschen, denen sieht man an, dass sie Sieger sind. Und den anderen, dass sie, wenn's drauf ankommt, weich in der Birne sind. Dass sie es vermasseln.

Verlieren ist schlimmer, als Gewinnen schön ist. Das begreift natürlich niemand da draußen, aber das ändert nichts daran, dass es stimmt. Da tut sich ein Loch im Boden auf, und du verschwindest darin. Und das Loch hast du dir selbst gegraben. Wie bei einem Duell im Western. Der Kerl, der hinfällt, ist tot, und damit hat sichs.

DiMarco hat den ersten Satz abgegeben, aber ich glaube noch an ihn. Die Quote, dass er das Match rumreißt, liegt jetzt bei sieben zu eins. Ich glaube trotzdem an ihn. Das ist eine Sache des Gefühls. Das hat man oder hat's nicht. Ich habs's.

Ein Therapeut in Burlington, Vermont, sagte mir mal, ich würde oft das Wort »ich« benutzen.

»Ich?«, habe ich geantwortet. »Was wäre die Alternative?«

Das war am Anfang der Entgiftung. Hat lange gedauert. Hat keiner mitbekommen. Kostete viel Geld, dass es keiner mitbekommen hat. Als entgiftet entlassen zu werden hörte sich gut an.

Aber es gibt ja viele Arten Gift.

Vor dem Smartphone kauern und auf Sport wetten, ist in Wahrheit Leistungssport. Man muss hoch konzentriert sein. Man darf keine Fehler machen. Sobald die Wette platziert ist, stelle ich das Fernsehbild aus und schaue auf den Liveticker. Ich weiß, es nimmt den Burschen auf dem Platz ein wenig von dem Druck, wenn einer weniger zuschaut.

DiMarco führt im dritten Satz. Er muss seine Aufschlagspiele nur durchbringen, nur weitermachen. Was manchmal das Schwerste auf der Welt ist. Manchmal tritt man trotzdem aufs Gas und fährt gegen die Wand. Alles erlebt.

Ich mache den Livestream an. Man muss sich dem Elend stellen.

Während DiMarco zu rutschen beginnt – ich sehe es ihm an, seine Oberlippe flattert, seine Rückhand schiebt er statt zu schlagen –, setze ich tausend Dollar auf die Chicago Bulls gegen die L.A. Clippers, drei Komma fünf zu eins, ich setze auf Lewis Hamilton beim Großen Preis von Spanien, vierhundert Dollar und vier zu eins, ich setze darauf, dass Dembélé beim Spiel des FC Barcelona gegen den FC Málaga das erste Tor schießt, hundert Dollar und zwölf zu eins, und die restlichen zwanzig Dollar sind schon weg für Miller Lite.

Meine letzte Wette für heute. Nicht zu spät ins Bett, keine Drinks mehr oder nur noch einen, einen schnellen, sonst wird der Flug der Horror. Ich würde auch gar nicht fliegen, wenn's nach mir geht.

Aber Liv Hansen … Sie schreibt sonst nie. Ich hätte ihr vielleicht mal antworten sollen. Nur auf ihre Fragen. Ihre Art, in mich reinzuschauen – das hält man auf Dauer nicht aus. Jetzt hat sie wegen Dagmar geschrieben: »Komm, bevor es zu spät ist.«

Zurück in Deutschland, werde ich so tun, als ob alles okay wäre. Als wäre da nicht ein einziger Scherbenhaufen, den man sich am besten mit dem Fernglas anschaut.

DiMarco lässt jetzt los. In seinen Augen steht alles. Ich sehe es und weiß, dass er es nicht aufhalten kann. Sein Körper tut noch so, als wehrte er sich. Seine Gedanken sind schon weit weg. Das ist interessant.

Lamenteaus verdammte gebräunte Faust. DiMarcos ausgestreckte Hand. Zweitausend Dollar flöten. Vielleicht wollte ich auch nur Lamenteau endlich verlieren sehen. Erleben, wie ihn einer vor sich hertreibt, aber auf eine Art, die der Herr nicht erwartet; dass seine Fassade bröckelt; dass man sieht, was dahinter ist. Ich bestelle mir noch ein Bier. Ich werde nicht mehr wetten, nie mehr.

Oder ich muss mir früher die Augen anschauen. Man bräuchte eine Eye-Cam. Nur auf die Augen gerichtet. Dann wäre ich vermutlich unbesiegbar.

EINS

1

Sie nannten es das Haifischhaus, und niemand hat je bezweifelt, dass dies der richtige Name war. Es stand auf einem Felsvorsprung, gut zehn Meter über der mit Kies und Steinbrocken durchsetzten sandigen Bucht. Für den Bau war vor vielen Jahren ein dunkles, harzig duftendes Holz verwendet worden, Schiffszimmerleute hatten ihn errichtet. Aus seinem Dach wuchs ein Turm wie ein Baum.

Am späten Nachmittag sah Toto von der Terrasse aus schweigend zu, wie die Jachten auf der Flensburger Förde ihre Segel herunterholten und nach Südwesten hielten, in Richtung des Hafens von Steinhagen. Das Blubbern der Diesel hörte er noch, nachdem die Schiffe um die Landzunge verschwunden waren. Die Fischerboote hörten sich anders an, rauer. Das Licht der Küste hatte er gleich wiedererkannt. Das war das Erste gewesen, was ihm in Deutschland vertraut vorgekommen war. So leuchtet nur der Himmel über der Ostsee, wenn der Raps blüht. Das andere war fremd. Er fühlte sich wie schwerelos, das lag am Jetlag. Nur das Licht, nur der Himmel.

Mit der Dämmerung kam ein kühler Wind aus Nordost auf. An den Fuß der Klippe begannen Wellen zu schlagen, und er ging hinein. Erdmann entfachte im Kamin gerade ein Feuer, mit reibenden Händen schaute er den Flammen zu, pfiff dabei lautlos ein Lied. Sie tranken zu viel, an diesem ersten Abend des Wiedersehens.

Sie brauchten den Wein, um sich zu erzählen, wie es ihnen ergangen war. Sie brauchten den Wein, damit Erdmann von den anderen erzählen konnte – den Sherpas –, wo sie sich gerade herumtrieben. Sie brauchten den Wein, um über Toto Berger sprechen zu können, den Mann, den die Welt Mount Berger genannt hatte.

Es war spät, als sich Erdmann verabschiedete und mit schwerem Gang hinauftappte, wo Dagmar hoffentlich schlief. Toto, noch immer ruhelos, setzte sich ans Kopfende des Eichentischs. Seine Hände hinter dem Nacken verschränkt und die Ärmel des Hemds bis zu den Ellenbogen hochgeschoben, sodass sich das Spiel der Muskeln auf seinen Unterarmen abzeichnete. Fast so, als gehörte ihm der nächste Tag.

Früher war sein rechter Unterarm viel dicker gewesen als der linke. Berufsanomalie.

2

Warten war was für Verlierer. War es immer gewesen.

Die Augen halb geschlossen, vernahm er den Bass seines Pulses, seinen gleichmäßigen Atem, das Flüstern der Ostsee. Der Strandhafer knisterte, von einer Böe bewegt. Vielleicht lag es am Himmel, der sich wie eine hellblaue Folie über dem Meer spannte, oder an der vorsichtigen Wärme, die aus dem Sand aufstieg. Vielleicht ja nur daran. Das Vermissen drang jetzt wie etwas Dingliches in ihn ein, schnitt in die Tiefe. Das Vermissen entsprang einem Sehnen, das aus einer Welt jenseits der Gedanken stammte. Nicht zu greifen, dieser Dorn, nicht herauszuziehen, aber irgendwie auch beruhigend.

Als würde das helfen, sprang Toto auf, ging zum Bohlenweg, holte Schwung, kippte mit dem Oberkörper nach vorn und stand auf seinen Händen. Unter den Fingerkuppen spürte er einzelne Sandkörner auf dem rissigen Holz. Er knickte etwas in den Knien ein, das erleichterte die Balance. Er konnte das Meer hören und riechen, den trocknenden Tang und das Salz, aber er sah es nicht mehr. Wie er sich zum Strand vortastete, baumelte vor seinen Augen weißer Stoff.

Fünf, sechs Meter hatte er geschafft, da begann ihm der Schweiß von der Stirn in die Haare zu rinnen. In seinem Kopf staute sich das Blut, und die Adern an den Schläfen pochten. Als er endlich mit den Händen versank, ließ er sich zur Seite fallen und landete mit dem Gesicht halb im Sand. Etwas fuhr ihm in die Lendenwirbel. Sand klebte auf der Zunge, im Ohr, zwischen den Zähnen, in den Nasenlöchern. Am Abgang würde er arbeiten müssen.

Ein paar Sekunden lang blieb er bewegungslos liegen, dann rappelte er sich auf und klopfte sich ab. Böiger Westwind, der die See furchte. Das Wasser war so frisch, dass ihm der Atem stockte, doch er watete weiter, bis es tief genug war, um zu schwimmen. Als Kind hatte er seine glücklichsten Momente an der Förde erlebt. Baden, wenn noch kein anderer badete oder keiner mehr, das Meer erobern, Atem holen, untertauchen –

Stille.

Unter Wasser machte er noch einen Handstand, wobei er sich mühte, die Beine bis in die Zehen zu strecken. Wasser lief ihm in Nase und Ohren, er kam wieder hoch. Prustend schaute er sich um. Ein paar Meter weiter führte der verfallene Pier, an dem vor langer Zeit Ausflugsdampfer festgemacht hatten, weit ins Meer hinein. Toto watete zurück an den Strand und griff in seiner Tasche nach dem Kästchen, das er mitgebracht hatte. Er öffnete es ein letztes Mal, strich über das Gold, das das Kupfer bedeckte.

Ich schenke es dir, Tom Torge. Mach mir keine Schande.

Behutsam öffnete er die wasserdichte Hülle, steckte das Kästchen hinein, legte zwei große Kieselsteine dazu und verschloss sorgfältig den Beutel. Im Wasser tastete er sich an den Pfeilern entlang. Als er den Boden unter den Füßen verlor, schwamm er weiter, bis er unter Wasser das letzte Betonfundament erkennen konnte. Hier tauchte er in die Tiefe. Mit den Händen grub er am Sockel Richtung Land eine Mulde, presste den Beutel hinein und bedeckte ihn mit einem Kissen aus Steinen. Erst nach drei Tauchgängen war er zufrieden.

Hinterher warf er sich auf sein Handtuch im Sand und ließ sich von der Sonne trocknen. Kein Mensch außer ihm war zu sehen. Eine Sonnenbrille wäre nicht schlecht gewesen. Mit den Handflächen trommelte er auf Bauch und Brust das Gitarrenriff von »Smells Like Teen Spirit«.

Dangdang
Diddeldiddeldi

Dangdang
Diddeldiddeldi
Dangdang

Angenehm gerundet, so fühlte er sich. Die paar Kilo zu viel waren nach all den Jahren seine kleine private Revolution gewesen. Die hatte er sich anfangs gegönnt, wie andere sich eine Fünf-Sterne-Kreuzfahrt gönnen. Nicht mehr den ganzen Tag nachdenken zu müssen, wie er sich verbessern könnte, war Luxus. Außer Form sein zu dürfen war Luxus. An einem Tag wie diesem keinem Trainingsplan folgen zu müssen war Luxus.

Nachdem er ein Weilchen gedöst hatte, setzte er sich auf und betrachtete seine Beine. Die Operationsnarben zu beiden Seiten der Knie schimmerten wächsern, und wenn er darüberstrich, war die Haut bar jeden Gefühls. Auf den Rücken seiner Zehen wuchsen Härchen. Hatte er noch nie wahrgenommen. Die Härchen waren weich und gaben unter dem Druck seiner Finger nach, federten hinterher aber zurück in ihre Ausgangsstellung, als wären sie nie gebeugt gewesen.

»Smells Like Teen Spirit«. Nirvana. Anfang der Neunziger das, was die großen Jungs gehört hatten. Die Stimme einer Erlösung, von der er als Jugendlicher erwartete, dass sie kommen werde, bald.

I feel stupid and contagious
Here we are now, entertain us
A mulatto, an albino
A mosquito, my libido
Yeah

Den Refrain hatte er öfter gesungen als das Vaterunser im Konfirmandenunterricht gebetet. Was zum Teufel wollte Kurt Cobain damit sagen? Contagious. Womit hatte der sich infiziert?

Kilian würde sich melden. Sobald er die Werte vorliegen hatte. Aber er meldete sich nicht. Konnte doch nicht so lange dauern, das bisschen Blut und Urin auszuwerten.

Im Aufstehen griff Toto einen flach geformten Kieselstein und wandte sich im Ausholen um, den Stein in der Hand. Da sah er über der Schulter etwas aufblitzen, oben am Steilhang. Wohl hundert Meter von ihm entfernt, erhob sich ein Mann in einer Tarnweste aus einem Busch, hielt kurz inne und rannte schließlich davon. Im Laufen verstaute er eine Kamera in seinem Rucksack.

»Hey«, rief Toto ihm nach. »Hey«, rief er und formte mit den Händen einen Trichter um den Mund.

»Komm runter!« Er sah fliegende Waden, eine Hand, die eine Kappe auf den Kopf presste. Einfach weg, der Kerl.

Toto setzte sich auf die Kühlerhaube seines Wagens und spielte mit dem Handy herum. »Ki-li-an«, sang er, »wo bist du?«

Nachrichten aktualisieren.

Nichts.

Er strich sich über die nassen Haare.

Diese verdammten Werte müssten längst da sein.

Wieder checkte er das Smartphone.

Nichts.

Ihre Nummer stand ganz oben auf der Liste. Die vertraute Stimme klang gehetzt und dünn.

»Tom, bist du es?«

»Ja, Mam. Ich bin zurück. Zurück.«

»Tom, du? Bist du es?«

Hör nicht hin. Lass gut sein.

»Stell dir vor, Mam, wo ich bin. An der Förde. Ja, an unserem Strand! Es ist wundervoll, ganz friedlich.«

»Zu Hause bist du? Du bist zu Hause.«

Draußen, auf der See, rauschte ein graues Schnellboot der Marine heran, es zog ein weißes Band hinter sich her wie eine Schleppe.

Hatte sicher fünfzehn Knoten drauf. Seine Mutter sagte nichts mehr. Er hörte nur ihre kurzen Atemzüge – offenbar hielt sie den Hörer dicht an ihren Mund – und nahm wahr, dass diese sich, während er sprach, langsam vertieften.

»Mir geht es so gut, das glaubst du nicht, Mam.« Dann verstummte er. Es fiel ihm nichts ein, was er ihr hätte sagen können, was sie hätte verstehen können. Nach einer Weile hörte er einen Laut des Mutterglücks – und verabschiedete sich, bis morgen, wie immer. Und immer ging es ihm gut.

Hinter den Dünen begannen die Felder. Ringsum leuchtete es gelb und stach in seine Augen wie eine Reflexion der Sonne.

Da vibrierte sein Handy. Eine SMS. Kilian.

Ruf mich an, Toto Berger, asap

3

Er kuppelte aus, Flugstunde. Der in die Jahre gekommene Porsche 911 glitt wie ein Raumschiff durch die Allee.

»Und?«, fragte Toto.

Der Arzt klang, als hätte er einen gezwitschert. »Toto, bleib cool«, sagte er mit heiserer Stimme. »Ich würd's dir lieber persönlich sagen.«

Toto hielt die Luft an.

»Komm noch mal kurz vorbei. Keiner wird dich sehen.«

»Schieß einfach los. Ich bin seit drei Jahren durch damit. Ich hab mich dran gehalten. Keine Rückfälle. Nicht mal, wenn ich's nicht mehr ausgehalten habe.«

»Trotzdem ist das dünnes Eis.«

»Was meinst du damit?«

»Deine Werte. Sehen auf den ersten Blick einigermaßen manierlich aus. Deine Nieren scheinen wieder fast okay zu arbeiten. Die Konzentration an Kreatinin ist immer noch zu hoch, das hat das Diclofenac gemacht, schätze ich.«

»Und sonst?«

»Deine Leber macht mir Kummer. Bei aller Vorsicht, Toto. Ich will dir keinen Scheiß erzählen.«

»Mach es wie früher. Offenes Visier.«

»Ich mach mir Sorgen, Toto. Du hast echt nichts mehr genommen?«

Na ja, bis auf den Alkohol.

Die letzten Jahre seiner Karriere hatte er nur mit Schmerzmitteln und Schlaftabletten durchgehalten. Sein Körper war durch, geschunden von zwei Jahrzehnten Leistungssport. Und dazu das ganze Psychokarussell.

Wie schlimm es um ihn stand, hatte er nicht mal geahnt, bis er auf Dagmar hörte. Kilian war ihr Bruder, Erdmanns Schwager, Internist. Heimliche Untersuchung. Würde keiner je erfahren.

»Wenn du noch ein halbes Jahr so weitermachst, kippst du tot um.« Das hatte Kilian, der frühere Olympia-Segler, damals gesagt.

Toto hatte nicht geantwortet. Sich nur hingesetzt und an die Wand gestarrt. Schließlich gefragt: »Kann ich was tun?«

»Du kannst was tun«, hatte der Arzt gesagt. »Aufhören. Sofort.«

»Du bist wahnsinnig.«

»Sofort.«

Toto hatte geschwiegen. Dagesessen und geschwiegen. Kilian hatte sich hinter seinem Schreibtisch nicht bewegt.

»Nur noch das eine«, hatte Toto schließlich gesagt. »Nur noch Wimbledon.«

»Es ist dein Leben.« Kilians Abschiedsworte.

Und so hatte er nach Wimbledon aufgehört. Brüskierte seine Vertrauten, die man die Sherpas nannte, überraschte die Sportwelt, trat zurück nach dem 0:6 im fünften Satz des Endspiels gegen den jungen Frédéric Lamenteau, sodass es so aussah, als wäre es deswegen gewesen, wegen der Demütigung. War aber nicht deswegen. Er hörte auf, um sein Leben zu retten.

Und tauchte unter, drüben in Amerika. Erklärte es niemandem. Den Entzug durchzuhalten, das war ihm gelungen. Bis das Karussell langsamer wurde, hatte es länger gedauert.

»Toto?« Kilians Stimme. Plötzlich sehr klar.

Die Straße war von Linden gesäumt, alle paar Meter einer jener Bäume, deren Blätter früher marschierende preußische Grenadiere vor der nordischen Sonne geschützt hatten. Eine von Erdmanns Trainergeschichten. Es ging nun etwas bergab. Toto nahm die Hände vom Lenkrad, kuppelte wieder aus, ließ den Wagen segeln. Etwas stieg in ihm auf, kalt und heiß zugleich, er kannte es von früher, das Gefühl, kapitulieren zu sollen.

Kürzlich hatte ihm der Chef seiner Hausbank per Mail mitgeteilt – ans Telefon war Toto nicht gegangen –, man werde seine Konten sperren, »bis eine Gesundung Ihrer Finanzen erreicht« sei. Toto hatte geantwortet, er freue sich auf den Tag, an dem »eine Gesundung Ihrer Synapsen erreicht« sei. Geholfen hatte das nicht. Vor drei Monaten war die Kündigung als Markenbotschafter von United Mobile eingetroffen.

Sein letzter Vertrag dieser Art. Hatte ja keiner verstanden, damals, seinen Rücktritt. Die Vorwürfe. Die Gerüchte. Sein Schweigen. United war noch treu gewesen, aber jetzt gab es eine Abschlagszahlung gegen Stillhalten, nach fünfzehn gemeinsamen Jahren. Eine halbe Million, und auch die musste er direkt weiterleiten an die Gläubiger, die sich mit seinen Anwälten stritten, jenen Steuerspezialisten, die das Chaos um die ToToBe Vermarktungs GmbH und die TTB-Immobilienverwaltungsgruppe und die Mount Berger Financial Consultants verursacht hatten.

Hättest ja nicht unterschreiben brauchen, Amateur.

»Du hast versprochen«, sagte Toto matt ins Telefon, »das wird wieder.«

Statt einer Antwort kam ein gequältes Lachen, das in Husten endete.

»Das habe ich gehofft. Aber du hast das offenbar zu lange betrieben. Keiner hat dich gestoppt. Keiner hat dich gewarnt. Sorry, mein Lieber. Das sieht nicht gut aus. Komm her, und ich erkläre es dir.«

Er hatte Kilian nie gemocht. Häuptling Großes Gift, so nannte ihn Erdmann, wenn Dagmar nicht zuhörte.

»Okay«, sagte Toto.

»Komm vorbei, jederzeit, wenn dir danach ist.«

»Kein Wort zu Dagmar. Keines zu Bernd.«

»Ich weiß. Ärztliche Schweigepflicht.«

»Kein Wort.«

»Dein Problem, Toto, ist, dass du immer …«

Das Handy rutschte über den Beifahrersitz und prallte gegen die Tür.

Diese Stille.

Dangdang
Diddeldiddeldi
Dangdang
Diddeldiddeldi

Er wusste nicht, was er denken sollte. Was er fühlen sollte. Er war ein Mann ohne Gegenwart.

Yeah

Er ließ das Fenster herunter, kuppelte ein, gab Gas und streckte die linke Faust hinaus, zerteilte damit den Fahrtwind. Das Vermissen kam wieder von selbst, aber es *ging* nicht von selbst.

Beinahe bog er zu spät in den Schotterweg ein, der nicht ausgeschildert und zwischen den dicht stehenden Birken kaum zu erkennen war. Der zerbeulte Briefkasten am Baum war das Zeichen, halb von einem Ast verborgen. Durch die Lücken zwischen den Blättern drang das Licht des jungen Tages. Es schien Toto, als führe er in einen glühenden Tunnel hinein.

4

Es war ein Schritt. Wie viele Schritte würden noch folgen? Hundert? Tausend? Smilla turnte seit ein paar Wochen auf dem Spielplatz herum, ohne sich ständig nach ihr umzudrehen oder sie zu rufen, und seitdem konnte sie bei den anderen Müttern auf dem Holzgeländer Platz nehmen, die ihre Kinder aus den Augenwinkeln beobachteten, sich wahlweise über ihre Männer, die Möglichkeit, halbtags zu arbeiten, oder die besorgten Fragen ihrer eigenen Mütter unterhielten und sich gegenseitig Tee aus Thermoskannen anboten. Gerade kehrten, sie zu Rooibos-Vanille zurück.

Liv trug einen dunkelblauen Troyer zu einem langen Wollrock. Am Morgen hatte sie sich im Spiegel betrachtet und gedacht: Man entkommt sich selbst niemals. Braun gebrannt, sehnig und durchgepustet sah sie aus wie die Tochter eines dänischen Fischers. Wie denn auch sonst.

Sie blickte zum Himmel, die Beine übereinandergeschlagen, die Arme verschränkt. Aus dem Sandkasten stieg Wärme auf. Sebastian war auf einem Kongress in Köln. Die deutschen Aktuare bildeten sich mal wieder fort. Was immer das war, ein Aktuar. Es hatte viel mit Zahlen zu tun, und ihr Mann fing immer an zu schmunzeln, wenn er es ihr erklären sollte. »Das ist so uninteressant für eine Frau wie dich«, sagte er, »wenn ich dir das erzählte, würdest du mich sofort verlassen.« Sie hatte es gegoogelt. Es stimmte.

Die Vormittage, wenn Smilla in der Kita war, waren lang. Sie joggte oder ging ins Studio, blätterte in der *Berliner Zeitung* oder in *Monocle,* las im Netz ein wenig *New York Times* und *Buzzfeed,* klickte sich durch die Seiten der Turnierveranstalter, mehr aus Gewohnheit denn aus Neugierde, kochte das Abendessen vor. Blieben immer noch ein, zwei Stunden tote Zeit, bis sie Smilla wieder abholte. Manchmal, wenn sie aus dem Fenster in die Ferne schaute, dort, wo die Spitzen der Bäume den Himmel berührten, glaubte sie das Meer sehen zu können, wenn sie den Blick unscharf stellte.

Sie blickte auf ihr Handy, ohne es anzuschalten. Im reflektierten Licht sah sie sich dasitzen. Sie straffte sich, drückte den Rücken durch. Ihre Schultern füllten den Troyer aus. Athletenschultern. Morgen Abend war Elternabend. Sie überlegte, wie sie diesmal verhindern würde, dass man ihr antrug, Elternsprecherin zu werden.

Clara, eine der jüngeren Mütter, bot ihr ihre Teekanne an, während sie eine Geschichte erzählte, von der Liv den Anfang nicht mitbekommen hatte und das Ende nicht mitbekommen wollte.

Liv schüttelte dankend den Kopf und kramte in ihrer Tasche nach der Thermoskanne. Kaffee. Sie brauchte einen starken Kaffee. Man musste die Höhepunkte des Tages gezielt setzen, dann wirkten sie. Sie schenkte sich ein. Dampfend stiegen Kringel aus der Tasse. Da kam Smilla vom Piratenschiff heruntergeklettert und lief zu ihr.

»Ich muss mal, Mama.«

Sie weinte fast.

»Großes Geschäft!«

»Toll, Smilla. Komm!«

Sie gingen hinüber in die Turnhalle, deren Türen tagsüber offen standen. In den Toiletten roch es nach Reinigungsmitteln und getrocknetem Schweiß. Die Fliesen mussten einmal weiß gewesen sein, auch die Wände, aber das war lange her.

»Ich kann das schon alleine!«, rief Smilla und verschwand in der Kabine.

Neuerdings musste Liv vor der Tür warten, bis es so weit war. Sie hörte das Rascheln der Windel, die Smilla löste. Es gab Tage, da zog sich die ganze Prozedur ein wenig hin. Was für ein seltsames Wesen so ein Kind war. Wollte im Alter von knapp drei Jahren mit aller

Macht selbstständig werden und wusste dabei gar nicht, was es bedeutete, selbstständig zu sein.

Da stand sie, Liv Hansen – einunddreißig Jahre alt, ehemalige US-Open-Siegerin, mit neunzehn aufgehört, noch nicht lange verheiratet und einfache Mutter –, vor der mit Filzstiften beschmierten Tür einer Schulturnhalle in Potsdam und fragte sich, ob es richtig war.

Das alles.

Aus Langeweile, und weil sie der Anblick von Schulturnhallen an zu vieles erinnerte, nahm sie ihr Handy aus der Tasche und ging ihre Mails durch. Sie scrollte auf und ab, das Übliche; da bemerkte sie einen Tweet von Toto. Aus irgendeinem Grund, wahrscheinlich Nostalgie, folgte sie ihm noch immer. Nehoda kümmerte sich um seinen Twitter-Account, das wusste sie. Die Marke am Leben halten und so. Als Toto abgetaucht war, war der Kanal über Monate tot gewesen, und viel passierte noch immer nicht. Der Profisport war gnadenlos schnell geworden, das Vergessen kam rasch.

»Bin gleich so weit, Mama!«, rief Smilla.

»Ja-ha.«

#TotoBergerPlays #GameCheck! RTL! Sonntag, 20.15h

Sie runzelte die Stirn und lächelte, gleichzeitig. Er war also zurück in Deutschland, offenbar war ihre Botschaft angekommen. Aber gleich in eine Spielshow? Brauchte er so dringend Geld?

»Mama!«

Sie überlegte, ob sie ihm schreiben sollte. Eine Aufmunterung. Oder eine ihrer Beschimpfungen, so wie früher.

»Mama, je-hetzt.«

Sie ahnte, wie er darüber dachte. Sollte sie ihm sagen, was *sie* davon hielt? Am Anfang seiner Karriere wäre es gegangen. Seine Angst war im Laufe der Zeit aber so groß geworden – seine Angst, in dem, was ihn umspülte, unterzugehen –, dass sie sich irgendwann nicht mehr getraut hatte. Na, wenigstens war er konsequent gewesen. Wenn auch das Ende arg abrupt gewesen war.

»Mama!«

»Bin gleich so weit!«

Sollte sie ihm Ratschläge geben? Ihr fielen sofort ein Dutzend ein. Wie alt war er jetzt? Dreiunddreißig. Nein, er war vor Kurzem vierunddreißig geworden. Sie hatte ihn vor gar nicht langer Zeit im Fernsehen gesehen, als sie ihn nach den French Open interviewt hatten, um Frédérics Siegeszug zu analysieren. Der unschlagbare Lamenteau. Toto hatte gut ausgesehen. Wenn auch etwas abgekämpft. Seine Haare waren fast grau. Er war respektvoll gewesen. Hatte geschwärmt von ihren Duellen früher. Aber nicht sehnsüchtig. Eher sachlich. Um den Mund zuckte etwas, ein nervöser Zug, der ihr zuvor nie aufgefallen war.

Der Lügner. Der Selbstbetrüger.

Sie hatte kurz erwogen, ihn danach anzurufen, entschied sich aber dagegen. Entschied sich seit langer Zeit immer dagegen.

»Ma-ma«, sang Smilla, »Ma-ma, Ma-ma, Ma-maaaa.«

Sie kriegen dich nicht, schrieb sie. Dann löschte sie die Buchstaben, einen nach dem anderen.

»Mamaaaaa!!!!!!«

Behalt den Kopf oben, tippte sie und feuerte es in derselben Sekunde ab.

Ihr Smartphone noch in der Hand, öffnete sie die Tür. Smilla stand schon wieder angezogen da. Ein Leuchten ging über ihr Gesicht mit den runden Augen und den hochgezogenen Brauen, die Hände in die Hüften gestemmt, ihr Unterhemd hing aus der Hose. Am Boden sah Liv die aufgeklappte vollgesogene Windel.

Lieber einmal nachschauen, ob alles glattgegangen war.

5

Als er den Wagen beschleunigte, heulte der Motor auf, vom Sog zitterten die Zweige. Ein Blick auf seine handgefertigte, mechanische Taucheruhr. Sie zeigte ihm auch die Zeit in Melbourne an und war wasserdicht bis hundert Meter. Früher hatte er es als beruhigendes Gefühl empfunden, dass man jederzeit so tief mit ihr tauchen konnte und immer noch gewusst hätte, wie spät es gerade in der Rod-Laver-Arena war.

Auf diese Uhr war er mal stolz gewesen. Natürlich hatte er sie geschenkt bekommen. Man bekommt alles geschenkt, wenn man da oben ist. Braucht kein Geld, gar keines. Er nahm sich vor, sie im Haifischhaus gleich abzunehmen. Sie sorgfältig zu verstauen, wie man einen Goldbarren verstaut, wegen des materiellen Wertes.

Nach einem Kilometer erreichte er die Schikane. Zwei Neunzig-Grad-Kurven, die er schlitternd nahm, im Stil eines Kart-Fahrers, gleichzeitig bremsend und Gas gebend. Das Problem war, dass die Bäume sich etwas nahe waren. Am Morgen hatte er die Passage ohne Kontakt überstanden, jetzt gelang ihm das nicht. Was für ein hässliches Geräusch.

Der Kies im Hof knirschte, als der Wagen zum Stehen kam. Zweiunddreißig Sekunden, handgestoppt. Neuer persönlicher Rekord. Das war ermutigend.

Er kletterte aus dem Wagen. Die Bewegung geriet ihm unrund, das lag an den Lendenwirbeln. Den Schlüssel ließ er stecken. In der Sonne glänzten die Schleifspuren auf beiden Seiten des Porsches wie Pinselstriche aus Silber. Er straffte sich und federte auf den Ballen hinüber zur weit offen stehenden Eingangstür. Seine Art zu gehen. »Mit Wupptizität«, hatte sein Vater einmal gesagt, da war Toto sechs.

Das Haifischhaus döste. Eine Burg am Meer, aus grauen, verwitterten Balken, umgeben von Eichen. Vom Wald verborgen, sah man es von keinem Punkt der Straße aus.

Damals, nach Kilians Diagnose, war er hierher geflüchtet. Dazu die Krise mit Bettie. In jenem Frühsommer schwamm das Haus tagelang in Nebel, und die See hörte sich in den Stunden, in denen er nachts wach gelegen hatte, in denen er horchte, ob etwas Unvorhergesehenes geschähe, so an, als hätte sie jemand heruntergedimmt.

Die Klippen, auf denen das Haifischhaus stand, fassten die kleine Bucht wie ein Rahmen ein. Jenseits des westlichen Felsvorsprungs, nur auf steilen gewundenen Pfaden erreichbar, für die man starke Nerven brauchte, begann der weite Strand von Steinhagen. Wenn man dort joggte, drehte sich nur selten jemand um. Steinhagen war von den Städten zu weit entfernt, als dass am Wochenende viele Touristen hierher gefunden hätten. Für einen Traumstrand war der Sand zu dunkel, zu viele Steine und Seegras im Wasser, die Strömung trieb oft Quallen hierher, ein makelhafter Badeort.

Aus dem langen Schatten, den der Turm warf, löste sich eine Gestalt. Erdmann hatte auf ihn gewartet. Der Trainer ging ihm nur bis zum Kinn und war das, was man einen kleinen Mann nennt, höchstens eins siebzig. Aber ihn schien das nicht zu stören. Er bewegte sich, als wäre er viel größer, als hätte er einen guten Überblick über die Dinge.

Erdmanns Haut war gegerbt von der Sonne, der Händedruck wie gewärmter Stein. Seine Augen schauten Toto forschend an, sie waren hellblau und wässrig, er blinzelte nicht, wandte den Blick nicht ab. Toto setzte seinen Big-Point-Blick auf. Zugekniffene Augen.

»Hör auf so zu gucken«, sagte Erdmann. »Du machst dir noch die Linsen kaputt.«

Im Lächeln legte Toto den Kopf schief, er wartete, was noch kommen würde.

»Sie haben dir im großen Stil die Hosen ausgezogen«, sagte Erdmann.

Toto hob die Brauen.

»Nehoda hat vorhin angerufen. Hat mich mal gründlich auf Stand gebracht.«

»Warum hält der Kerl nicht seinen Mund? Warum müssen immer alle quatschen?«

»Kurrrrrwa.«

»Kurrrrrwa do pici!«

Sie grinsten beide.

»Komm rein«, sagte Erdmann. »Uns wird schon was einfallen. Wie früher.«

»Kümmer du dich um Dagmar, Bernd. Ich komme gleich nach.«

Dagmar würde in ihrem Zimmer liegen, das Bett so gedreht, dass sie aus dem Fenster schauen konnte, ihre Hände im Schoß gefaltet. Die weißen Lilien, die ihr Toto zur Begrüßung gebracht hatte, dufteten ganz bestimmt noch. Als er sie gestern Abend zum ersten Mal so sah, durchscheinend wie Wind und mit einer Haut aus Seide, hatte er kein Wort herausgebracht.

»Schön, dass du wieder hier bist, Junge.« Erdmann holte tief Luft und murmelte: »Ich bin oben, wenn du mich brauchst.«

»Danke, Trainer«, sagte Toto und sah Erdmann nach, der im Schatten des Flurs verschwand. Bohlen knarzten.

Hinter dem Haus, jenseits der Klippe, schäumte das Meer.

6

Behalt den Kopf oben.

Er hatte seit der Geburt ihrer Tochter nichts mehr von Liv gehört. Bis vor Kurzem. Und jetzt das. Was für ein krummer Gruß, er ging ja nicht zu seiner Hinrichtung.

Im Haus warf er seine Mütze auf die Kommode, ging in die Küche und nahm, gegen den Kachelofen gelehnt, einen Happen zu sich. Zwei Scheiben Toastbrot mit Philadelphia und Nutella, ein Hanuta, dazu ein Hefeweizen. Seine Rentner-Diät. Iss, was du willst, und von allem nicht zu wenig.

Die Philadelphia-Packung prallte gegen eine Packung Milch, als er sie in den noch geöffneten Kühlschrank werfen wollte, und fiel zu Boden. Er zielte mit der Hanuta-Folie auf den Abfalleimer und traf die Spüle. Immerhin verwandelte er den Kronkorken direkt vom Küchentisch in den Müll, das war eine Bewegung direkt aus der NBA.

Gestern hatte er oben in der Turmstube seine Sachen abgeladen. Jetzt ging er hinauf und stellte sich an das Fenster, die Arme verschränkt. In der Ferne könne man an klaren Tagen wie diesen die Brücken von Sonderborg sehen, hatte Erdmann am Morgen behauptet. Toto vermochte am Horizont nichts zu erkennen. Sein Brustkorb hob und senkte sich. Er betrachtete sein Spiegelbild in der Scheibe.

Du verschwindest.

So fühlte sich der Nullpunkt des Lebens an. Man fühlt sich ganz leicht, wie ein Geist. Es war, als würde jemand anderes dieses Leben leben und es gedankenlos verprassen. Man schämt sich auch. Man erträgt das Nachdenken über die Scham nicht, aber morgens ist es der erste Gedanke und abends der letzte und nachts ein Mahlstrom.

Er streifte die Uhr vom Handgelenk und umwickelte sie mit den Sportseiten der *Süddeutschen Zeitung*, die ihm Erdmann am Morgen hingelegt hatte. In der Schublade des Nachttischs lag eine zerfledderte Jugendausgabe von *Moby Dick*. Er legte den Packen daneben und schloss die Schublade wieder. Melbourne schlief.

Der Wind war stärker geworden, und der Bau schwankte ein wenig. Mit offenem Mund lauschte er den sich im Wind aneinanderreibenden Zweigen vor dem Fenster und Erdmanns kurzen Schritten im Haus, dessen unentwegtem Hin und Her. Das Haifischhaus war hellhörig, und seine Dielen waren für Toto wie lebendig. Die Balken zitterten, wenn sich Menschen in diesem Haus liebten, und sie zitterten, wenn sich Menschen stritten.

Sein Zimmer war nicht größer als drei mal fünf Meter, mit diesem Holzboden, der knarrte, mit Schränken, die in den Angeln quietschten. Daneben ein winziges Bad. Er stellte den Wecker, legte sich auf das Futonbett, verschränkte die Arme hinter dem Kopf und starrte eine Stunde lang an die Deckenvertäfelung. Bevor der Wecker klingeln konnte, schaltete er ihn aus und stand auf.

Er musste in Bewegung bleiben, um atmen zu können.

Zwei weiße Hemden legte er in die Tasche, in der Taille schmal geschnitten; er passte gerade noch rein. Gottlob hatten sie die Reise glatt überstanden. Die hellbraunen glatten Lederschuhe, die der junge Russe am Union Square gerade erst gewienert hatte. Den Anzug mit den superfeinen Nadelstreifen. Die Welt der Luxusartikel lernte Toto langsam wie durch einen Zaun zu betrachten. Gestern hatte er sich beim Gedanken ertappt, dass er eigentlich künftig auf der vielversprechenderen Seite des Zaunes stünde, wenn er die Abwesenheit von Geld als Chance betrachtete, mehr über sich selbst herauszufinden.

Nachdem er die Tasche in den Wagen geworfen hatte, ging er vors Haus, betrat die Terrasse und schaute prüfend aufs Meer. Die

Kämpfe von früher nicht mehr kämpfen zu müssen, hätte etwas Befreiendes haben sollen. Aber wie fühlt sich Befreiung an, wenn man Freiheit nicht mal erkennt, wenn sie nackt vor einem steht? Auswilderung, das ist es eher.

Von Westen war eine Wolkendecke aufgezogen. Unvermittelt war es schwül geworden. Von Flensburg her nahte eine weißlich dampfende Walze, hinter der sich eine schwarze Wand aufbaute. Eines dieser Sommergewitter, die an der See so überraschend kommen. Ein Blitz ging ab in der Schwärze. Bald darauf kam Donner herangerollt, rollte über ihn hinweg.

Er drehte sich um. Oben, an Dagmars Fenster, stand Erdmann, die Stirn gegen das Glas gepresst, darüber die linke Hand, zur Faust geballt. Toto deutete mit der Rechten einen Gruß an und wandte sich zum Meer. Die wenigen Boote auf der Förde nahmen hektisch die Segel herunter, steuerten auf den Hafen zu. Das Haifischhaus hatte ein vorgezogenes Dach, das einen Teil der Terrasse überschattete und an einem Fahnenmast endete. Erdmann hatte gestern Morgen, nachdem er aus Gelting zurückgekehrt war, gesagt: »Da fehlt eine Fahne.« Seiner unmaßgeblichen Meinung nach rage das Haifischhaus ins Meer wie das Heck eines erstarrten Schiffes. Das denke er immer, wenn er mit seinem Folkeboot zum Angeln hinausfahre. »Und«, fügte er hinzu, »ein Schiff, das etwas auf sich hält, braucht eine majestätische Fahne!«

»Aber wir haben doch eine«, hatte Dagmar entgegnet. Sie schickte ihn auf den Dachboden, wo er eine halbe Stunde lang herumkramte – und dann fand er, was er gesucht hatte. Totos persönliches Logo, das Nehoda seinerzeit von einer Bostoner Agentur hatte entwerfen lassen, auf einer Fahne von der Größe des Küchentischs. Der Schattenriss Bergers beim Aufschlag, seine schwarze Silhouette auf einem tiefblauen Grund vor einer goldenen Outbacksonne.

Als Erdmann die Fahne nach oben wandern ließ, summte er die deutsche Nationalhymne, und Toto, der die ganze Aktion beim

Mittagessen noch als »lächerlich und pathetisch« bezeichnet und nur zugestimmt hatte, weil Dagmar ihn darum ersuchte, war zur Zeremonie dazugestoßen. Sie drückte Totos Hand, während die Fahne den Mast emporstieg.

Dort oben flatterte die Fahne seitdem. Er hörte, wie der Stoff in der Luft um sich schlug.

Lange musste er es klingeln lassen. Vielleicht erkannte sie seine Nummer und ging deswegen nicht ran. Er fragte sich, ob es seltsam sein würde, mit ihr zu sprechen. Ob sie befangen sein würde. Irritiert. Oder sogar verärgert, aus Gründen, die immer nur sie kannte.

»Toto!«, rief ihre helle Stimme.

»Na?«, sagte er rau.

»Wow«, sagte Liv. »Du.«

»Hey«, sagte er. »Stör ich dich?«

»Smilla ist gerade rutschen.«

»Bin wieder da.« Er bemühte sich, gut gelaunt zu klingen. »Das heißt, was noch übrig ist von mir.«

»Jammer nicht«, sagte sie.

»Kennst du den Film *All is lost?*«

»Nee.«

»Heldenhaft kämpfender älterer Herr auf sinkendem Boot, umgeben vom Nichts. Robert Redford spielt das, das ist ein Trost.«

»*All is lost?* Und das findest ausgerechnet du gut?«, fragte sie. »Und dann zu mir, was?«

Es dauerte ein wenig, bis er antwortete.

»Danke für deine Nachricht«, sagte er. »Mich erreicht sonst nichts mehr.«

Sie schwieg. Kramte offenbar in ihrer Tasche, sagte etwas zu jemand anderem, das er nicht verstand, ganz weich.

»Ich hab dich im Fernsehen gesehen nach den French Open. Du hast furchtbar staatsmännisch dahergeredet.«

Er musste an Helmut Schmidt denken. Oder den Typen mit den Batman-Ohren, Genscher. Beide kurz nacheinander gestorben.

»Na ja«, sagte sie, »so *gespielt* souverän. Als würde dich Frédéric Lamenteau kaltlassen.«

»Ich bin raus, Liv. Kein Appetit mehr.«

»Das glaub ich dir nicht«, sagte sie.

Er machte einen Laut der Empörung.

Wieder ging ein Blitz nieder, draußen, in der dunklen Wolke auf dem Meer. Sekunden später donnerte es.

»Entschuldige«, sagte sie.

»Schon gut.«

»Ach, Toto.«

»Wann sehen wir uns wieder?«, fragte er.

»Wahrscheinlich gar nicht«, sagte sie. »Ich hab hier mein Leben jetzt.«

»Wann?«, sagte er. »Wenn ich schon mal da bin.«

»Vielleicht, wenn Smilla größer ist«, sagte sie. »Groß ist.«

»Das ist spät«, sagte er.

»Pass auf dich auf. Pass auf, dass sie dich nicht kriegen. Und kümmer dich um die beiden, hörst du?«

Er schloss die Augen, wollte sagen: Und du auf dich.

Doch sie hatte schon aufgelegt. Eine Weile stand er unschlüssig herum. Erdmann lehnte nicht mehr oben am Fenster.

Im Keller roch es feucht, nach modrigem Holz und Brackwasser. Erdmann hatte behauptet, es sei alles noch da. Nix weggeworfen, ist doch klar. Die beiden Tiefkühltruhen standen gleich rechts um die Ecke. Toto öffnete die kleinere und sah, sauber übereinandergeschichtet, ein Dutzend Tennisschläger in durchsichtigen Hüllen. Seine Wilsons. Die Originale. Sie waren noch von Moser bespannt worden, der die Schläger *besprochen* hatte, während er sie bearbeitete.

Den dritten von oben zog Toto aus dem Stapel. Der Griff war eiskalt. Er nahm den Schläger mit und schloss die Truhe.

Auf der Terrasse, noch unter dem Dach, setzte er sich in einen Bear Chair und riss die Hülle vom Schläger. Er dachte an die Wetten, die er setzen könnte, seine rechte Hand zuckte dabei. Wilde Böen wühlten das Meer auf, aber nur ihre Ausläufer erreichten das Haifischhaus. Das Gewitter würde an ihnen vorbeiziehen.

Die Bespannung war so, wie er es geliebt hatte. Neunundzwanzig Kilo längs, achtundzwanzig quer. Viel Kontrolle, wenig Beschleunigung. Gut, wenn man Fantasie hat und das Händchen, die Totschläger auf der anderen Seite zu überlisten. Sein Blick ging auf die von Schaumkronen betupfte See. Er zupfte an den Saiten mit den Fingern seiner rechten Hand, der Schlaghand, bis er glaubte, durch das Singen des Windes hindurch leise einen hohen Ton zu vernehmen, der ihn die Augen schließen ließ, um ihn besser hören zu können.

7

Er konnte die Luftdruckveränderung spüren. Das Tief war durchgezogen, der Himmel blank, und die Sonne brannte, aber das war es nicht. Er würde ein paar Tage bei den Erdmanns bleiben und hier alle Möglichkeiten durchgehen, alle Worst-Case-Szenarien zu Ende denken, versuchen, mal wieder ein paar Best-Case-Ideen zu entwickeln. Allerdings zog etwas auf, das war zu spüren. Spielernaturen hatten dann die Möglichkeit, sich zu ducken, damit es über sie hinwegzog, oder sich aufzurichten, um dem entgegenzutreten. Toto fürchtete nichts mehr. Er kannte doch alles. Aber aufrichten? Mühsam.

Dampfkringel stiegen vom Asphalt auf. Er bog hinaus auf die Bundesstraße, die nach Kappeln führte. Der Flieger von Hamburg nach Köln ging morgen in aller Frühe. Er würde in einem Flughafenhotel übernachten. Langsam fuhr er an der Schlei entlang. Deutschland auf dem Land. Friedlich erstickend. Er war in Kiel aufgewachsen, Minden, Bad Schwartau und Flensburg. Handballstädte. Sohn eines Profisportlers, dann selbst mit sechzehn Profisportler geworden. Als Tennisspieler waren Hotelzimmer sein Zuhause geworden. Zwischen den Turnieren hatte er später in seiner Villa an der Alster wie ein Fremder gewohnt.

Der Händler in Kappeln wartete schon mit dem schwarzen Alfa 159. Toto brauchte Bargeld, und ein Alfa, hatte er beschlossen, war ein anständiges Auto. Kurz zögerte er, ehe er den Schlüssel seines Porsches übergab. Das springende Pferd. Diese Schlangenlinien, waren das Geweihe? Nie zuvor hatte er sich den Schlüssel genauer angeschaut.

Hat keiner gesagt, dass es einfach würde.

Das alles.

Der Alfa roch nach Vanille, der Schalthebel war zerkratzt. Dichter Verkehr auf dem Weg nach Hamburg. Toto floss mit.

Behalt den Kopf oben, hatte sie geschrieben.

Er dachte ans erste Mal, dass er Liv Hansen wiedergetroffen hatte, nach ihrem Rücktritt vom Profitennis. Eine Präsentation bei United Mobile, die Ideen für Werbedrehs, ein Pflichttermin. Es war so bizarr gewesen, das Ganze, dass er zwischendrin tat, als döste er. Dabei beobachtete er die Szenerie aus den Augenwinkeln.

Neben ihm saß Nehoda, auf seinem Stuhl wackelnd, mit aufgerichteten Silberhärchen auf den Unterarmen, weil er die Elektrizität der Situation liebte. Gegenüber hatten drei Männer Platz genommen. Männer mit kahlen Häuptern, grau melierten Kinnbärten und gefeilten Fingernägeln, ins Gesicht jene Spuren gegraben, die permanentes Problemlösen bei zu viel Selbstbewusstsein hinterlassen.

Toto stellte sie sich vor, wie sie sich in einem Tennisstadion schlagen würden, allein. Wie sie sich bewährten, wenn das, was dort draußen mit ihnen geschähe, ihre Deckung aufgerissen hatte und ihr wahrer Charakter zum Vorschein gekommen war, wie er bei allen zum Vorschein kam. Dieses Spiel machte alle nackt.

Zur Linken dieser Helden, wie ein Lichtstrahl, saß aufrecht eine Frau in einem hellroten Sommerkleid. »Und diese Dame kennen Sie ja«, so wurde sie vorgestellt. »Früher Profispielerin, Praktikantin im Marketing.« Die langen Locken, die breiten Schultern, die aufrechte Haltung. Ihr kaum wahrnehmbarer dänischer Akzent mit dem etwas zu scharfen »S«.

Sie zwinkerten sich zu, Liv und er. Die Leute hatten immer gedacht, sie wären ein Paar gewesen, weil sie oft zusammen waren. Das Gerede hatte sie nicht gekümmert. Sie kannten sich schon so lange. Außerdem waren große Turniere nicht gesund für eine Freundschaft.

»Komm mir bloß nicht zu nahe«, sagte sie vor den wichtigen Spielen zu ihm.

»Komm du mir nicht zu nahe«, sagte er zu ihr.

Ihre Arme hatten wuchtige Schläge produziert, und sie genoss es, wenn Spiele eng wurden. Aber nach ihrem ersten Sieg bei einem Grand Slam war die Gier weggewesen. Es kamen die Fragen. Für wen sie das eigentlich tue. Toto wusste nichts zu antworten. Sich in andere einzufühlen, lernte man nicht auf der Tour, und wer es mal gekonnt hatte, wegen guter Erziehung oder natürlicher Sensibilität, verlernte es in kurzer Zeit.

Eines Tages war sie verschwunden. Eine kurze Mail an Toto, die ein Lebewohl enthielt. Es hatte danach geheißen, sie lebe wieder auf Avernakö in der dänischen Südsee, wo die Hansens herstammten. Jemand hatte Toto erzählt, sie pflege dort ihre kranke Mutter, aber das hatte er nicht glauben können. Bald hörte er, sie studiere in London Betriebswirtschaft und internationales Marketing. Dann hörte er gar nichts mehr von ihr.

Und nun war sie in diesem Meeting aufgetaucht wie ein Meteor. Sie trug ein rotes Kleid, das Rot einer blühenden Mohnblume. Ihre blonden Haare wurden in Richtung der Spitzen immer heller, bis sie fast weiß ausliefen. Sie fielen über die linke Schulter hinab auf ihre Brust, sodass die rechte Seite ihres Halses frei lag. Ihr Gesicht veränderte sich auf eine überraschende Weise, wenn sie lächelte. Sie entblößte das Zahnfleisch, ihre Oberlippe verschwand. Sah dann aus wie erlöst von etwas.

Er wusste noch, dass einer der Manager nach dem geschäftlichen Teil angefangen hatte einen Witz zu erzählen, vermutlich, weil er dachte, dass man mit Sportlern am besten über Zoten kommunizierte. Was solche Männer für Umkleidekabinenhumor hielten. Doch Liv Hansen, die Umkleidekabinenhumor besser kannte als die meisten im Raum, war aufgestanden und nicht mehr wiedergekommen. Die irritierten Blicke der Manager hatte Toto nicht vergessen.

Erst später, als er mit Nehoda noch einen Drink zu sich genommen hatte, war ihm eingefallen, dass sich Liv Hansen so schon in seiner Jugend verhalten hatte. Unbeirrbar. Ein paar Monate nach dem Treffen rief er sie an, erzählte ihr, dass er eine wie sie suche, für sein Team. Er fragte sie nichts, und sie sagte auch nicht Ja. Aber sie war kurze Zeit danach aufgetaucht, gerade als er sich bei den US Open einschreiben wollte, reichte ihm den Stift und sagte: »Dein Trainingsplatz ist schon gebucht.« Und sie blieb in seinem Tross. Jahrelang.

Auch das war schon wieder eine Ewigkeit her.

Im Hotel in Hamburg angekommen, erinnerte sich Toto an seine Blutwerte und verzichtete ausnahmsweise auf einen Absacker. Er ging früh zu Bett, weil ihn der Jetlag plagte, und checkte vorher noch auf WhatsApp, ob sie vielleicht online war. Aber Liv hatte die Funktion ausgestellt. Am nächsten Morgen hatte er das Gefühl, gar nicht geschlafen zu haben.

8

Das Team »Triumphe« bestand aus Hermi Menger und Toto Berger. Toto fand, sie waren favorisiert gegen das Team »Bambi« mit den beiden blendend aussehenden Schauspielerinnen, aber das konnte auch daran liegen, dass es seit seiner Kindheit keinen Wettkampf und nicht mal ein Brettspiel gegeben hatte, in dem er sich im Vorfeld nicht favorisiert gefühlt hätte.

Das Fernsehstudio war gebaut wie eine kleine Arena und bis auf den letzten Platz besetzt, vielleicht hundert Zuschauer. Die Leute klatschten, ihre Gesichter glänzten, man hatte ihnen vorher Bier ausgeschenkt. *GameCheck* mochte seine beste Zeit hinter sich haben, doch vier, fünf Millionen schalteten immer noch jeden Sonntagabend ein, hatte Nehoda gesagt. Es war allgemein bekannt, wie es finanziell um Toto Berger stand, die Gläubiger spielten über Bande mit dem Boulevard. Das machte ihm nichts aus. An das Leben unterm Brennglas gewöhnt man sich.

Komm schon, konzentrier dich.

»Was ist die Hauptstadt von Venezuela?«, fragte der Moderator. Bei der Begrüßung hatte er getan, als würde man sich schon lange kennen. Die Prominummer abgezogen. Toto war ihm nie vorher begegnet.

Venezu … ela. Ja. Das war … Dieser Schaukampf gegen Courier, 2001, nein, 2002, Gott, war das drückend, sechs drei, zwo sechs, sieben …

»Caracas!«, schrie Hermi Menger neben ihm. Hermi, der Bobfahrer, dreimal Gold bei Olympia, Vollbart, Volksheld, Volldepp. Man klatschte sich ab im Team Triumphe.

»Für welchen Roman bekam Thomas Mann den Literaturnobelpreis?«

Oje!

Toto stieß hervor: »Als das in der Schule drankam, hatte mich O'Flannigan schon dreimal vom Platz gefegt.«

Gelächter beim Publikum, Gekicher bei den Schauspielerinnen. Toto freute sich kurz über die Wirkung seines Gags und dachte nicht mehr weiter nach.

»Buddenbrooks«, sagte Menger cool.

Er würde hier für das Team Triumphe die Punkte holen, das war klar.

»Mit welchem Lied gewann Abba 1972 den …«

»Waterloo«, brüllte Menger begeistert.

Werbepause.

Jemand tupfte Toto die Schläfen ab. Er sah im Sitzen nur das schwarze Baumwollshirt dieses Mannes, dessen Kopfhörer über den Ohren, spürte die Struktur des Tuches, roch Schweiß, der nicht seiner war. Er griff sich das Glas Wasser, das neben ihm stand, fixierte die Zuschauer im Halbrund, ließ das Wasser im Mund schwappen, schluckte es. Im Hintergrund, verborgen von einem Vorhang, bauten sie etwas auf. Ein Duft wie von frischer Erde strömte herbei.

Seit einiger Zeit schreckte Toto nachts immer mal wieder hoch, in der Überzeugung, sein Vater läge im Dunkeln neben ihm. Da war sein Geruch. Wie er vor einem Heimspiel gerochen hatte, bevor er zu Hause losfuhr und seiner Frau, Totos Mutter, dieser zarten Person, einen festen Kuss auf die Lippen drückte, schon unter Spannung.

Manchmal, da übte Toto bereits zweimal täglich im Leistungszentrum, spielten sie Handball im Garten, eine Übung, die sein Vater »Dumbat« nannte – Durchsetzen mit Ball ohne Tore –, und es kam vor, dass sich der Sohn beim Zusammenprall das Kinn oder die Brauen an der Schulter seines Vaters blutig schlug. »Aufstehen, abputzen, weitermachen«, hatte Mike Berger gesagt und weitergemacht.

Später hatte ihn sein Vater jahrelang zum Training kutschiert und oft an der Bande gestanden, wenn er nicht im Telefonhäuschen lehnte oder sein Handy am Ohr hatte, Geschäfte machend, weite Gesten, unhörbar leise sprechend, ohne Pause. An der Bande sagte er kein Wort, schaute nur zu, auf alles achtend, niemals vergessend, seinen Sohn hinterher für dies zu loben, für das zu tadeln. Er sah so viel.

Die Augen seines Vaters damals im Hospiz, als sich Toto von ihm verabschiedete, zeugten von Schmerzen, das hatte Toto erwartet. Sie erzählten aber auch von der Qual, das Glück nicht mehr erzwingen zu können, und vom Unglauben über diese Niederlage. Und das hatte Toto nicht erwartet. Dieser gedemütigte Blick. Mike Berger, fast fünfzig Jahre alt, starb an Magenkrebs, drei Tage nachdem sein Sohn zwanzig geworden war. Fünf Wochen bevor sein Sohn das erste Mal Wimbledon gewann. Fünf Wochen bevor er vielleicht hätte sagen können: »Hast es geschafft, Tom Torge, hätte ich nicht gedacht.« Wenn er es über die Lippen gebracht hätte.

Ein paar Nächte lang hatte Toto das Adrenalin gerochen. Durch die Dunkelheit sah er die Augen des Sterbenden schimmern. Den grauen Schleier, dahinter Abgrund.

Er nahm noch einen Schluck, zog die Mundwinkel nach hinten. Was ihn damals irritiert hatte, war die Tiefe dieser Augen, als wären sie Tore, die Licht verschluckten. Die rote Lampe der Führungskamera ging wieder an. Die samtene Stimme des Moderators.

»Auf geht's zur Hasenjagd! Sammelt möglichst viele Karotten in zwei Minuten. Damit es nicht so leicht wird, verbinden wir euch die Augen. Für das Team Triumphe fängt an, na, Hermi? Toto Berger, hey!«

Toto spürte, wie sein Sitz nach hinten schwang. Die Assistentin drückte ihm eine Augenbinde in die Hand. Er stand nun mitten im Studio, umfangen von Scheinwerferlicht.

Die Hitze der Scheinwerfer. Sie blendeten ihn, wenn er nach oben schaute.

Er hatte zwei Möglichkeiten. Durchziehen. Ein Held der Spielshows sein. Ein Nichts, das sein Geld mit nichts verdient.

Oder das Richtige tun.

Worst Case: Sie hielten ihn auf und knebelten ihn vor laufender Kamera.

Best Case: Er war erlöst.

Rotes Licht. Flüsternde Kabelträger. Der Moderator unter seinem Panzer aus Make-up. Niemand da, der Toto aufhalten würde. Kameras schüchterten ihn nicht ein.

Wie durch Watte drang die Stimme an sein Ohr. »Fertig, Toto?«

Er betrachtete sich im Kontrollmonitor. Das Hasenkostüm, das er sich mithilfe der Assistentin übergestreift hatte, spannte über seinem Bauch. Ein Stretchstoff, der nur das Gesicht aussparte. Die künstlichen Ohren, die einen halben Meter in den Himmel standen. Seine behaarten Wangen, von einem Gummiband zusammengepresst. Neben ihm die Assistentin, die ihn anstrahlte, ein Kopf kleiner, wie eine Wärmelampe. Der Matsch vor ihm roch nach gedüngtem Acker.

Sie
kriegen
dich
nicht.

Ein Zwicken im Nacken. Er schloss die Augen, bewegte seine Schultern, spürte die Knoten in den Muskeln. Erdmanns Stimme, rau vor Aufregung, wie er ihn früher in der Kabine vor einem Match angeschrien hatte. Als letzter Gruß vor dem Gang hinein in den Stollen.

»Bau dich auf, Junge. Denk daran, wer du bist. Du bist besser als dieses Schrapnell. Du bist Mount Berger.«

Die Sehne in der rechten Schulter, seiner Schlagschulter, rutschte über den Knochen, und er konnte das Rutschen tatsächlich hören. Sehr leise, aber für ein geschultes Ohr klar zu vernehmen. Weit weg hörte es sich an, dabei spielte es sich in seinem Innern ab.

Das Zwicken in seinem Nacken hörte nicht auf. Es war, wie wenn ihn jemand zwang, die Augen zu öffnen, auf den Monitor zu schauen. Toto, der Hase. Er blinzelte. Die Kamera zoomte an ihn heran.

Die Assistentin befestigte die Augenbinde. Er roch ihr Parfüm – das war nun merkwürdig, ein heller, verlockender Duft, wie getragen von einem Wind, der gerade über ein Feld Sonnenblumen gestrichen ist. Er kannte es von … Liv, ja.

Sie hatte dieses Parfüm getragen, wenn sie Parfüm trug. Ihre großen Hände, der spöttische Zug um die Mundwinkel, ihre straffe Haltung, wie auf einen Bogen gespannt.

Der Moderator rief: »GameCheck!«

Toto machte keinen Schritt.

Die Zuschauer raunten. Menger rief: »Gemma, gemma, Toto!«, aber er rührte sich nicht. Er spürte wieder den Griff in seinem Nacken, als ob ihn jemand packte. Da wusste er, was zu tun war.

Erst streifte er die Binde ab. Dann das Kopfteil. Er stieg aus dem Kostüm, musste sich dazu hinsetzen, während die Uhr an der Wand herunterlief. Getuschel im Publikum. Der Live-Kommentator riss einen Witz, aber niemand reagierte.

Als Toto sich befreit hatte, gab er der Assistentin einen Handkuss, ging zum Moderator, der in größter Verbindlichkeit sagte: »Toto, das bringt euch leider null Punkte ein …«, klopfte ihm auf die Schulter und ging. Hinter ihm wurden Kommentare gezischt, ein Kabelträger versuchte ihn aufzuhalten, ein Mann mit Klemmbrett stellte sich ihm in den Weg, aber ein Blick genügte, und die Bahn war frei. Er schlenderte hinaus. Im Gang war es still. Unbehelligt erreichte er seine Garderobe. Mit geschlossenen Lidern, den Kopf im Nacken, tief durchatmend, trat er ein und sank mit dem Rücken gegen die Tür.

»Hallihallo«, sagte eine Stimme, die er kannte. Von fern vertraut.

Toto öffnete langsam die Augen.

Zwei schwarze Ledersessel, ein Fernseher oben in der Ecke, auf dem Glastisch Gummibärchen, Schokoriegel, Erdnüsse, Wasser und

Cola. Ein junger Mann saß in einem der Sessel. Pilzkopf-Frisur. Kerben um die Nase. Ewig lange Beine. Die Sneakers auf dem Tisch, die Schnürsenkel gelöst.

»Du hast mir gerade noch gefehlt«, sagte Toto.

9

»Coole Aktion«, sagte der Junge, deutete mit der Cola in der Hand hoch zum Fernseher. »Da einfach rauszulatschen.«

Toto verriegelte hinter sich die Tür.

»Wer hat dich hier reingelassen?«

»Wer hat dich da rausgelassen?«

»Oh Mann.« Toto warf sich in den freien Sessel und schlug dem Besucher mit dem Handrücken gegen die Schulter. »Hey.«

»Krasse Aktion, Toto.«

»Moin, Nils.«

Sie gaben sich die Hand.

»Na?«, sagte Toto.

»Wie, na?«

»Das sagt man bei uns im Norden so. Bedeutet nichts.«

Toto riss einen Riegel auf und betrachtete auf dem stumm gestellten Bildschirm das perplexe Gesicht des Moderators, der dem Team Triumphe gerade null Punkte gab.

Jemand klopfte an seine Tür, aber er öffnete nicht. Die besorgte Stimme des Redakteurs, der ihn betreute. Wie hieß er noch? »Toto, was ist los? Toto, mach auf. Das kriegen wir noch hingebügelt. Toto, du kannst uns doch hier nicht im Regen stehen lassen.«

Pause.

»Wir streichen dir die Gage, hörst du?«

Nach ein paar Minuten ließen sie ihn in Frieden.

Toto schaltete um, bis er Eurosport fand. Ein Einladungsturnier in Cincinnati, im Finale spielte Najer gegen Lamenteau. Der übliche getanzte Wirbel aus Grundschlägen. Lamenteau mit seinen hellblonden geschwungenen Haaren, die er vor jedem Aufschlag aus der

Stirn strich. Diese schneeweißen gebügelten Hemden, die fließenden Bewegungen, die provozierende Mühelosigkeit von Lamenteaus Schritten.

»Früher habe ich bei jedem Match die Schläge vorausgesagt«, grummelte er mehr zu sich.

»Mach mal«, sagte Nils. »Erst Najer.«

»Cross«, flüsterte Toto. »Cross. Cross. Kurz Cross. Cross. Stopp cross.«

»Sechs von sechs «, sagte Nils. »Gar nicht schlecht.«

»Gelingt nicht immer, ist bei Najer aber nicht so schwer. Er hat seinen Plan, und den zieht er durch, und wenn er sich mit seinen Zähnen durch Beton beißen muss.« Toto lächelte versonnen. »Lamenteau dagegen ist ein Teufel. Er holt ruhig aus und reißt erst im letzten Moment den Schlägerkopf rum. Ein oder sogar zwei Fehler bei sechs Schlägen.«

»Einer ist noch okay, oder?«, sagte Nils.

Toto schaute ihn an. »Du hast keine Ahnung, was?«

Lamenteau hatte Matchball.

»Mach mal bei ihm«, sagte Nils.

Totos Murmeln.

»Linie. Linie.« – »Falsch!«

»Cross. Linie. Cross.« – »Hah!«

»Lang cross.«

Da unterlief Najer der Fehler. Lamenteaus Faust ging in den Nachthimmel. Die Schweißtropfen, die er sich mit dem linken Handgelenk vom Haaransatz tupfte.

»Zwei von sechs falsch«, sagte Nils.

»Tödliche Quote.«

»Ganz schön gut, der Typ, oder?«, sagte Nils. »Der schlägt heute noch härter als zu deiner Zeit, glaub ich. Weiß gar nicht, wie man den besiegen soll. Aber ich versteh ja nix vom Tennis.«

»Sei froh«, sagte Toto.

Er musste raus hier. Sammelte Spucke in seinem Mund, aber Gentlemen spuckten nicht. Niemals.

»Wo pennst 'n du?«, fragte er seinen Sohn.

10

Leise öffnete Toto die Tür und trat in den Gang. Hinter sich hörte er, wie Nils sich geräuschvoll erhob. In Richtung des Studios sah er den Redakteur mit dem Klemmbrett, aber der Mann telefonierte und hatte ihm den Rücken zugekehrt. Toto ging instinktiv auf Zehenspitzen. Treppe runter und raus. Sein Handy vibrierte und vibrierte.

Kein Fahrdienst vor der Tür, kein Taxi in Sicht. Zehntausend Euro Gage, dafür musste man schon drei Stunden durchhalten. Ein kalter Abend, dabei sollte bald Sommer sein. Toto sog die klare Luft ein, bis ihn schwindelte. Kein Mann der Spielshows. Wäre das geklärt.

»Die werden dich ganz bestimmt wieder einladen«, sagte Nils. »Besser kann man's nicht machen …«

»Erzähl keinen Mist«, brummte Toto.

»… weil den Auftritt 'ne ganze Menge Leute liken und mit Leuten sharen werden, die die Show sonst nie im Leben angucken würden. Für die bist du jetzt wieder ein Star.«

»Dann bin ich ja am Ziel meiner Träume«, sagte Toto und sah sich um.

Er fand es selbst lächerlich. Im East Village hätte er zwei Dutzend gute Restaurants gekannt und auch am Montmartre, aber nicht in Köln. Obwohl er nicht wusste, wohin, lief er los, den Mantel fest um sich geschlungen. Sie bogen in eine belebte Straße, er aß einen Lahmacun mit allem. Der Mann hinter dem Tresen interessierte sich auf erfrischende Art nicht für ihn. Nils hatte keinen Appetit, wie er sagte. Außerdem sei er Veganer.

»Au Mann«, sagte Toto. »Schon länger?«

»*Viel* länger«, antwortete Nils schläfrig.

Der Junge war in letzter Zeit in die Höhe geschossen. Ein Lulatsch. Er überragte Toto um eine volle Stirn. Die gewellten Haare ließen ihn noch größer erscheinen. Über seine Wangen kroch ein dünner Bart, er hatte den sinnlichen Mund seiner Mutter, mit diesen nach oben leicht gebogenen Mundwinkeln, aber die Kerben um die Nase wie Toto. Seine Finger waren lang und schmal und die Haut weich, als hätten sie noch nie etwas Härteres bearbeitet als ein Handydisplay.

Mit einem Taxi fuhren sie am Dom vorbei zu seinem Hotel, das ganz in der Nähe des Rheins lag. Toto betrachtete sich während der Fahrt im Rückspiegel, fuhr sich erst langsam über die Wangen, dann immer schneller. Er kratzte sich das verdammte Fernsehgesicht von der Haut, bis er überzeugt war, dass sie blutete.

11

Alles in allem warteten hundertdrei neue WhatsApp-Nachrichten auf ihn. Er würde sie später lesen. Bis auf die von Erdmann. Der schrieb sonst so gut wie nie. War dem Coach zu umständlich, eigentlich.

20.34 Uhr: Dagmar hat gerade über dich gestöhnt. Wegen der Sache mit Apartheid und Adelheid. Ich habe ihr versucht klarzumachen, dass in diesem Haus nicht über Toto Berger gestöhnt wird.

20.36 Uhr: Warning Mrs. Erdmann. Sie hat sich daraufhin verabschiedet. Aber mach dir keine Sorgen. Sie war einfach müde.

20.45 Uhr: Stopp! Das gilt nicht. Habe noch keinen formidableren Riesenhasen gesehen als dich, wo bist du?

20.48 Uhr: Müsstest den Typen mal stammeln hören.

21.02 Uhr: Aber jetzt wird's eklatant schwer für dein Team. Acht zu eins, dass ihr verliert. Dabei? Gilt?

21.09 Uhr: Zwölf zu eins. Gilt?

21.16 Uhr: Wann kommst 'n du zurück?

21.17 Uhr: Hallo, wann?

21.17 Uhr: Toto?

21.18 Uhr: ?

21.26 Uhr: Nehoda schreibt gerade, du seist komplett wahnsinnig geworden. Von wegen letzte Einkommensquelle und so. Soll ich ihm verbal eins überziehen?

21.29 Uhr: Meld dich, wenn du kannst. Wenn du nicht kannst, auch. Nehoda schreibt, RTL werde dich verklagen. Er sagt, so langsam gewöhnt er sich an den Gedanken, dass du das Talent hast, dich selbst in die Scheiße zu reiten, kurwa.

21.32 Uhr: Hab Nehoda verbal eins übergezogen.

21.35 Uhr: Er mir aber auch. Respekt und zugenäht.

21.41 Uhr: Nehoda hat wieder angerufen. Toto ist ja doch noch ganz schön am Leben, hat er gesagt. Stimmt, habe ich geantwortet, man wundert sich.

Toto musste schmunzeln. Das ging ja zu wie früher.

12

Die Hotelbar des Hilton war spärlich besetzt. Der Barkeeper stellte seinen neuen Gästen, die auf den weißen Lederhockern an der Theke Platz genommen hatten, ungefragt zwei Kölsch hin.

Toto nickte nur.

»Warum bist du hier?«, fragte er seinen Sohn.

Nils zuckte mit den Schultern. Seine Stimme klang etwas kratzig, wie Toto nicht ohne Befriedigung feststellte. Sie klang unreif, als wäre sie noch nicht fertig: »Ich hab gerade Abi gemacht. Ich hab Zeit.«

»Nix vor?«

»Nö.«

»Keine Reise?«

»Nö.«

»Nicht mal 'ne Freundin?«

Kurzes Zögern, ein weiteres »Nö«.

»Keine Pläne?«

Nils hob die Schultern und strich über das Lederpolster an der Theke. »Nö.«

»Bist du immer so?«

»Na ja, immerhin bin ich hier. Reicht doch. Wenn du schon mal da bist.«

»Um?«

»Wie, um?«

»Um was zu kriegen? Geld habe ich keins mehr. Ich kann dir eine gute Vorhand beibringen. Aber sonst habe ich alles hinter mir gelassen. Ich mach mich locker.«

»Du, locker?«

»Einfach nichts mehr müssen müssen macht total locker, sag ich dir.«

Nils trommelte mit den Fingern auf der Theke herum, es wirkte rhythmisch.

»Hab dich halt eine Million Mal im Fernsehen gesehen«, sagte er. »Da dachte ich mir, ich schau einfach mal vorbei. Und das vorhin war eine echt lässige Aktion.«

»Und jetzt wartest du auf Erleuchtung oder so was. Da würde ich nicht zu mir kommen.«

»Wir könnten uns kennenlernen«, sagte Nils. »Wär ein Anfang.«

Toto musterte seinen Sohn. »Krass«, sagte er und richtete seinen Blick auf die Wassertropfen, die am Äußeren seines Glases langsam herabliefen. »Wie alt bist du noch mal?«

»Siebzehn«, sagte Nils. »Ein Bier darf ich schon.«

»Zumindest in Begleitung eines Erziehungsberechtigten.«

Nils gluckste, dass seine Strähnen wackelten.

Toto trank das Glas in einem Zug aus. »Und, war's schwer, das Abi?«

»Mann«, sagte Nils. »Ich komm bei dir gar nicht vor. Seit ... immer schon.«

Toto nickte. »Right.«

»Weil?«

»Das hätte alles nur durcheinandergebracht. Und Chaos hatte ich so schon genug. Zu einem Dad hab ich nicht das Zeug.«

»Dad? Mann, ich schaff das gar nicht, dich Dad zu nennen. Dafür bist du einfach ein zu großes Arschloch. Du bist das Arschloch, das nie da war, das mich nie sehen wollte, das trotzdem alle bewundert haben.«

Nils schaute seinen Vater mit leeren Augen an. Toto entgegnete nichts. Sollte der Kleine nur. Denkt sicher, er ist im Recht.

»Arschloch«, flüsterte Nils.

Toto hob die Brauen, die Hände vor seinem Glas gefaltet. Sie hatten sich zuletzt vor vielleicht zwei Jahren gesehen, in Hamburg, nein, in Zürich. Ein bisschen reden über dies und das. Anstrengend.

Toto hielt Frauen geduldig die Türen auf, so eine Sorte Mann war er, aber ohne zu zögern ging er vor jedem anderen Mann hindurch. Bei den Dingen, die er tat, erwartete er, dass sich hinterher das Gefühl einstellte, richtig gehandelt zu haben. Da konnte er nichts machen. Genetisch vererbt, wahrscheinlich.

Doch das mit Nils war anders. Dass er Vater war, hatte er nie zu fassen bekommen. Das Finanzielle und den Pressekram hatte damals Nehoda geregelt. Er hatte den Jungen immer mal wieder getroffen. Kein Versteckspiel oder so. Aber auch nichts, was seine Karriere behindert hätte. Mit Bettie hatte es in Sachen Kindern später nicht geklappt, obwohl sie es sich eine Zeit lang so gewünscht hatte. Ihm war es einerlei gewesen.

»Schau mal«, sagte Nils. Er deutete hoch in die Ecke, wo auf einem Bildschirm stumm Sport1 lief. »Breaking News«, stand da, darunter ein stilisierter Tennisspieler.

»Können Sie mal lauter stellen?«, fragte Nils den Mann hinter der Theke, der erst mal nur die Brauen hob.

»Nee«, stöhnte Toto. »Verschon mich damit. Das ertrag ich jetzt nicht. Lass uns von was anderem reden. Warst du schon mal Fliegenfischen? Ich zeig dir, wie man fliegenfischt. Bei Erdmanns geht das gut. Du ziehst dir am besten eine gummierte Hos…«

Toto verstummte. Im Bild war jetzt Frédéric Lamenteau zu sehen, der sich gerade eine Trainingsjacke überzog. Auf der Bank hinter ihm stand ein golden glänzender Pokal, der aussah wie eine geschmolzene Blumenvase.

»Noch zwei?«, fragte der Barkeeper und tippte endlich auf die Fernbedienung. Toto nickte.

»Wer soll dich überhaupt noch aufhalten, Frédéric?«, fragte der Reporter. Es war Peter Antonegger, ein früherer Top-Ten-Spieler aus

Österreich, bei den aktiven Profis als Besserwisser verschrien. Auch Toto hielt ihn für eine Nervensäge. Allein schon, wie Antonegger Lamenteaus Vornamen betonte.

»Bien«, antwortete Lamenteau unbestimmt.

»Uuuuuh«, machte Toto.

Diese tiefe Stimme. Tiefer und rauer, als man sie erwartet hätte. Als er Lamenteau das erste Mal in der Kabine hatte reden hören, hatte er den Hünen gesucht, der da sprach. Die Stimme passte überhaupt nicht zu dem Bürschchen neben seinem Spind. Aber im Lauf der Zeit war Lamenteau in seine Stimmlage hineingewachsen, und heute füllte er sie aus.

»Du bist bei den großen Turnieren seit anderthalb Jahren ungeschlagen, Frédéric.«

»Mir wird schon nicht langweilig, oder?«, sagte Lamenteau in seinem Schweizerdeutsch, an das sich Toto nie hatte gewöhnen können.

»Aber es ist nicht mehr spannend.«

»Da musst du die Zuschauer fragen, Peter.«

»Das habe ich getan. Sie sagen, es fehlen heute auf der Tour echte Typen. Und viele Kritiker sind der Ansicht, das Herrentennis sei in Wahrheit deswegen in der Krise, weil du zu dominant bist.«

Lamenteau spielte mit einem Haarband in den Händen.

»›Die Typen fehlen‹, das sagt noch mal wer?«

»Ich sage nur, was alle sagen«, erwiderte Antonegger.

»Das Niveau ist so hoch wie noch nie«, sagte Lamenteau.

»Aber es gibt kaum noch Spieler, die dir gefährlich werden.«

Man sah ihm nichts an, aber Lamenteau musste an sich halten. Wäre Toto damals ebenfalls so gegangen. Du gewinnst ein Finale, besiegst einen Krieger wie Najer, und statt Wertschätzung zu erfahren, musst du dir so einen Blödsinn anhören. Toto nahm einen Schluck. Zum Glück nicht mehr sein Problem.

Antonegger schien zufrieden mit dem Verlauf des Interviews. »Wen siehst du bei den Jungen, Frédéric?«, fragte er. »Gibt es ein

Talent, das dir bald das Wasser reichen kann, so wie früher vielleicht Toto Berger?«

Toto zuckte zusammen. Nils hatte mit der Faust auf das Leder gehauen.

Lamenteau hob die Schultern.

»Ich kann nichts dafür, dass er so früh aufgehört hat. Von heute auf morgen. Einfach so. Tut mir leid, aber das ist nicht meine Schuld.«

»Hast du bei den Jungen einen im Auge? Gibt es da einen, dem du es überhaupt zutraust?«

Lamenteau drehte sich halb um und schleuderte aus dem Handgelenk sein Haarband hinter sich. Toto kannte ihn gut genug, dass jetzt irgendwas kommen würde. Aber man wusste nie, was. Die Handgelenksdrehung im letzten Augenblick.

»Mir fällt keiner ein«, sagte er.

»Also kein neuer Toto Berger in Sicht?«, fragte Antonegger lauernd.

»Weißt du«, sagte Lamenteau gelassen, »was ich spannend fände?«

Der Interviewer schwieg.

»Die Zeit zurückzudrehen.«

»Wie …«

»Davon redet ihr doch die ganze Zeit. Dass früher alles besser war.«

»Frédéric, ich versuche, dir ganz normale Fragen …«

»Bringt mir das Original.«

»Wen?«

»Den originalen Toto Berger, oder?«, sagte Lamenteau.

Toto spuckte sein halbes Kölsch über den Tresen.

»Der Spinner!«, rief Nils.

»Hat Lamenteau das gerade echt gesagt?«, entfuhr es Toto. »Hat er nicht, oder?«

»Berger ist seit fast drei Jahren raus aus dem Geschäft«, sagte Antonegger belustigt. »Der ist im Ruhestand.«

»Hat der das wirklich gerade gesagt?«, rief Toto.

Lamenteau lächelte, fuhr sich durch die Haare und schaute mit in Falten gelegter Stirn in die Kamera, als suchte er etwas.

»Na ja, ein Duell mit Toto Berger, warum nicht?«, sagte er schließlich. »Ihr vermisst einen wie Berger? Holen wir ihn zurück! Nichts leichter als das. Keine Ahnung, wo er steckt. Und ob er sich aus seinem Schneckenhaus herauswagen wird. Aber er wird begeistert sein.« Er hielt kurz inne. »Hey Toto, wenn du das hier siehst, denk mal drüber nach. Keine Ahnung, ob du's noch draufhast, aber so schlimm wird's schon nicht werden.«

Toto schüttelte den Kopf.

Nils machte große Augen. Es kam Werbung. Toto bedeutete dem Barkeeper, leiser zu stellen.

»Und jetzt?«, fragte Nils tastend.

»Was für ein Wichtigtuer«, stieß Toto hervor.

»Wär das nichts?«, sagte Nils. »Es dem noch mal zeigen?«

»Ach was.«

»Ist er nicht die Nummer eins?«

»Der könnte die Nummer null sein und hätte noch kein Format.«

Toto starrte seinen Sohn ungläubig an. Dann nahm er die Serviette, die ihm der Barkeeper kommentarlos hinhielt, und trocknete sich die Hände. »Einen weißen Schläger spielt der inzwischen!«

»Aber stell dir vor, du würdest ihn schlagen, Toto.«

Sie bestellten sich noch zwei Kölsch. Toto bemerkte, dass Nils auf seinem Hocker unruhig wurde. Die Wangen seines Sohnes waren gerötet, seine Pupillen weit, die Hände fuhren in der Luft herum.

Ein Amateur in Sachen Alkohol.

Beruhigend.

Beruhigend?

Warum beruhigend?

»Stell dir das mal vor, Toto!«

»Will ich erst gar nicht«, sagte er und stellte es sich trotzdem vor. Ein Best Case gegen Frédéric Lamenteau sähe heute so aus, dass der ihn am Leben ließe. Ein Worst Case würde blutig enden.

»Es gibt immer ’ne Chance«, sagte Nils.

»Nur, wenn er dich gnadenlos unterschätzt.«

»Du traust dich nicht«, sagte Nils, kicherte wieder auf seine jugendliche Art und lehnte sich dabei zurück, dass er mitsamt Hocker umgefallen wäre, hätte sein Vater ihn nicht aufgefangen.

»Hör auf.«

»Du traust dich nicht, Toto.«

Nils sah ihn aus seinen arglosen Augen an, zwei dunkle Knöpfe.

Die Augen meines Sohnes.

»Weißt du«, sagte Nils, »dass ich dich nie live habe spielen sehen?« Mit seiner Aussprache ging es bergab.

Toto selbst spürte den Alkohol so gut wie nicht. Vielleicht war das wiederum beunruhigend. »Hat sie nie erlaubt, was?«, fragte er. »Dass du mal zu einem Turnier kommst, einfach nur zuschauen.«

»Nee, hat sie nicht«, sagte Nils.

»Hat sie mal gesagt, warum?«

»Weil … du das nicht willst, hat sie gesagt.«

»Hat sie das? Wie geht es ihr denn so?«

»Sie lebt ganz gut. Vier Kinder von vier Vätern, drei davon vermögend.«

Toto verstand den Seitenhieb.

»Respekt. Hat wohl alles richtig gemacht.«

»Ist eine Frage der Perspektive, glaub ich«, sagte Nils. Unvermittelt schlug er wieder auf den Tresen. »Und wenn du dich noch mal richtig reinhängst? Ich meine, so richtig? Was hast du denn zu verlieren?«

»Alles, was ich noch bin«, murmelte Toto.

»Ich könnte dir helfen!«

»Wie willst du mir denn helfen?«

»Irgendwie halt.«

»Wie ist denn dein Aufschlag?«

»Du nimmst mich nicht für voll«, sagte Nils enttäuscht.

Toto lächelte. »Willst du mal Motivationscoach werden oder so was?«

Er legte eine Hand auf die Schulter des Jungen. Eine eckige Schulter, keine Muskeln über den Gelenken.

»Es dem Kerl heimzahlen, das wär schon groß. Ihm ein für alle Mal zeigen, wer ich bin. Wer ich mal war. Ich bin aber raus.«

»Verlieren wäre doch nicht so schlimm«, sagte Nils.

»Ist es leider doch«, sagte er. »Verlieren ist immer schlimm. Verlieren ist schlimmer, als es schön ist zu gewinnen. Weißt du, was ich meine?«

Es war schon spät, als er die Rechnung auf sein Zimmer schreiben ließ. Oben wartete niemand in seinem Bett. Früher war es einfach gewesen. Früher hatte einer der Portiers sogar mal ein Buchungssystem entwickelt, welches Mädchen Toto wann in den Kram passte.

Nils war anscheinend wirklich nach Köln gereist, ohne zu wissen, wo er schlafen würde. Totos Angebot, bei ihm zu übernachten, hatte er schweigend angenommen. Ein Nicken als Antwort. Im Zimmer warf er seinen Rucksack auf die andere Betthälfte und verschwand im Bad.

Toto nahm sein Handy, öffnete die Kamera und machte ein Selfie mit Stinkefinger und geschlossenen Augen. Dann stellte er es bei Instagram auf sein Konto. Und tippte dazu:

Keine Hasenjagd heute.

Vielleicht nur ein Reflex, nicht mehr – er öffnete Twitter. Noch immer hatte @MountBerger an die fünfhunderttausend Follower. Auch wenn er nicht mehr als ein paar Mal im Monat seine Meinung hinausposaunen ließ, um sich im Gespräch zu halten. Nehodas Leute hatten einfach kein Verständnis für das, was seine Mutter immer »die Bedeutung der Wörter« genannt hatte. Toto war kein Dichter geworden, wie sie es sich gewünscht hatte, aber wenn er schrieb, wusste er, was er tat. Nun zögerte er kurz, tippte dann schnell:

@FLamenteau #MountBergerIsDoingFine

Nachdem er den Tweet abgeschickt hatte, legte er das Smartphone zur Seite und zog sich ein frisches Shirt an, dazu eine Leinenhose. Er zappte einmal quer durchs Programm, legte sich in das nach Blüten duftende Bett und zog die Decke über das Kinn. Seine Beine waren schwer, und die Oberschenkel zuckten wie von selbst.

Neben dem Bett lag ein fleckiger Army-Rucksack mit dem Anarchie-Zeichen, dem Anti-ISIS-Aufkleber, einem PKK-Sticker und einem Campact-Aufkleber, was immer das sein mochte. Vor siebzehn Jahren war er selbst so alt gewesen wie dieser Bursche, der sich jetzt in einem nach Schweiß stinkenden Unterhemd auf die Matratze neben ihn warf, Gute Nacht nuschelte und wenig später schon tief und laut atmete. Fast zwei Meter groß, die Füße bis über die Bettkante und betrunken. Dazu ein Bartwuchs wie ein schlechter Witz, Haare wie ein Teppich, hängende Schultern und diese Augen.

Und trotz allem sein Sohn. Verrückt.

Toto ging ins Bad und duschte, bis seine Haut aufgeweicht war. Die Arme gegen die Wand gelehnt, den Kopf nach unten gebeugt, ließ er den warmen Strahl seinen Rücken massieren, die Schultern, den Nacken. Nach der Dusche rubbbelte er mit dem Handtuch über das grau werdende, früher mal tiefschwarze Haar, bis es wie unter Schock nach oben stand, und föhnte das Ganze, sodass es zu dem gewohnten unkämmbaren Knäuel wurde. Dann ging auch er zu Bett.

Dort lag Toto lange wach.

Drei Jahre sind lang. Man gerät außer Form. Man verliert die Spannung im Körper. Man verliert vor allem die Vorstellung von sich selbst, wie es ist, da oben. Das Wissen, wie man mal gesiegt hat, ist noch da. Aber nur noch als blanke Theorie. Es fehlt die Imaginationskraft, es umsetzen zu können. Man verliert jede Vorstellung von sich selbst in den drei Jahren, wenn man nicht aufpasst. Wenn man es richtig macht, dann ist man dafür irgendwann drei Lichtjahre weg von der gefräßigen Vergangenheit und kann die Welt gewöhnlicher Freuden entdecken, die zuvor immer verschlossen gewesen war.

Das muss dann natürlich nur klappen.

Sobald sie zurück im Haifischhaus waren, würde er mit Erdmann reden müssen. Der Trainer hatte sicher schon eine Art Schlachtplan ausgearbeitet. Und sich überlegt, was, wie und mit wem. Erdmann würde sofort Liv fragen, aber das würde nichts nützen. Was machte eigentlich Frankie? Der und seine magischen Finger.

Sicher würde Erdmann gleich morgen früh Nehoda anrufen. Der hörte das Gras wachsen. Der konnte rausfinden, ob Lamenteau das ernst gemeint hatte. Vielleicht auch eine erste Quote erfahren. Was die Leute so dachten. Konnte auch einfach eine Verarsche sein. Wusste man nie, bei dem Kerl.

Als er einschlief, merkte er, wie sich ein letzter Gedanke in sein Bewusstsein schlich: *Aber was, wenn nicht?*

13

Am nächsten Morgen erwachte er viel zu früh und mit einem Schmerz hinter der Stirn, der ihn zurück in die Kissen sinken ließ. Nils schlief fest. Nach zwei Espressi, die der Zimmerservice brachte, fühlte sich Toto immerhin so weit, den Rechner aufzuklappen und nachzulesen, ob Lamenteau wirklich gesagt hatte, was er gesehen hatte. Die Meldung war überall. Und auch Totos Tweet. Mitsamt Interpretationen. Mächtige Aufregung. Er gähnte und rieb sich die Augen.

Im Flughafenterminal nahm er sich eine *Bild*-Zeitung, der alte Reflex. Auf der letzten Seite sah er sich selbst. Zwei Fotos. Einmal im Hasenkostüm. Einmal nur mit Badeshorts bekleidet. Angenehm gerundet, verblüfft dreinschauend, sah es aus, als wollte er gleich einen Kieselstein in Richtung des Fotografen werfen. Darüber stand:

Toto Berger – warum hat er nur so dünne Nerven?

Sie hatten geschrieben, dass er finanziell schwierigen Zeiten entgegenginge. Die Scheidung. Die Gläubiger. Daher die Spielshow. Immerhin, das wahre Ausmaß seiner Pleite erwähnten sie nicht. Im Flieger döste er. Von links hörte er die Rapmusik seines Sohnes durch dessen Kopfhörer, Nils' rechter Ellenbogen drückte ihm in die Seite. Klar war er mitgekommen, nachdem ihm Toto von seinem Meilenkonto erzählt hatte. »Klaromat«, hatte Nils gesagt. »Klarissimo, Meister.«

»Hast du sonst echt nichts vor?«

Es dauerte, bis Toto eine Antwort erhielt.

»Ich hab was vor. Siehste doch.«

Bevor sie sich nach der Landung in Hamburg ins Auto setzten, kramte Toto sein Handy hervor und entschied sich dann dagegen, es anzuschalten. Der Flugzeugmodus war ein guter Modus. Er wollte den Zeitpunkt hinauszögern, da er geflutet würde von Nachrichten, auf die er keine Antwort wusste. Zugleich bemerkte er widerstrebend, dass ihn der Gedanke, wieder im Mittelpunkt zu stehen, mit Freude erfüllte. An den Ampeln tanzten die Muskeln seiner Oberarme wie von selbst.

Als er schließlich hinter Bordesholm, auf der Höhe von Rendsburg, doch online ging, begriff er, dass draußen die Hölle los war. Bevor er in Schleswig abbog, fuhr er raus, setzte sich in das Restaurant eines Autohofs, trank einen Kaffee, las alles, ohne es wirklich wahrzunehmen, und schaute danach Nils zu, wie der eine Frikadelle und Wiener Würstchen mit Kartoffelsalat verdrückte.

»Bist du nicht Veganer?«, fragte Toto irgendwann, um das Schweigen zu durchbrechen.

»Nur sonntags«, sagte Nils beim Kauen. »Aber da konsequent. Montags zieh ich mir gern mal einen Burger rein, als Kontrastprogramm.«

Toto hob die Brauen und zog es vor, nichts zu entgegnen. 34 Anrufe in Abwesenheit. 286 WhatsApp-Nachrichten. 417 Kommentare auf Facebook. 1 200 Retweets. Die Mailbox war voll. Nehoda versprach, sich umzuhören. Erdmann beschimpfte ihn, warum er nicht längst hier sei, und klang, als müsste er Freudentränen unterdrücken. Dann eine Stimme, die er zu erkennen glaubte, bei der er sich aber nicht sicher war; ein Typ, der sich kaputtlachte, kaum zu verstehen. Textnachrichten von Spielern, ebenfalls längst im Ruhestand. Von Drafton, Herrera, Muskovic. Selbst vom schrecklichen O'Flannigan.

Fucking brillant idea. Auch wenn es nicht deine ist.

Tu es.

Lass ihn bluten.

Kill him.

Viel Glück. Wirst es brauchen.

Und eine Nachricht von Liv Hansen.

Sei nicht albern, alter Mann.

Ein Satz, der ihn zugleich verwundete und tröstete.

Kompliziertes Gefühl, das er nicht fassen konnte und zur Sicherheit beiseiteschob. Der Liv-Hansen-Effekt.

Sie alle schrieben, was sie dachten, nur Frankie schrieb nichts. Selbst Menschen gaben ihre Meinung kund, deren Existenz er längst verdrängt hatte. In gewissen Kreisen hatte Toto früher viele Bekannte gehabt, darunter Leute aus der Politik. Sie hatten seine Nähe gesucht, solange er Turniere gewann. Danach hatten sie eher nicht mehr seine Nähe gesucht.

Er antwortete keinem.

Die Dörfer waren wie ausgestorben, und es fiel ihm zunehmend schwer, die Augen offen zu halten. Nils döste. Der Raps blühte. Wenn die Sonne durch die Wolken brach, leuchteten die Felder. Toto setzte die Sonnenbrille auf und klappte die Blende herunter. Ab und zu schob sich die Ostsee in den Horizont, mehr grau als blau.

Aus seinem Handy, das er mit der Anlage verbunden hatte, drang Johnny Cash, mit der brüchigen Stimme seiner Alterswerke.

We'll meet again.

Sonst lief Toto immer ein Schauer über den Rücken, und ein Schub an Energie flutete ihn, wenn er das hörte, aber in diesem Moment funktionierte das nicht, nicht heute.

Er setzte die Brille wieder ab und rieb sich die Lider. Es war bereits Nachmittag, als er die Einfahrt erreichte. Behutsam rollte er durch den Eichentunnel, hoffte, dass Nils die abgeschabten Baumstämme nicht bemerken würde.

Alter Mann, hatte sie geschrieben. Frechheit.

Das Haifischhaus wuchs vor ihnen aus dem Wald, vom Knirschen auf dem Kies war Nils offenbar aufgewacht.

»Abgefahren«, sagte er mit Staunen in der Stimme. »Hier wohnst du?«

»Die Erdmanns finden sicher noch ein Plätzchen für dich.«

14

Das Haifischhaus erschien ihm wie frisch gewaschen. Sonnenstrahlen fluteten die Zimmer und leuchteten ihre Ecken aus, dass man in ihren Bahnen Staubkörner in der Luft tanzen sah. Als Toto im Wohnzimmer durch die Fenster hinausblickte, lag auf der Ostsee ein Glitzern, das aus dem Wasser selbst hervorzubrechen schien. Es war Jahre her, dass sich Erdmann und Nils begegnet waren. Toto machte keine große Sache aus der Vorstellung.

»Junge, du bist aber formidabelst groß geworden«, sagte Erdmann statt einer Begrüßung.

»Strike!«, rief Toto mehr zu sich selbst und nickte Nils zu. Sie quartierten ihn im zweiten Stock ganz hinten ein, über der Küche.

Ein Duft von Kaffee, Eiern und gebratenen Krabben zog wenig später durch die Gänge. Toto hörte den Trainer vor sich hin pfeifen. Der »Triumphmarsch« von Verdi. Nicht, dass er es in Sachen klassischer Bildung mit irgendjemandem aufnehmen konnte, der im Gymnasium aufgepasst hatte, aber das Ding war bei den Dreharbeiten für einen Werbespot von MatchWear die ganze Zeit gelaufen.

»Der ›Triumphmarsch‹, hatten sie gesagt, klingt wie für dich geschrieben.«

Solch idiotische Schmeicheleien bekam man da zu hören, immerzu.

Aus der Küche war ein Scheppern und Rumoren zu vernehmen, dass Toto überrascht war, dort nur Erdmann anzutreffen. Der Trainer hielt ein Telefon ans Ohr gepresst, schüttelte den Kopf, zischte etwas Unverständliches und rührte mit einem Schneebesen in einer gewaltigen gusseisernen Pfanne.

»Hat sich Frankie gemeldet?«, fragte Toto leise.

»Bedaure«, kam es geflüstert.

Später, beim zweiten Kaffee, stieß Nils dazu, und als schließlich Dagmar durch die Tür trat, auf einen Stock gebeugt und so schmal, da rückten sie zusammen. Sie nickte in die Runde und begrüßte Nils, als ob sie ihn schon lange kannte, ihre Hand auf seinem Unterarm. Erdmann strahlte, seine Lippen begannen zu malmen, dann platzte es aus ihm heraus.

»Nils hier ist ganz sein Vater, oder? Derselbe majestätische Kopp.«

Und so ging es weiter. Was in Frédéric gefahren sei. Was der Quatsch solle. Ob Toto die Forderung einfach so anzunehmen gedenke.

»Forderung?«, fragte Toto.

»Was war das denn dann?«

Toto hob die Arme.

»Jünger wirst du jedenfalls nicht mehr«, sagte Erdmann.

»Dümmer aber auch nicht«, sagte Toto.

»Die Frage ist doch: Können wir Lamenteau schlagen?«

»Wir?«, fragte Nils und blinzelte mehrfach.

Erdmann warf ihm einen Blick zu, der Nils verlegen grinsen ließ, und fuhr sich über den kahlen Schädel. »Also«, sagte er schließlich, »ich glaube schon, dass du ihn in die Knie zwingen könntest. Wenn alles passt. Wenn du dich noch einmal aufraffen würdest, und wenn du noch einmal so richtig … ich meine, Lamenteau müsste natürlich zu seinem Wort stehen, und dann müssten wir erst mal anfangen, systematisch zu …«

Toto wusste, das würde jetzt minutenlang so weitergehen, und schaltete ab. Wie durch Zufall blieb sein Blick an Dagmar hängen, die wiederum ihren Mann betrachtete. Einmal streckte sie die Hand aus und berührte ganz leicht seine Wange, eine Bewegung, die so innig war, dass Toto zur Seite schaute.

Erdmann stockte in seinem Redefluss, als ob ihn jemand ertappt hätte oder er sich an etwas erinnerte, und verstummte ein paar Atemzüge später ganz.

»Ach, Bernd«, sagte sie da, »wie du dich freust.«

Im Kachelofen knackte es. Das Feuer hatten sie für Dagmar angemacht.

»Magst du noch mal Kaffee aufsetzen?«, fragte Toto nach einer Weile. Manchmal gab es Momente, in denen alles ganz einfach schien, und für ihn war plötzlich klar, dass es nur einen Ort auf der Welt gab, wo er es noch einmal angehen konnte. Einen der unwahrscheinlichsten Orte, die man sich vorstellen konnte, wenn man einen wie Frédéric Lamenteau gefragt hätte. Diesen hier.

15

Sie wartete einen Augenblick, ehe sie zum Hörer griff. Das Läuten schnitt durch die Stille im Haus. Smilla war in der Kita, das Radio war ausgestellt. Nur das Summen der elektrischen Geräte war zu hören, das Geräusch der Merinowollpantoffeln auf dem versiegelten Schiffsbodenparkett. Und das Läuten des Telefons.

»Sie ist dran«, hörte sie Bernd Erdmann sagen.

Er musste mit seinen kurzen Beinen an ihrem Bettrand sitzen. Liv sah Dagmar vor sich, meinte ihre silberfarbenen Haare zu sehen.

»Gut«, hörte sie Dagmar flüstern. »Lass uns bitte allein.«

Die Antwort war gegrummelt, unverständlich.

»Liebes?«, sagte die vertraute Stimme nach ein paar Sekunden. Sie klang überraschend fest.

»Dagmar«, antwortete Liv. »Schön, dich zu hören.«

»Wie geht es dir, Liebes?«

»Gut«, sagte Liv. »Sehr gut. Das Leben ist natürlich anders. Der Horizont ist kleiner.«

»Das gehört dazu.«

»Ich weiß.«

»Aber schön?«

»Ja«, sagte Liv. »Schön. Danke.«

»Wie beißen die Fische zu Hause?«

Liv seufzte und hoffte, es hörte sich nicht traurig an.

»Papa geht es ganz gut. Er fährt noch jeden Tag raus. Er kann gar nicht anders, glaube ich. Meine Mutter fehlt ihm. Er ist jetzt allein.«

»Du fehlst ihm auch.«

»Wenn du meinst.«

»Bernd würde gern mal wieder mit ihm rausfahren.«

»Dann soll er sich einen Überlebensanzug mitnehmen«, sagte Liv. »Falls sie am Abend nicht mehr den Hafen finden.«

Dagmars Atem ging flach und rasch.

»Und du?«, sagte Liv, »erzähl.«

»Liebes«, sagte Dagmar.

»Ja?«

»Ich bin müde.«

»Ich weiß.«

»Als es losging, konnte ich mir nicht vorstellen, wie es werden würde. Weißt du, mit der Übelkeit kann ich umgehen. Sie kommt in Wellen, aber das Anschwellen bedeutet, dass es bald wieder abschwillt, und dann versuche ich an die kommende Erleichterung zu denken.«

»Du bist tapfer«, sagte Liv.

»Ich betrüge mich selbst.«

»Aber es hilft dir.«

»Die Untätigkeit zermürbt mich. Besuche erschöpfen mich. Die Medikamente nebeln mich ein. Manchmal schlafe ich ein, ohne dass ich es vorher gemerkt habe.«

»Ja«, flüsterte Liv. Sie setzte sich, kraftlos.

»Aber manchmal«, sagte Dagmar, »da schaffe ich es noch aufzustehen und sogar hinunterzugehen und mich in die Küche zu setzen und einen Tee zu trinken, oder, wenn die Sonne scheint, draußen auf der Terrasse zu sein und aufs Meer zu schauen.«

»Es tut mir so leid.« Livs Stimme war brüchig.

Dagmar wartete einige Sekunden, dann fragte sie nüchtern: »Was hat Bernd dir erzählt?«

Dankbar, dass Dagmar den Ton wechselte, stand Liv auf, ging hinüber zum Fenster, strich mit der rechten Hand über die Scheibe.

»Wie es dir geht, hat er erzählt. Dass es dir nicht gut geht.«

»Übrigens, Nils ist da!«

»Welcher Nils?«

»Totos Sohn. Ein solcher Riese. Aber hübsch.«

»Ach ja, Nils.« Liv sah dem Eichhörnchen nach, das sich auf einem Ast im Garten das Gesicht putzte.

Dagmar räusperte sich. »Darf ich dich um etwas bitten?«

»Aber natürlich.«

»Ich brauche dich hier, Liebes.«

»Du …«

»Ich brauche dich hier.«

»Warum? Darf ich das fragen?«

»Ist das wichtig?«

»… wegen der Männer?«

Sie lachten beide.

»Aber Dagmar«, fuhr Liv fort, »was Toto da vorhat, ist absurd. Er *hat* es doch vor.«

»Ich weiß es nicht. Bernd ist ganz fröhlich. Ganz wundervoll.«

»Kann sein, dass Frédéric morgen sagt: ›War nur ein Scherz.‹«

»Das wagt er nicht«, sagte Dagmar.

»Toto würde scheitern. Er wird scheitern. Er kann die Zeit nicht zurückdrehen. Ich wünschte, er könnte es. Aber es geht nicht.«

»Natürlich wird er scheitern. Wenn du nicht kommst.«

»Ich kann nicht kommen«, sagte Liv.

Sie öffnete die Tür zur Terrasse und schaute hinaus. Es war kühl, erste Tropfen fielen. Die Kirschbäume hatten letzte Woche zu blühen begonnen. Der Rasen war wieder gewachsen, Sebastian musste ihn dringend mähen. Auf der Tür waren die Abdrücke kleiner Finger.

»Es tut mir leid«, sagte Liv. »Es geht nicht. Meine Tochter … Sie wird größer. Mein Mann braucht uns. Er arbeitet viel. Und ich wollte all das so, du weißt das.«

Dagmar sagte nichts. Vielleicht war sie eingeschlafen.

»Es tut mir so leid«, sagte Liv Hansen. »So leid.«

Nachdem sie aufgelegt hatte, drückte sie im Wohnzimmer den Schalter für die Außensteckdose. Sobald es aufgehört hatte zu regnen, würde sie den Rasen mähen. Ein paar Stunden warten, dann würde es trocken genug sein.

16

Zu Beginn ihres Rundgangs sagte Erdmann, während eines Sturms sei es im Haus, als würden sie zur See fahren. Die Gischt wirbele so hoch, dass man meinen könne, ihr Schraubenwasser verschlänge bald das Land. Daher auch die Fahne, wegen der Seemannschaft. »Und es heißt«, sagte er, »es soll im zehnten Jahrhundert eine Wikingerfeste an dieser Stelle gestanden haben.«

»Glaubst du das?«, fragte Toto seinen Sohn, der hinterherstapfte, die Hände in den Taschen. Nils hob die knochigen Schultern.

»Also ich«, rief Erdmann, »würde wissen, wenn es anders wäre.«

Beim Reden umfassten seine Hände die ganze Welt. Er ging in schnellen, kleinen Schritten, deutete hier hinein, zeigte dorthin, seine Hände standen niemals still. In einem fort erzählte er Geschichten, die sich zugetragen hatten oder nicht.

Das Haifischhaus bestand in seinem Inneren aus vielen Zimmern, verteilt auf drei Stockwerke, wobei das Wohnzimmer mit seinem Kamin die Hälfte des Erdgeschosses einnahm. Zu jeder Jahreszeit dringe durch die Ritzen ein Lüftchen, sagte Erdmann. Nur auf die Abdichtung des Wohnzimmers habe man einst sorgfältig geachtet.

Ein Gemälde mit überlebensgroßen Figuren nahm dessen ganze Längswand ein und sparte nur den Kamin aus. Feuerwehrleute, ein Vulkan, fliegende Mädchen.

»Das sieht aus wie von Leo Grieg gemalt«, sagte Nils. »Das ist sein Stil, sein Strich, das ist ja eine sensationelle Imitation.«

Erdmann schmunzelte.

»Dieselben Farben, hier, dieser Vulkan, das ist genau sein Stil, wirklich.«

»Gut, mein Junge«, sagte Erdmann.

»Wer kann denn so was, Leo Grieg nachmachen?«

»Leo Grieg«, sagte Erdmann.

»Ah. Ach so.«

Erdmann nickte feierlich. »Du bist der erste Schlaumeier in dieser ganzen gravitätischen Bande, der das bemerkt.«

Erdmann legte dem Jungen die Hand auf den Arm, sie gingen weiter. Obwohl symmetrisch gebaut, schienen die Treppen willkürlich verteilt, sodass ein Fremder, so er denn Zugang fand, sich im Dunkeln schwertat, sich im Haifischhaus ohne Hilfe zu orientieren. Vom dritten Stockwerk gelangte man schließlich hinauf in den Turm. Erdmann musste ein wenig die Stimme heben, weil ihre Schritte im Treppenhaus dröhnten.

»Hier unterm Dach wohnt Toto«, sagte er. Die Tür war nur angelehnt.

»Yep«, sagte Toto. »Zutritt verboten für alle unter achtzehn.«

»Die Menschen dieser Halbinsel«, sagte Erdmann im Weitergehen, sein Atem ging schwerer jetzt, »nennen es das Haifischhaus, weil sein Erbauer, ein mehrfach beweibter Friese …«

Er blieb stehen und schöpfte Luft.

»Nippel uns jetzt bloß nicht ab, Bernd«, sagte Toto.

Erdmann grinste grimmig.

»Also, dieser mehrfach beweibte Friese hat drei Reihen Zähne auf der Jagd nach Dorschen gelassen, bevor er im Ersten Weltkrieg dem Franzmann an die Gurgel ging.«

»Echt wahr?«, fragte Nils.

»So wahr ich dieses Haus von meinem Vater geerbt habe.«

»Und das ist sein Wachturm gewesen?«

»Für mich ist er so was wie ein Guckturm. Ein Denkturm. Auf dem Dach fühlt man sich wie im Krähennest eines Dreimasters. Völlig monumental.«

»Manche fühlen sich auch schon so monumental«, sagte Toto.

»Die waren vielleicht zu lange hier oben«, erwiderte Erdmann.

Er öffnete eine Tür, drückte sie gegen den Wind auf und redete weiter. »Man sieht die Schweinswale im Meer spielen, wenn du Glück hast. Der Horizont hört gar nicht mehr auf. Man sieht die Krümmung der Erde. Wenn ich mich anstrenge und ein bisschen groß mache, sehe ich Australien.«

Über die Baumwipfel ragte das Kreuz der Steinhagener Seefahrerkirche, darunter die goldene Kugel, die stilisierte Wetterfahne, die immer nach Westen zeigte. Das Kreuz stach ins Blau des Himmels. Im Osten schälten sich Inseln aus dem Dunst.

»Das ist doch schon Dänemark«, rief Toto, »das sind doch Livs Inseln, oder?« Aber Erdmann und Nils waren schon verschwunden, ohne dass er es mitbekommen hatte. Er holte sie im Hof ein. Erdmann schien sein Fehlen nicht bemerkt zu haben – so sehr war der Trainer ins Erzählen vertieft. An seiner Seite der zwei Köpfe größere Nils, die Hände immer noch in den weiten Taschen der Baggy Pants vergraben, den Kopf beim Zuhören zur Seite geneigt. Er nickte hin und wieder und kickte im Gehen kleine Steine zur Seite. Sein Gehen war eher ein Schlurfen, die Knie knickten leicht nach innen, die Kniescheiben zeichneten sich bei jedem Schritt durch die Hosen ab.

Hinter dem offenen Anbau des Schuppens, der Erdmann als Unterstand für seinen Volvo diente, führte ein Pfad durch ein Eichenwäldchen zu einer Lichtung, die von einem mannshohen Zaun umgeben war. Grau lag darin ein Tennisplatz. Aus dem aufgesprungenen steinernen Boden wuchsen Löwenzahn und Klee und am Rand Sanddorn. Sie traten durch die Tür, die in den Zaun eingelassen war. Ein Quietschen schnitt in die Stille des Waldes. Mehrfach geflickte Fischernetze hingen über ein Drahtseil, das den Platz in zwei Hälften teilte und das in der Mitte durchhing. Die Linien waren aufgeplatzt.

Erdmann breitete die Arme aus. »Phnom Penh war ähnlich, weißt du noch?«

»Dein Platz hat mehr Stil«, antwortete Toto. »Er ist liebevoller gepflegt.«

Nils ging in die Knie und strich über den Boden. »Völlig im Eimer«, raunte er.

Sie schauten sich um. Außer ein paar Amseln rührte sich nichts.

»Den Platz«, sagte Erdmann schließlich, »habe ich als junger Mann mit meinen eigenen Händen erbaut.«

»Ganz allein?«, staunte Nils.

»Na ja, mit der Hilfe der Freunde meines Vaters.«

»Wie alt warst du da?«, fragte Nils.

»So sieben, schätze ich«, sagte Erdmann und verzog dabei keine Miene.

»Wetterfester Belag wenigstens«, sagte Toto.

»Mir hat Regen nie was ausgemacht. Nur den Bällen.«

Erdmann ließ sich neben Nils nieder. Im Sitzen strich er mit den Händen über den Beton, nahm ein Bröckchen auf, das sich gelöst hatte, und hielt es dem Jungen entgegen.

»Schenk ich dir«, sagte er. »Echter heiliger Rasen.«

17

Ganz sicher lag es daran, wie Nils dasaß, die Beine weit von sich gestreckt, die Hände hinter dem Kopf verschränkt, den Blick auf sie gerichtet. Sie hatten eigentlich darüber reden wollen. Über Lamenteaus – warum nicht? – Forderung.

Erdmann hatte lange mit Nehoda telefoniert, bevor er sein Handy ausgestellt hatte, weil ihn die Zahl der Anrufe überwältigte. Einen Festnetzanschluss besaß das Haifischhaus nicht. Journalisten, Trainerkollegen und Weggefährten hatten alle nur eins wissen wollen: Wie reagiert Toto Berger?

Mount Berger.

Tja.

Eine Art Selbstmord. Trainieren, bis die Schmerzen kommen. Mit den Schmerzen umgehen. Mit den Gedanken umgehen. Weitertrainieren. Weiterdenken. Hinauf aufs Karussell, das sich immer schneller drehen würde, sich hinein in den Berg fressen.

Andererseits.

Aber darüber sprachen sie nicht. Wichen dem Thema aus. Als wäre es peinlich. Oder gefährlich.

Erdmann und Toto saßen nebeneinander am Esstisch und schauten hinaus aufs Meer, in der Hand ein Glas Bordeaux. Drüben auf dem Sofa hatte sich Nils langgemacht, einen Strohhalm im Mund. Chillen, wie er das nannte.

»Weißt du noch, wie Frankie in Auckland betrunken ins Hafenbecken gestürzt ist«, sagte Erdmann, »als wir uns das America's-Cup-Siegerboot anschauen wollten, und wie ihn Jerry Connolly selbst am Kragen rausgefischt hat, mit einer Hand, zack, einfach so, und Frankie wie ein Fisch am Haken!«

»Und wie du in Valencia bei sengender Sonne deinen Hut vergessen hast und davon einen Sonnenbrand auf der Platte bekommen hast, den man noch heute sehen kann, wenn die Sonne scheint.«

»Und wie Liv immer die Reporter in London ausgetrickst hat«, erzählte Erdmann, »und ihr einmal sogar Toto-Berger- und Liv-Hansen-Doppelgänger angeheuert habt, weil ihr in Ruhe feiern wolltet. Und wie hinterher die Paparazzi behaupteten, sie wären allein schon deshalb nicht darauf reingefallen, weil Frankie gar nicht dabei war.«

»Das waren die goldenen Zeiten«, sagte Toto.

»Weißt du noch, wie der Bodyguard von Maxim Kulnikow dich in der Kabine beleidigte und Frankie ihn dafür vermöbelte, und wie Kulnikow hinterher sagte: ›Wer ist das denn, ich kenn den gar nicht?‹«

»Und wie Hanebiehl, als er das erste Mal dabei war … Wo war das noch?«

»In Estoril!«, schrie Erdmann. »Portugal! Vinho Verde!«

»Wie er mit seinen Storchenbeinen auf den Tisch der Bar gesprungen ist, weil sein Plan so gut aufgegangen war, und wie er so lange getanzt hat, bis wir alle auf den Tischen getanzt haben, und wie er dann mit zwei Mädels abgezogen ist …«

»… weil sie glaubten, er wäre du! Wie blöd kann man eigentlich sein?«

»Erst beim Frühstück am nächsten Morgen hat er sie aufgeklärt, der Experte!«

Zuneigung erfasste Toto. Sie prosteten sich zu. Es war so leicht, die alten Zeiten heraufzubeschwören, das war ja alles noch da, die ganzen Erinnerungen. So viele Anekdoten, so viele Heldensagen und, okay, so viele Verwundungen.

Nun, da sie einmal still waren, konnten sie Dagmar husten hören, oben in ihrem Zimmer. Es war nur schwach zu hören, und sie mussten dafür schweigen.

»Wie geht es ihr, Bernd?«, fragte Toto.

Der Coach schluckte.

»Weißt du noch« – Erdmanns Stimme war dünn –, »wie Liv damals plötzlich abgereist ist aus Sydney, und das war's dann.«

»Hör auf.«

»Einfach weg, für immer weg.«

Sie erzählten sich von den Partys nach den großen Siegen. Wie alles verschwamm in den sieben Wochen des rauschhaften Sommers 2009, als Toto alles abräumte, was es abzuräumen gab, und von der Betäubung nach den großen Niederlagen.

»Wie Toto ohne zu duschen aus der Stadt verschwunden ist nach diesem Scheißspiel gegen Stankovic in Paris«, sagte Erdmann mit einem Seitenblick auf seinen Schützling, dabei hatte er sich Nils zugewandt, der mit halb geschlossenen Lidern zuzuhören schien, »wie er seine Schläger in Flushing Meadows demoliert hat, und zwar alle. Wie er sich besinnungslos gesoffen hat, drüben in der Lower East Side, was keiner je erfahren durfte.«

»Der Wodka war gepanscht«, warf Toto ein.

»Wie wir ihn einmal in Istanbul gesucht haben, weil er ausgetickt ist, und wie wir ihn mithilfe eines Privatdetektivs in einem Nobelpuff auf der anderen Seite der Meerenge gefunden haben, schon in Asien, schlafend wie ein Baby.«

»Sauber, Toto«, sagte Nils mit erwachendem Interesse. »Das hätte ich nicht von dir gedacht.«

»Was denn sonst?«, fragte Toto. »Dass ich mit siebzehn ein Kind zeuge und mich aus dem Staub mache?«

»Junge«, wandte sich Erdmann an Nils, »von welchem Planeten kommst du denn?«

»Ich komm vom Planeten echtes Leben.«

»Da komm ich auch her. Trainerschicksal. Was willst du denn studieren? Lass mich raten. Psychologie? Sensibler Junge, aufgewachsen ohne Vater, versucht, eigene Probleme zu verstehen.«

Statt einer Entgegnung verschränkte Nils die Arme.

Toto sah aus dem Fenster, auf die leuchtende Förde, in das langsam schwindende Blau des Himmels und die Finsternis, die von Osten im Anmarsch war. Von oben drang trockener Husten.

»Toto«, sagte schließlich Nils, »sag mal, du und diese Liv Hansen, wart ihr mal zusammen?«

»Mensch«, sagte sein Vater. »Du bist ja neugierig.«

Erdmann brach in Gelächter aus. »Das ist durchaus denkbar«, sagte er, als er wieder Luft bekam. »Gestern hat sie übrigens angerufen.«

»Liv?«, fragte Toto schnell. »Kommt sie etwa?«

Erdmann sah Toto in die Augen, der starrte zurück.

Toto lächelte, entspannte sich. »'tschuldigung.«

»Okay, großer Meister. Du hast drei Argumente«, sagte Erdmann.

Er hatte sich Zeit gelassen.

»Machen wir uns nichts vor. Die Kohle. Kohle zieht immer. Kohle schweißt zusammen. Kohle weckt Ideale. Viel Preisgeld bedeutet viel Idealismus. Und dir selbst fehlt sie auch.«

»Ein bisschen vielleicht«, sagte Toto.

»Umso besser. Das wird die anderen überzeugen, dass du beißen wirst.«

»Deine direkte Art hat mir gefehlt«, sagte Toto. »Weiter.«

»Liv wäre das zweite Argument. Und kaum schlechter.«

Toto blieb unbewegt. »Weiter.«

»Na ja, die Rückkehr auf die große Bühne. Die Romantik der Herausforderung. Dieses Rocky-mäßige. Irgendein romantisches Gefühl wird doch selbst so ein Söldner wie Hanebiehl haben.«

Vom Sofa drang ein ruhiges, gleichmäßiges Schnarchen.

»Frankie hat sich nicht gemeldet«, sagte Toto düster.

»Willst du noch einen Schluck?«, fragte Erdmann. Er stand auf und ging zum Sideboard. Toto schüttelte den Kopf. Sein Glas war noch immer halb voll.

18

Vogelgezwitscher weckte ihn früh. Toto trat gähnend vor die Tür. In der Nacht war ein Tief mit heftigen Winden durchgezogen, und nun lag ein goldfarbener Schimmer über den Dingen. Eine schwache Brise wehte aus Süden, gesättigt von Pollen und Blüten.

Er machte sich an seine Runde. Durch den Wald und über den Strand zurück. Halbe Stunde, ganz locker. Es war kein Training, er bewegte sich einfach gern. Und, wenn er ehrlich war: Nur so bekam er seine Gelenke geschmiert. Nur so konnte er frühstücken ohne Schmerzen in den Knien, den Knöcheln, den Schultern. Und überdies den Kater vertreiben, der sich gewaschen hatte. Ausgerechnet eine »alte Pflaume« aus der Provence hatte Erdmann noch rausgerückt.

Toto kniff die Augen zusammen. Jeder Schritt wurde von seinem Körper beantwortet. Einfach nicht mehr in Form.

Als er zurückkam, schweißüberströmt, stand sie in der Einfahrt zum Haifischhaus, als wohnte sie hier. Telefonierte. Hielt etwas im Arm, ein großes Bündel. Einfach nur an der Art, wie sie dastand, hätte er sie von Weitem erkannt, die Brust herausgedrückt, die Hüfte nach vorn, die Beine gespreizt, wie ein Fußballtrainer, der seine Mannschaft beim Zirkeltraining beobachtet.

Liv trug eine graue, eng anliegende Kapuzenjacke und eine dunkelgrüne Schirmmütze, unter der ihre Locken hervorquollen. In der rechten Gesäßtasche ihrer Jeans steckte eine gefaltete Zeitung. Sie wandte sich um, steckte das Telefon weg und trat auf ihn zu. »Da«, sagte sie, »nimm Smilla mal.« Im nächsten Moment hielt sie ihm ein Paket aus Decke, braunem Haargewuschel und zwei nackten Armen hin. Eine Giraffe aus Stoff lugte hervor. Er griff zu und stand wie festgenagelt da. Leise Atemzüge drangen aus dem Paket. Im Flur zog Liv ihre Sneaker aus und holte aus einer Tasche Skisocken, die sie sich im Stehen überstreifte, während Toto reglos dastand, die Arme von sich gestreckt.

»Smilla ist ein Schlafwunder.«

»Wir sind kein Kindergarten hier.«

»Das hat mir Dagmar anders erzählt«, sagte sie und drückte ihm mit festen Lippen einen Kuss auf die Wange. Ein Duft erreichte ihn, der gerade über Sonnenblumen gestrichen war und ihn für ein paar Sekunden umgab, ehe er verflog.

Sie schaute ihm von vorn in die Augen. Er sah die kleinen orangefarbenen Flecken in der grünen Regenbogenhaut.

»Sie sagte mir, alle seien willkommen, um Toto Berger wieder zu helfen. Darum geht es doch, oder? Dass du zurückkommst und Frédéric vermöbelst.«

Toto hob die Schultern, vorsichtig, um das Kind nicht zu wecken.

»Bist du schon so weit?«, sagte sie.

»Womit?«

»Du kannst Frédéric zwingen, zu seinen Worten zu stehen.«

»Ach, es spricht so viel dagegen. Eigentlich alles. Ein Comeback würde mich um Jahre zurückwerfen. Mein Körper sagt mir jetzt schon: Was für 'ne bescheuerte Idee. Und es würde mich auch wieder in die alte Logik reinzwingen. Du weißt, was ich meine.«

»Sofort kommt das Aber, natürlich«, sagte sie. Sie trat einen Schritt auf ihn zu. »Eins muss dir klar sein, *Mount* Berger. Das Leben ist weitergegangen, und wenn du die Sherpas um dich haben willst, solltest du anfangen zu akzeptieren, dass sie nicht mehr so sind wie früher.«

»Mit wem hast du telefoniert?«, fragte er.

»Ich hole Angebote ein«, sagte sie und klemmte ihm die Zeitung unter die rechte Achsel. »Damit wir keine Zeit verlieren.«

Vorsichtig nahm sie Smilla. Sie steckte ihr Gesicht in das Paket, das sich zu regen begann. Ein Bein wurde sichtbar, gehüllt in Wolle.

Liv flüsterte etwas, eine helle Stimme quäkte: »Ich hab Hunger, Mama.«

Er drehte die Zeitung um. Der *Guardian* von gestern, der Sportteil, erste Seite. *Mount Berger: Call to Arms?,* stand da, unter einem Foto von ihm, eine Vorhand aus vollem Lauf, Gras spritzte auf, beide Füße in der Luft, sein Blick ging schon wieder hinüber, zum Gegner, zum nächsten Schlag, gierig. Wie jung er war. Wie kraftvoll. Und bei sich.

»Womit keine Zeit verlieren?«, fragte er.

»Wir werden einen Platz bauen. Einen Trainingsplatz. Du wirst ihn brauchen. Es gab hier in der Nähe des Hauses mal einen Platz, sagt Bernd. Famoser Platz, behauptet er.«

»Der ist Schrott. Aufgeplatzter Beton.«

»Wir werden ihn auf Vordermann bringen. Und wir werden eine aufblasbare Halle brauchen. Ohne geht es nicht hier oben.«

»Hör auf«, sagte er.

»Merk dir noch eins, Toto Berger«, sagte sie.

Er hob die Brauen.

»Du sollst keine Ausrede haben.«

Sie hielt ihm die Faust unters Kinn. Ihre Fingerknöchel berührten ihn.

»Verstehst du mich?«

Sie ging an ihm vorbei, drückte ihm einen Kuss auf die andere Wange, dass er wieder ihre Lippen spürte, die schrundig waren, und ging hinein ins Haifischhaus, ganz so, als wäre sie kürzlich erst da gewesen. Weiter hinten schloss sie Erdmann in die Arme. Er musste sich auf die Zehenspitzen stellen, damit ihm die Umarmung glückte. Dann wischte er sich mit dem Handrücken über die Augen, ehe sie seine rechte Hand in ihre Hände nahm, ihre Art des Handschlags, immer kurz, nie zu lang.

Smilla saß nun kauend auf ihrem Arm, in der Hand eine Brezel. Schließlich führte Erdmann die beiden – einen erhobenen Daumen zur Seite streckend – die Treppe hoch, wo Dagmar sie erwartete. Toto schaute ihr hinterher. Liv drehte sich nicht um. Das hatte sie nie getan.

19

Als er sich später fragte, warum er im Folgenden tat, was er tat, konnte er es sich nur als Reflex erklären. Als Instinkthandlung, gegen jede Logik, gegen jede Vernunft, gegen jede Wahrscheinlichkeit.

Toto holte sein Handy heraus und wählte eine Nummer.

»Schieß los, kurwa«, meldete sich Nehoda.

»Ich brauche eine Nummer, Towarischtsch«, sagte Toto fast genüsslich.

»Sagst du mir noch, welche?«

»Eine mit vielen Nullen.«

ZWEI

1

Der große Tisch in der Küche des Haifischhauses hatte schon viele Debatten und Streitereien überstanden, und auch diese würde er aushalten. Der Atem seines Sohnes ging schnell. Toto sah das Pochen der Halsschlagader, als er den Kopf schräg legte und mit dem Zeigefinger auf die Tischplatte trommelte. Liv saß am Ofen, der kalt war, die Knie an sich gezogen. Smilla war gestern Abend lange nicht eingeschlafen. »Wo ist Papa?«, hatte sie unentwegt gefragt.

»Warum nimmst du mich nicht mit?«, fragte Nils mit belegter Stimme. »Ich bin sein größter Fan.«

Frédéric Lamenteau war Franzose, aber ein Nationalheiliger auch in der französischen Schweiz – aufgewachsen am Genfer See, der Sohn eines Hoteldirektors. Man begegnete seinem Gesicht überall in der Werbung – für Champagner, Luxusuhren, Luxuskaffee, Luxusautos.

»Was sollst du da?«, sagte Toto.

»Es geht also einfach so weiter.«

»Was geht so weiter?«

»Alles. Dass du mich nicht siehst.«

»Nimm ihn mit«, sagte Liv. »Das kriegst du hin.«

»Einen Scheiß«, sagte Toto. »Die Sache mit Lamenteau hat nichts mit dir zu tun, Nils. Warum sollte das plötzlich mit dir zu tun haben? Das hat es noch nie.«

»Das ist ja das Problem«, sagte Nils.

Toto lächelte gequält. »Was erwartest du von mir? Kapierst du nicht, dass ich mit mir selbst genug zu tun habe? Ich kann nicht auf Befehl.«

Er starrte in Richtung des Kühlschranks, unfähig, den Blick zu wenden. So vieles, was hochkam, was mitschwang, ungesagt war …

»Was ich da soll?«, sagte Nils, und Toto wandte mühsam den Kopf, sah in geweitete Augen. »Muss ich da was sollen?«

»Du nervst«, sagte Toto kraftlos.

Nils' Stimme war kaum zu hören. Er hielt seine Hände vor sich und betrachtete die Fingernägel eingehend. »Ich weiß.«

Toto schob seinen Stuhl zurück, ein grobes Geräusch. »Ich denk drüber nach, okay?«

»Es ist kein Befehl«, sagte Liv leise. »Es ist nur sein Wunsch.«

»Ich hab gesagt, ich denk drüber nach!« Im Hinausgehen warf er die Küchentür zu, dass die Gläser im Schrank klirrten. Noch im Treppenhaus hörte er sie zittern.

2

Der Flieger nach Genf hatte schon die Triebwerke gestartet, da fragte Nils: »Warum nimmst du mich jetzt eigentlich doch mit?«

»Fliegst du nicht gerne?«

»Schon.«

»Siehst du. Ich nicht.«

Die Maschine rollte auf die Startbahn. Toto schloss die Augen und fragte sich, ob er je vergessen würde, wie unverständlich es ihm war, dass hundert Tonnen Stahl abheben konnten. Es musste sein wie bei der Hummel, die nicht wusste, dass sie physikalisch gesehen nicht fliegen kann, und dann doch einfach flog.

»Warum, Toto?«, beharrte Nils.

»Damit du mich rettest, wenn ich danebenhaue«, sagte Toto mit tiefer Stimme. Dann schmunzelte er, als er den Ausdruck im Gesicht seines Sohnes sah. »Mach dich locker, Nils. Genieß es einfach. So was erlebt man nicht alle Tage.«

Bonjour Fred, hatte Toto vor zwei Tagen in seiner SMS geschrieben, *gratuliere zum Sieg in Cincinnati. Long time no see. Würde dich gerne besuchen. Dir meinen Sohn vorstellen. Er ist fast achtzehn. Echter Schweizer. Fan von dir. Unglaublich, oder? Und wir müssen reden. When? Where? Best, Toto*

Er hatte Nils eigentlich überraschen wollen. Es war ihm letztlich wie eine gute Idee vorgekommen, ihn mitzunehmen. Bauchsache. Aber dann hatte Nils selbst davon angefangen. Ein Gefühl des Eingeschnürtwerdens hatte ihn ergriffen, eine Verödung des Speichelflusses, ein Zwang, tiefe Atemzüge zu nehmen.

Lamenteaus Antwort war prompt gekommen.

> *Pas de problème. Kommt einfach vorbei, ins Château. Übermorgen? Would be my pleasure. frédéric*

Lamenteau unterschrieb immer so. Mit kleinem »f«. Damit die Akzente freier tanzen konnten, vermutete Toto.

3

Ein Fahrer erwartete sie in Genf am Flughafen. Er war offenbar Franzose. Toto verzichtete darauf zu radebrechen. Nils wechselte ein paar Worte mit ihm und schaute fortan aus dem Fenster. Über dem Genfer See stand eine Schicht Nebel. An den Hängen wuchsen Weinreben, an denen kleine Trauben zu erkennen waren. Sommer am See.

Toto rief seine Mutter an.

»Bin auf dem Weg zu einem Freund, Mam. – Nein, ich fahre nicht selbst. – Wo denkst du hin! – Wie … Wie bitte? – Ja, ich bin's. Tom. – Ja, Tom! – Nein, Mam. – Mir geht's gut, aber ja. – Bis morgen, Mam. Ja, ich rufe an. – Nein, ich vergesse es nicht.«

Als ob er jemals vergessen hätte, sie anzurufen. Nach dem Gespräch versank er in Gedanken. »Deine Großmutter«, sagte er schließlich.

Nils reagierte nicht.

»Ihr geht's nicht so besonders. Sie vergisst, wer ich bin. Sie vergisst auch, wer sie ist.«

Nils fuhr sich durch die Haare, stützte seinen Kopf in die rechte Hand, der Ellenbogen lehnte sich gegen das Fenster. »Dann lohnt es sich nicht mehr, den Enkel kennenzulernen, was? Na ja, sie wird's verkraften, oder?«

Toto schwieg. Die Frage war, wie viele Frechheiten man so einem Burschen durchgehen lassen durfte. Ob er etwas erwidern sollte. Und wann. Und wie.

»Wenn du willst, gehen wir mit Bernd mal fischen«, sagte er nach einer längeren Pause.

»Ganz schön irrer Typ«, sagte Nils. »Immer am Quatschen.«

»Du denkst, er redet viel über Tennis? Du müsstest ihn mal übers Fischen reden hören.« Er stockte. »Das mit Dagmar macht ihn fertig.«

Er wartete, dass der Junge etwas erwiderte, aber es kam nichts.

»Hab nie ein böses Wort von Dagmar gehört«, fuhr er fort. »Als ich fünfzehn, sechzehn war, bin ich immer zu ihr und hab mich ausgeheult, wenn Erdmann mich zur Weißglut gebracht hat. Das kann der, einen triezen. Irgendwie hat sie alle Dinge in Ordnung gebracht, egal, wie kompliziert sie auch waren. Das ist vielleicht 'ne Gabe.«

»Die müsste mal bei uns zu Hause vorbeischauen.«

»Ist es so wild inzwischen?«

»Wilder«, sagte Nils. »Vor allem, seit Gatte Nummer vier weg ist.«

Toto schüttelte den Kopf. Monika und er hatten seit Jahren kein Wort mehr gewechselt. Er kannte niemanden sonst, der so plötzlich in Hochstimmung und im nächsten Moment in Tränen aufgelöst war, der so schnell mit Gegenständen warf.

»Sie hat irgendwas an sich, das Männer anzieht und nach einer Weile überfallartig abhauen lässt«, sagte Nils. »Ist zurzeit echt down.«

»Und was machst du dann hier?«, fragte Toto.

»Sie will mich nicht dahaben«, sagte Nils. »Wollte sie noch nie. Früher hat sie mich aufs Internat geschickt, jetzt sagt sie, ich soll endlich erwachsen werden. Ihre Schwestern kümmern sich um sie.« Er rutschte auf seinem Sitz hin und her. »Liv hat mir erzählt«, fuhr er fort, »dass ich früher ab und zu in den Ferien bei euch im Camp war. Um bei dir zu sein. Ich kann mich so gut wie nicht erinnern.«

»Echt nicht?«

»Ich hab nicht mal ein Foto davon.«

Sie fuhren am See entlang. Die vielen Segelboote erinnerten Toto an die Ostsee, aber ringsum war die Natur üppiger. Nicht allzu weit entfernt ging es schon rauf in die Berge. Die sanft gewellte Landschaft sah nach Harmonie aus. Ausgebleichte hellgraue Holzscheite waren vor den Hauswänden gestapelt. In den Dörfern hatten die Bäcker »Fromage«-Schilder vor der Tür stehen.

»Da lief ab und zu ein kleines Kerlchen herum«, sagte Toto. »Total dünn und groß für sein Alter. Hat in einem fort geplappert, das weiß ich noch.«

»Und dann?«, fragte Nils.

»Wie und dann?«

»Was hab ich falsch gemacht?«

»Das ist doch Unsinn«, antwortete Toto.

»Jetzt sag schon.«

»Was hat ein kleines Kind im Tross eines hypernervösen Tennisprofis bei einem großen Turnier zu suchen? Da hat man ja nicht mal Nerven für sich selbst. Einmal bist du in den Swimmingpool des Hotels gefallen. Platsch. Bist sofort untergetaucht, das geht ja flott, und ich nichts wie rein ...«

»Das ... Das warst du?«, sagte Nils.

»Ich stand am nächsten, glaube ich.«

»Das warst du, die Hand, die mich packte?«

»Vier Stunden vor einem Halbfinale in Paris.«

»Oh.«

»Na ja, und danach hab ich ...«

»Ja?«

»Ach, vergiss es«, sagte Toto.

»Sag schon.«

»Ich hab vermutlich Frankie gesagt, es reicht jetzt.«

»Frankie?«

»Mein Masseur.«

»Dein Masseur?«

»Dem halt, dem ich am meisten vertraut habe. Ich hab ihm gesagt, ich möchte, dass das aufhört, die Besuche bei Turnieren.«

»Und dann hat dieser Frankie gespurt.«

»Was hätte er sonst machen sollen?«

»Der große Berger hat gesprochen. Howgh.«

»Jeder Topspieler hat seine Entourage, Nils. Muss er haben. Die anderen Spieler sind alles Konkurrenten. Sonst wäre er allein. Ich hatte meine Leute. Erdmann, Frankie, Moser, den Bespanner, Hanebiehl, den Statistiker. Und Liv, natürlich.«

»Und die waren alle bei dir angestellt? Du hast sie alle bezahlt?«

Ein Schulterzucken als Antwort.

»O Gott«, sagte Nils.

»Ich hab sie gut behandelt, ich hab sie gut bezahlt, es wurde keiner gezwungen mitzumachen.«

»Sie waren von dir abhängig.«

»Das war ich auch«, sagte Toto. »Nicht angenehm.«

»Hat einer mal gewagt zu widersprechen?«

»Mir hat der Widerspruch auf dem Platz gereicht. Der reicht, glaub mir.«

Toto wandte sich Nils zu und klopfte ihm auf den Schenkel. Der wusste gar nicht, wohin mit seinen Händen. Das Gespräch war ihm sichtlich unangenehm. »Der große Berger«, fuhr Toto fort. »Stell dir vor. Schickt seinen kleinen Sohn weg, einfach so. Was für ein Rabenvater.«

»Was wäre denn anders gewesen?«

»Wenn was.«

»Wenn ich bei dir geblieben wäre?«

»Es gab kein Wenn, damals. Ich hätte kein Kind um mich gebrauchen können. Vielleicht können das andere. Najer tut es die ganze Zeit, aber er hat eine Frau, eine stabile Ehe, soweit man weiß. Ich hatte niemanden. Ich konnte es nicht. Hatte zu viel mit mir selbst zu tun.«

Nils nickte langsam, er schien mit seinen Gedanken woanders.

»Was ist mit dir?«, fragte Toto. »Was hast du in nächster Zeit mit deinem Leben vor?«

»Vielleicht ein freiwilliges soziales Jahr oder so. Irgendwas Gechilltes.«

»Wo du 'ne ruhige Kugel schieben kannst, was?«

»Wenn ich was kriege. Klar. Mal sehen.«

»Wenn du es willst, kriegst du es«, sagte Toto.

»Ist das so 'ne Art Lebensmotto?«

»Nö. Erfahrung.«

Sein Handy vibrierte. Eine Nachricht von Liv.

Viel Erfolg! Bring ihn am besten gefesselt und geknebelt ins Haifischhaus, damit ihn Frankie direkt in die Mangel nehmen kann.

Hat er sich gemeldet?, schrieb Toto zurück.

Nein, antwortete Liv nach quälend langen fünf Minuten. *War nur so ein Spruch. Aber Moser hat ne SMS geschickt. Er hat gefragt, ob dein Vorrat noch reicht.*

Hast du ihm geschrieben, dass noch gar nichts klar ist?

Nee. Dass Erdmann Stromausfall hat.

Nils schien nicht zu bemerken, dass sein Vater in das Display seines Mobiltelefons vertieft war.

»Erzähl mir was von dir«, sagte er.

Toto sandte noch eine Nachricht, dann antwortete er: »Ich hab nur Geschichten von früher auf Lager.«

»Erzähl mir, warum du Schiss hast, Ja zu sagen.«

»Redest du immer so superschlau daher?«

»Ist ja schon gut.«

»Weißt du: Da, wo ich herkomme, stellt man solche Fragen nicht. Jeder ist für sich allein. Das ist der Deal.«

»Klingt nach einem mördermiesen Deal.«

Toto schaute seinen Sohn lange an. Er blickte in sein Spiegelbild von früher. Beängstigend. Faszinierend. Die Fahrt führte sie in Serpentinen einen Hang empor. Weit konnte es nicht mehr sein.

»Man wird bekloppt, wenn man das so lange macht wie ich. Du kannst keinen Schlag vergessen, du träumst von den wichtigen Schlägen. Es hört einfach nicht auf.«

»Das klingt nach einer echten Psychonummer.«

»Na ja, manchmal träume ich heute noch davon. Wimbledon, Matchball, Lamenteau steht am Netz, hab ihn nach vorne gelockt, seine ganze Vorhandseite ist offen, ich muss den verdammten Ball nur an ihm vorbeispielen. Aber ich tu's nicht. Ich spiel ihn nicht vorbei. Ich spiel ihn direkt in seinen Schläger.«

Nils schaute ihn forschend an.

»In deinem letzten Wimbledon, meinst du?«

»Es gibt Nächte«, fuhr Toto fort, »da liege ich wach. Und frag mich: Warum dies, warum das. Als könnte ich's noch mal spielen und müsste es auch. Und dann nehme ich mir vor, den Ball einfach die Linie runter zu spielen, nichts leichter als das. Dann hätte ich Ruhe. Aber im Traum spiele ich ihn wieder in seinen Schläger. Und so geht das immer weiter. Wie ein Hamster im Rad. Völlig bekloppt, ich sag's ja.«

»Ich glaub nicht, dass du eine Chance hast.«

»Vielleicht geht es mir ja auch gar nicht um die Chance«, erwiderte Toto.

»Worum sonst?«

»Ich weiß nicht … Das Gefühl spüren, dass man dem anderen gleich eine Tracht Prügel verpassen wird. Diese Erregung. Dieser Überschuss an … an …« Er suchte nach dem richtigen Wort; es fiel ihm nicht ein.

»Macht das dein Körper überhaupt noch mit? Delgado ist ein Wrack, hab ich gelesen. Der besteht nur aus Schmerzen.«

Toto schüttelte den Kopf.

»Schmerzen? Welche Schmerzen? Ich weiß, Delgado ist ein Wrack, aber ich …. Na ja, sitzen darf ich natürlich nicht so lange, sonst tut die Hüfte weh. Wenn ich zu lange liege, tut auch die Schulter weh.

Und ich bewege mich wie ein Roboter, morgens, wenn ich noch steif bin. Abends auch, wenn ich ein bisschen was gemacht habe. Aber bin ich deshalb eine alte Hummel, die nicht mehr fliegen kann?«

»Aber du würdest es gern noch mal?«, fragte Nils.

»Voilà«, unterbrach sie in diesem Augenblick der Fahrer. »Bienvenue au Château Lamenteau.«

4

Smilla war eine furchtlose Entdeckerin. Sie zog ihre Mutter durch die Hauptstraße von Steinhagen hinter sich her, bis sie einen Spielplatz erspäht hatte. Inzwischen konnte sie zwar alleine auf eine Schaukel klettern, sie verlangte jedoch von Liv, dass sie sie anstieß, hundert Mal und mehr.

»Hui«, machte Smilla. »Höher, Mama, höher!«

Ansonsten kam sie eigentlich ziemlich gut voran. Erdmann war zwar keine wirkliche Hilfe, dafür war er zu sehr damit beschäftigt, sich um Dagmar zu kümmern und seiner eigenen Aufregung Herr zu werden, aber dank seiner guten Verbindungen zu den Bauunternehmern der Region würden die Arbeiten am Platz bald losgehen können.

Und danach ginge auch das los: das Unvermeidliche.

Tennis ist der selbstsüchtigste Sport, den es gibt – so hatte Erdmann beim Frühstück John McEnroe zitiert, worauf Liv nicht widersprochen hatte. Profitennis widerte sie aus vielen Gründen an, besonders aus diesem. Wer auf höchstem Niveau erfolgreich sein will, muss um sich selbst kreisen. Und braucht andere, die ihm beim Kreisen helfen. Sie hatte damals die Sherpas am Kreisen gehalten. Sie hatte Toto beim Kreisen geholfen. Jahrelang. Bis sie es nicht mehr ertragen hatte. Seine Ausfälle, der ewige Kampf gegen die vom Selbsthass erfüllte Stimme, die in ihm schlummerte. Sein Brüten, das alle verstummen ließ. Seine Schlaflosigkeit. Sein Drang zu reden bis tief in die Nacht – all das war der Preis gewesen. Sein Programm, das zur Selbstzerstörung führen musste, das sie irgendwann nicht mehr ertragen hatte. Er wusste es genau und konnte nichts dagegen tun.

Und nun war Liv wieder hier. Sebastian regte sich auf, völlig zu Recht. Fragte sie, warum. Und sie konnte es nicht sagen. Oder sie wollte es nicht sagen.

Bald würde sie eine Tagesmutter für Smilla brauchen. Oder sie hatte Glück, und der Kindergarten hatte einen Platz frei. Toto würde Zeit brauchen, um in Form zu kommen. Vor November rechnete sie nicht mit einem Match, das wären fünf Monate. Wie sie das ihrem Mann beibringen sollte, wusste sie nicht.

Sie stand so, dass ihr der Rücken ihrer Tochter automatisch in die Hand fuhr, und schob sie jedes Mal sachte an. Noch begriff Smilla nicht, wie man mit den Beinen und Gewichtsverlagerung selbst Schwung holte. Liv sah nicht, wie Smilla strahlte, aber sie wusste, dass sie es tat. Smilla sah ihrem Vater sehr ähnlich, dieselben Locken, dieselben kurzen Beine, aber sie hatte Livs Mund. Wenn sie schaukelte, war Smillas Oberlippe nicht zu sehen.

Liv hob den Kopf, schaute sich um. Vor der Apotheke flatterte eine Fahne. Strammer Westwind. Mit einem anständigen Boot wären sie bei diesen Bedingungen in fünf, sechs Stunden in Avernakö bei ihrem Vater, der sicher gerade verbissen Netze flickte oder aus dem Fenster starrte, in der Hoffnung, er träumte diesen Rest seines Lebens nur.

Das südfünische Inselmeer, so nannten die Dänen ihre Südsee. Hier lag Livs Insel, in der Mitte zusammengeschnürt, wie ein Korsett einen Frauenkörper zuschnürt. Vom Fähranleger waren es mit dem Fahrrad drei Minuten nach Hause. Liv hatte schnitzen gelernt, bevor sie mit Messer und Gabel essen konnte, sie konnte segeln, bevor sie schreiben konnte. Ihre Mutter war Krankenschwester gewesen, drüben in Faaborg. Dort, an der Küste der großen Insel Fünen, lag auch ihre Schule, und da war dieser Lehrer, der im Tennisclub Jugendmannschaften betreute. Und weil ihr Bruder, der drei Jahre älter war, mit Tennis angefangen hatte, fing Liv auch an. Weil er die Rückhand einhändig spielte, spielte sie sie auch einhändig.

Im Winter stellten die Fähren an stürmischen Tagen den Betrieb ein. Manchmal blieben sie dann auf Fünen hängen. Sie wohnten mit ihrer Mutter bei deren älterer Schwester in einer Seitenstraße, zwischen Strand und Friedhof. Da es sonst nichts zu tun gab, spielten sie Tennis. Es gab Tage, da sprachen Bruder und Schwester für Stunden kein Wort. Schlugen einfach nur stumm den Ball hin und her. Zu hören war nichts als das Geräusch des Balles, der gegen die Saiten prallte, das Ploppen, wenn er auf die Asche traf, das Schrappen der Sohlen, ihr gepresstes Ausatmen im Moment des Schlages.

Die stummen Hansens, so hatten die Leute sie genannt.

Im Juli, wenn Feriengäste zu Hause bei ihnen wohnten, zogen die beiden gleich ganz zu ihrer Tante. Die Tage waren nun so lang, dass sie bis in die Nacht spielen konnten. Am Ende eines Trainingstages liefen sie hinunter zum Strand und sprangen in die Ostsee, egal, wie kalt sie war. Weder ihr Vater noch ihre Mutter trieben sie an. Es gab keinen fanatischen Trainer, nur den freundlichen, unermüdlichen Lasse Petersen. Aber der schwärmte mehr, als dass er forderte. Es gab vor allem sie selbst.

Liv wurde mit elf Jahren dänische Jugendmeisterin in ihrer Altersklasse, hochgewachsen, aber noch dünn und biegsam wie eine Birke im Wind. Ihr Bruder – den sie Krisch nannte – gewann mit vierzehn Jahren die Orange Bowl, das wichtigste Jugendturnier der Welt, gegen diesen Deutschen, Kristians größten Rivalen auf der Jugendtour. Tom Torge Berger war einen Kopf kleiner als Krisch und fegte wie ein Teufel über den Platz, schlug in größter Bedrängnis Zauberbälle und galt allenthalben als Favorit. Seine schwerelose Auffassung vom Spiel hatte ihr schon immer gefallen. Und sie fand ihn süß mit seinem schwarzen Wuschelhaar, fand auch süß, dass ihm bei der Siegerehrung die Tränen runterliefen, ohne dass er Anstalten machte, sie wegzuwischen. Krischs Sieg hatte jeden überrascht, nur sie nicht. Liv hatte es vorher gewusst.

Sie liebte ihren Bruder für seine langen blonden Haare, die wehten, wenn er wie verrückt nach dem Aufschlag vor ans Netz stürmte. Sie liebte ihn dafür, dass er sie zum Lachen brachte, wenn sie das Training Training sein lassen und nach Hause gehen wollte. Sie sah ihn vor dem Glockenturm von Faaborg mit den Mädchen flirten und liebte ihn dafür, wie gut er aussah, wie sich auf seinem glatten Gesicht ein Ausdruck verbreitete, der die Mädchen zum Schmelzen brachte. Sie liebte ihn dafür, dass er immer für sie da war.

Er war wie ein Vater für sie, wenn ihre Eltern zu tun hatten. Und er war ein Komplize, wenn sie am Ufer des Sunds Richtung Svendborg radelten, Eis mit Guf aßen, Booten zuschauten, Wolken zählten. Sie sprang im Frühjahr als Erste vom Steg ins Wasser, auch wenn es noch so kalt war. Und frotzelte ihn so lange, bis er hinterhersprang.

Smilla war genauso. Schon mit anderthalb Jahren war sie in der ersten wärmenden Aprilsonne, nur mit Pampers bekleidet, in die Ostsee gestampft und hatte geschrien, als sie Sebastian da rausholte. Aber Smilla war anschmiegsamer als ihre Mutter. Sie kuschelte gern. Und ihr fehlte Livs grundsätzliche Spannung. Sie konnte in den unmöglichsten Stellungen schlafen, genau wie Krisch.

Als das Unglück damals passiert war, nahm Liv eine Woche lang keinen Tennisschläger in die Hand. Nach dieser Woche sammelte sie ihre Schläger ein und warf sie während einer Fährfahrt über Bord. Nach drei Monaten betrat sie das erste Mal Krischs Zimmer, suchte in seinen Taschen die Wilsons, mit denen er seine wichtigsten Spiele bestritten hatte. Sie ließ die Griffe austauschen, weil ihre Hände zu klein waren. Sie nahm die nächste Fähre und fragte ihren Trainer, ob sie trainieren dürfe. Von da an trainierte sie härter als je zuvor. Und sie sprach so wenig wie nie zuvor. Die stumme Hansen.

Die Eltern wollten sie nach Hause holen, aber es gab ein neues Tennis-Internat in Kopenhagen. Dahin wechselte sie. Wann immer sie frei hatte, ging sie zum Öresund und schaute hinaus aufs Meer. Sie saß da, dehnte ihre Beinmuskeln, stärkte die Rumpfmuskeln, sah seine Hand unter dem Lastwagen hervorschauen, das weiße Schweißband am Handgelenk.

Mit siebzehn Jahren war sie bereit für die Tour. Mit neunzehn hatte sie genug gesehen, erlebt, gewonnen, um zu wissen, dass es keine Antwort für sie gab.

»Höher«, rief Smilla, »höher, Mama!«

Der Steinhagener Pfarrer stolzierte gedankenverloren vorbei, die Hände auf dem Rücken. Bernd Erdmann kam mit zwei Tüten aus der Bäckerei auf der anderen Straßenseite und winkte, das Handy am Ohr. Liv hob die Hand.

»Runter!«, schrie Smilla plötzlich, wie immer, als gelte es, ein Feuer zu löschen. »Runter!«

Rasch packte Liv beide Ketten und half Smilla aus der Schaukel. Die großen Augen ihrer Tochter. Die verschwitzten Haare im Nacken, die nach Maggi rochen.

»Mama«, sagte Smilla mit ernster Stimme, »ich hab ganz doll Hunger.«

Sie setzten sich auf eine Bank, und Liv packte aus, was sie vorbereitet hatte: Käsebrot, Karotten, Apfelschnitze, Kekse, die Wasserflasche. Sie war eine dieser Mütter, die immer etwas dabeihatten für ihr Kind, und für sich selbst selten.

Sie war gut darin, ein Ohr zu haben, einen Rat, eine Lösung, ein Sandwich, ein paar Extranerven. Das war ihre Rolle bei Toto gewesen. Das würde ihre Rolle sein, wenn sie es zuließ.

Später kam sie mit zwei Frauen ihres Alters ins Gespräch, die erzählten, dass der Kindergarten hier in Angeln von der dänischen Minderheit geführt sei, dass dort vielleicht etwas gehe. Man gab ihr Nummern, Namen, bot ihr Kaffee an, und Smilla fing nach ein paar Minuten an, mit den anderen Kindern Verstecken zu spielen. Liv spürte, wie sich ein Kloß in ihrem Magen aufzulösen begann.

Da klingelte ihr Handy. Sebastian war dran und sagte mit klarer, warmer, aber auch drängender Stimme, dass er sie wirklich vermisse, sie beide. Wie lange sie noch zu bleiben gedenke. Und mit einem Mal war die Leichtigkeit des Moments vorbei.

5

Sie bogen von der Straße in einen Weg, der durch ein Spalier von Weinreben führte und an einem schwarzen Stahltor endete, das das Licht verschluckte. Auf ein Zeichen des Fahrers hin glitt es zur Seite. Ein Wachmann trat durch die Öffnung, grüßte den Fahrer, sah kurz ins Wageninnere, nickte und winkte sie durch. Das Château war kein restauriertes Schloss, wie Toto erwartet hatte, sondern ein von Glas dominierter Neubau, der in den Hang hineingerammt war und nach Westen blickte, Richtung Genf. Zur Rechten breitete sich der Hauptteil des Sees aus. Der Nebel hatte sich verzogen.

Ihr Fahrer brachte die Koffer hinein, und sie folgten ihm. Violinenmusik schwebte ihnen entgegen. In einem Gang standen Pokale in Vitrinen. Im Vorbeigehen erkannte Toto die meisten von ihnen. Die größten kamen aus dem Nahen Osten. Er hatte auch nie gewusst, wohin mit den Dingern. Er hatte alle Pokale einlagern lassen, als er aus der Alstervilla auszog, und demnächst würden sie wohl versteigert.

Schließlich kamen sie in ein Wohnzimmer, dessen Front zum Garten vollständig verglast war. Sie schauten auf die Reben, die Stadt, den See. Weiße Lounge-Sessel, ein weißer niedriger Tisch, weiß geöltes Eichenparkett. Handgehobelt, vermutete Toto. In die Decke war eine Leinwand eingelassen. Daneben eine Bücherwand, in der weiße DVD-Hüllen aufgereiht waren. Sträuße weißer Dahlien, groß wie Tennisbälle, standen in jeder Ecke.

Ein Räuspern. »Messieurs, mein Name ist Jerôme«, sagte ein Mann in einem dünnen dunkelblauen Rollkragenpulli, der lautlos ins Zimmer gekommen war. »Ich darf Sie willkommen heißen im Château Lamenteau.«

Mit der rechten Hand strich er im weiten Bogen durch die Luft. Seine linke hielt er dabei hinter dem Rücken verborgen und sprach mit hoher Stimme.

»Wie ich Ihnen bedauernd mitteilen muss, lässt sich Monsieur Lamenteau fürs Erste entschuldigen.«

»Er ist noch nicht da?«, fragte Toto.

»Seine Maschine verspätet sich. Genaues weiß ich noch nicht. Bitte fühlen Sie sich aber wie zu Hause.«

Er deutete auf das Sofa, die Terrasse.

Nils nahm eine DVD in die Hand: »Stojkovic. 2007, Zagreb, Forehand«.

Er pfiff durch die Zähne. »Das ist Old School. Das geht doch heute digital viel schneller … Darf ich?«

Jerôme zuckte mit den Achseln. »Aber natürlich. Monsieur Lamenteau wünscht stets, dass sich seine Gäste wohlfühlen.«

»Das sind Hunderte, Toto. Wenn nicht Tausende. Willst du, dass ich nach eurem Match …«

Sein Vater schüttelte den Kopf. »Nein. Ganz bestimmt nicht. Lass die Sachen in Frieden. Wir benehmen uns hier.«

Jerôme verbeugte sich.

»Ein Ingwerwasser?«, fragte er.

Toto hob eine Braue.

»Eine frische Kokosnuss?«

»Einen Kaffee, bitte. Schwarz.«

»Une Coca, s'il vous plaît«, sagte Nils.

Jerôme verschwand. In der weitläufigen Sitzgruppe saß es sich gut. Plötzlich entdeckte Toto etwas, das seine Neugierde weckte – er erhob sich abrupt, öffnete die Schiebetür und trat hinaus. Weiße Marmorplatten. Ein gemauerter Kamin. Darin aufgeschichtet Birkenscheite. Gemauerte weiße Sessel, auf denen dicke weiße Kissen lagen. Dahinter der Pool, exakt so lang wie ein Tennisplatz von der Grundlinie bis zum Netz.

Von dem hatte er schon gehört. Über diese Dinge redete man auf der Tour.

Angeber. Aber geil. Alles klinisch, makellos. Die Aura von Gediegenheit, von Sorglosigkeit. Nils trat zu ihm hinaus.

»Monsieur Lamenteau«, sagte Toto, »liebt das Minimalistische. Was du hier siehst, findest du auf dem Platz wieder. Auf dem Platz kannst du nichts verstecken. Du siehst jedem an, wovor er sich fürchtet. Ob er letztlich doch weich in der Birne ist.«

»Hm«, machte Nils. »Ich wüsste nicht, wo er hier was verstecken könnte. Ist er denn weich in der Birne?«

»Das war ich eine ganze Zeit lang auch nicht, bis ich angefangen habe, mein Gehirn zu benutzen.«

»Brrrr«, machte Nils. »Kalt hier.«

»Wie bitte? Ich ziehe gleich mein Hemd aus und springe in den Pool.«

»Nee. So innerlich.«

»Innerlich. Soso.«

»Das ist ja schon ziemlich fantastisch hier. Aber ich glaube, er hat auch Schiss.«

»Du kennst ihn nicht.«

»Sonst würde das nicht so aussehen. So perfekt. Wie eine Hülle, als müsste er irgendwas verbergen. Ist nur so ein Gefühl.«

»Ein Gefühl«, sagte Toto spöttisch.

»Hast du eine Nadel?«

»Keine Ahnung«, sagte Toto, er wusste nicht, was sein Sohn meinte. »Hast du denn eine?«

Der Kaffee und die Cola kamen. Nebenbei hörte Toto, wie Nils den Assistenten etwas fragte, aber er kümmerte sich nicht weiter darum. Den Gedanken mit der Angst fand er interessant. War der Wunsch nach Kontrolle nicht tatsächlich etwas, das aus Angst erwachsen musste? Er hatte darüber nie nachgedacht. Aber wenn Angst, wovor?

Als er wieder nach innen ging, fuhr summend die Leinwand herunter.

»Was soll das?«, raunzte Toto Nils an. »Stell dir vor, wenn er hier reinplatzt!«

Als allerdings das Bild von Daljan Stojkovic als Projektion erschien, konnte er nicht anders als hinschauen. Toto kannte ihn gut. Ein lässig wirkender Serbe. Sieben oder acht Mal hatte er gegen ihn gespielt, zwei Mal verloren. Schnelle Beine, harte Vorhand. Gute Einstellung. Nils lehnte sich an die Wand, die Hände in den Taschen.

Man sah eine Vorhand. Noch eine Vorhand. Noch eine Vorhand. Hunderte Schläge, direkt hintereinander geschnitten. Eine Stimme füllte den Raum, die Toto sofort erkannte. Breites Westküsten-Amerikanisch. Chuck Thurber. Der Mann, der *Winning any fucking way* geschrieben hatte. Eine großartige Anleitung für unlautere Kriegsführung im Tennis. Erdmann hatte immer »katastrophisch ausgeschlossen«, wie er es ausdrückte, mit Thurber zusammenzuarbeiten, was Toto widerwillig akzeptierte. Stattdessen hatte eines Tages Lamenteau den Coach angeheuert.

Schau dir seine linke Hand an, sagte der Amerikaner. *Nicht seine Schlaghand. Siehst du das? Wenn er sie ballt, zieht er den Schlag cross. Bleibt sie offen, zielt er longline. Und weißt du, was verdammt nochmal das Beste ist?*

Zehn Sekunden Pause. Vier Schläge in zehn Sekunden, und Toto wusste genau, was folgen würde.

Er ballt die Faust, bevor er schlägt. Schau genau hin, Fred. Er tut es immer. Es ist erstaunlich, es ist fucking lächerlich, aber es ist wahr.

Jerôme betrat den Raum, und Nils drehte den Ton herunter.

Leider, verkündete Jerôme feierlich, leider, leider wisse er noch nicht mehr.

»Merci«, sagte Toto. »Sollen wir uns noch immer wie zu Hause fühlen?«

»Wünschen Sie etwas zu speisen?«

»Später«, sagte Toto. »Ich habe keinen Hunger. Ich bin Rentner.«

Jerôme setzte einen fragenden Blick auf und schickte sich an, das Zimmer zu verlassen.

»Hmmhmm«, kam es von der Seite.

Eine dunkelhaarige junge Frau war in einer Seitentür erschienen, in fließendes weißes Satin gewandet. Sie hatte Mandelaugen, einen olivfarbenen Teint und hielt weiße Handtücher und eine glänzende Flasche in den Händen. Mit sich brachte sie einen Duft von Rosenöl. Toto musste an Kamasutra denken oder wie diese indische Königin hieß.

»Jerôme«, sagte die Frau mit zu dunkler Stimme, »il est six heures.«

So viel Französisch immerhin verstand Toto. Sechs Uhr war die Zeit für die Therapiestunde. Nils stand neben ihm wie Pik sieben und wusste gar nicht, wohin mit sich. Knallrot im Gesicht.

»Oui«, antwortete Jerôme. »Aber heute nicht. Frédéric ist noch nicht da. Du kannst dich wieder zurückziehen. Bitte, Chérie, lass die Herrschaften allein.«

Die Frau verbeugte sich und verschwand geräuschlos auf nackten Zehenspitzen, rückwärts gehend. Nils schaute Toto an, der schmunzelte. Im Hintergrund schlug Stojkovic noch immer seine gefürchtete Vorhand. Es war Toto nie aufgefallen. Jetzt sah auch er, wie sich die Faust ballte. Ein solches Wissen konnte Matches entscheiden.

Jerôme neigte den Kopf. »Frédéric ist ein Mensch der klaren Abläufe«, sagte er mit einem Ton, den Toto als Bewunderung deutete. »Bitte entschuldigen Sie mich jetzt. Ich erwarte in Kürze Nachricht, wann er aus Los Angeles eintrifft.«

»Los Angeles? Ich dachte, er käme aus Madrid?«

»Seine Pläne haben sich kurzfristig geändert. Excusez.«

Mit langen Schritten ging Jerôme hinaus.

Sie saßen eine weitere geschlagene Stunde in diesem Wohnzimmer. Toto spielte mit seinem Handy herum.

»Wusste ich's doch«, rief Nils auf einmal. »Ich hatte mich schon gewundert, dass von dir gar nichts zu finden ist. Ganz am Rand. Hat er vielleicht vergessen.«

»Nils, bitte.«

»Nur diese eine. Nur kurz.«

Toto protestierte schwach, als Nils eine DVD einlegte, auf der stand: »Berger, 2005, Paris, Service«. Der Aufschlag. Totos Aufschlag. Und nur der Aufschlag.

Er sah sich selbst. Das heißt, eine jüngere Version seiner selbst. Schmaler. Sehnige Arme. Wie schmal er im Gesicht war. Wie ausgemergelt er aussah. Toto sah den fiebrigen Ausdruck in den eigenen Augen. Er hatte es damals stets für Entschlossenheit gehalten. Für Feuer. Heute erinnerte ihn dieser Blick auch an die Augen eines Eingesperrten.

Nils stellte den Ton wieder an. Wieder Thurber. Der flüsterte, fast ehrfurchtsvoll.

Schau dir diese Schönheit von Aufschlag an, Fred. Mount Berger. Der Mann der Winkel. Man hat behauptet, er ist nicht zu dechiffrieren? Er ist zu dechiffrieren. Achte auf das Prellen des Balles. Es stimmt beileibe nicht immer. Aber immer bei wichtigen Punkten. Toto Berger agiert scheinbar irrational, darin ist er aber berechenbar. Zähl mit. Zwei Mal: hart innen. Drei Mal: hart außen. Vier bis fünf Mal: Kick nach außen. Sieben Mal: ab durch die Mitte, hart. Acht und mehr: Fucking Kick nach innen. Glaubst du nicht? Ich beweise es dir.

Stimmte das? War das möglich? Lamenteau hatte gegen ihn schon oft sagenhaft gut returniert. Er schien irgendwie zu wissen, was Toto vorhatte.

Es war spät geworden, und Jerôme trug eine Platte mit Käse, Brot und Weintrauben herein. Toto zischte, und Nils tippte auf die Stopptaste, sodass das Bild verschwand. Jerôme würdigte die Leinwand keines Blickes.

»Ich habe leider keine guten Neuigkeiten für Sie«, sagte er. »Leider, leider. Kurzfristig hat sich Frédéric entschieden, heute nicht zu kommen.«

»Hat er Queens abgesagt? Ist er verletzt?«

»Aus persönlichen Gründen, wie er meinte. Er ist mir keine Rechenschaft schuldig.«

»Natürlich nicht«, sagte Toto.

Dieser Jerôme begann ihm zu gefallen. Der hätte das Zeug zu einem Sherpa gehabt.

»Frédéric ist«, sagte Jerôme, »wie ich erfahren habe, in Los Angeles geblieben und war auch gar nicht in Madrid.«

Der Assistent schloss die Augen, zwirbelte seinen Schnurrbart und neigte den Kopf. »Er erwartet Sie da. Er gibt offenbar eine kleine Party. Etwas Informelles, versteht sich, nur die Familie.«

Toto schaute Nils an, der zuckte mit den Achseln.

»Dasselbe bei mir«, sagte Toto. »Meine Familie ist auch total informell.«

»Morgen Mittag können Sie von Zürich aus fliegen. Frédéric sagt, er freue sich auf Sie.«

»Fein, dass er sich freut.« Toto schlug sich auf die Schenkel und erhob sich. »Bene. Fliegen wir nach L.A. Alles, was der Meister will.«

»Bon. Frédéric ist sehr, wie sagt man, kreativ.«

»Gewiss ist er das«, erwiderte Toto.

Den Abend verbrachten sie im Gästehaus, das einen eigenen kleinen Pool hatte. Sie tranken Bier, das sie im Kühlschrank fanden, und schauten sich *El Dorado* an. Nils kannte den Western tatsächlich noch nicht.

»Du kannst nicht mit mir nach Amerika fliegen und den furchterregenden Alan Bourdillion Traherne nicht kennen«, sagte Toto. Sein Sohn hatte sich klaglos gefügt, war aber auf dem Sofa eingeschlafen, noch bevor der furchterregend harmlose Alan Bourdillion Traherne an der Seite John Waynes in den Showdown gezogen war.

Der Junge lag da wie ein Fragezeichen, die Hände unter dem Kinn gefaltet. Aus seinem geöffneten Mund drang ein kaum hörbares Schnarchen.

Eine Decke über seinen Sohn auszubreiten, ihm ein Kissen unter den Nacken zu stopfen – Toto dachte darüber nicht nach, er tat es einfach.

In der Nacht machte er lange kein Auge zu. Er sah sich an der Aufschlaglinie stehen und den Ball tippen, immer wieder, ein Dutzend Mal, hundert Mal, unzählige Male, bis das Bild gnädig verschwamm.

6

Vom Klopfen wurde er wach. Er schreckte in seinem Bett hoch, die Hände wie zum Schutz vor seinem Gesicht. Durch die Fensterläden kroch graues Licht. In seinen Fingerspitzen fehlte jegliches Gefühl. Als hätten sie sich in der Nacht taub gespielt.

Wo er war, realisierte er erst, als er das Tablett mit dem Frühstück vor der Tür stehen sah. Nur das Nötigste, hatte Jerôme am Abend angekündigt. Schildchen neben jedem Gericht. Rührei, Schoko-Croissant, Schümli-Kaffee, Birchermüesli mit frischen Brombeeren. Toto zog Nils die Decke weg, der Minuten brauchte, ehe er auch nur ansprechbar war. Um wach zu werden, machte er selbst eine Arschbombe in den Pool, dass das Wasser bis an die Fensterscheiben spritzte. Beim dritten Kaffee vibrierte sein Handy. Erdmann.

Heut Nacht habe ich geträumt, dass wir es packen, schrieb er. *Ich habe das wirklich geträumt.*

Ich hab von MacArthur geträumt, antwortete Toto.

Das ist hart. Wie er dich damals zerlegt hat?

Wie er mir damals erzählt hat, dass er den Ball manchmal so beherrscht, dass es sich anfühlt, als würde er ihn mit den Fingerkuppen spielen. So direkt, ohne Schläger. Weißt du noch? Wie er sagte, dass er jede miese Filzfussel gespürt hat, die Einheit aller Dinge. MacArthur beschrieb das Gefühl, wie es ist zu spielen, ohne zu denken. Wenn der Schläger zu deinem Arm gehört und nichts wiegt. So wie die Hand nichts wiegt.

Du warst noch jung, Toto. Du warst verblüfft, dass schon andere Männer vor dir die Welt erobern wollten und dabei Narben davongetragen haben.

Vor allem hatte ich bis dahin gedacht, dass kein anderer es kennen würde, dieses Gefühl.
Das ist ein gutes Zeichen.
Ich weiß nicht, ob das ein gutes oder ein schlechtes Zeichen ist, aber ein Zeichen ist es ganz sicher.

Der Fahrer hielt ihnen wortlos die Tür auf und lieferte sie zwei Stunden später wortlos am Flughafen in Zürich ab. Zum Abschied strich er sich das Haar aus dem Gesicht und deutete ein Schattenboxen an. Toto lächelte nur müde.

Man hatte für sie First Class bei der Swiss gebucht, selbstverständlich VIP-Service. Seine Freimeilen würden reichen bis ans Lebensende.

»Schön, dass Sie uns wieder beehren, Herr Berger«, sagte die Stewardess, die sie an ihre Plätze führte. Sie schaute Nils aus dem Augenwinkel an und zwinkerte Toto zu. Er kannte sie nicht. Erst nach und nach begriff er, was sie denken musste: Was macht dieser Lümmel in der First Class?

»Das ist mein Sohn.«

»Schön, Sie kennenzulernen, Herr Berger.«

»Schöllhorn«, sagte Nils.

»Entschuldigen Sie?«

»Nils Schöllhorn. So heiße ich.«

»Mein Sohn«, wiederholte Toto, dann bat er um Champagner.

Nils machte große Augen, als sein Vater die Flasche gleich dabehielt.

»Üble Angewohnheit, ich verabscheue sie, aber ich kann sie nicht abschütteln. Das ist gegen die Nervosität. Willst du einen Schluck?«

Sein Sohn wollte nicht. Stattdessen kramte er einen Kindle heraus und verbrachte die nächsten Stunden damit, *Game of Thrones* im Original zu lesen.

Nachdem er einmal durch die Videos gezappt war, begann sich Toto bald zu langweilen. Erdmann hatte ihm ein Buch zugesteckt, aber er hatte noch nicht reingeschaut. Als Jugendlicher hatte er gelesen, zur Freude seiner Mutter. Eines Tages jedoch hatte ihm sein Vater klargemacht, dass er energetisch aufgeladene Gedanken brauche, dass er also jedwede Kopfarbeit vermeiden müsse, die nichts mit seinem Sport zu tun habe. Daran hatte sich Toto gehalten.

»Holst du auch mal Luft?«, fragte er zwischendurch.

»Bin mitten in der roten Hochzeit«, murmelte Nils.

»Wow«, sagte Toto, der keine Ahnung hatte, wovon Nils sprach. »Da will ich mal nicht stören.«

Irgendwann gelang es ihm wider Erwarten einzuschlafen, er ruhte mehrere Stunden und erwachte ungewohnt erfrischt. Neben ihm lag Nils zusammengerollt in seinem Sitz, den Kindle unterm Arm. Die Augen waren unter einem Teppich aus Haaren verborgen.

Livs Nachricht erreichte ihn am Mietwagenschalter, er antwortete umgehend.

Irgendwas ist durchgesickert. Gerade eben war der Pospychil dran, was ich wüsste. Ich habe mich natürlich dumm gestellt und alles abgeblockt.

Gut so, schrieb er. *Du entscheidest.*

Das war keine Frage.

Na klar.

Du ziehst noch, Toto Berger. Und alle fragen jetzt wieder mich, wie du reagieren wirst.

Dich?

So schnell geht das.

Erstaunlich, schrieb er.

Erstaunlich, schrieb sie.

Und wie reagiere ich? Was sagst du denen?

Dass Toto Berger in Urlaub gefahren ist. Florida. Daiquiri trinken und Golf spielen zur Feier der Unabhängigkeit der deutschen Justiz. Letzteres war ein Scherz.

Hat sich Lamenteau gemeldet?

Bei mir?

Bei Erdmann. Oder bei Nehoda?

Nein. Still ruht der See. Denk an eins, wenn du ihn triffst: Je näher du ihm kommst, desto weniger weißt du, woran du bist.

Keine Sorge, ich kenne ihn.

Einen Scheiß kennst du ihn.

Er kann ein Kotzbrocken sein, ich weiß.

Nee. Er kann manchmal kein Kotzbrocken sein. Take care.

7

Über Los Angeles spannte sich ein Himmel aus blauer Wasserfarbe, von Smog keine Spur. Starker Wind vom Pazifik. Sie kramten ihre Sonnenbrillen raus. Beide hatten eine Ray-Ban. Dasselbe Modell, Pilotenbrille. Sie sahen damit aus, nun ja, wie Vater und Sohn.

Mit ihrem Dodge Viper Roadster fuhren sie zunächst nach Norden. Witterung aufnehmen, wie Toto sagte. Santa Monica, Ocean Avenue. Lange war er nicht hier gewesen. Ein durchdringender Geruch nach Geld lag in der Luft. Die Männer in ihren kalifornischen Farben, weiß und beige, die Oberarme dick wie die von Baumfällern. Die hohen Absätze der Frauen, die Schwellungen ihrer Lippen, ihrer Brüste. Die Zeichnungen der Hinterbacken unterm Stoff der Strandkleidchen. Er reichte Nils sein Smartphone und bat ihn einen Tweet abzusetzen.

Recharge. #MountBergerIsDoingFine.

In einer Kurve hielt er an, fotografierte eine Palme vor dem Himmel, nannte das Foto *Hey, Miami!* und ließ es Nils dann ebenfalls auf Instagram stellen. Mit dreißig Meilen schlich er an der Küste entlang, niemand drängte sie. Die Sonne hing wie angetackert über dem Pazifik und warf Blitze übers Wasser.

Sein Sohn konnte mit seinen langen Beinen nichts anfangen. Als er sich hingesetzt hatte, hatte er sie wie ein Gepäckstück verstaut. Nils hatte die Arme in die Luft gestreckt, die Sonnenbrille ins Haar geschoben, die Augen halb geschlossen. Man sah die geröteten Stellen auf seinen Wangen, die Flecken, wo sich Pickel durch die Haut robben würden.

Ein Lächeln umspielte Totos Mund. Fühlte sich an wie in einem Song der Eagles oder der Beach Boys – oder wie hießen diese Vögel noch?

Zugleich spürte er so etwas wie Neid in sich aufsteigen. Für ihn war das alles lange her. Wie neu das alles für Nils sein musste. Wie aufregend es war, entdecken zu können. Noch nicht automatisch zu vergleichen, zu bewerten, abgeklärt zu sein, weil, wer lebt, wird abgeklärt. Erst recht, wer ständig um die Welt jettet. Wer da kein zynischer Kotzbrocken wird, muss schon sehr einfach gestrickt sein.

Oder unzerstörbar gesund.

Die Nachricht von Lamenteau kam, als sie sich gerade in Richtung Beverly Hills aufmachten. Dort hatten die Lamenteaus neuerdings ein Domizil. Wie Filmstars. Umgeben von Filmstars. Und Regisseuren, Produzenten, Models. Schönen und mächtigen und mächtigeren Menschen mit dem Hang, schöne und mächtige Menschen als Bekannte zu sammeln.

Komm heute Abend nach MB, schrieb Lamenteau. Dazu eine Adresse, 34th Street.

MB, das war Manhattan Beach. Nils hatte vieles im Netz nachgelesen. Was man halt so findet. Von Manhattan Beach war nie die Rede gewesen.

Sie cruisten durch Venice Beach, über den Abbott Kinney Boulevard mit den flanierenden Menschen, den Cafés der Müßiggänger, ein Hauch von Europa. Die Sonne stach, es lag etwas in der Luft, das den Hals reizte. Sie umrundeten Marina del Rey, diesen riesigen Yachthafen, fuhren durch El Segundo zurück zum Strand. Die Straße zwischen der Ölraffinerie und dem Dockweiler State Beach war wie freigeräumt. Nils schien irritiert.

»Das ist alles so groß und anders, als ich es erwartet hätte«, sagte er. »Und trotzdem wie in einem Film, den ich schon tausend Mal gesehen habe.«

»Du hast ihn schon tausend Mal gesehen«, sagte Toto. »Hier kommen sie her, deine Filme und Serien.«

»Du kennst meine Filme doch gar nicht.«

Ein Helikopter kam ihnen entgegen, folgte dem Küstensaum, verschwand in Richtung Malibu.

»Hör mal zu«, sagte Toto und merkte im gleichen Augenblick, dass das vermutlich überflüssig war. Nils war als Zuhörer viel besser als er selbst. »Weißt du jetzt, warum du dabei bist?«

»Nee.« Nils schüttelte den Kopf. »Null Ahnung. Nullinger.« Er musterte seinen Vater aufmerksam, der den Kopf nicht wandte.

»Ich wollte dir das hier zeigen.«

»Los Angeles?«

»Alles. Wo Leute wie ich sonst zu Hause sind. Solange sie denken, das Leben wäre kein Problem.«

Toto konnte den Ozean auf der Zunge schmecken.

»Jetzt von deinem Leben früher anzufangen«, sagte Nils, »ist vermutlich ein bisschen spät. Wir sind doch gleich da.« Er tippte auf sein Smartphone, auf dem er ihren Weg verfolgte.

»Wir können auch gleich wieder aufhören«, sagte Toto, »wenn dir das lieber ist.«

Nils hob die Brauen. Er setzte an, brach ab, hob dann die Stimme. »Erst erzähl ich dir mal was«, sagte er. »Es ist ganz schön scheiße, wenn du keinen Vater hast. Oder wenn es immer heißt, du hast schon einen, aber er will dich nicht sehen.«

»Das hat sie gesagt?«

»Weil du da nur störst. Du machst ihn ja ganz verrückt. Irgendwann hab ich nicht mehr gefragt. Sie hatte mit den Kleinen genug zu tun, sodass ich es irgendwann begriffen habe.«

»Was willst du denn begriffen haben?«

»Na, dass es auf mich nicht ankommt. Weder hier noch da. Es gibt halt Menschen, die sind eher überflüssig.«

»Hör auf, Nils. Bitte. Erzähl keinen solchen Quatsch.«

Nils lächelte. »Kein Problem. An den Gedanken hab ich mich schon lange gewöhnt. Und auch an alles andere. Weißt du, ich würde dich gerne gernhaben, wie einen Dad aus dem Film, weil man sich gernhat, na ja, als Familie. Und du warst einerseits für mich immer Toto, der König der Welt, Mount Berger. Mount Papa. Aber jetzt gerade denke ich: Warum warst du nie für mich da, du Versager?«

Mit festem Kinn, die Lippen zusammengepresst, nickte Toto langsam. Wie hart waren die ersten Jahre gewesen, damals, wie lange hatte es gedauert, bis er selbst glaubte, dass er an die Spitze gehörte. Was war das für ein Wirbel gewesen. Selbst noch ein halbes Kind, zum Nachdenken war keine Zeit geblieben. Sein Sohn kam ihm wahnsinnig jung vor. In manchen Momenten erstaunlich reif und weit, aber meistens einfach nur jung.

An einer roten Ampel warf er einen verstohlenen Blick hinüber zu Nils, der wie erstarrt dasaß. Unter der Sonnenbrille kam etwas hervorgekrochen wie ein kleines durchsichtiges Tier, es schlich sich die Wange des jungen Mannes herunter und verschwand dann in den Barthaaren, als wäre es nie dagewesen. Über die Wange zog sich eine schmale Bahn, die das Licht brach.

Pelikane flogen über sie hinweg. Am weiten Strand sah man Reifenspuren im Sand, alle paar Hundert Meter stand eine Hütte der *Lifeguards,* Picknicktische, Toiletten. Kein Mensch weit und breit. Ein kühler Juni-Tag, einundzwanzig Grad. Perfekt für Tennis.

»Du hast ja keine Vorstellung, wie es ist, da oben«, setzte Toto an. »Dieses ständige Müssen. Kannst dich nicht hinter anderen verstecken wie in Mannschaftssportarten. Kein Schatten da, nur Scheinwerfer. Die Journalisten belagern dich. Die Gegner belauern dich. Deine Leute schauen dich an, weil du sie glücklich machen sollst. Dein eigener Vater weist dich auf Fehler hin, die er ›unverzeihlich‹ nennt, selbst wenn du gerade irgendeinen Sandplatzwühler niedergerungen hast. Alle wollen was von dir. Dich siegen sehen oder scheitern sehen. Dazwischen gibt es nichts. Und von beiden Möglichkeiten gibt es morgens beim Aufwachen keine, von der du glaubst, dass du sie aushältst.«

Nils nickte. »Ich hab davon gelesen.«

»Pff. Das kann man nicht nachlesen. Das musst du gespürt haben. Allein da draußen stehen und es aushalten. Dann reden wir noch mal.«

Toto schaltete das Radio an, sprang von Sender zu Sender, bis er bei »Sweet Dreams (Are Made of This)« landete. Er summte das Lied mit.

»Du hast davon gelesen«, sagte er spöttisch. »Ein Abenteurer, was?«

»Lies sie doch selbst, ihre Biografien. Lies Delgado, O'Flannigan, MacArthur.«

»Du hast die echt gelesen?«

»Na ja. Ja.«

»Warum das denn?«, fragte Toto.

»Du hast es ja nie getan, ein Buch veröffentlicht.«

»So einen Seelenstriptease machen? O Gott. Ich hatte genug Angebote. Ich habe sie immer noch. Aber nein, das ist das Letzte, was mir einfallen würde. Dann ist der letzte Schutzwall auch noch weg.«

»Es war …«, sagte Nils, »eben das, was ich tun konnte. Das sind echt verrückte Typen.« Er senkte die Stimme. »Andererseits total abgefuckt, wenn man zwischen den Zeilen liest.«

Sie erreichten die Grenze von Manhattan Beach, die 34th Street war rasch gefunden. Vor einem Café parkten sie, Toto zog eine Kreditkarte durch die Parkuhr. Nehodas Karte. Er hielt sie so, dass Nils den Namen nicht lesen konnte.

Sie gingen hinunter zum Strand und wurden fast von Radrennfahrern über den Haufen gewalzt, die die Promenade zum Training nutzten. Im Wasser waren Surfer, fünfzehn, zwanzig dunkle Neopren-Leiber mit ihren hellen Brettern. Toto kniff die Augen zusammen, dass sich seine Wimpern fast ineinander verhakten. Die Wellen kamen unruhig. Die Luft war erfüllt von ihrem Rauschen, dem unsichtbaren salzigen Spray, das von den Brechern aufstäubte und durch den Wind Richtung Wüste gefegt wurde.

Nils hob im Sand einen schwarzen klebrigen Placken auf, betrachtete ihn, wendete ihn in der Rechten. »Das ist ja Öl.«

»Das ist Öl. Hier gibt's überall Öl.«

Sie gingen am Strand entlang, in Richtung Hermosa Beach, sie waren früh dran. Toto fragte sich, wer dieser junge Mann an seiner Seite war, dass er so furchtlos Dinge aussprach, die man besser verschwieg.

Nils holte Luft.

Was denn jetzt noch?

»Wie ist es, die Nummer eins der Welt zu sein?«

Toto bückte sich, griff in den Sand, nahm eine Faust voll und schleuderte sie in Richtung der Häuser.

Die Jagd ist die Hölle, es ist eine Zeit der nackten Furcht. Das war die Wahrheit. Gegen das panische Gefühl, dass es schon bald nicht mehr reichen würde, hatte er Prozac genommen. Schöne Scheiße. Vom Prozac konnte er nicht mehr schlafen. Tigerte nachts ruhelos umher und suchte Leute, mit denen er reden konnte. Er machte auch tagsüber alle verrückt, konnte nicht still sitzen. Setzte er das Prozac ab, kam er nicht aus dem Bett. Kompliziert. Und es wurde immer komplizierter, je länger es andauerte.

Gegen die Unruhe nahm er Propranolol, einen Betablocker. Sorgt für eine ruhige Hand. Manchmal schläft sie aber auch ein. Wenn die Wirkstoffe in der Balance waren, ging es. Ging alles. Es wurde aber immer schwerer, das alles in der Balance zu halten. Irgendwann hatte er auch den Überblick verloren, was alles auf der Dopingliste stand und was nicht. Zum Glück war der Weltverband entspannt.

Man kannte sich. Brauchte seine Stars. Da hatte nie Gefahr gedroht.

Und so nahm die Jagd ihren Lauf.

»Es gibt Angenehmeres«, antwortete Toto.

»Delgado«, sagte Nils, »lief ziellos durch Neapel, als er die Nummer eins geworden war. Er freute sich nicht. Ihm schlotterten die Knie.«

Toto war verblüfft. Wie nur war Nils auf diesen Gedanken gekommen? Er hatte doch nicht laut gesprochen? »Okay«, sagte er, »da wäre er nicht der Erste gewesen. Und nicht der Letzte.«

»Er war am Ziel«, sagte Nils, »aber er sagte, es fühlte sich nicht so an.«

»Nein …«, fing Toto an. »Das stimmt ja auch. Aber … das hat er echt so gesagt?«

»Er hat es schreiben lassen, von seinem Ghostwriter. Es steht so in *Very Frank.*«

Sie schauten beide auf ihre nackten Füße, ihre Zehen, die in den Sand einsanken. Die Sonne hatte sich ein Stück in Richtung des Horizonts geschoben. Eine Wolkenbank lag über dem Meer, da, wo Himmel und Wasser sich trafen.

»Aber die Nummer zwei zu sein, hab ich gelesen, das ist gar nichts. Das hat Björn Borg mal zu John McEnroe gesagt.«

»Hat er das?«, sagte Toto. »Der große Meister. Da hat er recht. Die Nummer zwei, das ist die Kapitulation. Das hältst du erst recht nicht aus.«

»Wie hält man das überhaupt aus, Toto?«

Sein Vater lachte.

»Komm, lass uns umkehren«, sagte er. »Sonst latschen wir noch bis Mexiko. Wir müssen uns noch fertig machen für die Party.«

Sie kehrten um, schlenderten zurück.

»Wie man es aushält? Indem man zum Lügner wird. Indem man andauernd lügt. Die anderen anlügt. Und sich selbst belügt. Indem man so tut, als ginge einen nichts etwas an. Rede mal mit den Fußballern, die verhalten sich in ihrer Not genauso. Wenn die erzählen, wenn die mal loslassen – Hammer.«

»Aber die sind nicht allein auf dem Platz.«

Toto nickte. »Die Leute denken ja, es kommt bei den guten Sportlern vor allem auf die Härte gegen sich selbst an, auf den Fleiß, auf das Geheimnis, gut zu sein, während die ganze Welt auf sie schaut.«

»Stimmt das denn nicht?«, fragte Nils.

»Das ist nur ein kleiner Teil der Wahrheit. Dazu kommen andere Dinge. Zum Beispiel: In jedem Wettkampf gibt es die Momente des Kippens. Wenn es darauf ankommt, besser zu werden und nicht schlechter. Umschalten können, ohne nachzudenken. Beim Breakball gegen dich plötzlich härter zu schlagen, näher an die Linien, entschlossener, mit einem Wort: gnadenlos.«

»Wie kann man das lernen?«

Toto zuckte mit den Achseln. »Das kann man nicht. Wir sind Haie. Wir wittern das Blut.« Er hob die Hand. »Aber genauso wichtig ist etwas anderes. Etwas Psychologisches. Frag große Sportler. Sie würden alle dasselbe sagen: Dass es darauf ankommt, trotz allem bei Trost zu bleiben. Wenn sie ehrlich zu dir wären, zu einem Fremden.«

»Warum sollten sie das denn nicht sein?«

»Ganz einfach, weil das eins der Dinge ist, die du als Erstes lernst – nicht ehrlich zu Fremden zu sein. Weil du nicht verwundbar sein darfst. Und Fremde, das sind alle, außer dem innersten Kreis. Das Problem ist herauszufinden, wo der innerste Kreis anfängt und wo er aufhört. Verstehst du?«

»Nee«, sagte Nils.

»Die Sache ist die: Wem vertraust du?«

»Im Zweifel …«

»… niemandem.«

»Niemandem?«, entfuhr es Nils. »Das ist krass. Dann ist man ja total einsam.«

»Wenn man mittendrin steckt, ja.«

»Die Fußballer sagen immer: ›Ich bin im Tunnel.‹«

»Das ist Quatsch. Es gibt keinen Tunnel.« Er sah seinen Sohn an. »Es fühlt sich eher so an, als stecktest du mitten im Berg, umschlossen von Stein. Und keiner da, der dir die Last abnehmen, der dich aus der Umklammerung rausholen könnte.«

»Und wenn es vorbei ist?«

Toto hob die Schultern. »Dann sind wir geliefert. Erdmann beschreibt es so: Wir haben das Abi in den Fächern Egoismus, Misstrauen und Desinteresse. Am Ende unserer Karriere waren wir fantastisch als Sportler und sind jetzt katastrophal als Menschen. Ich habe erst nicht zugehört, dann gedacht: Was weißt du denn? Ich habe mich gefragt, was die Leute von mir wollen. Und am Ende wusste ich: Die hatten sehr oft recht. Meine Karriere war da aber schon vorbei.«

»Da kennt sich keiner von euch mit aus? So mit Vertrauen und so?«

»Es sagt uns keiner. Traut sich ja auch keiner. Weil er weiß, er ist dann raus aus dem inneren Kreis. Ein Verräter. Irgendwann kriegst du eine Ahnung, dass was nicht stimmt. Irgendwann fängt selbst der größte Hohlkopf an, über sich nachzudenken. Und dann begreifst du, was du für die Reise bezahlt hast.«

»Du?«, fragte Nils.

»Ich. *Ich* bezahlt habe. Manche verschließen sich dann für immer, andere fangen an zu saufen. Jeder bekommt so seine Probleme. Jeder auf seine Art. Und nur ganz wenige …«

»Was waren *deine* Probleme?«, fragte Nils.

Als hätte er ihn nicht gehört, fuhr Toto konzentrierten Blicks fort: »… und nur ganz wenige – die, die wirklich am …«

Ein Ruf ließ sie herumfahren. Von der Dachterrasse eines komplett verglasten Eckhauses drei Stockwerke hoch über der Strandpromenade winkte ein Mann. Sein Oberkörper war nackt. Er hielt ein Glas in der linken Hand. Die andere hatte er erhoben. Seine Schlaghand, ganz entspannt.

Frédéric *fucking* Lamenteau.

8

Für ein paar Tage waren sie nach Hause gefahren. Sebastian hatte sich freigenommen. Liv und er quartierten sich im Adlon ein. Smilla war für die Nacht bei Sebastians Mutter untergekommen, die in Potsdam um die Ecke wohnte.

»Wir brauchen die Zeit für uns«, hatte er gesagt. »Lass uns so tun, als wären wir fremd in der Stadt.« Sie checkten früh ein im Hotel, frühstückten lange und ließen sich danach durch die Museen der Museumsinsel treiben. Sie trug ein dunkelblaues, geschlossenes Kostüm, dazu hohe Absätze, die auf dem Pflaster ein helles Klacken erzeugten – sie wusste, er liebte es, wenn sie sich klassisch anzog.

Er suchte ihre Hand, während sie gingen, und sie nahm sie an. Ihr Smartphone hatte sie im Hotel gelassen. Ein Tag ohne Arbeit, das war die Idee. Als sie im Deutschen Historischen Museum die Reste der Berliner Mauer sah, fragte sie sich, wie viele Anrufe auf der Mailbox auflaufen würden. Als sie ein Museum weiter Kleopatras Büste betrachtete, die Perfektion ihrer Züge, fragte sie sich, wie das Treffen von Toto und Frédéric in Los Angeles laufen würde, und ertappte sich bei dem Gedanken, dabei sein zu wollen. Sebastian suchte wieder ihre Hand, als sie vor dem Modell des Berliner Stadtschlosses standen, und sie fragte sich, was um alles in der Welt damals in sie gefahren war. Mit Frédéric. Ein halbes Jahr, eine einzige selbstverleugnende, wilde, postpubertäre Phase, in der sie wie von Sinnen einer Art selbstzerstörerischem Instinkt gefolgt war.

Am Abend tranken sie einen Crémant am Gendarmenmarkt und fuhren dann im Taxi zu einem Libanesen nach Friedrichshain. Sie sprachen nicht viel. Liv wusste nicht, warum; eine Müdigkeit hatte sie erfasst. Jene ärgerliche Müdigkeit, die vor allem junge Mütter empfinden und in der Folge auch ihre Ehemänner müde werden lässt.

»Du bist nicht mal jetzt bei mir«, sagte Sebastian. Der Ober öffnete gerade die zweite Flasche libanesischen Rotwein. Ihr Mann sah sie über die Kerze hinweg an. Er fasste ihre Hände und hielt sie. Sie spürte den Ring und die Struktur der Glieder an seinem Finger und beobachtete seine hageren Züge, die geschwungene Oberlippe.

»Es tut mir leid«, sagte sie. »Es geht gerade alles ein bisschen durcheinander.«

»Du musst wissen, was dir wichtig ist.«

»Ach, Seb. Mach es mir bitte nicht so schwer.«

Er lächelte und küsste ihren Handrücken.

»Was wird er dir bezahlen?«, sagte er dann.

»Wenn er …«

»Nein, jetzt.«

Sie schüttelte den Kopf.

»Er hält euch zum Narren«, sagte er. »Das sag ich dir.«

»Du hast keine Ahnung«, sagte sie. »Er muss es tun. Und ich muss es auch tun. Du kennst ihn nicht.«

»Zum Glück. Möchte ich auch gar nicht.«

Sie zog die Hand zurück, um einen Schluck zu trinken.

»Ich vermisse euch«, sagte er leise.

Liv nickte. »Wir vermissen dich auch.«

»Smilla braucht ihren gewohnten Rhythmus«, sagte er. »Lass wenigstens sie hier bei uns. Meine Mutter kann sie nehmen. Sie macht das gut.«

»Es wird nicht ewig dauern«, antwortete Liv.

»Es darf nicht ewig dauern«, sagte Sebastian. »Ich habe keine Familie gegründet, um meine Frau und meine Tochter aus der Ferne zu betrachten.«

»Das betrifft uns beide. Du bist auch oft weg.«

»Was du da tust, übersteh ich nicht lange.« Er presste die Lippen zusammen. »Der Druck ist nicht meiner, Livie. Ich erinnere dich nur an dich selbst. Bis zum Herbst bist du zu Hause.«

»Seb, bitte.«

»Länger geht es nicht.«

Sie suchte nach Bewegung in seinen Augen, nach Anzeichen seines mitunter hochfahrenden Jähzorns. Sie liebte – und bewunderte – ihn für seine gedankliche Klarheit, dass er, anders als sie, immer genau wusste, was er wollte, dass das Leben an seiner Seite nicht kompliziert war, sondern sehr geradeaus. Wenn man ihm folgte. Ab und zu fragte sie sich aber, wohin er seine Gefühle packte. Und warum. Und ob das etwas mit ihr zu tun hatte.

»Quäl mich bitte nicht wegen dieses Versagers«, sagte er. »Ich weiß, du denkst, das ist *unfinished business*. Aber du läufst einer Vergangenheit hinterher, etwas, das verloren ist. Du wolltest nach vorne schauen, weißt du noch?«

Später, nach einem letzten Drink an der Bar, zurück in ihrem Zimmer, ließ sie sich von ihm ausziehen, bevor sie ihn auszog. Sie schliefen miteinander, langsam, achtsam, und danach lagen sie noch eine Weile Seite an Seite da. Sie dachte an die schmale Insel, von der sie kam, an die Blüte der Hagebutten und an ihren Bruder, die verzweifelten Träume, die sie in Kopenhagen hatten durchhalten lassen, an das vollkommen scheinende Glück, das sie damals bei ihrer Hochzeit empfunden hatte, an die ersten schlaflosen Nächte mit Smilla.

Aus dem Augenwinkel nahm sie in der Schwärze ein schwaches rhythmisches Glühen wahr. Sie schrak hoch und schaute hinüber zum Schreibtisch, wo sie am Mittag ihr Handy liegen gelassen hatte. Von dort drang, so regelmäßig wie seine Atemzüge, der Widerschein roten Blinkens.

9

Das Motel lag ganz in der Nähe – auf Nehodas Sekretärin war schon immer Verlass gewesen –, und sie zogen sich in ihrem Doppelzimmer für die Party um. Als hätte das Gespräch etwas zwischen ihnen verändert, schwieg Nils, und Toto war froh, fürs Erste seiner offensiven Neugier entronnen zu sein.

In Lamenteaus Strandhaus hieß sie eine braun gebrannte junge Frau willkommen, die einen knöchellangen weißen Rock und eine weiße Bluse trug, durch die ein Spitzen-BH schimmerte. Sie seien etwas früh, aber sie sollten es sich schon einmal bequem machen. Man bot ihnen Lounge-Möbel in einem voluminösen Wohnzimmer an, weiß, aus Leder, übergroß. Der Blick ging durch getönte Scheiben hinaus auf die Promenade.

Totos nackte Füße steckten in weißen Sneakers, er hatte ein weites beiges Hemd übergeworfen, dazu dunkelblaue Shorts von Ralph Lauren, weil der Abend warm war und ihm das angemessen erschien. Im Best Case war er hier sehr passend angezogen. Im Worst Case sah er aus wie ein Möchtegern aus Europa, der so tun wollte, als gehörte er dazu.

Nils trug ein rotes Nike-Shirt, schwarze Röhrenjeans und rote Air-Jordan-Sneaker, womit er drüben in Venice nicht weiter aufgefallen wäre. Er stand unschlüssig herum. Toto fläzte sich in eine Sitzecke, an einen elfenbeinfarbenen Tisch, der vermutlich aus echtem Elfenbein war, und streckte die Füße weit von sich. Er nahm ein Glas stilles Wasser und hielt es einen Augenblick vor sich.

Die Oberfläche des Wassers flatterte, wie erschüttert von den Ausläufern eines fernen Bebens. Er hielt die rechte Hand nach vorne, flach über den Tisch. Sie zitterte.

Drei Jahre, und sie zitterte noch immer. Das Zittern hatte ihn nicht verlassen, obwohl er alle Pillen weggeworfen hatte, alle Farben, alle Formen, weg damit. Trotzdem.

Er kratzte sich im Schritt, gähnte und machte sich breit in seinem Sessel. Nach und nach füllte sich der Raum mit Menschen, die sich allesamt zu kennen schienen. Vitaminshakes wurden gereicht. Nils setzte sich zu ihm, erzählte, dass er eines Tages hierher ziehen werde, falls nichts dazwischenkommen, nach dem Studium der ... Das Wort fiel ihm nicht ein. Was mit moderner Fremdenkunde.

Toto fiel das Wort auch nicht ein.

Lamenteau ließ sich nicht blicken. Die Dämmerung war kurz. Überall wurden nun Kerzen angezündet, an den Wänden hingen Windlichter. Man führte sie hinauf. Die Dachterrasse sah aus wie ein Beduinenlager unterm Sternenhimmel. Feuer brannten in großen Schalen. Nur der rhythmische Schlag der Brandung passte nicht dazu. Toto spürte langsam den Jetlag, trotz First Class. Es gab Dinge, die wurden nicht besser mit den Jahren.

Nils verzog sich bald in das geräumige Billardzimmer im ersten Stock, wo er sich zu ein paar Typen gesellte, die aussahen wie Rockstars. Froh, ihn fürs Erste los zu sein, stellte sich Toto mit einem Martini in der Hand an die Bar und beobachtete die durchweg braun gebrannten Männer in ihren weiten Hemden, weiten Shorts und nackten Füßen, die in Sneakern steckten. Ihre Selbstsicherheit. Ihre Perfektion, die sie ganz natürlich präsentierten. Ihre blonden stupsnäsigen Frauen, die dazu so perfekt zu passen schienen.

Er spielte mit sich selbst das Straight-or-gay-Spiel und dann Happy-divorce-or-tragic-divorce. Leider fehlte ihm ein Schiedsrichter.

»Hey«, sagte ein Mann, dessen Züge ihm entfernt bekannt vorkamen, »bist du das Ende der Schlange?«

»Nein«, sagte Toto, »ich bin eine totale Sackgasse. Ich muss dich vor mir warnen.«

Der Mann lachte leise, aber sein Oberkörper schüttelte sich dabei.

In diesem Moment trat er hinzu, in einem weißen, eng anliegenden Hemd, das seine Schultern betonte. Frédéric Lamenteau presste die Knöchel seiner Rechten gegen Totos Brust und zog ihn an sich, drückte ihn wortlos. Toto roch den Pfefferminzatem des anderen, spürte Muskeln.

»Das ist Chad de Santis«, raunte ihm Lamenteau in der Umarmung zu. »*Lead Guy* Teil eins bis drei. Wobei der dritte Teil Schrott ist, aber wenn du's ihm sagst, verpasst er dir eine.«

»Hey Fred«, sagte Toto.

Lamenteau stieß ihn noch mal mit der Faust seiner Schlaghand an. Der Glanz des Feuers tanzte auf seiner Stirn. Eine Locke hing ihm ins Gesicht.

»Schön, dass du gekommen bist.«

»Schön, dich zu sehen. Nette Party.«

»Très bien«, sagte Lamenteau. »Sweet little thing. Guten Flug gehabt?«

»Verging wie im Flug. Mein Sohn war so was von aufgeregt.«

»Wo ist er?«

»Unten, glaube ich. Billard spielen. Mit so ein paar Rockertypen.«

Eine Frau mit tiefen Grübchen erschien an seiner Seite, strahlte Toto an, küsste ihn links und rechts auf die Wange und murmelte, es sei fantastisch, ihn endlich kennenzulernen. Das war die sagenhafte Clémentine Pardidou. Frédéric und sie waren seit zwei Jahren zusammen. Ein Paar für die Klatschpresse. Die oscarprämierte Schauspielerin aus der Provence, mit ihrer leicht gebogenen Nase, diesem Sonnenaufgangs-Lächeln, das männliche Kinobesucher in der ganzen Welt um den Verstand brachte, dem nicht enden wollenden freien Rücken in Abendkleidern, die vor allem aus Ausschnitten bestanden. Sie. Und Frédéric F. Lamenteau. Er.

Ihr Bauch zeichnete sich flach unterm Kleid ab. Das war Thema in den Klatschblättern, hatte Toto gelesen – der ausbleibende

Kindersegen beim Traumpaar, trotz glühenden Kinderwunsches. Sie lächelte Chad de Santis zu, wandte sich ab, ergriff die Hand ihres Mannes und zog ihn sanft mit sich.

Lamenteau rollte theatralisch mit den Augen, flüsterte: »Wir reden morgen in Ruhe, bien? Sei um elf bei uns, ja?« Schon war er weg.

»Er ist unschlagbar«, sagte Chad, der mittlerweile einen Drink ergattert hatte. »Hast du seine Rückhand gesehen?«

»Kenne ich ganz gut.«

»Hat mir mal 'ne Stunde gegeben. Du kannst dir gar nicht vorstellen, wie viel Spin der in den Ball gibt. Der springt auf, viel früher als du denkst, und springt hoch, viel höher als du denkst, und du musst selbst im Sprung schlagen, nur um den Ball zu berühren. Du brauchst gegen ihn eigentlich ein Trampolin, das du überall mit dir rumschleppst. Keine Ahnung, wie der Bursche das macht. Das ist außerhalb der Physik.«

»Na ja«, sagte Toto, »er spielt einen extremen Western-Griff. Du musst den Ball gegen ihn früh nehmen. Brauchst gute Beine. Und musst natürlich wissen, was er vorhat.«

De Santis musterte ihn nun genauer.

»Woher weißt du das?«

»Routine. Beobachtung.«

Ein stechender Blick, wie vor dem Spiegel geübt.

»Wie heißt du, wer bist du?«, fragte de Santis.

»Und er mag es nicht, wenn man die Bälle flach und kurz an die Seitenlinie spielt. Mag er gar nicht.«

Toto stellte sich vor.

»Jesus«, sagte der andere, »und ich dachte, mit deinem Akzent wärst du einfach so ein verrückter Typ aus Zentraleuropa. Aber klar, Mount Berger, was? Bist du noch aktiv?«

»Oft«, log Toto. »Senioren-Tour. Wenn meine Geschäfte es erlauben.«

Keine Ahnung, wieso er log. Das hier war Amerika. Du bist, was du erzählst. Zu Hause erzählst du, was du bist. Das mochte er an Amerika. Die niemals sterbende Chance, sich ohne Substanz neu erfinden zu können, bis zur nächsten Entlarvung des Selbstbetrugs.

»Hast kapituliert gegen unseren Freund hier, ja? Er ist einfach aus einer anderen Galaxie. Mach dir nichts draus.«

Als de Santis anfing, von seinem neuen Film zu erzählen, und andere sich dazugesellten, nutzte Toto die Chance, sich davonzustehlen. Er ließ sich auf der Party treiben, verfolgte aber aus den Augenwinkeln immer wieder Lamenteau, der lässig und aufmerksam zugleich schien – ein souveräner Gastgeber. Seine Frau glitt ihm hinterher, wo immer er sich hinbewegte, und befreite ihn nach ein, zwei Minuten Small Talk. Als wartete irgendwo jemand Wichtigeres. Es war wie eine Choreografie. Irgendwann verlor Toto die beiden aus den Augen und bekam sie für den Rest des Abends nicht mehr zu Gesicht.

Die Musik wurde bald lauter. Zunächst waren vor allem Cocktails geschlürft worden, jetzt kamen die härteren Sachen. Man tanzte. Arme, die sich in die Nachtluft warfen, rasierte Achseln, schlanke Fesseln, manikürte Fingernägel, kabeldicke Adern. Auf der Toilette neben sich hörte er das Stöhnen zweier Männer, die kopulierten. Er sah geweitete Pupillen, geblähte Nasenlöcher, das alte nervtötende Spiel.

Er wollte sich einen Red Bull mit Wodka holen, und weil der Frau im eng anliegenden weißen Kleid, die hinter der Bar mit Dosen und Flaschen jonglierte, etwas danebenging, murmelte er: »Easy, ich hab Zeit.«

»Danke«, sagte sie mit dunkler Stimme. Sie hatte große Brüste und eine Brille mit Holzgestell. Ihre Wangen leuchteten.

»Bin neu in L.A. Ich komme aus Reno, Nevada. Alles noch ein bisschen aufregend.« Dabei mixte sie mit zittrigen Fingern einen neuen Drink.

Mädchen, pass auf dich auf.

»Hauptsache, Sie wollen keine Schauspielerin werden«, sagte Toto.

Sie lachte. »Erst arbeite ich daran, mich einzuarbeiten. Selbst für eine Surprise Party kam die hier ziemlich surprising.«

Sie stellte ihm das Glas hin.

Ihre Finger hatten bei »Surprise Party« kleine Anführungszeichen in den Abendhimmel geschrieben. Dabei schaute sie ihn an.

Er lächelte und sagte: »Danke.« Straight und No Divorce, da war er sich sicher. Von einem Stapel nahm er sich zwei Decken, schaute kurz ins Billardzimmer, wo Nils inzwischen mit drei anderen Typen Poker spielte und ihm per Handzeichen bedeutete, er habe alles unter Kontrolle, und verließ das Haus. Er ging hinunter zum Strand, der halb im Dunkeln lag, und zog die Schuhe aus, sobald er Sand unter den Sohlen spürte.

Die Wellen übertönten das Summen der Stadt, die Musik, das Gelächter. Sein Sohn würde da oben schon zurechtkommen, oder nicht? Der Kerl war alt genug. In diesem Alter war er selbst schon Tennisprofi gewesen. Und hatte ein Kind gezeugt mit diesem Mädchen aus der Schweiz, das er kaum kannte. Er wusste noch, es war sehr spontan gewesen, sehr aufregend.

Toto breitete eine Decke im Sand aus, trank einen Schluck, stellte das Glas ab, legte sich auf den Rücken, faltete die Hände hinter dem Kopf und betrachtete die Sterne. Es waren kaum welche zu sehen. Der Dunst der großen Stadt, das ganze Licht. Weil er ein wenig fröstelte, nahm er die andere Decke und schlang sie um sich.

Der perfekte Monsieur Lamenteau. Zwei zu eins, dass seine Ehe in einem Jahr Geschichte sein würde. Da wettete wohl keiner so schnell dagegen.

Er selbst hatte nach seinem Rücktritt alles vermieden, was Sportstars nach ihrer Karriere sonst zu bieten hatten: schnelle Affären, schnelle Skandale, Werbung für peinliche Unternehmen, Teilnahme an peinlichen Spielshows, Teilnahme an peinlichen Talkshows, am Dschungelcamp, große Interviews über die Zukunft als Manager von was auch immer. Ganz allgemein: sich zum Idioten machen, um im Gespräch zu bleiben.

Er dachte, so wäre es richtig. Er dachte, so könne das Leben beginnen. Nur, dass es nicht begonnen hatte. Stattdessen hatte er um dieses Leben erst mal kämpfen müssen, und nach dem Kampf hatte er sich umgesehen und festgestellt: Da war sonst niemand mehr.

Eine Zeit lang liebäugelte er mit der Idee, sich um seine Sherpas zu kümmern, so gut er konnte. Aber bis er festgestellt hatte, dass er im Kümmern eine Niete war, hatten sie ihm schon bedeutet, dass sie das gar nicht wollten. Manche schienen froh, ihm entronnen zu sein. Keine schöne Erkenntnis.

Lamenteaus Freundlichkeit. Wie gewandt er sich bewegte, in diesen Kreisen, wie mühelos. Wie harmlos er schien.

Wie gut er den Killer verbarg, der er war.

Waren sie alle. Sonst bringst du es nicht so weit. Du musst mit beiden Ellenbogen alle wegdrücken, die dich wegdrücken wollen. Schon als Kind. Und dann all die Jahre, immer wieder.

Das Motel musste irgendwo da drüben sein. Gleich würde er sich aufrappeln. Gleich. Noch einen Schluck. Noch einmal Sterne suchen. Ohne dass er es bemerkte, fielen Toto die Augen zu, und er wurde erst wach, als ihn jemand an der Schulter wachrüttelte. Eine junge Frau. Sie trug eine verspiegelte Sonnenbrille, einen Sonnenhut – eine Rettungsschwimmerin. Er fror. Die ersten Sonnenstrahlen des Tages fluteten schon das Meer und krochen über den Sand, erreichten ihn aber noch nicht.

»Hoch mit dir, Buddy«, sagte sie. »Übernachten ist hier nicht. In unserer netten kleinen Beach Community geht das nicht.«

»Ich … Ich muss eingeschlafen sein. Sorry.«

Sie schaute an ihm herunter, lächelte. »Die Wellen waren merkwürdig heute Nacht, oder? Kein wirklicher Beach Break.«

»Nicht wirklich«, sagte er, »es war mau. Zum Einschlafen.«

»Alles klar, Mann. Bei Nachtsurfern drücken wir natürlich ein Auge zu. Aber surf morgen drüben in Venice, ja? Manche von uns hier mögen keine Rumhänger, okay?«

Er rappelte sich auf und packte seine Sachen zusammen. Im Gehen sagte sie: »Und bring nächstes Mal dein Board zum Surfen mit, ja, Champ?«

Barfuß machte er sich auf den Weg zu Lamenteaus Haus. Die Tür stand offen. Er fand eine Dusche im ersten Stock, stellte sich darunter, bis er wieder klar war, traf draußen auf ein paar Leute, die sich streckten, die Hände an einer Tasse wärmten, sich leise unterhielten. Nils fand er auf einem Sofa, schlafend. Von seinen Air-Jordan-Sneakern fehlte jede Spur. Es wartete ein Frühstücksbüfett auf der Dachterrasse. Nichts deutete mehr darauf hin, dass hier eine Party stattgefunden hatte.

Er schlürfte oben seinen Kaffee und schaute auf den Strand, der sich langsam mit Joggern füllte. Durch die Wellen paddelten die schwarzen Leiber der Surfer auf ihren weißen Brettern. Sie warteten lange, bis sie eine Welle nahmen. Sie schienen genau zu wissen, was sie taten.

Und? Eine Nachricht von Liv.

Noch nichts, antwortete er. *Nachher*.

Irgendwas störte ihn. Als er an sich hinunterschaute, sah er, dass seine Fußsohlen ganz schwarz waren; klebrige Flecken auf der Haut. Ein paar davon hatte er auf den schneeweißen Fliesen verteilt. Das Öl von Manhattan Beach.

Er sollte wohl besser nochmals seine Füße schrubben, bevor er Lamenteau in dessen anderem Domizil seine Aufwartung machte. Beverly Hills.

10

Im Süden schälte sich die Silhouette von Downtown aus dem Dunst. Hubschrauber umkreisten die Hochhäuser, die unten im Kessel lagen. Ihr Knattern war nur schwach zu hören, mischte sich mit Vogelgezwitscher und dem stetigen Summen des Kessels zum großen erdigen Sound von Los Angeles.

Ein bisschen Einschlagen, mehr nicht. Eine schnelle Beinarbeit, einen explosiven Antritt, das hatte er früher gehabt. »Triff sie früh«, mahnte sich Toto, aber er traf Lamenteaus Bälle nicht früh genug. Sie sprangen höher weg, als er es in Erinnerung hatte, und er konnte seine Mühe nicht verbergen, sie zu kontrollieren.

Eine harte Vorhand kam die Linie lang. Toto machte einen raschen Ausfallschritt, beugte das Knie, zog seine Rückhand durch, aber er war nicht tief unter dem Ball, sein Ball geriet zu flach, knallte eine Handbreit unter der Kante ins Netz. Eine weitere halbe Stunde schlugen sie Bälle, und immer wieder versuchte Toto, einen forcierten Schlag seines Gegners forciert zu beantworten; es ging allerdings oft schief. Da war nichts von dieser Gewandtheit, dieser tänzerischen Beweglichkeit, die er früher wie selbstverständlich besessen hatte. Er lief herum, als wäre er nicht mehr gut zu Fuß.

»Schwere Beine«, sagte er in einer Pause. »Der Jetlag, die Nacht und wer weiß, was noch.«

Als Lamenteau Totos Unsicherheit bemerkt hatte – und dazu genügten ihm zwei, drei Ballwechsel –, spielte er die Bälle immer öfter in die Platzmitte, so, wie man sich zum Warmmachen einspielt, so, wie man einem Hollywood-Produzenten Trainingsstunden gibt, so, wie wenn man seiner Frau, der aufstrebenden Schauspielerin, Tennis schmackhaft machen will. Eine Provokation.

Toto ignorierte sie.

Einmal gelang ihm aus dem Lauf ein Stopp, der hinter der Netzkante jäh zu Boden fiel. Lamenteau setzte nicht zum Sprint an, sondern brachte den nächsten Ball ins Spiel, aber Toto wusste, dass dieser Stopp nicht zu bekommen gewesen war. Es war dieser eine Ball, den er nicht zu vergessen beabsichtigte.

Nils hatte sich mit Giorgio – oder hieß er Fabio? –, einem der drei Physiotherapeuten, die im Schichtbetrieb Lamenteau pflegten, an die Seite des Platzes verzogen. Sie unterhielten sich im Flüsterton. Nach dem Stopp applaudierte Nils aufmunternd, was auf Lamenteaus Gesicht ein Grinsen zauberte. Toto ärgerte sich über das Kreisligaverhalten seines Sohnes. Als er außer Atem war und die Sonne den Dunst weggebrutzelt hatte und die Gärten von Beverly Hills in das gleißende Licht Südkaliforniens tauchte, warf er seinen Schläger zur Seite, winkte ab und ging vor ans Netz.

Schweiß rann von seiner Stirn, und auf seiner Schlaghand kündigte sich das Entstehen einer Blase an. Um nicht allzu malad zu erscheinen, unterdrückte er den Impuls zu humpeln, obwohl sich der Meniskus in seinem rechten Knie wieder meldete und seine Fußsohlen brannten. Toto setzte sein selbstbewusstestes Lächeln auf, als Lamenteau ans Netz geschlendert kam, den Schläger locker in der Hand.

»Aah«, sagte Lamenteau. »Geht doch nichts über ein lockeres Training, um die Müdigkeit aus den Beinen zu schütteln. Wunderbar. Ich liebe das, oder?«

Er lehnte sein Arbeitsgerät gegen das Netz und zog sein Hemd aus. Toto sah die braun gebrannte Haut des kolossalen rechten Unterarms. Die trockenen Haare am Saum des Stirnbands. Das kleine Tattoo über dem Herzen: »Number One«, stand da. Das Muskelspiel der Schultern. Mit beiden Händen griff Lamenteau an die Netzkante und lehnte sich dagegen. Wie als Konter begann Toto im Stehen die Oberarme zu dehnen.

»Hast lange nichts gemacht«, sagte Lamenteau, nickend.

»Hundert Punkte.«

»Das war nicht schwer, oder?«

Die Haare fielen ihm in die Stirn, als Lamenteau sein Stirnband löste. Er nahm die Strähnen mit Zeigefinger und Daumen der Linken und legte sie hinter sein linkes Ohr. Er schaute Toto lange an. Die Pupillen und die dunkelbraune Iris gingen unmerklich ineinander über.

»Excusez-moi, Monsieur Lamenteau?«

Nils stand plötzlich da. »Könnte ich ein paar Bälle mit Ihnen schlagen?«

»Nils, lass gut sein«, entfuhr es Toto.

»Warum? Er ist mein Idol.«

Lamenteau lachte und verzog fragend das Gesicht. »Hast du denn einen Schläger?«

Während sich Toto auf die Bank verzog, schlugen die beiden ein paar Bälle. Eine nennenswerte Rückhand hatte Nils nicht, aber seine Vorhand kam ganz passabel. Er musste ein paar Jahre gespielt haben. Seine Ausholbewegung war übertrieben und dauerte viel zu lang, gab seinem Spiel aber eine ästhetische Note. Nach mehreren überhasteten Fehlern gelangen ihm sogar einige ordentliche Schläge. Ein paar Minuten ging das so, bis sie sich am Netz abklatschten.

»Das kostet sonst zehntausend die Stunde«, sagte Lamenteau.

»Echt?«, fragte Nils.

»Zwölftausend, wenn der Klient so spielt wie du. Aber du bist eine Ausnahme, mon camarade.«

»Danke«, sagte Nils. »Jetzt weiß ich, wie es ist, gegen Sie zu spielen. Das war schon lange so 'ne Art Traum von mir.«

»Bedank dich bei deinem Papa.«

Lamenteau ließ ihn stehen.

»Sag mir eins, Toto. Warum hast du damals in Wimbledon nicht durchgezogen? Ich lag doch schon am Boden.«

»Das frage ich mich auch«, sagte Toto.

»Hättest nur durchziehen brauchen.«

»Es wäre zu einfach gewesen, wahrscheinlich.«

»Das ist merkwürdig, oder?« Lamenteau schüttelte den Kopf. »Von diesem einen Schlag hing so vieles ab. Nach dem Match tratst du zurück, und da begriff ich: Mich hält keiner mehr auf.«

»Ich dachte, du würdest hinüberhechten.«

»Wenn du dir das noch mal anschaust, siehst du, dass ich mich halb abdrehe.«

»Ich schau mir das Spiel nicht mehr an«, sagte Toto.

»Cool. Verstehe ich.«

»Die entscheidenden Punkte habe ich im Kopf. Und hier …« Er klopfte sich gegen die Brust. »Es ist noch alles da.«

Lamenteau nickte. »Die Nächte sind das Problem, was?«

Toto nickte zögernd. »Unter anderem. Hab teure Fehler gemacht. Mach die nicht, sag ich dir. Mal so als Tipp eines weisen Mannes.«

»Hey«, rief Lamenteau, er breitete die Arme aus, lächelte sein gewinnendes Lächeln. »Ich bin froh, wie's gelaufen ist. Ich danke Gott, dass du nicht durchgezogen hast.«

Sie starrten sich an. Der Wettkampfblick. Toto konnte nichts dagegen tun. Es war jetzt so weit. Kein Abtasten mehr. Lamenteau machte den Anfang.

»Dein Sohn ist ein netter Kerl. Ganz begabter Pokerspieler, wie ich hörte, auch wenn es wie üblich endete. Sag mir jetzt aber, was Sache ist. Exactement, was Sache ist.«

Einen friedlichen Blick, mehr gönnte Toto ihm nicht.

»Du kommst doch nicht einfach so hierher«, schob Lamenteau hinterher.

»Du schmeißt doch nicht einfach so 'ne Party«, sagte Toto.

»Kommt auf den Anlass an.«

»Den hast du. Ich sag Ja.«

»Wozu noch mal?« Lamenteau legte die Stirn in Falten.

»Zu deiner Forderung.« Totos Stimme wurde rauer.

»Welche Forderung? Das …? Das hast du ernst genommen?«

»Ich nicht. Ich kenne dich ja. Aber alle anderen da draußen schon. Als ich's begriffen hatte, musste ich lachen.«

»Pourquoi?«, fragte Lamenteau.

»Weil ich's kapiert habe.«

»Was kapiert?« Ein argwöhnischer Blick.

»Dass du aus der Nummer nicht mehr rauskommst. Ich selbst leider auch nicht. Obwohl ich wirklich gerne wollte. Aber du hast uns beide reingeritten.«

»Warum bist du dann hier?«

»So einfach ist das nicht«, sagte Toto.

Lamenteau kniff ein Auge zu. Da ertönte ein Ruf. Er drehte sich halb um, entdeckte seine Frau und winkte ihr zu. Wie schwebend war sie auf der Terrasse erschienen, die den Platz überblickte. »Vergiss es«, sagte er schließlich und schaute ihn ausdruckslos an. »Toto, du warst mal einer der Größten. Wirklich ein Guter. Das respektiere ich. Ich wurde bei diesem Interview provoziert, und ich suchte eine Pointe. Die warst du.«

»Ganz meinerseits.«

»Schau dich an, Toto, du bist ein Schatten. Und sag mir: Warum sollte ich das tun? Ich kann nur verlieren. Mich blamieren. Oder, was viel wahrscheinlicher wäre, dich blamieren. Wäre peinlich für uns beide. Du brauchst Geld, Toto. Soll ich dir welches borgen? Pas de problème.«

Lass dir das nicht gefallen.

Bleib cool.

Hau ihm eine rein.

Reiß dich zusammen.

Toto schwieg.

Lamenteau hob den rechten Zeigefinger, worauf sich Giorgio umgehend erhob, die voluminöse Schlägertasche nahm und herbeieilte.

»Ich wünsche euch eine gute Heimreise«, sagte Lamenteau, drehte sich um und verließ den Platz. Über die Schulter sagte er: »Hast du eigentlich immer noch so Flugangst wie früher?«

11

Ohne zu duschen, machten sie sich auf den Weg. Noch bevor sie das Motel erreichten, klingelte Totos Telefon. Er hatte gedacht, dass es länger dauern würde, hatte sich gefragt, ob Lamenteau so klug war, rasch zu reagieren, bevor er seine Version der Geschichte verbreitete. So leicht ging das heute, so schnell.

»Kurwa«, schrie Nehoda euphorisch. »Was hast du denn mit dem gemacht?«

»Mit wem?«

»Frédéric ist völlig aufgebracht. Hast du seine Nummer?«

Noch nie hatte Toto ihn so begeistert erlebt. »Ja«, sagte er kühl.

»Du rufst ihn in einer Stunde an. Nicht früher, verstanden?«

»Warum?«

»Hör zu, kurwa: Der Deal ist zehn Millionen.«

»Du spinnst. Du hast was getrunken. Wie viel Uhr ist bei euch?«

»Ich krieg das schon hin. Ein einziges Match. In Deutschland. In einem Stadion deiner Wahl. Auf einem Belag deiner Wahl.«

»Wo ist der Haken?«

»Kein Haken.«

»Wo ist der Haken, verdammt?«, rief Toto. »Nehoda, verarsch mich nicht!«

»Sag Lamenteau, wenn er noch mal versucht dich abzuwimmeln, hat er ein Problem.«

»Was denn für ein Problem?«

»Das wird er verstehen.«

Erst als er vor dem Motel geparkt hatte, kam Toto endlich dazu, seine Tennisschuhe auszuziehen. Er streifte sie von den schmerzenden Füßen, packte sie in eine Tüte und warf sie hinten in den Kofferraum. Barfuß ging er um den Wagen herum.

Nils saß noch da, sah ihn an. »Du warst echt schlecht«, sagte er trübsinnig. »Das hätte ich nicht gedacht. Du hast dich bewegt wie ein Wasserbüffel.«

Toto hob den linken Fuß, fasste mit der rechten Hand an die Sohle und riss etwas weg. Plötzlich hielt er einen Tape-Streifen in den Händen, an denen drei größere silberne Münzen klebten. Dasselbe machte er mit dem rechten Fuß. Er zog die Münzen vom Klebestreifen ab und drückte sie Nils in die Hand. Sechs warme Quarterstücke, an denen Reste einer schwarzen Substanz klebten. Nacheinander hob er die feuchten nackten Füße und drehte die Fußsohlen, sodass Nils die Abdrücke in der Haut erkennen konnte, brennend rot und an den Rändern geschwärzt.

»Sag nie wieder was gegen Wasserbüffel.«

»Deswegen warst du so …«, aber Toto war schon auf dem Weg nach oben und pfiff »Good Morning Sunshine«, so laut, dass es im Treppenhaus widerhallte.

12

»Oui.« Seine tiefe Stimme drang durchs Handy.

Halb saß er, halb lag Toto auf seinem Bett im Motelzimmer, im Rücken ein dickes Kissen. Füße und Knie waren in Eis gepackt. Der Blick ging hinaus aufs Meer. Durch die offenen Fenster drangen die Geräusche der Autos von der Highland Avenue.

»Was ist der Deal?«, fragte er.

»Zehn Millionen«, sagte Lamenteau.

»Dollar?«

»Oui. Zehn Millionen Dollar.«

»Was ist der Haken?«

»Kein Haken.«

»Komm schon.«

»Nettes, einfaches Spiel. Das Spiel heißt: All or nothing.«

»Nichts für den Verlierer?«

»Oui.«

»Das soll kein Haken sein?«

»Für mich nicht«, sagte Lamenteau.

Toto hörte, wie er die Wirkung seiner Worte genoss.

»Zehn Millionen«, sagte Lamenteau, »genau wie damals bei Muhammad Ali gegen George Foreman.«

»Willst du in Afrika spielen?«, sagte Toto. »Von mir aus.«

Nils saß draußen auf dem Balkon, die nackten Füße auf der Balustrade. Er hatte den Kopf gedreht, Toto zeigte ihm den erhobenen Daumen. Nils wandte sich ohne Reaktion wieder um.

»Ali siegte«, sagte Toto. »Der alte Mann hat gewonnen.«

Lamenteau sagte: »Yeah. Aber das war Ali. Wir reden von drei Gewinnsätzen.«

»Natürlich. Es muss ein Spektakel sein.«

»Welcher Belag?«

»Sand«, sagte Toto, statt »mal sehen«.

»Sand war doch nie deine Stärke.«

»Deine auch nicht.«

»Und wo?«, fragte Lamenteau.

»In einem Fußballstadion …« Toto sagte aus einem Impuls heraus: »Vor 25 000 Zuschauern, vielleicht 30 000.«

Lamenteau pfiff durch die Zähne. »25 000? Mehr als in Flushing Meadows, mehr als in Melbourne?«

»Das Stadion wird in drei Stunden ausverkauft sein, hat Nehoda gesagt. Vielleicht vier, wenn die Server zu schwach bestückt sind.« Davon hatte Nehoda zwar nichts gesagt, aber für Toto hatte es so geklungen.

»Bien.« Lamenteaus Stimme wurde zu einem Flüstern. »Très bien.«

»O'Flannigan wäre früher sofort dabei gewesen.«

»I'm just a businessman.«

»Nehoda wird sich melden mit dem Detailkram«, sagte Toto.

»Wird nicht zu verhindern sein.« Lamenteau hob die Stimme. »Und du, Toto, wirst jetzt wieder trainieren, ja?«

»Sollte ich wohl.«

»Mit den Jungs? Mit den … Wie hießen sie noch? Sherpas?«

Toto vernahm den Spott in seiner Stimme. Er nickte, sagte aber: »Werden wir sehen. Weiß nicht, wer noch mitzieht. Erdmann ist jedenfalls dabei, auch wenn es seiner Frau nicht gut geht.«

»Tut mir leid, das zu hören, aber das lässt er sich nicht nehmen. Und unsere wackere Liv Hansen?«

Toto schürzte die Lippen und ballte die rechte Faust. Das tat gut. »Lass sie aus dem Spiel.«

»Mais oui. Grüß sie von mir, bitte. Sag ihr, sie darf mich gerne mal anrufen.«

»Sie glaubt, dass ich gewinne. Ich glaube, sie glaubt das noch mehr als ich.«

Das Letzte, was Toto hörte, bevor er auflegte, war das Lachen Lamenteaus, das volltönende Lachen der Nummer eins der Welt.

13

Noch vom Bett aus bat er Nils, einen Tweet abzusetzen.

Here we go: #MountBergerReturns @FLamenteau. Wish yourself luck, pretty George.

Bumm.

Es dauerte eine Minute, da meldete sich @FLamenteau: *Grand Spectacle, #BIGgame! But it's a long way to go, merry old @MountBerger.*

Keine Stunde später schrieb ihm Nehoda eine SMS: *Coca-Cola hat Interesse. Mastercard hat Interesse. Panasonic hat Interesse. Mercedes-Benz hat Interesse. Sky hat ein Angebot abgegeben, ebenso Amazon. Dazu drei Networks, die kein Mensch kennt. Die ARD überlegt noch (kann dauern), aber DRS, CBS und BBC wären dabei, wenn wir uns nicht für Pay-TV entscheiden. Gerade melden sich die Australier.*

Toto tippte: *All or nothing? Was soll das!!!*

Nehoda antwortete so rasch, als hätte er darauf gewartet: *Das ist die Story. Sie wird weltweit ziehen. Worüber werden die Leute reden? DARÜBER werden die Leute reden. Risiko!*

Ja, aber zehn Millionen oder nichts. Nichts wie in NICHTS.

Welcome to frédérics world, my friend. Irgendeine Kröte mussten wir schlucken.

Nils brachte Salzstangen und Cola aus dem General Store nebenan mit und stellte alles auf den Tisch. Eine tiefgekühlte Gatorade landete neben Totos Beinen auf dem Bett. »Offizieller Trainingsauftakt«, sagte Nils.

Dann las sein Sohn die hereinströmenden Nachrichten vor. Nicht jeder Absender sagte Toto etwas, die meisten aber schon.

Exquisit! Der wird sich umschauen. Wir machen ihn platt. Aber so was von.

»Das ist Erdmann«, rief Toto.

Nils nickte.

Not too bad, schrieb einer, *ich werde auf den Songlines 'ne Runde für dich beten, many happy returns from the outback!*

»Moser?«, tippte Toto.

»Scheint so zu heißen.«

Well done, alter Mann. Die Journalisten drehen durch. Er hat dich zappeln lassen, oder? Er lässt immer alle zappeln.

Toto grinste. »Das ist leicht«, sagte er. »Das ist sie.«

Nils fuhr fort: *Hochinteressante Konstellation. Die Datenlage ist allerdings eindeutig.*

»So furztrocken ist nur Peter Hanebiehl.«

Und Erdmann schickte gleich noch eine SMS. Er hatte sich schon umgetan. Zwei Tage nach der Rückkehr würde Toto ein erstes Trainingsmatch bestreiten.

Gegen wen denn?, ließ Toto antworten.

Niklas Müller.

Wer soll das sein?

Pff. Seit Jahren hier Regionalmeister. Spielt Nordliga für einen Flensburger Klub.

Vertrauenswürdig?

Absolutely.

Wie stark?

Erdmann sandte einen Smiley. *In der Liga verliert er kein einziges Spiel. Aber den zerreißt du in der Luft.*

Hunderte Nachrichten trafen ein, und Nils' ruhige, etwas kratzige Stimme trug so viele ohne besondere Betonung vor, wie es ging. Er gab jeder Aufgeregtheit, jeder Bosheit ihren Raum, und sie hörten damit erst auf, als ihre Mägen so laut knurrten, dass kein Tweet der Welt sie mehr satt machen konnte.

»Das ist besser als *El Dorado*«, sagte Nils später, nach Burgern und Banana Smoothies, auf dem Weg zum Flughafen, den Blick starr aufs Display von Totos Handy gerichtet. Die Nachrichtenseiten waren voll. Auf Twitter ging es rund. Headline News auf allen Portalen. Ein vertrautes Gefühl erfüllte Toto. Das Gefühl von Bedeutung und Beachtung. Kurs nehmen.

»Kennst du Majestix, den Gallier?«, fragte er. »Kennst du den?«

Nils nickte beim Lesen.

»Erdmanns erste Lektion für mich war damals die: ›Du bist nur eine Projektion der Sehnsüchte der Menschen.‹ Ich hab's lange nicht verstanden, aber was er meinte, war das: Mach nicht den Fehler und halte dich selbst für einen Helden. Das ist schwer, wenn man in der ganzen Welt auf einem Schild herumgereicht wird. Die Heroenfalle, hat es Erdmann genannt. Das ging schon den alten Superhelden so. Achilles. Hektor. Odysseus. Zogen das Pech an wie ein Haufen Scheiße die Fliegen. Kannst du alles nachlesen.«

»Und was ist mit Majestix?«, fragte Nils.

»Majestix läuft immer auf seinem Schild durch die Gegend«, sagte Toto. »Aber einmal drehen sich seine Träger falsch rum, und die Welt sieht von dem tollen Kerl auf seinem tollen Schild nur noch den Arsch.«

»Und davor hast du Muffe?«, fragte Nils.

Toto hob die Schultern.

»Wie ist es da oben?«

»Verdammt gute Aussicht«, sagte er. »Eiskalter Wind, aber die Aussicht ist mit nichts zu vergleichen.«

Beim Fahren beobachtete er seinen Sohn, wie der in seinem Sitz hin und her rutschte. Im Gesicht, das von den dicken Haaren und dem langsam heranwachsenden Kinnbart eingezäunt war wie von einem Rahmen für große Meister, breitete sich ein beseeltes Grinsen aus. Toto wusste, was in ihm los war. Zum ersten Mal in seinem Leben kostete Nils davon, wie es sich anfühlte, wenn die ganze Menschheit um einen herumzutanzen schien. Von dem Sucht machenden, Lust machenden, verstörenden, bezaubernden, den Schlaf raubenden Gefühl der Bedeutung.

Und bald würde Nils eine Ahnung bekommen, wie es an einem Menschen auf Dauer zerrte, dieses Gefühl.

Jeden einzelnen verdammten Tag.

Grauenvoll.

Groß.

Seinem Sohn erzählte er nicht, wie es in ihm aussah, dass sich alles in ihm zusammenzog, dass sich sein Magen krampfte, bis er am Dockweiler State Beach auf einen Rastplatz fuhr, weil Nils um ein Päuschen gebeten hatte.

Als sein Sohn in dem Toilettengebäude verschwunden war, stieg Toto aus, schleppte sich noch ein paar Meter und übergab sich schließlich unter Schmerzen.

DREI

1

Auf der Fahrt nach Kappeln erzählte Erdmann von einem gigantischen Bauprojekt, das ganz in der Nähe aus dem Boden gestampft wurde. »Florierende Landmenschen«, wie er sie nannte, ließen sich hier ein Haus an der See bauen, hatten aber keine Ahnung, was die salzige, feuchte Luft und der unablässige Wind mit ihren exponierten Villen anstellen würden. »In fünf Jahren muss man die alle einmal kielholen, tippe ich. Lasst bloß die Finger davon.«

»Ich werde mich zügeln können«, brummte Toto.

»Sebastian und ich hatten darüber nachgedacht«, gestand Liv. »Die Zinsen sind so niedrig.«

»Aber nicht dort«, sagte Erdmann. »Auch wenn sie euch in Kappeln das Gegenteil erzählen. Hier pfeift im Winter vom Osten her ein Wind, das glaubt ihr nicht.«

Über das Spiel verloren sie kaum ein Wort. Nach draußen gelangte sowieso nichts. Erst, wenn alles fixiert war, erst, wenn alles stand, würde eine Pressekonferenz abgehalten werden, zu der auch Lamenteau kommen sollte. An diesem Morgen hatte Liv nur eine dürre Meldung herausgegeben, nicht mehr als eine offizielle Bestätigung der Tweets. Genug, um Totos Annahme der Forderung zum meistdiskutierten Thema im Netz zu machen.

Sie querten die Brücke über die Schlei und bogen nach ein paar Kilometern von der Bundesstraße ab. Ein Freund Erdmanns hatte in der Nähe des Fjords eine Tennishalle neben seine Bauernkate gebaut, sodass keiner mitbekommen würde, wer da ein Match bestritt.

Niklas Müller wartete schon. Ein breitschultriger Mann, gute zehn Jahre jünger als Toto. Sie gaben sich die Hand, dann zogen sie sich im Vorraum der Halle um; es war hier alles improvisiert, aber geräumig. Ohne Kommentar überreichte Erdmann Toto die Tasche mit den fünf Schlägern, die er am Morgen aus der Tiefkühltruhe geholt hatte.

Toto war in sich gekehrt, wie Liv bemerkte. Nicht in der Laune, um Sprüche zu machen, nicht bereit, auf lässig zu tun. Er war in einer merkwürdigen Stimmung aus Amerika zurückgekommen. Euphorisiert und bedrückt zugleich. Vielleicht fand sie diesen Zustand deswegen so merkwürdig, weil sie nicht über Jahre hinweg da gewesen war, wo er gewesen war: ganz oben. »Todeszone«, nannte Erdmann das, »da kann dir keiner mehr helfen.«

»Wenn ihr wüsstet«, hatte Toto wiederholt gesagt, damals.

»Ja?«, hatte Liv entgegnet. »Sag's mir.«

Toto hatte immer geschwiegen. Das war das Problem.

Der Trainer postierte sich am Rand des Spielfelds, die Arme verschränkt. Nils zwirbelte halb auf der Bank liegend an seinem Pony herum. Liv hockte sich mit Smilla auf den Boden und packte ein *Memory*-Spiel aus.

Die Luft stand in der Halle. Sie öffneten ein paar Fenster, aber es half nicht viel. »Stell dir einfach vor, du spielst gegen unseren Freund aus L.A.«, rief Nils.

»Redet, wenn ihr reden wollt«, sagte Toto. »Darf mich nicht stören.«

»Filetier ihn«, raunte Erdmann. »Sezier ihn.« Die schwarze Schildmütze ließ den Coach aussehen wie einen französischen Rentner.

»Ey«, rief Müller übers Netz, »lass mich am Leben, Meister.«

Er hatte ein offenes Lachen und die blonden Haare zum Pferdeschwanz gebunden. Sie schlugen sich ein. Seine Schläge hatten nicht den Drall und die Länge der Weltklassespieler, aber er war athletisch, flink auf den Beinen und schlug hart. »O Mann«, sagte Toto, als er beim Bälleaufsammeln an Liv vorbeikam. »Habt ihr meinen Rhythmus irgendwo gesehen?«

Toto, sicher auch noch erschöpft vom langen Flug, mangelte es in Livs geschulten Augen an muskulärer Spannung, dennoch gewann er das erste Spiel nach zweimaligem Einstand. Seine Bälle kamen nicht so, wie sie es in Erinnerung hatte, ihnen fehlte das Zwingende. Doch sobald er unter Druck geriet, öffnete sich wie von selbst ein Werkzeugkasten aus Lösungen, die ihn zuverlässig aus der Bedrängnis retteten.

Erdmann setzte sich nach dem ersten Spiel zu Nils, als hätte er genug gesehen. Liv kam dazu, Smilla auf dem Arm.

»Was weißt du eigentlich über deinen Vater?«, sagte er etwas zu laut.

»Als Mensch oder als Tennisspieler?«, fragte Nils zurück.

»Ist das für dich ein Unterschied?«, warf Liv ein. Sie saß im Schneidersitz neben Erdmann, nahm die Haare ihrer Tochter und untersuchte die Struktur der Spitzen. Smilla klatschte in die Hände, als Toto und Müller an ihr vorbeikamen. Toto strich ihr mit der Hand über den Kopf.

»Als Spieler«, sagte Nils, »hab ich halt dieses Klischee im Kopf. Oh, no, *Mount Berger is beating himself again*. Das haben sie auf BBC oft gesagt.«

»Der Mount wurde von den Amis für die US Open erfunden«, sagte Erdmann. »Blieb irgendwie hängen.«

Als die Spieler aufs Feld zurückkehrten, verstummten sie. Toto führte rasch 3:0, verlor dann sein Aufschlagspiel, ließ sich bei 3:2 verärgert auf seine Bank sinken und schimpfte vor sich hin. Nun war er im Match, beachtete die anderen nicht mehr.

»Die meisten Geschichten«, fuhr Nils leise fort, »drehen sich heute darum, dass Toto Berger so …«

Erdmanns Gesicht war ohne Ausdruck.

»… unerträglich launisch war. Jedenfalls am Ende. Unberechenbar.«

»Nur am Ende?«, entfuhr es Liv. Sie bedauerte ihre Worte sofort.

»Bis auf seinen Aufschlag, natürlich«, fuhr Nils fort. »Der war bis zuletzt scharf, platziert, präzise. Diese Winkel.«

»In England«, sagte Erdmann, »taufte ihn die *Times* den ›Angle Man‹.« Er konnte Winkel schlagen wie kein anderer. Manchmal hat er seine Gegner so weit aus dem Feld getrieben, dass die ihre Schlagbewegung auf dem Schoß eines VIPs in einer Box beendeten. Die VIPs haben es geliebt. Und vergiss seine Stopps nicht, Nils.« Als striche er mit seinem Handrücken die Wölbung einer Salatschüssel nach, zog Erdmann seine Hand durch die Luft.

Sie unterbrachen das Gespräch, weil sich die Spieler wieder erhoben.

Kam Müllers erster Aufschlag, hatte Toto Mühe, früh genug zu reagieren. Seine Ausholbewegungen wirkten auf Liv wie in Zeitlupe verzerrt, als wäre seine Muskulatur betäubt. Sein Gegner drosch auf die Kugel, und nur Finessen und Überraschungsschläge hielten Toto im Spiel. Bald aber hieß es 4:5, Müller dominierte die Ballwechsel.

»Vergiss nicht seine Stopps«, nahm Erdmann den Faden auf. Smilla spielte mit dem Zopf, den Liv ihr geflochten hatte. Dass der Satz in die entscheidende Phase ging, schien den Trainer nicht zu beeindrucken.

Erdmann beugte sich zu Nils herüber. »Die hättest du live erleben sollen, Nils. Die Bälle gruben sich hinterm Netz in den Boden. Blieben liegen, als hätte sie jemand erschossen. Solche Stopps. Die kann noch heute auf der Tour keiner so wie er spielen. Ich kannte ihn ja in- und auswendig, aber selbst ich habe sie manchmal nicht kommen sehen. Keiner hatte so ein Handgelenk wie er. Keiner seine Qualität, die Absichten des Gegners zu durchschauen, noch bevor der sich entschieden hatte, was er vorhat. Keiner hatte seine Wahrnehmung …«

Toto hob die Hand, als er von der Bank wieder aufstand. »Sorry«, rief er, »Technische Auszeit!« Schon war er im Vorraum der Halle verschwunden. Müller grinste unsicher.

»Was soll das?«, zischte Nils.

»Taktik, mein Lieber«, sagte Liv mit einem Lächeln.

»Du hättest ihn erleben müssen«, fuhr Erdmann ungerührt fort. »Einmal sehen, wie das Stadion vor Spannung vibrierte, wenn es hoch und runter ging mit den Emotionen und Eskapaden. Und dann haute er so einen raus, aus dem Lauf die Linie runter, mit brachialer Gewalt. Das konnte er, und die Leute sprangen auf. Du hättest sehen müssen, wie er herumstolziert ist. Das war ansteckend.«

»Das Problem war nur, dass er sich nicht im Griff hatte«, sagte Liv.

Erdmann nickte. »Charlie Brown«, sagte er. »Der Herr des Trash Talks. Man konnte ihn schlagen, aber seinen Beleidigungen entkam man nicht.«

»Und warum Charlie Brown?«, fragte Nils.

»So nannten wir Sherpas unseren Mount Berger. Also, um genau zu sein, hat ihn Liv Hansen so getauft. So etwas konnte nur ihr einfallen.«

»Was macht Toto denn da drin?«, flüsterte Nils.

Müller dehnte sich auf dem Platz, tigerte auf und ab. Die Pinkelpause zog sich.

»Also Charlie«, sagte Erdmann, »weil er einerseits spielen konnte wie von himmlischen Melodien begleitet, beflügelt, na ja, wie ein Engel eben. Charlie, das war, wenn er die Lampen anschaltete über dem Platz. ›Charlie war heute nicht schlecht, was?‹ So redete er nach den Charlie-Tagen. Als Trainer denkst du dir: Teufel nochmal, ist der Junge gut drauf: Teufel nochmal, haben wir gut gearbeitet. Teufel nochmal, wisst ihr, wer diesen Burschen trainiert? Nach jedem Gewinnschlag würdest du am liebsten aufstehen und dich verbeugen unter dem Applaus.«

»Und Brown?«, fragte Nils.

Liv seufzte.

»Brown war der Horror«, sagte sie. »Die Stimme des Selbsthasses in seinem Kopf. Die konnte aus dem Nichts kommen. Sie hat ihn fertiggemacht. Und uns natürlich auch. Man wusste nie, woran man bei ihm ist.«

In diesem Augenblick kam Toto zurück. Er zeigte ihnen den erhobenen Daumen.

»Er will diesen Satz gewinnen«, sagte Liv langsam. »Egal wie.«

»Ist das normal?«, flüsterte Nils.

»Was?«

»Dass er so ein Spielchen unbedingt gewinnen will?«

Toto war wieder auf dem Platz, löste aber erst einmal die Schnürsenkel und verknotete sie bedächtig neu.

»Er würde sich eher auspeitschen lassen, als das hier herzuschenken«, sagte Erdmann. »Die Besten verschenken nichts. Nie.«

Sie redeten leise jetzt. Es war plötzlich eine Spannung in der Halle, die zuvor nicht dagewesen war.

»Im Fernsehen sah er gar nicht so böse aus«, raunte Nils.

»Die Aggressivität hast du vor allem im Stadion gespürt«, entgegnete Erdmann.

»Für Toto war das Spiel viel mehr als ein Spiel«, flüsterte Liv. »Es war … du weißt schon.«

»Nein«, flüsterte Nils.

Liv zuckte mit den Schultern und ließ Smilla auf ihren Schenkeln auf und ab hopsen. »Es war alles, was er kannte.«

Sie nahmen das Match wieder auf, und es dauerte nur ein paar Minuten, dann war der Satz beendet. 7:5 für Toto. Müller hatte Fehler auf Fehler gemacht, offensichtlich entnervt. Toto musste nur noch die Bälle ins Feld spielen und – wusch! Beim letzten Punkt aber spielte er einen Stopp, der direkt hinter dem Netz aufsetzte und so unterschnitten war, dass er beinahe in sein eigenes Feld zurücksprang.

»Famos!«, rief Erdmann, nachdem Müller vergeblich gespurtet war. Er winkte den sehnigen Flensburger heran, dessen Gesicht vor Ärger gerötet war.

»Das war fies«, stieß Müller hervor.

»Du kennst ihn ja«, sagte Liv.

»Jetzt schon.«

»Welcome to the real world, Niklas«, sagte Erdmann. »Wir danken dir. Für heute reicht es.«

»Warum denn?«, fragte Müller ungläubig. »Ich kann ihn schlagen.«

»Das fürchte ich auch.«

»Was ist los?« Toto trat hinzu, irritiert.

»Vorbei für heute. Ihr könnt duschen gehen.«

Mit Schwung schleuderte Toto seinen Schläger ins Netz und stemmte die Hände in die Seiten. »Was soll das, Trainer?«, rief er.

»Das ist sinnlos«, sagte Erdmann.

»Was ist sinnlos? Ihr quatscht hier die ganze Zeit herum, während ich versuche, meinen Rhythmus zu finden, und du sagst, das ist sinnlos?«

»Du verhunzt dir deine Automatismen, wenn du auf diesem körperlichen Niveau anfängst. Da fehlt zu viel.«

»Was ist sinnlos?«

»Dass wir so anfangen, ohne Fundament.«

»Wer sagt denn, dass ich so anfangen will?«, brüllte Toto.

Erdmann drehte auf den Absätzen um und verließ die Halle. Das Echo seiner Schritte erfüllte noch ein paar Sekunden die Luft.

»*Du* sagst das«, antwortete Liv mit versöhnlicher Stimme.

»Ich?«

»Schon alleine dadurch, wie du guckst, mein Lieber. Einfach nur dadurch, wie du guckst.«

Toto ließ sich auf die Bank fallen, die Beine von sich gestreckt. Während er den Kopf gegen die Wand lehnte, schloss er die Augen.

»Wenn du wüsstest«, murmelte er, bevor er verstummte.

»Übrigens«, sagte Liv, »haben wir rausbekommen, wo Frankie wohnt.«

2

Bleib cool, hatte ihm Liv per WhatsApp mit auf den Weg gegeben. *Hab Geduld mit ihm.*

Was wird er sagen?, schrieb Toto, als er vor der Sicherheitskontrolle wartete.

Was glaubst du?

Ich weiß nicht mal, ob er noch der Alte ist.

Das wäre schlimm.

Toto zögerte kurz, dann schrieb er: *Warum das denn?*

Weil keiner von uns mehr der Alte ist. So ist das.

Das Flugzeug hob ab, Hamburg blieb unter ihm zurück. Nils war im Haifischhaus geblieben. Er wollte sich in Flensburg nach einer FSJ-Stelle umschauen, und Toto hätte ihn auch nicht dabeihaben wollen. Zu persönlich, die Sache mit Frankie. Zu kompliziert, wahrscheinlich.

Split also. Kroatien. Was machte er in Kroatien? Toto war einmal in der Stadt gewesen, vor vielen Jahren, ein Davis-Cup-Match im Winter. Er konnte sich an die zugige Halle erinnern, in der unter der Decke Rauchschwaden gestanden hatten. An das Leuchten des Meeres am Nachmittag. An ihr Hotel an der Adria, in dem auch die Kroaten untergebracht waren. Deren Verwandte hatten sich jeden Abend in der Lobby um ihre Helden geschart, und alle Männer, auch die Spieler, hatten geraucht. Er erinnerte sich an einen kurzen Gang durch die Altstadt. Mächtige verwitterte Mauern. Römerzeit oder so. Jedenfalls uralt. Eine schwach wärmende Sonne, aber die Luft in den Gassen war feucht und kühl gewesen.

Diese verdammte Fliegerei. Toto bat aus Sentimentalität um einen Ron Zacapa aus Guatemala und trank dann noch einen. Das mit dem Trinken musste aufhören. Schon klar. Aber die Wärme im Magen verdrängte alles andere. Er schloss die Augen und lauschte dem Dröhnen der Triebwerke. Da war ein Spucken, ein Stottern, oder nicht? Manchmal half Worst-Case-Denken auch nicht weiter.

Als er achtzehn Jahre alt war, hatte Totos Vater dem Physiotherapeuten Hermann Franke, den alle Frankie nannten, das Angebot gemacht, beim Bundesleistungszentrum in Hannover zu kündigen und sich nur noch um seinen Jungen zu kümmern. Frankie hatte ohne zu zögern eingeschlagen. Frankie, ohne den Toto danach kein Jahr durchgestanden hätte. Frankie kannte jede Verhärtung in seiner Muskulatur. Spürte reißende Muskelfasern, bevor sie rissen. Walkte nach Bänderdehnungen das Wasser aus den Gelenken. Lockerte den Nacken nach Fünfstundenschlachten.

Die Oberschenkel.

Die Waden.

Dehnte die Schlagschulter, die Muskelstränge, die zum Hals führen, pflegte den ewig entzündeten Supraspinatus.

Der große Frankie. Frankie, der stotterte, so stark, dass er es vorzog zu schweigen. Der mittels seiner Finger redete. Der Taschen packte, Kram erledigte, wegorganisierte. Der Toto mehr Geheimnisse entlockte als sonst irgendwer. Der Marmelade auf Edamer Käse strich, Country und russische Volksmusik liebte und seine Baseballmütze selten ablegte. Manchmal selbst im Bett nicht.

Drei Jahre lang hatte er ihn nicht gesehen. Sein abruptes Karriereende war für die Sherpas so etwas Ähnliches wie eine Scheidung im Bösen gewesen. Warum er abtauchte, wohin er abtauchte, hatte er ihnen nicht gesagt. Niemandem hatte er es gesagt.

Frankie zu fragen, ob er jetzt wieder dabei wäre, war eine Selbstverständlichkeit. Einerseits. Ohne ihn würde er jede Nacht Schmerzen haben. Schmerzen, die der Körper erst dann so richtig spürt, wenn er eigentlich ruhen müsste.

Andererseits bat Toto andere Menschen ungern um etwas, er wusste nicht recht, wie man das anstellte. Außerdem würde die Bitte alles wieder aufwühlen. Das letzte Match. Das Gesicht von Lamenteau. Diese Mischung aus Freude, Herablassung und Mitleid, nach dem Finale von Wimbledon. Null zu sechs im fünften Satz. Danach war er zurückgetreten. Es sei ein Impuls gewesen, aus dem Schock der Demütigung heraus. Hatte er danach erzählt.

Sie hatten es geschluckt.

Weil sie gesehen hatten, wie stark Lamenteau gewesen war? Hielten wenigstens die Sherpas es jetzt für möglich, dass er ihn bezwingen konnte? Oder spielten sie nur mit, weil man eben mitspielte, wenn sich so eine Chance bot?

Das Flugzeug durchbrach eine dicke Wolke, sie befanden sich irgendwo über Europa. Es war ihm egal, wo. Vor dem Einsteigen hatte er seine Mutter angerufen. Sie hatte nichts mitbekommen. Konnte kaum einen Satz zu Ende bringen. Es wurde immer schlimmer.

Auf die Nachfragen der Journalisten hatte er damals nichts geantwortet, nachdem er sein Statement verlesen hatte. Er verbeugte sich vor den Reportern, von denen ihn manche mehr als zehn Jahre lang begleitet hatten, von Kontinent zu Kontinent. Einige von ihnen mochte er, ein paar verachtete er auch; die übliche Quote. In der Nacht danach hatten sich die Sherpas allesamt betrunken, im Kaminzimmer des herrschaftlichen Cannizaro House, Treppe hoch, erster Stock, rechts. Ultrabritisch und ultragediegen. Draußen fiel unablässig der prasselnde Regen von Wimbledon, der kurz nach der Siegerehrung eingesetzt hatte. Durch die geöffneten Fenster drang schwüle Sommerluft. Toto hatte seine Mutter und Bettie nach dem Abendessen in das Reihenhaus geschickt, das er für das Turnier immer gemietet hatte, weil er nicht wusste, ob er sie an diesem Abend ertragen würde.

Erdmann legte sich gegen ein Uhr auf ein Sofa, wo er umstandslos zu schnarchen begann, ermattet von der Enttäuschung. Dagmar, die erst am Abend angereist war, hatte sich ebenfalls verabschiedet. Die anderen Sherpas saßen unten an der Bar, hockten in den Sesseln oder hatten sich vom Acker gemacht. Nur Frankie und er tranken oben weiter, bis morgens um fünf, Ron Zacapa. Sie verloren kein Wort.

Als die Sonne aufging, lag Nebel über dem Wimbledon Common. Zum Rum schlürften sie Tee aus weißen Tassen dünnen Porzellans und aßen Scones mit Butter und Orangenmarmelade. Schließlich nahm sich Frankie ein Blatt und einen Stift.

Du hättest in all den Jahren wenigstens die Zeichensprache lernen können, schrieb er.

»Hm«, Toto wackelte mit der Hand. Mühsam bekam er die Gebärde zusammen, mit der man sagte: Verzeihung.

Hör zu, schrieb Frankie. *Du hättest es mir sagen können, vorher.*

»Ich wusste es selbst vorher nicht«, log Toto.

Sagen müssen, schrieb Frankie.

Toto fuhr sich mit den Innenflächen der Hände über das Gesicht, sagte schwach: »Fuck, ja. Aber … Es ging nicht anders.«

Frankie schaute ihn durchdringend an und schien Anlauf zu nehmen. In seinen Augen sammelte sich etwas.

»Sch… Schei… Scheiße.«

Danach sanken sie beide in ihre Sessel, und Toto wusste nicht, wie er die Lähmung, die zwischen ihnen eingesetzt hatte, auflösen konnte.

In dieser Stimmung platzte Liv Hansen ins Zimmer. Die Wölbung ihres Bauches zeichnete sich deutlich unter ihrem hellblauen Rollkragenpullover ab. Mit ihrem Mann war sie nach London gekommen, zu einem vorerst letzten Städtetrip zu zweit, hatte Toto hinterher zunächst vermutet, aber vielleicht stimmte das auch gar nicht, vielleicht war sie ja extra wegen ihm gekommen.

Sie trat ins Zimmer, drückte Frankie und bat ihn hinaus. Frankie nahm seine Jacke und Tasche und ging. Sie hielten sich lange in den Armen. Nun konnte er ihre fortgeschrittene Schwangerschaft auch spüren. Ohne etwas zu sagen, nahm sie seinen Kopf in beide Hände. Sie war so groß wie er.

»Es ist vorbei?«, sagte sie.

»Ich musste es tun.«

Ihre Hände lagen flach auf seinem rechten Unterarm. »Weißt du, mein Bruder, er …«

»Ja«, sagte er. »Ich weiß.«

Sie schüttelte den Kopf. »Er wäre stolz gewesen auf dich.«

Womöglich war er zu betrunken. Zu müde. Zu verwirrt. Ihm schnürte es die Kehle zu.

»Nie im Leben«, brachte er nur heraus.

Sie sprachen über das Kind, das geboren würde, ein Mädchen, das Geräusch des Regens auf Kies, wenn die Fenster offen stehen, und über Orangenmarmelade auf frischen Scones.

»In Faaborg«, sagte sie, »gab es zwischen den Trainingseinheiten immer Orangenmarmelade aus England. Eine Marotte meines Trainers. Damit wir schon mal ein bisschen Wimbledon schmecken konnten.«

»Ich weiß. Bei euch habt ihr träumen dürfen.«

»Und du musstest siegen.«

»Ach, Liv«, sagte er.

Nach ein paar Minuten küsste sie ihn zum Abschied auf die Stirn und ging in ihrer geraden Haltung, sodass man von hinten nicht vermutet hätte, dass sie ein Baby erwartete. Sie drehte sich nicht mehr um. Als Toto sich auf die Suche nach Frankie machte, war von ihm keine Spur mehr zu sehen.

Es war ihm erst kürzlich aufgegangen, dass Frankie sich seitdem nie wieder gemeldet hatte. Abgedampft, zack, weg. Zwei, drei Mal hatte Toto versucht, ihn zu erreichen – so oft es sein Stolz zugelassen hatte –, aber Frankie hatte sich verleugnen lassen oder konnte nicht.

Frankies neues Leben musste man sich zusammenreimen, aus dem, was man so aufschnappte. Zunächst hatte er alle Angebote, die ihn von Spielern und Managern der Tour erreichten, ausgeschlagen und ließ sich in einer Hamburger Großpraxis anstellen, die ihn anpries wie einen Wunderheiler. Aber es langweilte Frankie bald unendlich, die Bandscheiben wundgesessener hanseatischer Bankiers zu kurieren, die sich beklagten, dass sie ja zu nichts kämen, zu Bewegung sowieso nicht. Bei dem Gedanken musste Toto grimmig lächeln: Frankie an der umnebelten Binnenalster, Männer mit Bauchansatz, die sich seufzend von ihren Schlipsen befreiten, seine magischen Finger an ihren teigigen Muskeln.

Besser wurde es offenbar erst, als er bei einer Gruppe mittelmäßiger russischer Profis anheuerte und wieder durch die Welt zu ziehen begann. Wenn man im Tennis was erleben will, ist das keine schlechte Entscheidung. *Journeymen* sagen Amerikaner zu diesem Spielertypus, und auch Toto kannte kein passenderes Wort. Fahrensleute. Unangenehme Kontrahenten, an ihren guten Tagen schwer zu besiegen, gegenüber der eigenen Karriere indifferent. Wilde Partys zwischen den Turnieren. Als Gegner gefährlich, als Kompagnon angenehm. Frankie konnte noch etwas Schulrussisch, er hatte es oft genug an Nehoda ausprobiert. Zum Glück hatte er sich rechtzeitig von den Russen gelöst, ehe sie wegen Eigenblutdoping aus dem Verkehr gezogen worden waren.

Was ihm danach zu Ohren kam, gefiel Toto weniger. Frankie habe angefangen, maßlos zu trinken, hieß es, Frankie vertreibe sich die Zeit in Casinos, hieß es, Frankie habe sich in eine serbische Gräfin aus Bosnien-Herzegowina verliebt und die Frau geschwängert. Sie habe ihn nach der Geburt verlassen, sitze jetzt zu Hause in Sarajewo oder Sonstwojewo und dringe auf die nächste Überweisung.

Und es hieß auch: Frankie wartet.

»Worauf«, hatte Toto zurückgefragt.

»Auf dich«, sagten die Leute.

Frankie, so erzählte man sich, habe noch immer die besten Finger der Tour, und als Frédéric Lamenteau ihn verpflichten wollte, was für jeden Physio einen Sechser im Lotto bedeutet hätte, den direkten Draht zum Goldesel, habe er sich das höflich angehört und dann, nach einer Sekunde Bedenkzeit, zu seinem Smartphone gegriffen und geschrieben:

Das mache ich nicht.

Toto ist raus, hatte Lamenteau geantwortet.

Besser für dich, schrieb ihm Frankie zurück. So hatte es Erdmann berichtet, der es von einem anderen Trainer gehört hatte.

Diese Anekdote hatte Toto gefallen, als er davon erfuhr. Das musste er zugeben. Hoffnungsloser Fall, sein Frankie, aber ein treuer Kerl.

Die Landung in Split war weich, und er nahm ein Taxi zum Hotel am Meer. In der Lobby herrschte inzwischen Rauchverbot. Er checkte ein und warf sich aufs Bett, unschlüssig, wann er es versuchen sollte. Nach einer Weile sprang er auf, zog sich ein dünnes Jackett über und verließ das Zimmer.

Die Hitze stand auf den Straßen. Die Männer trugen Bartschatten und die Frauen kurze Neonkleider. Stobreč lag ein paar Kilometer im Osten, ein Badeort. Toto ließ das Taxi am Appartementblock vorbeifahren, stieg an der nächsten Ecke aus. Ein Neubau, die Fassade hell gestrichen. Die Balkons zeigten nach Süden, dahin, wo das Meer liegen musste. Die Treppen hinauf, bog er zwei Mal um die Ecke und stand vor einer Tür, aus der das Geräusch eines laufenden Fernsehers drang. Auf sein Klingeln hin öffnete eine junge Frau, zwischen den Zähnen den Deckel einer Trinkflasche aus Plastik, auf dem Arm ein Baby, das an einem Schnuller im Mund nuckelte.

Kurz zögerte er, dann straffte er sich. »Ist Frankie da?«, fragte er auf Englisch.

Die Frau winkte ihn herein. Sie war sehr klein, hatte breite Hüften und dunkle, warme Augen, die ihn wie bei einer Musterung taxierten. Mit der freien Hand deutete sie hinter sich, hinein in den schattenhaften Flur. Dahinter öffnete sich das Wohnzimmer. Es war kühl in der Wohnung. Ein breites Sofa an der Wand, drei Meter entfernt der 55-Zoll-Fernseher. Frankie hatte die Füße hochgelegt, auf seinem Schoß lag ein umgedrehtes Buch. Es lief Basketball, amerikanischer Kommentator, ESPN. Frankie linste, als er die Bewegung wahrnahm, über die Schulter und erstarrte. Sein Mund stand offen, langsam begann er ausdruckslos zu nicken.

Er stand auf, jeder Schritt ein Schwanken; war er immer so gegangen? Der Rumpf war massiger denn je, die Arme noch immer zu kurz für den Oberkörper, die Jeans spannten gewaltig an den Oberschenkeln. Auf seinem Kopf eine Kappe der Brooklyn Nets. Über sein Gesicht huschte kurz das alte Frankie-Grinsen, sodass es fast nur noch aus Falten und Schlitzen bestand. Dann klärte es sich rasch. Die Ringe unter den Augen waren ausgeprägter, als Toto es in Erinnerung hatte.

Sie drückten sich unter viel Geächze und Geklopfe, schauten sich an und drückten sich wieder. Die junge Frau fragte etwas, das Toto nicht verstand, und Frankie nickte.

»M… M… Mensch, T… Toto«, sagte er endlich.

»Da bin ich«, flüsterte Toto und schlug ihm erneut auf die Schulter.

Frankie stöhnte auf. Schweiß stand auf seinen Schläfen, sein Gesicht war gerötet.

»Immer noch die Hüftgeschichte?«, fragte Toto.

»Nee, R… Rheuma. Und die P… Prü… f… fung, n… nächste W… Woche.« Frankie deutete auf seine Knie, auf das Buch. »Kardioirgendwas«, konnte Toto entziffern. Frankie und ein Studium?

Es hatte ihm sichtlich Mühe bereitet aufzustehen. Aber er besaß noch immer stählerne Arme.

»Wie geht's den Fingerkuppen?«, fragte Toto. »Sind die auch betroffen?«

»N… nee. K… D… D… Die d… doch n… n… nicht.«

Wie Detektoren funktionierten diese Kuppen. Frankie hatte es nie erklären können. Nur zeigen.

Es gab Tee und Marmorkuchen und Pflaumenlikör. Während die beiden Männer dasaßen und sprachen und hin und her ruckten auf ihren Stühlen, weil der Abstand nie zu stimmen schien, war die Frau ständig in Bewegung. Sie hieß Sabrina. Sprach nur Kroatisch, Russisch und ein bisschen Englisch. Das Baby war Frankies Tochter. Melissa. Zehn Monate alt. Sie kam auf Frankie zugekrabbelt, und er nahm sie mit seinen riesigen Händen auf, hielt sie in der rechten über sich und drehte sie wie den Rotor eines Helikopters. Dabei machte er Geräusche wie ein startender Hubschrauber. Melissa gluckste.

Der Pflaumenlikör. Toto setzte schlürfend an. Merkwürdig, wie vertraut es für ihn war, hier zu sitzen, und zugleich, wie befangen er war. Sie verabredeten sich für den Abend im Hotel, und als er die Wohnung verließ, war er sich ganz und gar nicht sicher, ob Frankie auftauchen würde.

Er aß auf seinem Zimmer, um ihn nicht zu verpassen. Nach einer halben Stunde schaltete er den Fernseher ein und fing an, die Kordeln des Vorhangs zu Würsten zu flechten. Er war fast fertig damit, als es an der Tür klopfte.

Melissa habe nicht einschlafen wollen, sagte Frankie.

»Jetzt bist du ja da.«

»L… Leg d… dich h… hin.«

Toto roch Rauch und Schnaps und Babypuder. In Shorts legte er sich auf den Teppichboden. Schweigend begann Frankie ihn durchzuwalken. Zwei Stunden Frankie-Zauber. Toto hatte das Gefühl, davonzufliegen. Frankie ließ ihn unter seinen Händen erzählen. Und erzählte auch selbst, so gut es ging. Zusammenhanglos. Langsam, auf seine Art. Wie er hier gelandet war. Diese Frau, dieses Baby, dieses Leben. Erwähnte Lamenteau kein einziges Mal. Und dann hörte er wieder zu. Es kam aus Toto herausgeflossen, als hätte jemand einen Hahn aufgedreht. Warum er zurückgetreten war, erwähnte er nicht, aber er erzählte, was schiefgelaufen war, wie er sich lösen wollte vom Tennis, was dann geschah, was er vorhabe, die Monate der

Vorbereitung, das Comeback, die Turniere zur Eingewöhnung, das Duell – und er zögerte kurz, ehe er sagte: »Ohne dich geht es nicht, Frankie.«

Keine Frage. Er hatte es nicht über sich gebracht.

Toto lag auf dem Bauch, die Stirn auf seinen Fäusten, die Augen geschlossen. Der Teppich roch muffig. Statt einer Antwort lösten sich Frankies Hände von seinen Schultern, ein letztes Klopfen, das Zeichen, dass die Massage beendet war. Zum Abschied gab er Toto die Hand, seine Augen schauten an ihm vorbei auf die verknoteten Kordeln.

Am nächsten Morgen, als er sich zum Flughafen fahren ließ, konnte Toto es sich zum ersten Mal seit langer Zeit wieder vorstellen, wie es wäre, einen Tennisschläger mit dem alten Gefühl zu schwingen, volles Risiko, den Ball hinauszutreiben in die hinterste Ecke des Feldes und hinterherzustürmen, um den Punkt zu vollenden. Diesen einen Punkt, auf den immer alles ankam.

Frankie hatte, bevor er gegangen war, auf seine Art herumgedruckst, er wolle es sich überlegen und mit Sabrina reden.

Ein Nein klang anders.

Ein Ja auch.

Eine Verletzung ist eine Verletzung, und manche heilen nie.

3

Jaroslav Nehoda war ein Mensch mit sehr heller, fast weißer Haut. Eine »Hitze suchende Rakete«, wie die Amerikaner sagen. Seine Sensoren waren unfehlbar.

Toto saß nach seiner vormittäglichen Krafteinheit auf den Stufen vor dem Haus, trank Wasser und schwitzte nach. Und *wie* er nachschwitzte. Früher hatten die Sherpas gewitzelt, man könne durch das Auswringen eines seiner durchgeschwitzten Shirts ein Weizenbierglas füllen. Das funktionierte also noch. Der Körper öffnete zuverlässig seine Schleusen. Erdmann stand in der Tür neben ihm, breitbeinig, die Hände hinter dem Rücken gefaltet. Er unterhielt sich mit Nils über Nehoda und dessen legendären Ruf.

Punkt zwölf Uhr fuhr der Manager in den Hof ein. Im offenen Maserati GT, den er zwischen seinen Reisen in Frankfurt parkte, sein »Europadampfer«, wie er ihn nannte.

Toto konnte ein Schmunzeln nicht unterdrücken, als Nehoda ungelenk aus dem Wagen stieg. Eine abgewaschene Pepe-Jeans, Ledergürtel mit schmalem silberglänzendem Besatz, knöchelhohe Blundstone-Stiefel und das unvermeidliche weiße Hemd, dessen obere Knöpfe offen standen. Die Haare auf der Brust waren zahlreich und sehr hell. In der rechten Hand hielt er eine E-Zigarette, von der er ab und zu einen Zug nahm, dabei Dampf ausstoßend wie eine alte Lok. Vor ein paar Monaten, beim Verkauf der Villa an der Alster, war er es gewesen, der den Notartermin bewältigt und die Möbelpacker dirigiert hatte, damit Bettie nicht alles einsackte, während Toto es drüben in Amerika vorgezogen hatte, nicht erreichbar zu sein. Es gibt einen Punkt, das wusste Toto, an dem es besser ist, nicht zu existieren. Gar nicht aus Müdigkeit heraus. Ganz objektiv. Zu viel Mist auf einem Haufen.

»Kurwa, Erdmann!«, schrie Nehoda, als er den Trainer erblickte. »Kommen wir zwei Halunken endlich wieder ins Geschäft?«

Erdmanns Antwort war selbst aus der Nähe nicht zu verstehen. Ihre Beziehung war so verwirrend wie langwierig. Erdmann kannte jede Geschichte, wenn er sie kennen musste – und war sie noch so alt und von allen anderen verdrängt –, und erfand zur Not ein paar neue Kapitel. Nehoda neigte zur Vergesslichkeit, vor allem, wenn es ihm in den Kram passte. Er gab Nils die Hand, nickte, ohne etwas zu sagen.

Zur Begrüßung hielt Nehoda die E-Zigarette in die Luft, sein Blick irrte suchend umher. Als er endlich Toto erblickte, ging ein Leuchten über sein Gesicht.

»Kurrrrwa, der Künstler!« Nehoda steckte sich die Zigarette in den Mund. Seine Fingerkuppen waren etwas gelb, ein Erbe früheren Kettenrauchens, aber seine Zähne blendend weiß. »Was hast du nur mit Frédéric gemacht?«

»Was soll ich denn gemacht haben?«, antwortete Toto im Aufstehen, um sich den obligatorischen sozialistischen Bruderkuss abzuholen. Nehoda hatte ihn als Jugendlichen behutsam aufgebaut. Hatte ihm kleine Werbeverträge verschafft, ohne ihn zu sehr unter Druck zu setzen. Nehoda hatte sich ein paar Jahre später auch um die Beerdigung von Totos Vater gekümmert, er überwies den Sherpas das Geld, stritt sich mit der Spielervereinigung ATP, hatte, so gut es eben ging für einen Kerl wie ihn, allen Scheiß von Toto ferngehalten, bis Liv kam. Und er hatte die Rolle wieder übernommen, als sie verschwunden war.

»Lamenteau redet von nichts anderem mehr«, sagte Nehoda mit vor Anerkennung hochgezogenen Brauen. »Er sagt, du hast ihn bis aufs Blut gereizt.«

»Macht wieder dicke Backen, ja?«

»Vielleicht hat er sich ausnahmsweise mal verpokert.« Nehoda klatschte in die Hände. »Wäre das eine Möglichkeit?«

Erst gestern war Nehoda in Los Angeles losgekommen, die Verhandlungen mit Lamenteaus neuem Manager Colin Overboard, einem Schotten und langjährigen Rivalen Nehodas, hatten sich hingezogen. Wann, wo, wer, wie viel und so weiter.

»Grundsätzlich steht der Deal«, sagte er. »Ich erzähl euch später alles. Eine Kostenpauschale habe ich rausgeholt. Damit du deine Miete bezahlen kannst.«

»Braucht er nicht«, warf Erdmann ein. »Toto ist unser Gast.«

»Für die Kaffeekasse«, sagte Nehoda.

»Haben wir nicht.«

»Hat der da kein Sparschwein?«

Er deutete auf Nils, der den Kopf schüttelte.

»Dann steck dir das Geld in den Arsch, kurwa.«

Nehoda bat um einen Tee und wirkte plötzlich sehr müde. Allen war klar, dass er in den nächsten Monaten das Finanzielle übernehmen würde, damit der Laden lief. Über die Vermarktung würde er alles wieder reinholen. Nehoda-Style. Aber darüber würden sie jetzt als Letztes sprechen.

Mit frischem Hemd, das er sich übergeworfen hatte, führte Toto ihn ins Haus. »Schade, dass du gefeuert bist«, sagte er. »Nach deutschem Recht geht das nicht, glaube ich, sonst würde ich dich glatt wieder einstellen.«

4

Das Fiepen seines Handys weckte ihn. Eine SMS. Die Nummer erkannte er nicht.

Willst du etwa doch noch erleuchtet werden, Menschenskind?

Einen solchen Ton schlug nur einer an. Toto antwortete prompt.

Hallo Moser.
Chef!? Ich wär jetzt so weit. Auch wenn mich keiner dabeihaben will.
Hast du deine Sekte endlich gegründet, schon einen Dummen gefunden?
Mach auf. Ich friere.
Hat Erdmann dir erzählt, wo ich bin?
Glaubst du, ich krieg nix mehr mit? Glaubst du, ich muss jemanden fragen, wohin du dich flüchtest, wenn du nirgendwo mehr hinkannst? Glaubst du, die Erdmanns freuen sich nicht, wenn ich mal in ihrem Ferienhäuschen vorbeischaue? Glaubst du, mir gehen die Fliegen im Outback nicht schon lange auf den Sack?
Ist ja gut.
Mach auf, Chef, sonst trete ich die Tür ein.

Der gut gebräunte, beleibte Moser hatte Schweißperlen auf Stirn und Bürstenfrisur. Er stand stolz auf der Schwelle, den Kopf zwischen die Schultern geschoben.

Ohne nachzudenken, herzte Toto ihn. Dabei hatte er sonst eher Distanz gehalten zu Moser. Dieser Dickkopf aus der Kurpfalz. Roch auch jetzt nach einem schönen Schoppen und einer Ahnung von gebratenem Saumagen. Toto hatte nicht alle seiner Sherpas gleichermaßen gemocht. Moser machte es einem nicht leicht. Doch das schien dem egal.

Erdmann hatte ihn damals ins Team geholt, obwohl Toto zunächst abgewunken hatte. Zu viele Spieler hatten es mit ihm nicht ausgehalten, weil Moser – einst selbst ein begabter Spieler, bis seine Knie streikten – zu anstrengend war. Zu abergläubisch. Zum Beispiel war der Bespanner felsenfest davon überzeugt, dass die Dinge belebt waren und besprochen werden mussten, wenn man ihnen seinen Willen aufzwingen wollte. Tennisschläger ganz besonders.

So einen pessimistischen Menschen an der Seite ertrugen nicht viele Profis. Schwerhörig war Moser dazu.

Toto hatte ihn ertragen. Weil er ihn für besser hielt als alle anderen. Und weil er einen unverbesserlichen Optimisten als Gegengewicht hatte. Moser und Frankie. Yin und Yang.

Die beiden betrachteten das Leben durch eine anders gekrümmte Linse. Der eine *sprach* schlecht, und der andere *hörte* schlecht, und vielleicht kam es deshalb so gut wie niemals vor, dass sie einer Meinung waren. Vielleicht schätzten sie sich aus genau diesem Grund so, vermutete Toto.

Als er Moser ins Haus führte, schlurfte gerade Nils vorbei, Erdmann vorneweg, irgendwas erklärend.

»Ich bin der Martin«, sagte Moser ohne großes Tamtam. »Martin Oser. Der Erbsenschäler. Und der Strippenzieher. Nenn mich Moser. Machen eh alle. Stört mich nicht.«

»Martin war früher mal ein ganz guter Spieler«, sagte Erdmann schnell. »Zum Sparring reicht's noch. Und er ist ein formidabler Koch. Aber was fundamental sensationell ist, ist das, was er mit den Saiten auf dem Schläger anstellt. Das sind Waffen.«

»Wer?«, rief Moser.

»Deine Schläger!«

»Na ja«, brummte Moser. »Gestorben ist noch keiner.«

»Waffen mit Gefühl!«

»Nils Schöllhorn«, sagte Nils. Sie gaben sich die Hand.

»Ich mach sie halt so«, sagte Moser, »dass die Jungs was Ordentliches zum Spielen haben. Wenn der Chef jetzt zurückkehrt, soll es an mir nicht scheitern. An mir ganz bestimmt nicht. Ich werde nicht der Grund sein, wenn das schiefgeht.«

»Hör auf, du Miesepeter«, rief Erdmann. »Du hast Najer doch abgesagt, um hier zu sein!«

»Wem?«, machte Moser und wischte mit der Hand durch die Luft. »Ach, das wäre eh nichts geworden. Ich kann versuchen, dem Chef halbwegs brauchbare Geräte hinzulegen. Auch wenn es nichts nützen wird gegen den Unbesiegbaren.«

»Nenn den nicht so.«

»Ändert das was?«, fragte Moser grinsend. »Wo ist denn unser Meister aller Klassen?«

»Wen meinst du?«, fragte Erdmann lauernd.

»Na, F… F…«

»F… F… Frankie?«

Toto sah zu, dass er verschwand.

5

Morgens um elf im Dunst eines zu kühlen Frühsommertages war die Hafencity in Hamburg einer der traurigsten Orte der zivilisierten Welt, die Toto je gesehen hatte. Der Wind pfiff um die Ecken, ringsum nichts als Steine, Beton, Pflaster. Und ab und zu ein verlorenes altes Segelschiff, ein Seelenfänger.

Hanebiehls Büro lag im sechsten Stock eines Backsteinbunkers, der den Namen eines norwegischen Seefahrers trug. Die Empfangsdame war freundlich, gab sich aber keine Mühe zu verbergen, dass sie Toto Berger erkannt hatte. Seinen Kaffee, den sie ihm errötend gebracht hatte, schlürfte er im Stehen. An den Wänden der PHB NUMBERS FOR VICTORY AG hingen die Porträts früherer und aktueller Promi-Klienten. Die halbe aktuelle Top 30 der Tennis-Weltrangliste der Männer und Frauen, dazu Mannschaftsfotos von Champions-League-Siegern im Fußball. Und an der Seite auch sein eigenes Porträt.

Hinter einer gläsernen Wand, auf die in Augenhöhe ein Streifen aus Milchglas geklebt war, saßen an Schreibtischen zwanzig, dreißig junge Menschen, die auf Computerbildschirme starrten und in rascher Folge auf ihren Tastaturen herumdrückten. Die Glastür zu dem Großraumbüro stand offen, ein Klacken drang nach draußen. Die Café-Ecke mit ihren bunten Sitzkissen war leer. Eine Wand mit Zeitschriften wirkte unberührt.

Die Assistentin erschien wieder und bat Toto, ihr zu folgen. Sie hatte eine sportliche Figur, ihr schwarzer Hosenanzug war ihr aber eine Nummer zu groß. Die Haare trug sie im Nacken zusammengebunden.

An die schwarzen Wände des Besprechungsraums, in den sie ihn führte, hatte jemand mit moosgrüner Farbe mannshohe Prozentzahlen gepinselt. Dunkelgrüne Ledersessel, ein Konferenztisch aus edlem Holz, ein ebenfalls moosgrüner Teppich, der das Echo der Schritte verschluckte. Dunkelgrün stand die Luft.

»Number One kommt gleich zu Ihnen, Herr Berger.«

»Peter?«, sagte Toto amüsiert.

»Pi-äitsch«, sagte die Dame, bedeutete ihm, sich zu setzen, und schloss die Tür unhörbar leise hinter sich.

Seine Kaffeetasse hinterließ einen feuchten Ring auf dem Holz. Er achtete darauf, sie haargenau wieder darauf abzustellen.

»Der Herr der Asse. Welch eine Ehre.«

Mit dem Rücken zur Tür sitzend, hatte er nicht bemerkt, dass Hanebiehl lautlos eingetreten war.

Toto sprang auf.

Hanebiehl kam ihm mit ausgestreckter Hand entgegen und blieb einen Meter vor ihm stehen. Sie gaben sich die Hand. Seine Haare waren dünn geworden, und er trug sie länger als damals. Am Morgen musste er sie mit Gel nach hinten gekämmt haben. Weißes Button-down-Hemd, schmale schwarze Krawatte, schwarze Lederhose. Seine lange, einstmals knöcherne Gestalt hatte sich abgerundet, sein Kinn, das schon immer zum Fliehen geneigt hatte, verschwand im Bett des Halses. Hanebiehl war ein Mann mit ebenmäßigen Gesichtszügen. Von seinem rechten Nasenflügel bis unters Auge zog sich jedoch eine Narbe, die im Kunstlicht wie lebendig schimmerte. Noch immer brannten seine Augen in einem intensiven Blau, noch immer passten sie nicht zum Rest des Gesichts.

»Kontaktlinsen.« Das war einst Livs Vermutung gewesen.

»Der falsche Kopf am falschen Typen«, hatte Moser gesagt.

»Tom Torge Berger. Ich freue mich.« Hanebiehl nahm ihm gegenüber Platz und lehnte sich zurück, verschränkte dabei die Arme hinter dem Kopf, sodass man kleine Schweißpunkte unter seinen Achseln sah. Er war der Mann, der dir sagen konnte, ob Roberto Najer zu achtundachtzig oder doch eher zu dreiundneunzig Prozent seine

Vorhand auf deine Rückhand zog. Und vor allem: wann Najer das nicht machte. Die Daten hatten andere auch. Chuck Thurber, einer von Hanebiehls Konkurrenten, vertraute sich in der Analyse selbst, ihm genügte sein Blick als früherer Weltklasseprofi. Hanebiehl arbeitete dagegen mit seinen aus der Datenbasis entwickelten, an der Wirklichkeit getesteten und wieder verfeinerten Algorithmen.

»Danke, dass du Zeit hast«, sagte Toto. »Gut gebucht, wie du bist.«

»Für dich immer«, sagte Hanebiehl. »Ich hätte allerdings nicht mehr mit dir gerechnet.«

»Ich auch nicht mit mir.«

»Du bist schmal geworden, Toto. An den Schultern.«

»Dafür hast du zugelegt.«

»Ich kann es mir leisten.«

Toto lachte.

»Es geht wieder los«, sagte Hanebiehl. »Hab davon gehört. Das gefällt mir. Das gefällt mir wirklich.«

»Schwer, davon nicht zu hören, schätze ich.«

»Ein einziges Match?«

»Ein einziges.«

Hanebiehl beugte sich nach vorne und formte mit Daumen und Zeigefinger ein O. Das berühmte Hanebiehl-O, das jeden seiner Vorträge dirigierte. Mehr Small Talk als eben hatte er sich auch früher selten gegönnt, er empfand es als reine Zeitverschwendung.

»Komisch«, sagte er. »Die Sache ist eindeutig, und doch sitzt du hier. Da du nicht bescheuert bist – es zumindest früher meiner Erfahrung nach nur selten warst – und eine gewisse Erfahrung mitbringst, kann das nur eins bedeuten: Du hoffst auf den statistischen Ausreißer. Richtig?«

Toto runzelte die Stirn, Hanebiehl lächelte.

»Du hast darüber noch nicht weiter nachgedacht. Das ist nicht so selten der Fall. Die meisten Comebacks geschehen aus einem Impuls heraus. Man kann euch Sportler ja verstehen. Ihr vermisst die Scheinwerfer und den Wettkampf.«

»Nicht alle«, sagte Toto.

»So?«

»Vergiss es. Ich werde einen Teufel tun und mit dir über meine Gründe reden. Sie interessieren dich eh nicht.«

Hanebiehl lächelte, er fuhr sich über die Narbe. »Die Zahlen sind eindeutig. Statistisch gesehen hast du keine Chance, das ist dir sicher klar. Comebacks gehen, quer durch die Sportarten, fast immer schief, oder wenigstens erreicht der Sportler nicht mehr das alte Niveau. Was in deinem Fall heißt: Debakel.«

Toto richtete sich auf. »Woran liegt das, Peter?«

»Das Warum kümmert mich nicht, wie du weißt. Mich kümmern nur die Zahlen. In den Zahlen liegt die Wahrheit. Und die sind leider selbst für Blinde zu lesen. Kennst du die Geschichte mit der Flammenschrift an der Wand?«

»Die aus der Bibel?«

»Stell dir vor, die ganze Wand brennt.«

»Die Zahlen sagen nie die volle Wahrheit«, sagte Toto.

»Warum bist du dann hier?« Hanebiehl strich mit den Fingerspitzen über die Tischfläche. Er nahm einen Bleistift aus seiner Jackentasche und begann darauf herumzukauen.

»Hör zu, Peter.« Toto beugte sich nach vorne. »Ich will, dass du ihn knackst.«

»Den Unknackbaren?«

»Knack ihn«, sagte Toto. »Knack mir Frédéric Lamenteau.« Er nahm einen Schluck aus der moosgrünen Tasse. Exzellenter Kaffee.

»Frédéric, den Unfehlbaren? Den Unschlagbaren, den Tausendprozentigen, den Mann der vierhundert Schritte pro Minute?«

»Genau den.«

Drei Sekunden verstrichen.

»Warte hier«, sagte Hanebiehl und erhob sich. »Ich zeige dir was.«

Wenige Augenblicke später war er zurück, im Arm drei Aktenordner und ein iPad. Er schlug einen der Ordner auf, begann in den Papieren zu blättern. Toto konnte Reihen von Tabellen erkennen, Zahlenfolgen. Auf dem iPad erschien ein skizzierter Tennisplatz, rot schraffierte Flächen, darauf grüne Punkte.

»Du weißt«, fing er an, »jeder Schlag im Tennis besteht aus so vielen Variablen – der Geschwindigkeit des Schlägers, dem Drall des Balles, dem Winkel des Schlägerkopfes und so weiter und so fort –, dass Mathematiker verzweifeln würden, wenn sie auch nur einen Ballwechsel darstellen müssten. Und nun schau her«, sagte Hanebiehl und hielt Toto die Tabellen hin. »Jeder Schlag von Monsieur in den letzten zehn Wochen. Jeder einzelne Schlag. Jeder Winner. Und hier: jeder Unforced Error.«

Die Zahl, die da stand, war lächerlich klein.

»Peter«, sagte Toto, die Ellenbogen auf dem Tisch, die Hände unterm Kinn gefaltet. »Du kennst den Weg, wie ich gewinnen kann.«

»Nein«, sagte Hanebiehl und klopfte mit seinen Fingerknöcheln auf ein eng beschriebenes Blatt. »Den Weg finden kannst nur du. Und da ist auch nur ein Pfad durch Dornengestrüpp bei Nacht, aber durchmarschieren musst du allein. Ich kann dir nur helfen, den Unfehlbaren von der Champs-Élysées abzubringen. Vielleicht. Schlagen musst du ihn schon selbst.«

»Ich weiß.«

»Ich weiß, dass du das weißt.«

Hanebiehl glättete sich die Haare, setzte sein Lächeln auf, das er für gewinnend hielt. Im Grunde bleckte er dabei nur die Zähne. Nehoda nannte es das Krokodilsgesicht. Hanebiehl trug es zur Schau, wenn es etwas zu beißen gab.

»Die anderen sind dabei?«, fragte er.

Toto hob die Achseln. »So gut wie.«

»Lass mich raten. Eine fehlt noch: Liv Hansen!«

»Nein.« Toto räusperte sich. »Frankie.«

»Das gibt's doch nicht. Schmollt der immer noch? Der Mann ist einfach nicht Herr seiner Sinne. War er noch nie.«

»Warten wir's ab. Ich glaube, er wird mitziehen.«

»Und wie ist der Deal?«, fragte Hanebiehl.

»Zehn Millionen, all or nothing.«

Hanebiehl pfiff durch die Zähne. »Okay, aber ich meinte, was ist unser Deal? Was bleibt für uns? Oder, genauer gesagt – für mich?«

»Ein paar Kosten kann ich ersetzen«, sagte Toto. »Nicht viel. Jeder von euch kriegt im Falle eines Sieges am Ende fünf Prozent. Alle. Kein Vorschuss. Keine Ausnahmen. Keine versteckten Abmachungen. Fünfhunderttausend US-Dollar.«

Es folgte eine Pause.

»Na ja«, sagte Hanebiehl schließlich. »Fünf Prozent von nichts sind nicht viel, nicht wahr?«

Toto lehnte sich zurück. Hanebiehls Einstellung war, wenn man alles andere mal abzog, ganz beruhigend. Manche Menschen änderten sich über die Jahre. Andere nie. Hanebiehl war immer ein Mann gewesen, der die Dinge erst glaubte, wenn sie passiert und zu seinen Gunsten verbucht waren. Frankie hatte sie vor allem so lange geglaubt, wie sie noch nicht passiert waren und die meisten nicht mal an die Möglichkeit ihrer Existenz glaubten.

»Deine Angelegenheiten kannst du von hier aus machen«, sagte Toto. »Halte dich gern von uns fern. Zu den Briefings kommst du hoch ins Camp, machst meine Druckbetankung, lässt dich abends volllaufen, tanzt auf den Tischen, wenn du magst, pennst eine Runde und fährst ohne Gruß zurück zu deinen Geschäften.«

»Same as ever, meinst du.«

Toto nickte.

»Wo ist das Camp?«

»Im Haifischhaus.«

»Ernsthaft? In Erdmanns Bruchbude?«

Wieder das Nicken.

»Das ganze Training da oben?«

»Ja.«

»Die harte Tour, was?«

»Kann ich auf dich zählen?«

»Das ist gewissermaßen meine Spezialität«, sagte Hanebiehl.

Wie in Zeitlupe erhob er sich und streckte waagrecht die Hand nach vorne.

6

Die Blüten der Lilien waren weit geöffnet. Ihr Duft erfüllte Dagmars Zimmer. Er hatte leise geklopft, als erhoffte er keine Antwort, aber dann hörte er ihre Stimme und war zögernd eingetreten. Der Blick aus ihrem Zimmer ging nach Osten und Norden. Die Morgensonne machte aus dem Raum einen versöhnlichen Ort.

»Tom«, sagte sie. »Komm rein, mein Junge.«

Es war noch jemand im Raum, ein Mann mit Pullunder über dem weißen Hemd, um die fünfzig. Er stand mit dem Rücken zur Eingangstür, legte etwas in eine Tasche, schloss sie, nickte Toto zu und trat an Dagmars Bett. Sein Brustkorb war mächtig, wie der eines Boxers oder Ruderers. Toto sah, wie der Mann ans Bett trat und ihr einen Kuss auf die Stirn drückte. Ihr Gesicht veränderte sich dabei, wirkte plötzlich ganz friedlich. Als wäre gerade ein Schatten von ihr gewichen.

Ein kurzes, unmerkliches Nicken in Totos Richtung. Der erwiderte stumm den Gruß.

Kilian. Häuptling Großes Gift.

»Wenn ich störe …«, sagte Toto.

»Nein, nein«, sagte der Arzt. »Ich wollte sowieso gerade. Mach's gut, Liebste, bis bald!«

»Ja, mein Lieber«, sagte sie leise, »danke dir.«

Toto wartete, bis er das Zimmer verlassen hatte, dann näherte er sich ihrem Bett. Er zog einen Hocker heran und setzte sich neben sie, nahm ihre Hand, küsste den Handrücken. »Ist Kilian dein behandelnder Arzt?«, fragte er.

»Nein«, sagte sie. »Dafür sind wir uns zu nahe.« Sie lächelte und verzog dabei den Mund. »Bernd sagt, seine Besuche tun mir gut. In Wahrheit tun sie aber vor allem ihm gut.«

»Dagmar …«, fing Toto an. Er wusste nicht weiter.

Sie hob die Brauen, ermunterte ihn.

»Danke, dass ich hier sein darf.«

»Wenn nicht du, Tom, darf es keiner mehr.«

Er kannte sich nicht aus in solchen Situationen. Was man sagt, was man nicht sagt. Bei seinem Vater war es ein einziges Ausweichen gewesen. Sie waren feige gewesen, alle beide, bis zum Schluss. Bislang hatte er nicht gewagt, Dagmar zu fragen, wie es ihr gehe. Nun tat er es, sein Herz pochte.

»Die Ärzte haben mich ganz gut eingestellt«, sagte sie. »Sie halten mich gerade so in der Balance. Es ist …«, ein Schmerz zeichnete sich ab auf ihrem Gesicht, bis er nachließ, »… manchmal sogar auszuhalten.«

Sie bat ihn um einen Schluck Wasser, und er war froh, etwas zu tun zu haben. Auf einem Tisch entdeckte er eine volle Karaffe und ein Glas, schenkte ein und wollte es ihr reichen, doch sie hob die Hand nicht, um es zu nehmen. Er setzte es an ihren Mund, sie schloss zustimmend die Augen. Er ließ sie trinken. Das Schlucken war mühsam. Ihre Lippen waren mit Lippenstift kaum merklich konturiert. Ein Tropfen Wasser floss seitlich hinab und benetzte ihr Kinn.

War sie schon sechzig? Toto war sich fast sicher, dass sie ein, zwei Jahre jünger als Erdmann war. Ihre Hände hatten sich binnen weniger Monate verwandelt. Die Flecken. Die überflüssige Haut. Die schmalen Handgelenke. Die Krankheit hatte sie ausgezehrt, und Toto hatte Mühe, sich sein Entsetzen nicht anmerken zu lassen.

»Ich muss kämpfen«, flüsterte sie, »dass ich nicht … bitter werde.«

Hilflos saß er da und hörte ihr Atmen.

Er fühlte sich hilflos und klein.

Irgendwann fragte sie: »Hast du Bettie mal wiedergesehen?«

»Aber ja«, log er.

»Kommt ihr klar miteinander?«

»Mal so, mal so.«

Sie hustete. Ihre Schlüsselbeine standen spitz unter dem Nachthemd hervor.

»Grüß mir Beatrice«, sagte sie. »Sag ihr, ich liebe sie.«

»Du weißt ...?«

Sie nickte. »Sag deiner Mutter einfach, ich liebe sie. Das wird sie erreichen.«

»Ja«, sagte er. In seiner Teenagerzeit hatten sich die beiden Frauen nahegestanden. Das war fünfzehn, zwanzig Jahre her.

»Dagmar ...«, begann er. »Wie machst du das? Mein Vater hat das Warten auf den Tod fast ... umgebracht. Er hatte so Angst vor dem Sterben. Das hat ihn mehr gequält als der Krebs, glaube ich.«

»Vielleicht, weil ich nicht warte«, sagte sie. »Ich hoffe auf die kleinen schönen Dinge, die ich noch erleben darf. Dass ich Nils erleben darf. Und dich mit ihm.«

»Und dann noch Liv. Das ist ein Wunder.«

»Sie brauchte nur Zeit«, sagte Dagmar.

»Ein Wunder ist das.«

»Liv ist jetzt wieder so weit. Es mit dir auszuhalten.«

»Das glaub ich nicht.«

»Sonst wäre sie nicht gekommen.«

»Sie kam wegen dir, Dagmar.«

»Nein, Tom«, sagte sie. »Du verstehst Liv noch immer nicht, nicht wahr?«

Er setzte zu einer Antwort an, da erfüllte ein Knall den Raum – ein Vogel musste gegen das geschlossene Fenster geflogen sein.

Toto küsste Dagmar sanft auf die Wange und deutete auf die Lilien. »Bald bringe ich dir frische.«

7

Das Abendessen war beendet. Spaghetti alle vongole mit Mosers Spezialsoße, die alle liebten, nur Toto nicht. Er schob den Teller von sich weg. Liv stand auf, um Smilla ins Bett zu bringen. Das Mädchen sagte allen Gute Nacht und drückte Toto einen Kuss auf die Wange, ohne dass es ihr jemand aufgetragen hatte. Sie tat es einfach. Beim ersten Mal war Toto tatsächlich rot geworden.

»Es ist ganz einfach«, sagte Erdmann schließlich.

Er hatte, vermutlich unbewusst, seine Trainerstimme aufgesetzt. Sie war dunkler, herrischer als sonst, voll einer Autorität, die von Jahrzehnten auf dem Platz herrührte und der Gewohnheit, den Kurs vorzugeben. Er klatschte mehrmals in die Hände. »Wir reden jetzt über unverhandelbare Geschäftsgrundlagen unserer Zusammenarbeit. Verstanden?«

Er wartete Totos Reaktion nicht ab.

»Die nächsten vier Wochen wirst du mir keinen Schläger anfassen, Toto Berger. Wenn ich dich mit einem Schläger erwische, versenke ich dich vertikal in der Ostsee. Verstanden?«

Toto legte den Kopf sehr schräg.

»Erst wenn du eine Grundlage gelegt hast, gehen wir an die Bälle. Vorher nicht. Verstanden?«

»Was erzählst du da? Tu nicht so, als wäre ich neunzehn. Ich weiß am besten, was mir bevorsteht, bevor es lustig wird.«

»Ich wollte bloß auf Nummer sicher gehen. Kein Tennis, mein Lieber, erst mal …«

»… Grundlagenausdauer. Isometrische Übungen. Krafttraining. Sprints. Gymnastik. Die ganze beschissene Basis.«

»Das veritabel fundamentale Programm.«

Toto nickte widerstrebend. »Kann ich trotzdem einen Nachtisch haben?«

»Einen was?«, fragte Moser.

»Den Nachtisch«, brüllte Toto. »Sag mal, wie alt bist du eigentlich?«

»Bernd, ich versteh ihn einfach nicht, weiß auch nicht«, sagte Moser zu Erdmann. »Hast du ihm das mit der Diät schon verklickert? Und, Liv, soll ich für uns mal die Mousse holen?«

8

Anfang Juli kam die Nachricht, dass Nils eine FSJ-Stelle ergattert hatte, in einer sozialen Einrichtung drüben in Flensburg. Jeden Morgen um sechs Uhr musste er von nun an das Haus verlassen. Er kaufte sich ein Moped, das er im Hof neben Totos Alfa abstellte. Aber am dritten Morgen fand ihn Toto, schweißgebadet vom Joggen kommend, um acht Uhr noch im Bett. »Moin, Nils. Raus hier.«

»Mhhmm«, machte Nils.

Toto zog ihm die Bettdecke weg.

»Nneeinn«, machte Nils und rollte sich zusammen wie ein Igel. Er trug einen weinroten Pyjama mit langen Hosen.

Toto ging wortlos ins Bad, ließ das Wasser laufen und warf zwei Handtücher ins Waschbecken. Als sie sich vollgesogen hatten, ging er zurück ins Zimmer, warf Nils eins auf die Füße und packte ihm das andere aufs Gesicht. Tropfnass.

Nils lief das Wasser am Hals runter.

»Du hast fünf Minuten«, rief Toto.

Tiefe Atemzüge.

»Ich schmeiß dich persönlich aus dem Bett.«

»Mhhmm«, machte Nils und löste sich auf dem durchnässten Laken langsam aus seiner Haltung, drehte sich auf die andere Seite und streckte Toto seinen Hintern entgegen.

»Noch vier Minuten«, sagte Toto und packte die nassen Füße seines Sohnes. Er zerrte ihn vom Bett, sodass Nils mit einem dumpfen Laut auf die Holzdielen prallte. Jeder im Haus würde das mitbekommen. Das Prinzip Tsunami.

»Noch drei Mi-nu-ten«, sang Toto mit hoher Stimme.

Nils rollte sich auf dem Boden wieder zusammen.

Toto musste lachen.

»Wer hat dich eigentlich erzogen?«, murmelte er. Dass dieser Bengel dermaßen wenig Disziplin aufbrachte.

Okay.

Muss wohl sein.

Gehört wahrscheinlich dazu.

Sich lächerlich machen.

»Wenn du das verbockst, Nils, fliegst du hier raus! Das war's dann.«

Toto knallte die Tür hinter sich zu. Unten im Flur gab er dem breit grinsenden Moser, der gerade einen neuen Mixer auspackte, High Five und lauschte auf die Geräusche oben. Toto hatte nie ein Moped besessen, früher. »Zu gefährlich«, hatte sein Vater gesagt, da war Toto fünfzehn.

Mit sechzehn hatte er keins mehr gebraucht.

Mit sechzehn war er gefahren worden.

Zwei Minuten lang hörte er seinen Sohn herumfuhrwerken, dann Türenschlagen und das spuckende Geräusch eines startenden Mopeds.

»Was macht er da eigentlich den ganzen Tag?«, fragte Moser, während er Toto Rühreier auf den Teller schaufelte.

Ein Achselzucken war die Antwort. Toto schaute Moser plötzlich schuldbewusst an. »Sollte ich vielleicht mal fragen.«

9

Sie hatten behutsam angefangen, aber es dauerte nicht lange, und er trainierte vier Stunden täglich. Ohne Massagen. Das Joggen am Morgen fiel ihm immer schwerer – denn das zählte auch nicht zum Training. Am zwölften Tag dachte Toto beim Aufstehen, er werde demnächst nicht mal mehr einen Tennisschläger hochheben können. Es taten ihm hundert verschiedene Muskelgruppen und Gelenke weh, die er seit seiner Profizeit mit Vornamen kannte. Aber das war alles normal. Alles im grünen Bereich. Innen drin war alles ruhig, kein Grund, sich Sorgen zu machen.

Trotzdem fuhren sie nach Hamburg in eine Privatklinik nahe dem Rathaus, weil Nehoda darauf bestanden hatte, dass er durchgecheckt wurde. Erdmann setzte sich in ein Café und las Zeitung. Die Ärzte wiesen auf dieses und jenes hin. Arthrose hier, Vernarbungen dort, der lädierte Meniskus, der operiert gehörte, dazu ein verschleppter Leistenbruch, chronisch überdehnte Bänder, der üble Supraspinatus in der Schlagschulter, der bald wieder Feuer speien würde. Totos Herz schien in Ordnung, die Lunge schien in Ordnung, die Blutwerte würden gleich kommen, es meldete sich jedoch niemand zu Wort, der ernsthaft versucht hätte, ihn aus dem Verkehr zu ziehen.

»Haben Sie Allergien, nehmen Sie regelmäßig Medikamente?«, fragte der hoch aufgeschossene Internist.

»Das Übliche«, entgegnete Toto. »Ich kenne die NADA-Liste der zugelassenen Medikamente. Nichts darüber hinaus.«

»Nehmen Sie regelmäßig etwas?«

Toto lächelte. »Augenblicklich? Nein.«

»Und früher?«

»Früher war früher.«

»Das heißt?«

»Dass ich früher Schmerzen hatte. Viele Schmerzen. Starke Schmerzen.«

»Also haben Sie früher regelmäßig etwas genommen?«

»Früher habe ich Turniere gewonnen, Doc. Fünfsatzmatches über vier Stunden. Machen Sie sich mal keine Sorgen.«

»Es ist Ihre Gesundheit, Herr Berger. Ihre Werte deuten darauf hin, dass wir da ein Problem haben.«

»Wir haben da kein Problem, Doc.« Toto erhob sich und griff nach seinem Hemd. »Jedenfalls haben Sie keins.«

Der Arzt beobachtete, wie er sich anzog. »Gesund ist das alles nicht, was Sie da vorhaben«, sagte er schließlich, »aber das wissen Sie sicher. Es ist Ihr Leben, nicht meins.«

Auf dem Nachhauseweg spürte Toto Erdmanns Blick, der ihn von der Seite traf. Sie sprachen kein Wort. Von da an peitschte ihn Erdmann durch die Einheiten, immer mit derselben Schiebermütze auf dem Kopf und derselben Daunenweste über dem Bauch. Das wäre eigentlich Frankies Job gewesen, aber von Frankie war kein Zeichen gekommen. Stattdessen hatte Liv einen glatzköpfigen älteren Physiotherapeuten engagiert, den sie vom Hamburger ATP-Turnier kannte. Rolf, ein gutmütiger Mann, den seine Praxis in Neumünster für die Dauer, die er gebraucht wurde, freistellte. Jeden Tag bekam Toto seine Massagen, die ihm guttaten, die es ihm überhaupt nur ermöglichten, das Trainingspensum durchzuhalten. Aber es war nicht dasselbe wie mit Frankie. Er hatte keine Lust, etwas zu erzählen. Rolf schien das nicht zu stören. Er war es, der redete, von seinen Ansichten übers Leben, von seinen halbwüchsigen Kindern, von seinen Urlauben auf Fuerteventura, von den Spielern, die er mal gekannt hatte. Er begann Toto schnell auf die Nerven zu gehen.

Rolf richtete sich im Haifischhaus ein, so gut er es konnte. Aus dem Schuppen, in dem Fahrräder, der Rasenmäher und die

Gartengeräte untergestellt waren, wurde ein improvisierter Kraftraum mit Freihanteln. Gummimatten kleideten den Boden aus, Heizstrahler hingen an den Wänden. Ein Sponsor hatte angeboten, die modernsten Multifunktions-Geräte zu liefern, aber Erdmann hatte abgelehnt.

Freihanteln!, schrieb er Liv. *Ich glaube fundamental an Freihanteln.*

Diese Maschinen entsprechen dem neuesten Stand der Trainingswissenschaft, schrieb Liv.

Von mir aus können die NASA, der FC Bayern und Wladimir Putin mit solchen Dingen trainieren. Toto entspricht nicht dem neuesten Stand der Trainingswissenschaft. Freihanteln!

Immerhin akzeptierte Erdmann einen Ergometer und ein Laufband – sehr zu Totos Verdruss.

Hanebiehl, der für zwei Tage aufgetaucht war und mit allen leise Gespräche geführt hatte, war wieder in die Hafencity verschwunden. Nehoda verhandelte in aller Welt, meldete sich aber regelmäßig, auch wenn es nichts zu besprechen gab. »Die Nabelschnur streicheln«, nannte er das. Nils kehrte spät mit dem Moped oder dem letzten Bus zurück, stank nach Rauch und verzog sich meist rasch nach oben. Liv, die mit Smilla ein großes, sonniges Eckzimmer bezogen hatte, rief eines Tages beseelt an, dass ihr der Kindergarten von Steinhagen für nach den Sommerferien einen Platz angeboten habe.

Schlagzeilen über Lamenteau erreichten das Haifischhaus. Siege bei den Hartplatzturnieren in Übersee. Fotos von der Eröffnung einer Filmgala mit seiner Gattin, von seinem Urlaub auf Hawaii, Lamenteau surfend, modelnd, tanzend. Sie spotteten über ihn, doch sie verstummten, sobald sie ihn spielen sahen.

Eine weitere Woche verging. Die Bauarbeiten begannen. Toto biss auf die Zähne, wenn er die verhassten Langhanteln in die Höhe wuchtete. Wenn er an diesem verfluchten Gymnastikball Stabilitätsübungen fabrizierte, die lachhaft einfach aussahen und ihn doch glauben ließen, er würde gleich sterben. Wenn er am Strand in

Intervallen sprintete. Wenn er im Treppenhaus hoch bis in den Turm hüpfte, erst zwei Stufen auf einmal, dann drei, erst beidbeinig, dann einbeinig.

Und dann dasselbe von vorne.

Und noch mal.

Die Treppe auf den Händen gehend. Nach der dritten Stufe brach er ab.

Man war ja keine zwanzig mehr.

10

Eines Nachmittags entfloh Toto dem Betrieb im Haifischhaus. Er zog seine Badeshorts an, schnappte sich Handtücher, zwei Feierabendbier und Norman Mailers *The Fight,* das er endlich zu lesen angefangen hatte. Sein Ziel war die kleine, von Felsen eingerahmte Sandbucht nahe dem Haus, die von Land nur erreichbar war, wenn man den Pfad kannte, der sich von der Steilküste herunterschlängelte. Er führte zunächst am Rand der Klippe entlang. Durch eine Spalte konnte man hinabsteigen. Es war eine rutschige Angelegenheit, aber wenn man den Weg kannte und aufpasste, hielt sich die Gefahr in Grenzen.

Erdmann pries die Bucht gern als Liebesbucht, was Toto etwas unangemessen fand, schließlich zogen all die Boote, die auf Steinhagen zuhielten, im Abstand von nicht mehr als zweihundert Metern daran vorbei. Flach gehende, kleinere Segelboote ankerten manchmal direkt davor, aber nicht bei dieser Wetterlage. Zu unruhig war das Meer, der Nordostwind drückte Richtung Land. Legerwall nennen die Segler das, hatte Erdmann erzählt. Wenn der Anker ausreißt, treibst du Richtung Küste und erleidest Schiffbruch. Legerwall willst du auf See nicht haben.

An Land auch nicht.

Drüben am Strand von Steinhagen, der einen weiten Bogen beschrieb, standen Strandkörbe wie Zinnen auf ihrer Burgmauer aus Sand. Die alte Windmühle in Richtung Schlei, die ihre Flügel längst verloren hatte, war von hier aus nicht zu sehen. Ein gewelltes Land, herausgeschmirgelt von Gletschern, voller Hügelgräber aus der Steinzeit, die verborgen in den Wäldern lagen. Toto zog sein Handy aus der Tasche und rief seine Mutter an.

»Mam, ich bin am Strand«, fing er an.

»Hallo?«, hörte er seine Mutter.

»Gar nicht weit von unserem Strand, stell dir vor. Und ich habe mit Dagmar …«

»Wer sind Sie? Warum belästigen Sie mich?«

Tiefe Atemzüge, dann ein Geraschel.

»Mam«, rief er, »ich bin's, Toto.«

»Excusez-moi, Monsieur«, hörte er eine unbekannte weibliche Stimme, dann war die Leitung tot.

Es war einer dieser seltenen Tage an der Ostsee, an denen Wellen angerauscht kamen, auf denen man mit einem vernünftigen Brett hätte surfen können.

Denk nicht nach, lass es sein.

Er warf seine Sachen in den Sand und stürzte sich ins Wasser. Selbst jetzt, im Juli, war es noch immer so frisch, dass ihm kurz der Atem stockte. Tausend Bläschen umspielten ihn. Als er mit dem Kopf eintauchte, schien das Wasser unerträglich, fast brennend eisig, aber nach ein paar Schwimmstößen gewöhnte er sich daran. Er nahm die Wellen mit seinem Körper mit und versuchte sich steif zu machen, warf sich in ihre Bahn – gerade, wenn sie brachen –, spürte das drängende Wasserkissen, das ihn aufnahm und in einem Lichterregen aufs Ufer zuschob. Body Surfing! – das, wenn es gelingt, zu Soul Surfing wird.

Eine Welle führte viel mehr Wasser mit sich als die anderen und warf ihn ab, hinein in eine Wolke aus Schaum. Hart prallte er auf den körnigen Sand, mit der Brust zuerst. Er spuckte aus und rappelte sich auf, rieb sich Sand aus den Augen und sah vor sich braun gebrannte muskulöse Waden, Knie mit wächsernen kreuzförmigen Operationsnarben. Sie trug einen sportlich geschnittenen Bikini.

Wie oft war er triefend aus der Dusche gekommen, und Liv hatte ihm mit der einen Hand ein Handtuch gereicht, in der anderen ein Briefing haltend. Wie oft hatte sie ihn bei Frankie auf der Pritsche liegen sehen, unter den Griffen des Physios stöhnend, bekleidet nur mit einem Handtuch um die Lendengegend. Wie oft waren sie gemeinsam in der Sauna gesessen, schweigend und schwitzend. Wie oft an irgendwelchen Stränden gelegen, wenn zwischen Turnieren ein wenig Zeit zum Abspannen war. Der Alltag von Profis. Liv war seine Managerin gewesen, seine Angestellte. Und Kristians kleine Schwester.

»Du hast zu wenig Spannung im Körper, alter Mann«, sagte sie jetzt. »Du musst dich steifer machen. So.«

Liv streckte die Arme nach vorne. Am Morgen war sie wieder aus Potsdam zurückgekehrt. Ohne Kommentar.

Über ihrer linken Hüfte hatte sie ein kleines Tattoo, das er auf die Schnelle nicht genau erkennen konnte. Ihre Arme waren muskulös und schlank, ihre Taille schmal. Sie war besser in Form als er. Eine dünne Narbe zog sich quer über den Unterbauch. Vielleicht fünfzehn Zentimeter lang. Die Haut war heller an dieser Stelle.

»Komm«, sagte sie, »zeig mir, dass du's kannst.«

Sie zog ihn mit sich hinaus, und er erinnerte sich wieder, wie lang und schmal ihre Hände waren. Sie sprangen über die Ausläufer der Wellen. Kies unter seinen Füßen. Er spürte, wie ihre Fingernägel sich in seine Haut gruben. Als eine Welle direkt vor ihnen brach, ließen sie einander los und tauchten in das Weißwasser.

Später saßen sie nebeneinander auf einer umschäumten Steinbuhne, in ihre Handtücher gewickelt. Das Wasser rann ihr den Hals hinab und verschwand auf ihrem Rücken. Wasser umsprudelte ihre Waden. Beide hielten ein Bier in den Händen. Gegen den Sound der Wellen mussten sie laut anreden.

»Frédéric surft«, sagte sie. »Hast du das gewusst?«

Ihre Augenbrauen nahmen die Form großer Bögen an. Er trank einen Schluck. Es ging doch nichts über ein kaltes Bier in der Nachmittagssonne am Strand. »Wenn er in L.A. ist«, fuhr sie fort, »surft er jeden Tag. Zieht sich seinen Wetsuit an und mischt sich unter die

Meute. Keiner erkennt ihn. Und mit surfen meine ich surfen. Mit einem kurzen Brett. Kein Body Dingsda. Schwingt sich auf das Brett und gleitet mit der Welle bis zum Strand. Kommt da raus und sieht aus wie neugeboren. Denkt keine Sekunde an Tennis, wette ich.«

»Sondern.«

»An Haie«, sagte sie und führte ihre Flasche an den Mund, sprach aber weiter. »An seine geliebte Frau. An das Nichts. Was weiß ich.«

»Fucking Lamenteau«, sagte Toto.

»Soll er doch«, sagte sie. »Jede Stunde surfen heißt, er steht nicht auf dem Platz, um zu trainieren, damit er dir den Arsch versohlen kann, wenn es so weit ist.«

»Auch wieder wahr«, sagte er. »Lass uns nicht über ihn reden. Das werden wir noch oft genug.«

Sie nickte.

»Sondern?«

»Sondern«, sagte er formvollendet.

»Hm?«, machte sie.

»Hätte nicht gedacht, dass du kommst. Nie im Leben.«

»Das war einer der Gründe, warum ich gekommen bin. Um dein Gesicht zu sehen.«

»Zufrieden?«

»Und deinen Sohn.«

»Er ist ganz schön groß, was?«

»Und sieht dir noch ähnlicher als damals.«

»Quatsch.«

»Er bewegt sich sogar wie du. Aber er ist auch ganz anders. Er ist sehr leise. Man bemerkt ihn kaum.«

»Er hat null Spannung. Und null Antrieb. Kommt einfach nicht aus dem Quark. Fragt einem nur Löcher in den Bauch.«

»Das ist das Alter.«

»Das Alter? In seinem Alter habe ich ihn gezeugt. Hatte ich schon mein erstes Turnier gewonnen. Du auch.«

»Er ist ein normaler Junge«, sagte Liv. »Wir waren nie normal. Er ist schlau. Er ist empathisch.«

»Was heißt denn das nun wieder?«

»Er kann sich in andere einfühlen.«

»Geht das vorbei?« Toto grinste. »Er erzählt manchmal gar nichts. Schaut nur. Fragt nur.«

»Eben«, sagte sie. »Vielleicht könnte er nicht solche Fragen stellen, wenn er nicht so wäre. Er denkt viel nach.«

»Er hängt viel rum.«

»Er braucht das. Er lebt sein Leben von innen.«

»Was meinst du damit?«, fragte Toto.

Sie lächelte ihn an. »Da sind wir an dem Punkt.«

»An welchem Punkt?«

»An dem es nicht weitergeht mit dir.«

»Ich bin nicht mehr der Alte, Liv. Ich bin in Bewegung.«

»Hast du denn ein Ziel?«, fragte sie.

»Gib du mir eins«, erwiderte er.

»Mach einen Vorschlag.«

»Zum Beispiel, nicht mehr zum Arschloch zu werden.«

»Oh«, sagte sie, und dann, nach einer kleinen Pause. »Das ist ambitioniert.«

Sie stand auf, nahm ihre Sachen und stieg den Hang hinauf. Er folgte ihr. Liv drückte den unteren Rücken durch, wie sie ihn immer durchdrückte. Ihre Schulterblätter tanzten im Gehen zu ihrer eigenen Melodie.

Auf der Klippe blieben sie stehen. Das Rauschen der Wellen war leiser hier oben. Der Blick ging über die Förde, die im wärmer werdenden Licht von Westen glänzte.

»Mach dir um Nils keine Sorgen«, sagte sie. »Der wird schon.«

»Und du?«, fragte er nach einer Weile. »Wie kommst du als Mutter zurecht? Smilla ist unfassbar! Sie strahlt wie du. Und mit deinem Mann, wie heißt er noch? Ich hab ihn nie getroffen.«

»Sebastian.«

»Richtig. Der Banker.«

»Seb ist vollkommen straight. Geradeaus. Ich habe mit ihm lange gesprochen, wir skypen jeden Tag. Er hat mir die Entscheidung überlassen. Klar gefällt es ihm nicht, dass wir uns nur am Wochenende sehen, aber unter der Woche arbeitet er eh viel. Er ist Wirtschaftsprüfer. Komplizierter Job, hoher Druck. Dazu hat er oft Weiterbildungen.«

»Er kann damit leben, dass ihr hier seid? Echt?«

Sie presste die Lippen zusammen. »Um ehrlich zu sein, ist er stinksauer.«

»Mist.«

»Ja. Mist.«

»Und jetzt?«

»Na ja, er weiß, dass ich arbeiten möchte. Und er will auch, dass ich es will. Und Smilla ist schon fast drei. Aus dem Gröbsten sind wir raus. Also war es jetzt an der Zeit.«

»Und das ist jetzt dein Alltag? Monatelang dieser … Haufen hier? Du weißt, was du dir da aufhalst. Die anderen sind so, wie sie immer waren, oder schlimmer. Auf ihre Art eher ein Klotz am Bein als eine Hilfe. Nils kommt oben drauf. Von mir ganz zu schweigen.«

»Ich *weiß*, wie du demnächst sein wirst.«

»Nicht angenehm, fürchte ich.«

»Wenn man dich kennt, *weiß* man das. Man kann dir aus dem Weg gehen.«

»Im Haifischhaus?«

»Es ist groß«, sagte sie.

»Vielleicht nicht groß genug.«

»Für die anderen schon. *Ich* werde dir eh nicht ausweichen.«

»Ich weiß«, sagte er. »Das ist dein Job.«

»Das ist mein Job. Ich werde dir in den Arsch treten und dir die Hölle heiß machen – und dich in den Arm nehmen, wenn es das erste Mal knallt.«

»Ich weiß.«

»Und das«, sagte sie, »mache ich, solange ich kann. Aber wenn es so wird wie damals, werde ich gehen. Smilla nehmen und gehen.«

»Du ahnst nicht, wie es war«, sagte er. »Du hast keine Ahnung, wie es mir ging.«

Sie nahm tiefe Atemzüge. »Hör zu«, sagte sie. »Du weißt, für wen ich das hier mache?«

Er wandte den Blick ab, schaute aufs Meer hinaus. Es wurde langsam kühl. Er betrachtete den ruhigen Flug einer Möwe, die auf die Klippe zusteuerte und sich auf einem Felsen niederließ. Nach einer Weile wandte er sich Liv zu, ihre Blicke trafen sich. Er sah ihre Augen grün im Licht der Küste leuchten, ihre großen Pupillen.

»Dagmar hat mich gebeten zu kommen. Ich musste kommen.«

Toto legte den Kopf schief. »Weißt du, was ich glaube?«

Er wünschte, er könnte es festhalten, dieses Licht in ihren Augen, und zugleich wusste er, dass nichts dieses Leuchten einfangen konnte.

»Ich glaube, du machst es wegen einer ganz anderen Person«, sagte er.

»Sag schon, alter Mann.«

»... einer Person, die du gar nicht auf der Rechnung hast. Und damit meine ich nicht mich selbst.«

Sie fuhr sich mit den Händen durch die feuchten Haare, legte sie nach hinten, schaute ihn erst wieder an, nachdem sie sich breitbeinig vor ihn hingestellt hatte.

»Na«, setzte er an, und als er die Hand auf ihre Schulter gelegt hatte, flüsterte er ihr ins Ohr: »Denk darüber nach, Liv Hansen.«

11

Nehodas SMS erreichte sie am frühen Morgen. Das Duell würde am 4. Dezember stattfinden, nach den World Tour Finals in London. Den Oktober hatte Totos Lager abgelehnt, zu früh für einen vernünftigen Trainingsaufbau, und im November war Lamenteaus Turnierkalender zu eng getaktet. Auch der Dezember war für den Weltranglisten-Ersten objektiv schwierig. Normalerweise war da Wettkampfpause. Urlaubszeit. Der Körper ausgezehrt nach elf Monaten Turnieren. Aber für zehn Millionen könne man eine Ausnahme machen, hatte es geheißen.

Toto stemmte derweil Gewichte, stabilisierte seinen Rumpf, rannte Intervalle, dehnte sich, wurde massiert, schlug zwischendurch in Kappeln ein paar Bälle. Oft zwängte er sich in einen Neoprenanzug, um im Meer zu schwimmen, oder klemmte sich, wenn das Meer zu unruhig war, auf den Fahrrad-Ergometer, wo er fluchend vor sich hin kurbelte. Tag für Tag änderte Erdmann das Programm – um Totos Körper nicht zu überfordern und um ihn bei Laune zu halten.

Die Küste war jetzt in der Ferienzeit voller Menschen, doch das Haifischhaus war wie eine Insel, die die Flut nicht erreichte. Morgens um acht Uhr, nach einem lockeren Morgenlauf, auf den er nicht verzichten wollte, bekam Toto seinen Tagesplan vorgesetzt.

Ein DIN-A4-Blatt zum ersten Kaffee.

Livs Idee.

Am dritten Tag hatte sie den Plan zum ersten Mal parat. Sie erwartete ihn beim Frühstück in der Küche, neben sich Smilla in einem Kinderstuhl, die Crunchy Nuts löffelte und abwechselnd sich selbst und Freddy, ihre Stoffgiraffe, fütterte.

Toto kam herein, deutete auf Smilla, die mehr Cornflakes auf Tisch und Boden verteilte, als sie in ihren Mund bugsierte.

Smilla wollte auf seinen Schoß.

»Liebes«, rief Liv, »lass Toto in Frieden, komm zu mir.«

Er hob sie nach oben und setzte sie auf seinen Oberschenkel. »Schon gut«, brummte er. Er sah das bedruckte Blatt.

»Wie früher?«, fragte er.

»Lies einfach.«

Er kniff ein Auge zusammen und schaute sie aus dem anderen an. Laut las er vor, wie aus einem offiziellen Dokument.

730 Morgenlauf (freiwillig)
8 Frühstück
9-10 Stabi
10-11 Kraft
11-1130 Massage
12 Lunch – (Bsp folgen)
1230-14 Ruhe
14-15 Ausdauer (ja!)
15 Snack
1530-1630 Kraft
17-18 Massage/Sauna
1830 Abendessen

»Das ist Folter«, sagte er. »Ich bin Rentner.«

»Moser wird seine Speisenfolge auch noch unterbringen«, sagte sie grinsend. Ohne ihre Tochter anzuschauen, nahm sie mit einer Hand ein Küchentuch und fuhr Smilla über den Mund. Durch den sanften Druck der Mutter spürte Toto Smillas Hinterkopf an seiner Brust, wie ein Anklopfen.

»Speisenfolge?«, fragte er.

»Keine Ausreden«, sagte sie.

»Natürlich«, murmelte er, »natürlich.«

Er aß einen Vollkorntoast mit Honig, ohne Butter, und machte sich Haferflocken, in die er eine Banane schnitt. Bevor die anderen in der Küche erschienen, hörte man nur sein Kauen und Smillas Knuspern. Beide löffelten gleichzeitig, mit unterschiedlichem Erfolg.

Moser setzte ihn fortan auf »Hochleistungsdiät«, wie der das nannte. Wenn Toto nicht trainierte, ruhte er sich aus, und er kam kaum mehr zum Nachdenken; er schlief in dieser glücklichen ersten Zeit wie ein Stein, und sein Vater besuchte ihn nicht mehr in den Träumen.

Langsam wurde sein Bauch flach, seine Hüften schmaler. Seine Arme nahmen wieder Form an. Er fuhr sich immer öfter unbewusst beim Reden mit den Händen über seine Taille, seinen Bauch, seine Brust, als müsste er sich vergewissern, dass sich sein Körper tatsächlich verwandelte.

12

Anfang August rollten zwei kleine Caterpillar in den Wald neben dem Haifischhaus und rumorten den ganzen Tag herum. Sie walzten, beobachtet von Erdmann und Smilla, erst den Zaun nieder, rissen dann den geborstenen Beton auf.

Die Bauarbeiter fuhren die Bruchstücke weg und hoben ein Loch aus. In den folgenden Tagen gossen sie ein Betonfundament, füllten Schichten aus großen Steinen, Kies, Schlacke und Kalkstein auf, zogen Drainagen ein und installierten eine Bewässerungsanlage. Kleine Lastwagen mit Hamburger Kennzeichen brachten Säcke von Ziegelmehl.

Der Platz musste nun ruhen. Die Tage wurden immer heißer. Endlich ein ausgewachsener Sommer. Die Mirabellen hingen bald prall an den Zweigen und lagen aufgeplatzt auf den Wegen, umschwirrt von Wespen. In den warmen Nächten atmete das Haifischhaus einen harzigen Schweiß aus, der den Sherpas den Atem nahm. Sie sprangen morgens und abends ins Meer und wunderten sich, dass keine Quallen in die Bucht gespült wurden. Dagmar litt sehr, weil es ihr zu stickig wurde.

Eines Morgens, als die Hitze unerträglich auf dem Haus lastete und aus der Turmstube einen Schwitzkasten machte, klingelte es drei Mal kurz hintereinander an der Tür. Alle saßen gerade zusammen beim Frühstück auf der Terrasse. »Das ist er!«, rief Toto.

Einen Wagen hatte keiner vorfahren hören.

»Papperlapapp«, murmelte Moser. »Der kommt nicht mehr. Das ist vorbei.«

Liv ging zur Tür.

»Frankie!«, schrie sie durch den Flur.

»Gepriesen sei Jupiter!«, rief Erdmann.

Sie stürmten an die Tür. Frankie stand unsicher da, mit einer riesigen Sporttasche über der Schulter, die Kappe der Nets tief in die Stirn gezogen, die Ärmel seines Sweatshirts hochgeschoben. Schweiß auf der Stirn und Falten überall im Gesicht, so strahlte er.

»Worauf hast du denn gewartet«, rief Moser, der sich den Augenwinkel wischte.

»H… Hab's n… nicht m…«, fing Frankie an.

»Welcome home, Frankie«, sagte Toto und breitete die Arme aus.

13

Die Terrasse lag im Abendlicht, als Moser den Gasgrill anwarf und sich eine Schürze umband. Es gab Rinderfilets aus Südbrasilien und Merguez-Würstchen aus Frankreich, die Nehoda aufgetrieben hatte, und einen Riesenberg Nudelsalat, den Nils zubereitet hatte. Dazu einen zwölf Jahre alten Malbec aus Argentinien, den Erdmann aus seinem Weinkeller spendierte. Zum Nachtisch Erdbeeren.

Drei Tage waren seit Frankies Rückkehr vergangen. Rolf hatten sie nach Hause geschickt. Die Sherpas feierten die Eröffnung des Basislagers, so wie früher, im großen Stil. In weißen Hemden. Jeder hatte eins ins Haifischhaus mitgebracht, ob aus Gewohnheit oder Voraussicht. Hanebiehl lieh Nils eins von seinen. Liv erschien cremefarben. Früher hatte sie immer ein weißes Kleid getragen, aber niemand sagte etwas.

Das Haifischhaus vibrierte. Wer sein Ohr an die Bohlen gehalten hätte, hätte sie summen hören können. Die Türen quietschten von allein in den Angeln. Aus Dagmars Zimmer drang die Stimme einer Opernsängerin. Toto saß an der Kopfseite des langen Teaktisches, der die Breite der Terrasse einnahm, und schaute in Richtung Westen, sodass sein Gesicht rötlich in der Abendsonne lag. Smilla schlief zusammengerollt auf dem Sofa ein, unter einer Lage aus Fleecedecken und Kuscheltieren.

Selbst Moser musste zugeben, dass ihm seine Filets ausgezeichnet gelungen waren. Vor dem Dessert schaute Dagmar vorbei, gestützt auf ihren Ehemann. Das Lärmen verebbte sofort. Liv setzte zu einer kleinen Dankesrede auf ihre Gastfreundschaft an. Die Runde erhob das Glas und trank auf das Wohl von Dagmar. Schließlich hob Dagmar selbst die Hand.

»Ihr Lieben«, sagte sie mit einer Stimme, die schon aus Herbstwind gewebt zu sein schien. »Ich bin froh, dass ihr hier seid. Ich bin so stolz auf euch.« Sie schaute von einem zum anderen, und alle erwiderten den Blick. Liv sah, dass Toto das Kinn hob, wie seine Finger sich rieben.

»Genießt bitte«, fuhr Dagmar langsam fort, »was unser Haus …« Sie stockte und atmete tief durch, fasste sich an die Brust und taumelte ein wenig. Ihr Mann stützte sie. »Es ist nichts, es geht schon«, flüsterte Dagmar schwach. Sie brachten sie nach oben und riefen einen Arzt.

Es dauerte lange, ehe sie die Gespräche wieder aufnahmen. Erst als Erdmann erzählte, dass Dagmar jetzt schlafe, dass es nur ein Schwächeanfall gewesen sei, löste sich die Spannung.

Liv hielt sich im Hintergrund und beobachtete die Szenerie. Ihr fiel auf, wie gelassen Toto war. Wie sehr er bei sich war, wie mühelos er die Rolle desjenigen einzunehmen schien, der im Mittelpunkt stand, um den sich alles drehte, der von vorne bis hinten bedient wurde, über dessen Witze alle am lautesten lachten. Keiner erwähnte Frédéric Lamenteau.

Irgendwann setzte sich Nils zu Liv und stellte eine seiner Fragen. Er war schon angetrunken und suchte nach Worten, drückte sich viel zu gestelzt aus, aber sie wusste, was er meinte: ob Totos Haltung nur eine Pose war oder doch das Echo einer längst verklungenen Realität. Und falls Letzteres der Wahrheit entspreche – ob sie wirklich wiederzubeleben wäre, ganz so, als hätte sich nichts geändert.

»Er spielt uns allen etwas vor«, entgegnete Liv. »Er denkt wahrscheinlich, die anderen erwarten es so. Und er hat recht. Das tun wir.«

Als der Malbec versiegt war und Erdmann seinen Lieblings-Bordeaux heraufholte, kramte Frankie Lautsprecherboxen aus einer Tasche und legte Musik auf, die in den Neunzigern vermutlich modern gewesen war. Nehoda, der mit jeder Stunde mehr zum Leben erwachte, stellte zwei Flaschen Brandy auf den Tisch, woraufhin Erdmann Stein und Bein schwor, dass er so etwas Profanes und Mitleiderregendes niemals im Haifischhaus ausschenken würde, wenn er hier etwas zu sagen hätte. Aber als er davon erst einmal gekostet hatte, war er plötzlich ganz still.

Als auch der Brandy leer war, war es noch immer nicht ganz dunkel, denn in diesen Breiten schwindet das letzte Licht nicht vor Mitternacht, wenn die Umstände stimmen. Auf einmal sprang Hanebiehl auf den Tisch und tanzte zu »Dancing Queen« von Abba. Man war inzwischen bei den Siebzigern gelandet.

Frankie kletterte ebenfalls auf den Tisch und stimmte – unfallfrei und ohne zu stocken – »Kalinka« an, was Nehoda veranlasste, sofort zu ihm zu stoßen und Arm in Arm mit ihm und Hanebiehl die Beine in die Luft zu schleudern. Nils saß halb zur Seite gesunken in seinem Sessel und schlug vor Lachen die Hände vors Gesicht.

Liv tanzte ein paar Songs mit, dann löste sie sich, weil ihr aufgefallen war, dass Toto nicht mehr da war. Sie irrte lange durchs Haus und fand ihn schließlich auf der Eingangsschwelle sitzend, ins Dunkel starrend. Nur gedämpft drang die Musik bis hierher.

»Willst du nicht wieder zu uns kommen?«

»Gleich«, sagte er.

Die Geräusche des Windes in den Zweigen, ihre Schritte auf dem Kies. Hin und her. Ein Eichelhäher flog kreischend auf, verstummte. Bäume knackten in ihrer Rinde.

»Sie sind so gelöst«, sagte sie.

Er hob die Schultern.

»Sei du es auch.«

»Ja«, sagte er. »Großartige Idee.« Er stand langsam auf, ging mit ihr ums Haus herum, betrachtete eine Weile die entfesselten Sherpas und sprang beim übernächsten Lied dazu. Die Arme verschränkt.

»Dschinghis Khan«.

Liv suchte sich einen Stuhl, streckte die Füße weit von sich. Sie nahm alles in sich auf, schloss die Augen und versuchte die Szene abzuspeichern, die viel mehr war als ein Bild. Das blaue Licht über dem Meer. Der Kerzenschein auf den glänzenden Gesichtern der Männer, das Lachen aus tiefen Kehlen und der heisere Gesang. Dazu die milde Luft und der harzige Duft des Hauses. Das Versprechen, diese Nacht würde niemals enden.

Das Nächste, was sie wahrnahm, war Toto, in den Armen ihre schlafende Tochter. »Ich bringe sie hoch«, sagte er mit unterdrückter Stimme. Er sah müde aus.

14

Ja, er genoss es. Wie sie nach dem Mittagessen am nächsten Tag, jeder einen Kaffee vor sich, am großen Tisch saßen und ihn fixierten. Es ging um den Plan. Es ging um jene tausend Faktoren, die sie beeinflussen konnten, bevor er auf Lamenteau treffen würde.

Frankie, die Ellenbogen auf dem Tisch, vor Aufregung an seinen Fingernägeln kauend. Nehoda, die Arme hinter dem Kopf verschränkt. Moser, der unentwegt Cashewnüsse knabberte, obwohl er zunächst hatte verlauten lassen, dass er Cashewnüsse nicht ausstehen könne. Erdmann, schlecht gelaunt wie immer, wenn er angespannt war, in der Hand den Jahresplaner der ATP, auf der Nase seine Lesebrille, ohne die er nichts erkannte. Liv hatte als Einzige nicht Platz genommen, sondern baute mit Smilla in der Ecke irgendwas mit Duplo-Steinen. Hanebiehl schaute den beiden gähnend zu.

Die Fenster des Wohnzimmers standen weit offen, man hörte von draußen das Hämmern eines Spechts, dann das Dröhnen eines Sportflugzeugs, das wohl Sonderborg ansteuerte.

»Als Erstes«, fing Toto an, »freue ich mich, dass ihr alle hier seid.« Er schmunzelte. »Wider Erwarten.«

Frankie spitzte die Ohren. Nehoda trommelte mit den Fingern auf der Tischplatte herum.

»Und nun raus mit der Wahrheit. Ich kann nicht einfach so für ein Match zurückkommen und erwarten, eine Chance zu haben gegen Ihrwisstschonwen. Jetzt geht's darum, ein gewisses Niveau zu erreichen, um den Hauch einer Chance zu bekommen.«

Er hörte ein gepresstes Ausatmen. Aus der Ecke drangen das Glucksen des Kindes, das Geflüster der Mutter. Nehoda nahm einen tiefen Zug und blies den Dampf genießerisch in die Luft, bevor er sich nach vorn beugte.

»Du brauchst Wild Cards, kurwa. Besorg ich dir. Ich rede mit den Turnierveranstaltern.«

»Zwei brachiale Turniere als Vorbereitung«, sagte Erdmann. »Nicht mehr. Nicht weniger.«

»Das ist riskant«, sagte Hanebiehl. »Wenn du bei den Turnieren auftauchst, brauchst du gegen Lamenteau gar nicht erst anzutreten. Dann ist der Überraschungseffekt weg.«

»Das ist der einzig sinnvolle Weg«, widersprach ihm Erdmann. »Toto muss vernünftig aufgebaut werden.«

»Sein Spiel wird von Lamenteaus Leuten seziert werden.«

»Die kennen das eh in- und auswendig.«

»Vielleicht ja nicht alles.«

Toto sagte nichts.

Plötzlich stand Liv Hansen am Tisch. Sie stützte sich mit beiden Händen auf die Platte und beugte sich hinunter zu Toto.

»Du willst ihn schlagen, ja?«

Ein langsames Nicken war die Antwort.

»Yeah«, rief Frankie.

»Er wird mit dir Katz und Maus spielen. Du wirst, wenn er gut drauf ist, in der Luft zerrissen.«

»Danke für die Neuigkeit«, sagte Toto.

»Also müssen wir einen Weg finden, damit er nicht gut drauf ist.«

»Kennst du einen?«, fragte Toto und schaute sie herausfordernd an.

»Ach, dieser Schönling«, rief Moser, »ist der überhaupt satisfaktionsfähig?«

»S… ati w… was?«

»Schönling?«, fuhr Hanebiehl dazwischen. »Kennst du die Daten seines letzten Jahres? Der Mann ist so gut wie unschlagbar, wenn er zupackt. Unglaublich zuverlässig. Systematisch bietet er kaum eine Angriffsfläche.«

»Die Betonung liegt auf kaum«, sagte Toto.

»Guck dir nur mal seine Kurven und Quoten beim ersten Aufschlag an.«

»Ich guck mir seine Kurven nicht an«, brummte Moser, »ich steh nicht auf Männer.«

»M… Mensch M… Moser«, sagte Frankie, ging zu Moser hin, strich ihm über die Bürstenhaare und küsste ihn auf die Stirn. »Ganz d… der A… Alte.«

»Stop!«, brüllte Nehoda und schlug mit der Faust auf den Tisch, dass die Kaffeetassen tanzten. »Hört auf, kurwa. Ganz langsam: Was ist deine Idee, Liv?«

»Ich habe noch keine.«

Ein Windstoß ließ einen Fensterladen schlagen. Toto zuckte zusammen. »Du kennst Frédéric am besten, Liv«, sagte er und versuchte, keinen Unterton hineinzulegen.

»Ich weiß nicht, ob das ein Vorteil ist«, antwortete sie ausweichend. »Wir müssen alles durchspielen. Alle Faktoren durchgehen. Das wird auch er tun.«

»Er spielt nur in Weiß«, sagte Nils. »Seine ganzen Möbel sind weiß.«

»Er braucht das Gefühl, alles im Griff zu haben. Und da sind ihm auch Farben extrem wichtig.«

»Was ist mit der Farbe des Sandes?«, rief Nils.

»Blauer Sand ist extrem rutschig«, sagte Toto nachdenklich. »Der hat auf der Tour die Spieler so genervt, dass er verboten wurde.«

»Bubi, was steht im Vertrag?«, fragte Erdmann.

»Sand«, sagte Nehoda sofort.

»Nix von Farbe? Ob rot, hellrot, dunkelrot, Pariser Mischung, Monte Carlo, Rom oder Hamburg – oder blau?«

»Sand ist Sand«, wiederholte Nehoda. »Und sie haben akzeptiert, dass wir da Sand hingeschrieben haben.« Feiner Schweiß rann nun von seiner Stirn. Seine E-Zigarette hatte er vergessen. Er leckte sich die Lippen und strich sich über die Unterarme, auf der die Haare zu Berge standen. Die Elektrizität des Augenblicks.

»Mir gleich«, sagte Toto.

Liv strahlte. »Blauer Sand!«, rief sie. »Er gehörte zu denen, die den gehasst haben. Hat sich damals mächtig aufgeregt und sofort die Petition unterschrieben. Er darf es nur nicht zu früh erfahren, sonst verpufft das.«

Sie schauten sich an, nickten und grinsten. Nehoda hieb wieder auf den Tisch, dass die anderen zusammenzuckten.

»Und wo?«

Er wartete die Antwort nicht ab.

»Schalke. Schalke ist blau. Die ganze Arena ist blau. Das Ding wird eine Bombe. Dafür brauchen wir eine Stierkampfarena, nur größer. Wir reden von Rod Laver gegen Jimmy Connors – der alte Laver will es noch mal wissen und fordert den jungen Wilden. Was war das für ein Spektakel!«

»Wer hat damals gewonnen?«, fragte Hanebiehl fröhlich.

»C… Conn… Connors«, stieß Frankie hervor.

»Eben«, sagte Hanebiehl zufrieden.

»Ali gegen Foreman«, sagte Erdmann leise. »Kinshasa 1974. Das Comeback von Muhammad Ali gegen den Weltmeister. Ich bin extra nachts aufgestanden, um das zu sehen.«

»Ali hat gewonnen«, sagte Nehoda. »Und wie. Erst ausweichen in die Seile, sich übel verhauen lassen …«

»Foreman galt als unschlagbar damals«, sagte Erdmann. »Was heißt, er galt. Er *war* unschlagbar.«

»… und dann«, sagte Nehoda und schaute auf seine rechte Faust.

»Nicht noch mal«, bat Liv.

»Bumm«, sagte Nehoda. »Alis Schlag aus dem Nichts.« Er hieb nicht noch mal auf den Tisch.

»Einen guten Schlag hab ich auch in Los Angeles gezeigt. Stimmt's, Nils?«, sagte Toto. »Darauf lässt sich aufbauen.«

15

Der Platz im Wald lag vor ihm wie frisch ausgeschüttelt. Die Linien glänzten. Der Sand schien mit der Hand gekämmt. Moser summte beim Einschlagen. Wenn er einen Ball traf, machte er ein Geräusch, als ob er sich räusperte. Er würde sich oft räuspern in den nächsten Monaten. Sein Räuspern würde für sie alle zu einem allgegenwärtigen Geräusch werden, wie das Rauschen der Bäume. Die Bäume ringsum waren getrimmt und standen wie ein Festkomitee.

»O yeah«, flüsterte Toto.

Das hier ist die Wirklichkeit. Seine Muskeln spannten sich.

»Gar nicht übel«, sagte Moser nach ein paar Bällen.

Erdmann konnte nichts sagen. Er hielt Liv, die ihn überragte, fest im Arm.

»Ihr …«, sagte Toto. »Das ist unglaublich.«

Er sah das Schimmern in Erdmanns Augen. »Fangen wir an«, sagte der Coach. »Eine Stunde intensive Arbeit morgens und abends, die O'Flannigan-Methode.« Erdmann tippte sich an seine Mütze und lächelte. »Immer Vollgas.«

Am nächsten Tag tauchte, ohne dass Toto darauf vorbereitet war, der blonde Flensburger Sparringspartner auf, Niklas Müller. Blendend in Schuss und offenbar nicht mehr böse über seine Demütigung. Einen Satz sollten sie spielen, »für die Wettkampflaune«, wie es Erdmann ausdrückte.

Totos Gedanken fanden keine Ruhe. Wettkampflaune, das würde bedeuten, die anderen Dinge im Lauf der nächsten Monate auszublenden. In den Wochen vor einem großen Turnier hatte das früher bedeutet, sich langsam in den Berg hineinzufräsen. Dort drinnen war die Konzentration vor äußeren Einflüssen geschützt. Die totale

Fokussierung. Es war einsam da drinnen. Und anstrengend. Jeden Abend kamen die Zweifel. Er würde niemandem vermitteln können, was in seinem Kopf vor sich ging.

Kannst du das?

Wie soll das gehen?

Woher nimmst du die Kraft?

Was soll das?

Wohin führt dich das?

Findest du wieder zurück?

Damals war er voll drin gewesen, jetzt spitzte sich alles auf ein einziges Spiel zu.

Zu welchem Preis?

Mit diesen Gedanken ging er auf den Platz. Das Problem waren nicht die Ballwechsel, das Problem waren die Pausen. Denn das meiste geschah von selbst. Die raschen Schrittfolgen, der ständige Kampf um die Balance, damit der Abstand vom Körper zum Ball stimmte, der Zeitpunkt des Ausholens, die Schlagbewegung, das waren alles Dinge, die sein Körper bald wieder wie unter Autopilot ausführte.

In seinem Kopf lief parallel dazu der wahre Ballwechsel ab, hier wurden die Ideen im Bruchteil von Sekunden geboren, geprüft und verworfen. Einen Stopp setzen oder doch wieder lang durchziehen? Wie würde der andere reagieren, was wäre die nächste Chance? Immer ging es um die Möglichkeit der eigenen Dominanz oder um die Frage, sich der Dominanz des anderen zu entledigen, ein Tanz, der gemeinsam aufgeführt wurde, bis einer den Halt verlor und vom anderen zu Boden gestoßen wurde. All das geschah, während die Beine rannten und rutschten, die Schultern sich drehten und die Arme schwangen, während Schweiß von der Stirn rann und der Atem stoßweise ging, möglichst kontrolliert, ausatmend beim Schlag. All das leistete Toto Berger. Er gewann 6:2, ein Spiel davon hatte er in Wahrheit hergeschenkt.

Dennoch hätte er hinterher kaum sagen können, wie der Satz ausgegangen war. Sobald ein Ballwechsel beendet war, waren die Fragen zurück. Sie waren wie die Luft, die er einsog, immer schon da, überall einen Weg suchend, sie waren auch nachts da, wenn er aufschreckte, und morgens, wenn er einen Kaffee trank, wenn er Liv und Smilla sah, wenn er aus dem Fenster starrte, hinaus auf die See, und ihn alle in Frieden ließen.

Doch Frieden gab es nicht, im Berg.

Der Flensburger Hüne klopfte ihm nach dem Handshake anerkennend auf die Schulter, die anderen beglückwünschten ihn. Selbst Erdmann schien zufrieden. Nur Liv musterte ihn mit sorgenvoller Miene.

Berger ging schweigend hinauf in sein Zimmer, beschleunigte im Flur den Schritt und federte ins Bad, um sich zu übergeben, aber sein Magen würgte nichts hervor als ein wenig blassgrüne Galle.

16

Der erste Ruhetag stand an. Als Liv ihn fragte, ob er sie am Abend davor nach Flensburg begleiten wolle, sagte er einfach zu. Nur raus aus dem Haifischhaus wollte er, in dem er sich nun manchmal vorkam wie auf einer Galeere. Muskelkater am ganzen Körper, aber niemand im Haus schien ihn bedauern zu wollen, wenn er stöhnte.

Vielleicht stöhnte er auch zu genüsslich. Zu froh, dass es nicht *mehr* war als Muskelkater.

Ein dänischer Freund hatte zu einem Geburtstagsfest eingeladen. Livs Mann kümmerte sich in Potsdam um Smilla. Liv würde in einem Hotel übernachten und am nächsten Tag weiter zu ihrer Familie reisen. Toto war vor allem dankbar, Frankies knappen Anweisungen und Erdmanns kritischem Blick für den Moment entronnen zu sein. Ein paar Bierchen würde er sich gönnen. Ein kleiner kontrollierter Ausbruch.

Die Party fand in einer Bar in der Nähe des Museumshafens statt, in der das Licht so gedimmt war, dass man das Etikett auf den Bierflaschen nicht lesen konnte. Dunkelheit war ihm sehr recht. Er hatte sich nicht rasiert und eine Wollmütze übergezogen. Er wollte gar nicht viel reden, sondern sich einfach an die Bar stellen und Liv einen netten Abend ermöglichen. Doch als er an der Bar Platz genommen hatte, wusste er nicht, wie er sich bequem hinstellen sollte, so sehr pochten seine Muskeln, seine Gelenke.

Liv schien in ihr Gespräch vertieft, also plauderte er mit einer blonden jungen Segelmacherin, die mit ihrer Hornbrille aussah wie eine Referendarin und nicht erkennen ließ, ob sie wusste, wer da vor ihr stand. Nach ein paar Minuten wollte er an die Bar gehen, um noch zwei Bier zu holen, da hörte er dicht an seinem Ohr Livs Stimme.

»Da bist du ja endlich«, sagte sie.

Er brachte der Segelmacherin das Bier, deutete dann entschuldigend hinüber zu Liv, und von da an standen Liv und er beieinander an der Bar. Redeten einfach. Zeit verstrich. Lieder kamen und gingen. Die Menschen um sie herum kamen und gingen, aber er nahm sie nicht wahr. Es war schon spät, als die Musik lauter wurde und Liv anfing zu tanzen, schnell und mit unterdrückter Wildheit, kraftvoll, aber beherrscht, die Schultern zurückgezogen. Da wurde ihm klar, woher ihre Haltung kam; dass sie ganz früh geturnt haben musste, bevor sie mit dem Tennis begonnen hatte.

Sie tranken viel an diesem Abend, aber er spürte den Alkohol nicht. Er war sehr klar, und auch sie schien ihm sehr klar. Ohne dass er es hätte benennen können, ahnte er, dass es auf etwas hinauslief. Liv hatte irgendwann gesagt, sie genehmige sich noch ein letztes Bier, müsse dann aber wirklich gehen, doch sie war nicht gegangen. Erneut lehnten sie an der Bar, um sie herum die anderen, aber sie nahmen sie nicht mehr wahr. Und irgendwann war er es, der den Satz sagte, der den Bann brach, der das Rätsel löste, das zwischen ihnen bestand.

»Wie wäre es wohl in einem Paralleluniversum mit uns … daran denke ich schon manchmal«, sagte er. »Weißt du, was ich meine?«

Sie schaute ihn lange an und sagte: »Das wäre schön, wenn es dieses Paralleluniversum gäbe.«

Sie sprach von einem Elefanten im Raum, einer Sache, die nicht zu übersehen sei, aber sie seien sich ja wohl darüber im Klaren, dass man über diese Sache nicht sprechen könne, einfach, weil es nicht gehe.

Von da an war alles sichtbar, was zuvor verborgen war. Das Licht in der Bar wurde durchscheinend, und Toto war, als würde die Musik lauter, sodass sie noch näher zusammenrücken mussten. Sie standen sehr eng beieinander, aber sie berührten sich nicht, was merkwürdig war, denn sonst hatten sie keine Hemmungen, sich zu berühren. Er kannte ihren Duft, doch nun sah er ihre Augen, wie sie anders leuchteten, den hellen grünen Ring um ihre weiten Pupillen, die Röte auf ihren Wangen.

Aber es war eine Unmöglichkeit, eine nicht existente Realität. In der existierenden Realität sah es so aus: Sie hatte einen Mann, einen guten Mann, und eine Tochter. Und Toto und sie arbeiteten zusammen in einer komplizierten Konstellation, in einer Gruppe, die wie eine Familie, aufeinander angewiesen und verwundbar war.

Er hätte sie gerne an sich gezogen, doch es ging nicht.

Gegen halb zwei löste sich die Party auf, und sie nahmen ein Taxi. In einer Bewegung, die er hinterher nicht mehr erklären konnte, fand sich auf der Rückbank seine Hand plötzlich in ihrer wieder. Sie ließen einander nicht los. Er brachte kaum ein Wort heraus, selig und traurig zugleich. Es war kostbar, was er fühlte, das begriff er. Ein Gefühl, das ihm nicht vertraut war.

Zögernd und leise sprachen sie wieder von der Unmöglichkeit, und ihre Finger verschränkten sich ineinander, wie es Liebende tun, bevor sie sich verabschieden, oder Ertrinkende, die sich helfen, noch etwas länger über Wasser zu bleiben. Sie schaute nach vorn ins Nichts. Als der Wagen vor dem Hotel hielt, sagte sie, sie müsse jetzt gehen. Beide stiegen aus und drückten sich kurz. Dann sah er sie davongehen, ohne sich noch einmal umzudrehen. Warum setzte die Zeit nicht aus? Er wusste, er würde es sich noch lange vorwerfen, dass er die Gelegenheit versäumt hatte, die Zeit zu dehnen, durch das Gefüge der Realität gemeinsam hindurchzuschlüpfen. Es wäre vielleicht die Chance gewesen, das Unmögliche möglich zu machen. Er hätte ihr nur nachlaufen müssen, wie die Menschen es in den Filmen taten. Sie hätten sich einfach in ihrem Hotelzimmer verkrochen.

Und später hätten sie sich zurückgezwängt in die Wirklichkeit, zurück in ihre Leben, in denen sie ihre Rollen zu spielen hatten, aber für diesen einen Moment hätten sie die Möglichkeiten gedehnt.

Als er wieder eingestiegen war, sagte der Taxifahrer: »Und die lassen sie gehen?«

»Ich muss«, antwortete er.

»Gerade kennengelernt?«, fragte der Mann.

Toto überlegte kurz. »Schon möglich.«

Er sprach kein Wort, als er sich zurück ins Haifischhaus fahren ließ, seine rechte Hand in seiner linken. Im Schein der Straßenlampen sah es aus, als betete er. Es war ein Ende oder ein Anfang, ein Trost, ein Versprechen, ein Untergang.

VIER

1

Die Welt kam mit dicken Adern auf den Armen und einem Duft von erkaltetem Schweiß zur Tür herein. Jorge Hernandez war zweiundzwanzig Jahre alt, wirkte aber viel älter. Vor der Begrüßung hatte sich Toto gestrafft und seinen Brustkorb aufgepumpt. In den Handschlag legte er eine unterdrückte Aggressivität. Liv wusste, er konnte nicht anders, wie ein Programm, das ablief. Der messende, leicht kumpelhafte, dennoch spöttische Blick in die Augen des anderen; der etwas zu lange Händedruck, wie um die Spannkraft zu testen, als würde man sich gegenseitig auf die Schulter klopfen.

Liv begriff sofort, dass Toto sich nicht als Gastgeber, sondern als Rivale fühlte. Der Perspektivwechsel war unmerklich und ohne Ankündigung geschehen. Eigentlich war ein kleines Dinner geplant gewesen. Ein Beschnuppern und eine Willkommensgeste, dass sich Toto und die Sherpas über den Besuch freuten. »Ich werde hier keine Höflichkeitsnummern abziehen«, flüsterte Toto ihr zu und wandte sich um. »Ruft mich zum Essen.«

»Du bist unmöglich«, entgegnete Liv. »Reiß dich mal zusammen.«

Doch er verschwand nach oben und ließ sie stehen.

Leise Reggaemusik im Hintergrund. Ein kühler Abend. Der Kamin wärmte. Nils und Smilla bauten aus Duplo-Steinen einen Wolkenkratzer. Hanebiehl kauerte etwas abseits der anderen über seinem Laptop. Frankie stocherte in kurzen Hosen und All-Blacks-Sweater in der Glut, die Waden so dick wie ungespaltenes Stammholz, bereit abzuwehren, was immer ihm an Funkenschlag entgegenkommen würde. Pedro, der Trainer des Gegners, saß bei Erdmann und redete auf ihn ein, in einem kantigen Englisch, von dem Liv zunächst gedacht hatte, es wäre eine fremde Sprache. Erdmann hatte erzählt, dass Pedro früher selbst Profi gewesen war, ein Linkshänder mit dem Temperament von Quecksilber. Der Hausherr starrte in die Flammen, mit leuchtendem Haarkranz, sein Glas umklammernd.

Drüben, in den Sesseln, von denen man auf die Ostsee hinausschaute, saß Jorge Hernandez. Es war die blaue Stunde, wenn Meer und Himmel zu einer Leinwand verschmolzen. Die Fenster waren gekippt, aber kein Laut drang herauf vom Strand, es gab keine Brandung, die See schlief.

Liv betrachtete den muskulösen Körper des Chilenen, der sich mit beiden Händen über den Haaransatz im Nacken fuhr.

»Er ringt um seine Form«, sagte Paola, seine Freundin, die dazugetreten war. »Er fragt sich, ob er den Top Ten bald wieder so nahe kommt, wie er ihnen einmal gewesen ist.«

»Erdmann hat ihn als Trainingsgegner ausgeguckt«, sagte Liv, »weil er ihn für stark genug hält. Für geeignet, Frédéric zu imitieren. Das ist ein Ritterschlag, das weiß Jorge hoffentlich.«

»Es ehrt ihn, und zugleich nagt es an ihm. Jorge ist – wie sagt man? – ein Paradox. Erst denkt er, er ist nicht gut genug, um gefragt zu werden. Und wenn man ihn fragt, denkt er, er wird gefragt, weil er noch nicht wieder gut genug ist. Er denkt«, Paola machte eine Bewegung mit beiden Händen, »verschraubt.«

Sie stand auf und strich sich die Hose glatt. Sie war sehr schmal, sehr weich, beides zugleich, schien so leicht wie ein Papierflieger. Beim Reden legte sie den Kopf schief. Liv fand heraus, dass sie Kulturwissenschaften in Santiago studierte und Jorge vor zwei Jahren im Urlaub in Málaga kennengelernt hatte, in einer Flamenco-Bar, wie sie erzählte. Er hatte an der Theke gesessen und den Kopf zum Gesang einer Alten gewiegt. Anschließend hatte sie eine Auszeit von der Uni genommen und ihn auf der Tour begleitet. Als er sich am Kreuzband verletzte, nahm sie das Studium wieder auf, und jetzt stand sie kurz vor dem Abschluss. Bald würde sie zurückkehren müssen, um für das Examen zu büffeln. Und er würde weiterziehen auf der Suche nach seiner Form. »Und er?«, fragte sie und deutete hinüber zu Nils, der für Smilla mit den Duplo-Steinen jonglierte. »Er sieht aus wie Toto. Sein Sohn, ja?«

Liv nickte. »Sie kennen sich kaum, leider. Hatte es nicht leicht als Kind, glaube ich.«

»Er wirkt … irgendwie einsam.«

»Ich glaube, das ist er gar nicht. Er hat sich, das scheint ihm zu genügen.«

Moser und Raul, der massige, aus Samoa stammende Physiotherapeut des Chilenen, gingen herum und präsentierten stolz eine Platte mit Rinderfilet und Lammhaxen, die sie zur Perfektion gegrillt hatten. Sie deuteten nach drüben, wo Nils sich mit Smilla daran machte, den Tisch zu decken.

Als hätte er ein Zeichen bekommen, betrat Toto den Raum. Den Abend verbrachte er am Kopfende der Tafel, meist schweigend, Hernandez zu seiner Rechten, während Liv, die dem Gast gegenübersaß, verzweifelt versuchte, eine Konversation in Gang zu bringen. Gottlob verbreiteten die Physios gute Laune.

2

Ein stabiles Hoch war aufgezogen. Wenn das kein Omen war. Spätsommer an der See. Der noch im Saft stehende Wald warf das Licht der Sonne zurück und umrahmte das Haifischhaus wie mit grünen Leuchtfeuern.

Liv hatte den Platz so gut herrichten lassen, dass er sich spielte wie ein anständiger Trainingscourt bei einem ATP-Turnier. Vollkommen glatt saßen die Linien trotzdem nicht; es kam vor, dass ein Ball, der direkt vor die T-Linie prallte, wie von einem Gegenstand abgelenkt in die Höhe katapultiert wurde. Die Bälle sprangen sonst flach ab, nahmen rasch Fahrt auf und verloren dabei ein wenig von dem Spin. Eher Roland-Garros als Rothenbaum. Ein schneller Sandplatz.

Toto mochte solche Sandplätze.

Noch lag da roter Sand. Blauer Sand war ein Flop, sagten die Hersteller. Wollte kein Mensch haben. War bei den Spielern durchgefallen, zu glatt, zu ungewohnt irgendwie. Hatte niemand mehr in anständiger Qualität auf Lager.

Der Gegner. Der Chilene. So nannte Toto ihn. War aus Chile. Sah aus wie ein Chilene. Spielte wie ein Chilene. Er hatte die dunklen Augenbrauen, den gedrungenen Oberkörper, obwohl er groß gewachsen war, und die stolze Haltung der Mapuche-Indianer, die Toto einmal in Santiago tanzen gesehen hatte. Seine Haut war ledern und dunkelbraun, er trug das Haar zu einem Pferdeschwanz zusammengebunden. Es war so schwarz, dass es fast blau glänzte, er musste es mit einer Art Fett eingerieben haben. Die Deltamuskeln schienen den Hals in direkter Linie in die Schultern übergehen zu lassen.

Toto hatte nie gegen den Jungen gespielt. Seit fünf Jahren war Hernandez auf der Tour, zwei Mal im Viertelfinale der French Open, seine beste Platzierung Rang zwölf der Weltrangliste. Nah dran an den Top Ten, schon klar, aber eben nicht einer von denen. Das war Toto wichtig. Wenige Beobachter ahnten auch nur, wie groß der Sprung von Platz zwölf bis nach ganz oben tatsächlich war. Wenn man da feststeckte, war es kaum vorstellbar, weiter nach oben zu klettern, so wie normale Menschen nachts den Mond anschauten und davon träumten, wie sie ihn erreichen könnten.

Hernandez war ein halbes Jahr verletzt gewesen und hatte sich zuletzt wieder herangearbeitet, Rang dreiundfünfzig. Niemand kannte ihn, abgesehen von den Fachleuten; er gewann Turniere, aber schon am nächsten Tag hatten die Zuschauer seinen Namen vergessen. Er arbeitete hart. Er gab nie auf. Er bekam kaum Handgeld, beklagte sich nicht. Er hatte die Geschmeidigkeit Lamenteaus, ebenso die Fähigkeit, schnell die Richtung zu wechseln. Und in seinen Schlägen steckte beinahe die Beschleunigung Lamenteaus, auch deswegen hatte ihn Erdmann ausgesucht. Dafür fehlten ihm andere Dinge. Nervenstärke. Fantasie. Konstanz. Der perfekte Aufbaugegner.

Die Gäste waren im Dorfkrug drüben in Steinhagen untergebracht, einem diskreten Landhotel, dessen Besitzer ein Cousin Erdmanns war. Darauf hatte Toto bestanden, Heimlichkeit hin, Heimlichkeit her. Der Chilene erschien mit seinem Tross erst zum Training, wenn er mit seiner Einheit fertig war – eine Dreiviertelstunde volle Pulle – und schweißüberströmt am Zaun lehnte, mit Frankie plaudernd. Ein Nicken, ein Grinsen, ein paar Bemerkungen über den Platz, das Wetter, über das erste Match morgen, dann verzog sich Toto.

Seine Schlagschulter machte ihm Sorgen. Wie wenn sich ein Messer an der Sehne wetzte. Dieser Schmerz kam vor allem nachts, wenn er lag. Manchmal wachte er davon auf. Liv riet ihm, sich besser zu dehnen. Kein Alkohol mehr und nicht nach elf Uhr ins Bett. Sie lächelte, als sie das sagte. Daran hielt er sich fest, in der Nacht, wenn er wach lag.

Vom Turm aus konnte man fast den ganzen Platz einsehen. Er schaute ein paar Minuten lang zu, wie der Chilene hin und her hetzte. Dessen Schläge flogen wie an Schnüren gezogen die Linien entlang, landeten nur ein paar Zentimeter von der Grundlinie entfernt, mit viel Spin. Unangenehm zu kontern, wenn man sie nicht früh nahm.

Er stellte sich vor, wie der Ball ankam, wie er ihn nahm, wie er ihn nehmen *musste*. Er konnte mittlerweile in einem imaginierten Ballwechsel wieder den Moment einfrieren, wenn der Ball auf den Sand prallte, um Härte, Drall und Richtung zu berechnen, konnte dann in Gedanken weiterspulen und sah sich selbst von hinten, wie er ihn aus idealer Position zurückspielte. Er sah, wie der Ball scharf diagonal übers Netz flog, den Gegner auf dem falschen Bein erwischend. Wie der Chilene die Hand gegen die Saiten schlug, den Blick zu Boden gesenkt. Solche Filme liefen in ihm ab.

Auf dem Turm dehnte er sich jetzt, streckte sich. Er beugte seine Knie und hörte die Gelenke knacken. Vor allem das Knie gefiel ihm nicht, der Meniskus, und die entzündeten Patellasehnen würde er demnächst eigenhändig rausreißen. Es hatte Tage gegeben, da war er zwischen den Einheiten mit steifen Beinen umhergegangen, unfähig, den Alfa zu fahren, weil der Wechsel von Gas auf Bremse im rechten Knie Schmerzen verursachte, die er kaum beschreiben konnte. Möglichst selten hatte er sich hingesetzt, da er den Moment gefürchtet hatte, wieder aufstehen zu müssen.

Alter Mann.

Hernandez rutschte tief unter ihm bei einer Seitwärtsbewegung aus und landete beinahe im Spagat, federte aber sofort wieder empor und spielte weiter, als wäre nichts gewesen. Die neue Generation war nicht nur athletischer, sondern auch beweglicher. Anders ausgebildet als seine Generation damals, und über die hatten die Alten schon gesagt: Was seid ihr denn für Tiere?

In Totos Oberschenkeln machte sich seit Kurzem aber wenigstens wieder muskuläre Spannung breit. Frankie hatte bei der letzten Massage gerufen: »Der Tonus ist wieder da!« Und dabei kein bisschen gestottert.

Toto drehte den nackten Oberkörper in rascher Folge nach links und nach rechts und stellte befriedigt fest, dass er drahtiger geworden war. Die Power war zurück. Er ließ seine Arme langsam und immer schneller kreisen, bis die Hände zu kitzeln begannen. Schließlich ging er in den Liegestütz und pumpte, bis seine Brustmuskeln erlahmten. Die Planken der Terrasse waren warm unter seinen Fingerkuppen. Als er fertig war, sank er zu Boden und legte eine Wange auf das Holz, die Augen geschlossen. Er genoss den milden Tag. Er erinnerte sich an Liv und den Abend in Flensburg und ihre tastenden Finger, verschränkt in seinen. Von unten drangen die Schläge des Chilenen herauf, das Schrappen seiner schnellen Schritte, sein rhythmisches Stöhnen. Ein Geräusch, das genügte, Totos Puls in Wallung zu bringen.

»Bist du schon so weit, es mit einem solchen Kerl aufzunehmen?«, fragte eine kratzige Männerstimme. Er hatte Nils nicht heraufkommen hören.

»So weit wofür?«

Nils deutete in Richtung des Trainingsplatzes. »So einen zu schlagen. Der hat Zug. Und fit ist er. Kaum zu glauben, dass man den schlagen kann.«

Toto streckte die Hand aus und ließ sich von seinem Sohn in den Stand ziehen. Die weiche Hand seines Sohnes, nirgendwo Schwielen. Toto machte sich absichtlich schwer, half am Ende aber nach und sprang schließlich von selbst auf die Füße.

»Man kann ihn schlagen«, sagte er geduldig. »Es kommt nur darauf an, ihn zum Überlegen zu bringen. In Bedrängnis. Dann kann man jeden schlagen. Ich weiß nicht, ob ich schon fit genug bin, aber in Bedrängnis bringen kann ich ihn. Und dann will ich sehen, wie er sich befreit. Das ist das Einzige, worauf es in Wahrheit ankommt, ob du dich befreien kannst, wenn der andere Druck macht.«

»Nur das?«

»Vielleicht nicht das Einzige. Aber eines der wesentlichen Dinge. Zwei zu eins, dass ich morgen gewinne.«

Über Nils' Gesicht zog ein Schatten. »Ich wette nicht darauf, dass du verlierst.«

»Echt nicht?«

Nehoda hatte mit tausend Euro dagegengehalten. Geld, das Toto gar nicht besaß, aber das war ihm erst eingefallen, als er schon eingeschlagen hatte.

3

Der Himmel spannte sich weit. Flugzeuge hatten durchscheinende weiße Bahnen darauf gemalt, und die kühle Luft stach in die Lungen. Sie hielt die Arme vor ihrer Brust gekreuzt, ihr Körper bebte. Auf dem Dach des Turms waren sie ungestört, jetzt, am Abend vor dem ersten Match.

»Ich habe beschlossen, dass wir nicht mehr darüber reden«, sagte sie und schaute hinüber in Richtung des Dorfes. »Es ist nicht gut, wenn wir darüber reden. Es führt zu nichts.«

Er schaute sie nur an, wartend, hoffend. Und fragte sich, worauf. Es gab nichts zu hoffen. Das wusste er.

Sie wandte den Kopf, sah ihn an, ihre Pupillen groß.

»Wohin soll es denn schon führen?«, sagte Liv.

»Wenn du meinst«, sagte er.

»Es ist nicht fair. Schon indem wir darüber reden, fühlt es sich an, als würde ich ihn hintergehen, verstehst du.«

Toto nickte langsam.

»Es fühlt sich nicht richtig an. Es ist so … so präsent, plötzlich. Du warst auch mal verheiratet. Du weißt, was ich meine.«

»Nein«, sagte er. »Vielmehr, ja. Ich verstehe schon. Und du hast recht. Vollkommen recht.«

»Ja?«, fragte sie.

Er lehnte an der Brüstung, hilflos. Sie lief vor ihm auf und ab. Ihre Sneakers machten Geräusche auf den Bohlen.

»Es geht nicht«, sagte sie. »Es macht alles so … so schwierig.«

Sie nahmen sich in die Arme, drückten sich, wie sich Freunde drücken. Dann standen sie Stirn an Stirn, und als sie sich einen Kuss auf die Wangen geben wollten, glitten ihrer beider Lippen weiter, zur

Seite, bis sie sich leicht berührten, ein paar Zentimeter, aber es war kein Kuss, es war nichts.

»Ich gehe jetzt«, sagte sie und lief davon.

Er wartete ein paar Sekunden, fuhr sich durchs Haar, ohnmächtig.

»Hey«, hörte er eine Stimme aus dem Treppenhaus.

Sie wartete.

Nachdem er sie erreicht hatte, ließ er sich rückwärts gegen die Wand fallen. Sie kam auf ihn zu. Er spürte ihre Hand in seinem Nacken, ihre Hand an seinem Kinn. Ihre Zähne stießen kurz aneinander, aber dann wurde der Kuss eins, und für einen Moment vergaß er alles, dachte er nichts mehr, war er nur noch in ihrem Kuss.

Dann riss sie sich los und ging hinunter, aufrecht.

Sie drehte sich nicht mehr um.

4

»Eine Unverschämtheit!«, schepperte Nehodas Stimme aus dem Handy. »So in die Privatsphäre einzudringen.«

»Wovon redest du?« Toto verstand kein Wort.

»Ich überziehe die mit Klagen, kurwa. Die werden keinen Mucks mehr machen.«

»Wovon sprichst du, verdammt?«

»Fahrt zum nächsten Kiosk und kauft euch dieses Scheißblatt.«

Zehn Minuten später war Frankie vom Bäcker zurück und hielt eine Doppelseite in die Höhe. Auch Hanebiehl traf mit der Zeitung unter dem Arm ein. Beim Frühstück starrten sie alle auf das Luftbild, das aus vielleicht dreißig Metern Höhe aufgenommen worden war. Man sah den Wald, man sah das Haifischhaus und drum herum die Lichtung, den neuen Sandplatz, die Terrasse, man sah die Bucht, man sah Menschen auf dem Hof vor dem Haus, zwei Männer, die sich die Hand schüttelten. Toto Berger und Jorge Hernandez, eindeutig. Eine Schlagzeile:

BERGER-COMEBACK:
DAS LAMENTEAU-DOUBLE IST DA

»Wie …?«, fragte Toto und dachte an den Abend, Liv und er oben auf dem Turm. »Ist das ein Satellitenfoto? Das ist ja so scharf wie von der NASA gemacht.«

»Eine Drohne«, sagte Erdmann. »Ich habe sie gesehen, dachte aber, da erlaubt sich einer einen veritablen Spaß.«

Liv sagte: »Nehoda wird sie gerichtlich belangen. Das ist Hausfriedensbruch.«

»Heute ist Sonntag«, sagte Hanebiehl, »auf die Gerichte sollten wir besser nicht hoffen.«

»Die werden wiederkommen«, sagte Liv. »Die wollen Bilder vom Platz, ganz sicher.«

»Woher wussten die, dass Hernandez kommt?«, fragte Toto.

»Komm, Toto«, sagte Liv. »Es sind zu viele Leute auf beiden Seiten involviert. Sie kriegen alles raus, sobald der Kreis zu groß wird.«

So vieles war anders, aber ausgerechnet das war wie früher.

»Was ist das für ein Scheiß«, fuhr Toto auf, »wenn die ganze Welt dabei zusehen kann, wenn ich einem Typen auch nur die Hand gebe? Heißt das, da saust jetzt jeden Tag eine Drohne über unseren Köpfen herum?«

»Bis die Gerichte es verbieten«, sagte Liv. »Das wird passieren. Kann aber ein paar Tage dauern.«

»Kann man da nichts gegen machen?«, fragte Toto und zwang sich zur Ruhe.

»Kann man«, sagte Hanebiehl und sah für seine Verhältnisse vergnügt aus.

5

Toto lag auf dem Sofa im Wohnzimmer, die Füße über Kreuz. Ein einziger Gedanke beherrschte ihn. Wer hat mich verraten?

Er hielt den nach Algen riechenden grünen Smoothie in der Hand, den ihm Moser als Zwischenmahlzeit vorgesetzt hatte.

»Den soll ich trinken?«, hatte er extralaut gefragt.

»Voller Antioxidantien«, hatte Moser gesagt.

»Was machen die?«

»Freie Radikale binden.«

»Freie Radikale? So was knallst du mir vor den Latz?«

»Du bist echt Neunziger, manchmal, Toto.«

Der Smoothie schmeckte gar nicht mal so schlecht, trotz der Antidingsda.

Später kam er an Mosers Zimmer vorbei, die Tür stand einen Spalt offen, was sie sonst nie tat. Er spähte hinein. Moser saß vor dem Bespannungsgerät. Sein überhängender Bauch quoll unter einem »I love Bermudas«-T-Shirt hervor, seine nackten Füße steckten in Havaianas. Toto hatte stets vermieden zuzusehen, wie Moser seine Schläger bespannte. Der Mann sagte immer, er könne dabei keine Zuschauer gebrauchen, und schon gar nicht ihn. Als wäre dabei eine Magie im Spiel, die durch Neugierde bloß zerstört werden könnte. Und es war ihm früher auch immer so vorgekommen, als wäre es sein Recht, einen perfekten Schläger vorzufinden. Toto kam sich wie ein Eindringling vor. Er war anspruchsvoll, was die Saiten anging, das stimmte wohl. Doch was er sah, beruhigte ihn.

Moser hatte die Augen geschlossen, schlug mit der rechten Hand auf einen offenbar frisch bespannten Schläger und hielt ihn an sein linkes Ohr. Zwei, drei Sekunden lang. Dann schlug er mit links und hielt ihn an sein rechtes Ohr. Er murmelte etwas, summte, formte mit den Lippen lautlos Wörter. Schließlich legte er eine Hand auf die Saiten und presste einen Ball von der anderen Seite des Schlägers gegen die Hand, wieder die Augen geschlossen.

Mosers Handy piepte. Er unterbrach den Vorgang, schaute auf das Display und schien zu überlegen. Er wiegte den Kopf, legte dann den Schläger zurück in die Maschine und löste mit ein paar raschen Handgriffen die Saiten, um wieder von vorn zu beginnen.

6

Frankie umwickelte im Schuppen gerade Totos Fußgelenke mit weißen Tape-Streifen, als ein Knall sie zusammenfahren ließ.

»Was war das?«, raunte Toto.

Frankie hob die Schultern.

»Da hat doch einer geschossen.«

»E… ein J… Jäger?«

»Das kam von oben, vom Turm. Ganz sicher.«

Lage um Lage legte Frankie übereinander, mit sicherem Griff, tausendfach geübt, und er ließ sich auch jetzt nicht ablenken.

Ein paar Sekunden später klopfte es.

Hanebiehl kam durch das Tor, im Schlepptau Erdmann, der ein Gewehr in der Hand hielt. Ein scharfer Geruch umwehte sie. Der Analytiker hielt eine Drohne in der rechten Hand, so groß wie eine Ente. Die Rotoren waren abgeknickt. Hinter ihnen lugte Nils um die Ecke, die Augen aufgerissen.

»Ein Phantom 3 Professional. Ein Quadrocopter«, sagte Hanebiehl. »Ziemlich modernes Ding. Nicht billig. Hat eine HD-Kamera mit zwölf Megapixel, glaube ich.«

Das Gehäuse der Kamera war noch einigermaßen intakt. Die Kugel war durch die Linse hindurchgegangen und hatte den Mast eines Rotors zerfetzt.

»Schau mal«, sagte er und hielt Toto die Unterseite hin.

»Wie kann man nur so blöd sein«, sagte Hanebiehl. »Aber mir gefällt die Vorstellung, dass die Jungs an den Monitoren noch gesehen haben, wie ihnen die Lichter ausgepustet wurden.«

»Der erste Schuss hat ihn runtergeholt«, sagte Erdmann bewundernd, »ein einziger Schuss! Donnerwetter!«

»Die fliegen nur bei wenig Wind. Und wenn sie dann noch in der Luft stehen, um schärfere Bilder zu machen, sind sie wie auf dem Präsentierteller. Leichtes Ziel.«

»Wer hat die gesteuert?«, fragte Toto.

»Vermutlich sind sie auf einem Boot, auf der Förde. Ich habe sie nicht entdecken können, es sind zu viele Boote draußen, Sonntag eben. Aber das wäre das Einfachste. Die Reichweite ist bis zu zwei Kilometer, soweit ich weiß.«

Toto schaute Hanebiehl mit wiedererwachtem Interesse an. Und Unbehagen. Der Analytiker hatte einen Glanz in den Augen, den Toto selten gesehen hatte. Sie wussten nicht viel über ihn. Keiner war so kühl wie er. Keiner so radikal auf sich bedacht. Das Bauchgefühl, von dem Erdmann gerne sprach, interessierte ihn nicht. Die düsteren Ahnungen, die Moser umtrieben, beachtete Hanebiehl nicht. Seine Welt bestand aus Zahlen und Daten, sein Innenleben hielt er hinter Panzerglas.

»Woher kommt die Waffe?«

Erdmann hob den Finger. »Mein Vater«, sagte er. »Allzeit bereit.«

»Hast du denn einen Waffenschein?«

Statt zu antworten, hob Hanebiehl den Daumen.

Er war, bevor er sich mit PHB NUMBERS FOR VICTORY selbstständig gemacht hatte, bei der Bundeswehr gewesen, so viel war sicher, aber keiner von ihnen hatte je herausgefunden, in welchen Einheiten Hanebiehl eingesetzt worden war. Afghanistan, war ein Gerücht. Irak, ein anderes.

Hanebiehl warf die Drohne in die Ecke, wo sie mit einem blechernen Klang landete.

7

Die Sherpas hielten Abstand voneinander, eine alte Gewohnheit. Dem anderen Raum geben, wann immer es ging. Die Verdichtung kam dann von alleine. Liv saß hinter dem Spielfeld auf einem alten Hochsitz, den Frankie repariert hatte. Erdmann stand am Schiedsrichterstuhl, die Augen verkniffen, die Arme hinter dem Rücken, auf dem Kopf seine Rentnermütze. Nils hatte sich neben Totos Tasche auf die Bank gesetzt. Auf allen Seiten waren Kameras aufgebaut. Toto wusste, im Wohnzimmer würden Frankie, Moser und Hanebiehl sitzen und sich das Match anschauen. Jeder wollte sehen, wie er sich schlug.

Sicher hatten sie Wetten laufen. Wie er.

Die Leute des Chilenen saßen auf der anderen Spielerbank. Der Trainer hatte einen Laptop auf dem Schoß und tippte eifrig, der Samoaner schien ein Nickerchen zu halten. Hernandez' Freundin hielt ein iPad in den Händen und las.

Es begann ermutigend. Hernandez hatte beim Aufschlag gegen die Sonne Probleme mit dem Ballwurf, was Toto sofort zum Break nutzte. Er fühlte sich gut, traf den Ball sauber, spielte seine Winkel, ohne zu überlegen, führte rasch 3:1. Es war ein Hauch von Charlie in seinen Bewegungen; eine Leichtigkeit, die man im Training niemals erlebt, weil, anders als im Spiel, nichts auf dem Spiel steht.

Als er einmal hochschaute, sah er Liv entspannt auf ihrem Hochsitz, das Kinn in der Hand. Sie hatte Cargo-Shorts an. Der Sitz lag in der Sonne. Ihre Haare glänzten wie Späne aus feinem Gold. Den Spielball zum 4:1 konnte er nicht nutzen. Hernandez attackierte und rückte ans Netz vor, Toto verzog, doch kurz vor seinem Return ging ein Handy an, worauf Nils in seinen Taschen zu fummeln begann.

Sein Sohn lief rot an und murmelte eine Entschuldigung. Toto schaute hoch zu Liv. Die rührte sich nicht.

Konzentrier dich.

Er verlor das Spiel, setzte dann ein paar Aufschläge knapp ins Aus. Das Momentum begann zu kippen. Er konnte es spüren. Die Dinge kamen ins Rutschen, und er vermochte dem förmlich zuzuschauen. Mit etwas Glück konnte er es womöglich aufhalten, wenn er sich mit allem dagegenstemmte, alles hineinwarf.

Doch was er von nun an auch tat, der Chilene hatte eine bessere Antwort. Hernandez war zu schnell. Sein Pferdeschwanz schien überall auf dem Platz zu sein. Es war überhaupt nicht daran zu denken, Hanebiehls Marschroute zu befolgen – die eigene Rückhand mit extremem Topspin lang spielen, bis der Gegner die Geduld verlor, auf dessen Vorhandseite mit Unterschnitt anzugreifen, nicht zu lang, sofort nachzurücken.

Toto sah, dass Nils sich zu Beginn des zweiten Satzes zurückgelehnt hatte, eine Kappe in die Stirn gezogen, die Füße weit von sich gestreckt. Er wusste nicht, warum, aber etwas an dieser Haltung regte ihn fürchterlich auf. So konnte man bei einem Tennismatch nicht dasitzen, zumindest nicht in seinem Camp. Das würde er ihm sagen müssen, dass es so nicht gehe, dass er so keine Energie entwickeln könne, jenes überschießende Adrenalin, das in einem Match mobilisiert werden muss. Auf dem Niveau, über das wir hier reden, ist jeder direkte Punktgewinn ein Kraftakt, eine Energieleistung, nahm er sich vor zu sagen. Ob er das verstehen würde?

Da der Chilene keine Fehler machte, zog mit zunehmender Spieldauer etwas in ihm auf, das er nur zu gut kannte. Eine Wut auf den Gegner, auf den Ball, auf die zwitschernden Vögel, auf die brennende Sonne; eine Wut, die von unten kam und immer höher stieg. Toto nahm die Schläge kurz vor die Grundlinie zwar früh, donnerte sie nun aber immer öfter ins Aus oder ins Netz. Nach dem 4:6 gab er den zweiten Satz 3:6 ab, wobei ihm zwei späte Spielgewinne bei 1:5

gelangen. Die entscheidenden Punkte waren oft eine knappe Sache, aber er gewann sie zu selten. Sein Blickfeld wurde immer enger, je länger das Match andauerte.

Einmal hatte er Spielball, und Hernandez gab einen präzisen Schlag von ihm fehl, der die richtige Länge hatte. Im Weggehen umkreiste der Chilene mit seinem Schläger den Abdruck.

»No!«, schrie Toto.

Das konnte nicht der richtige Abdruck sein.

»Come on!«, schrie Hernandez zurück.

»Sorry«, murmelte Toto hinüber.

Die nächsten beiden Ballwechsel beendete er mit läppischen Fehlern, verlor auch dieses Spiel.

Brown brach aus.

Du bist so lahm.

Deine Vorhand ist lächerlich.

Der macht ja gar nichts, da kommt doch nichts, und dann hat er auch noch Glück!

Das ist ja ein Witz, was du hier spielst.

Ich hasse dich.

Du blödes Arschloch.

Ich hab's dir gesagt.

Hör auf, du.

Mies.

Mies!

Er hatte sich fest vorgenommen, ruhig zu bleiben, was immer auch kommen mochte. Aber immer versprangen die Bälle vor *seinen* Schlägen. Und dann dieser wippende Pferdeschwanz, dieses affektierte Stöhnen. Dazu sein eigenes Unvermögen, sich richtig hinzustellen, richtig durchzuschwingen.

Toto zwang sich, sich gut zu bewegen. Er zwang sein Spiel zur Vorsicht. Er zwang sich, die Muster der Schläge des anderen während der Ballwechsel präzise zu analysieren. Gab es Regelmäßigkeiten, so wie Wellen am Strand in Serien kommen? Waren auch seine zu kurzen Schläge berechenbar?

Nur dass mit Zwang nichts geht im Tennis. Unter Zwang zog sich Brown nicht zurück und schaute Charlie nicht vorbei.

Vor dem dritten Satz kletterte Liv vom Hochsitz und stellte sich an den Rand des Spielfelds neben Erdmann. Toto konnte nicht aufhören zu ihr hinüberzuschielen. Wie sie dastand. Keine andere Frau stand so da. Das Kinn erhoben, die Arme verschränkt. Sie bewegte sich kaum, stand einfach so da, wie ein Athlet kurz vor einem Wettkampf.

8

Was sie sah, gefiel ihr nicht. Toto ließ beim Seitenwechsel die Faust seiner Schlaghand in den Handteller der Linken fahren, das hatte er früher immer gemacht, wenn er sauer war.

The great Toto Berger is beating himself again, hatte Lars Lagerberg in der Eurosport-Aufzeichnung 2009 gesagt, die sie sich hundert Mal angeschaut hatte. *Beating himself like he's mad or something. Toto's insulting himself. I often wonder if he's got serious psychological issues, you know?*

Hatte er die? Hatte er sie wieder, immer noch?

Sie stand nur da.

Wollte ihm nichts signalisieren.

Nur da sein, damit er etwas hatte, an dem er sich festhalten konnte, an dem er sich aufrichten konnte.

Aber sie sah ihm an, dass er sie nicht mehr wahrnahm, er war ganz woanders.

9

1:6 verlor er den dritten und letzten Satz. Ihm gelang nichts mehr.

Das ist ja ein Witz.

Unverzeihlich.

So wird das nichts.

Er hörte erst auf, mit sich zu reden, als es vorbei war.

Schweigend gab er Hernandez die Hand, schaute ihm prüfend in die Augen, ob da Spott auszumachen war, erkannte aber nur die unergründliche Fassade eines jungen Mannes, dessen Ziel noch weit weg zu sein schien.

Als Toto aufblickte, war Liv verschwunden.

Er schlurfte hinüber zu Erdmann und schüttelte ihm die Hand, dann zum Trainer des Chilenen, es fiel kein Wort. Schweigend packte er seine Sachen, zog sich ins Bad zurück, wo er ausgiebig duschte.

Erst nach einer Stunde wagte sich Frankie zu ihm hinauf, um ihn durchzukneten. Sie schauten sich nicht einmal in die Augen. Sie sprachen kein Wort.

Du schuldest mir 1000 Euro, schrieb ihm Nehoda, dahinter ein Smiley. Toto antwortete nicht.

Jeden Tag, so war es ausgemacht, wartete ein Match auf ihn, immer drei Sätze, die ganze nächste Woche lang. Noch sechs Matches. Achtzehn Sätze. Achtzehn Stunden Kampf. Am liebsten hätte er den Chilenen mitsamt dessen Tross sofort zurück nach Valparaiso geschickt, oder wo immer er herkam.

FÜNF

1

Die Luft im Haifischhaus war am Nachmittag schockgefrostet. Die Sherpas schlichen auf Zehenspitzen durch das Haus. Wer etwas loswerden wollte, wisperte nur. Smilla quengelte in einem fort, woraufhin Liv sie sich schnappte, um auf den Spielplatz zu gehen.

Als sie zurückkehrten, war das Haus bis auf Dagmars gelegentlichen Husten derart still, dass Liv, nachdem sie Smilla ins Bett gebracht hatte, davon ausging, die anderen wären hinüber ins Dorf gezogen oder gleich nach Flensburg gefahren. Abstand gewinnen. Puffer schaffen. Toto bloß nicht im falschen Moment begegnen.

Sie stellte sich auf einen Fernsehabend vor dem Laptop ein, aber als sie sich in der Küche etwas zu trinken holen wollte, blickte sie in vier angespannte Gesichter. Dazu Nils, der regungslos über seinem Tablet hing. Erdmann saß mit dem Rücken zum Kachelofen und rührte gedankenverloren in einem Tee, neben dem eine Rumflasche stand. Moser, Frankie und Hanebiehl hielten Spielkarten in der Hand. Nehoda war abgereist. Anderweitige Geschäfte.

»Wir dachten schon, du wärst Toto«, sagte Moser düster.

»Skat?«, fragte sie.

»Ramsch«, sagte Hanebiehl. »Wer zu viel punktet, verliert.«

Liv nahm ein Glas aus dem Schrank und ließ sich von Erdmann einen Rum einschenken. Sie setzte sich neben ihn und ließ den Kopf gegen seine Schulter sinken. Ging es so früh los? War es gleich so schwer? Was ging in Toto in diesen Augenblicken vor, was brach da auf? Die alten Fragen. Die alte Müdigkeit.

»Wo steckt er denn?«, fragte Nils.

»Sein Alfa steht noch da«, sagte Erdmann.

»Er ist sicher oben«, sagte Liv. »Lassen wir ihn.«

»Hat jemand mit ihm gesprochen?«, fragte Erdmann.

Nur Frankie nickte.

»Und?«

Frankie senkte den Daumen.

»Was habt ihr denn bloß?«, fragte Nils. »Ihr tut ja so, als wäre die Welt untergegangen.«

Erdmann sagte: »Du kennst deinen Vater schlecht. Man sollte ihm jetzt rechtwinklig aus dem Weg gehen. Gerade nach einem solchen Match.«

»Schlimm war nicht, dass er Charlie unterwegs verloren hat«, sagte Liv. »Schlimm war, dass er Brown ausgepackt hat. Und ihn nicht mehr einpacken konnte. Brown lief auf vollen Touren. Als wäre er nie weggewesen.«

»Na ja«, sagte Nils, »so viel hat doch gar nicht gefehlt.«

»N... Nee«, sagte Frankie.

»O Gott, Junge«, sagte Erdmann. »Toto war ungefähr ein Lichtjahr von dem Toto Berger entfernt, der er mal war. Und der er sein muss, wenn er gegen Monsieur Doppelakzent auch nur den Hauch einer Chance haben will.«

»Quatsch«, sagte Nils. »Er hatte ja auch ein bisschen Pech. Einige Bälle sprangen weg. Und die Stopps waren ein bisschen lang, daran kann man doch arbeiten.«

Liv legte ihre Hand auf seine Schulter. Sie wusste nicht, was sie sagen sollte.

»Die Kleinigkeiten sind es, die auf diesem Niveau alles ausmachen«, sagte Hanebiehl. »Das summiert sich. Die Statistik sagt mehr aus als die Verteilung von Glück oder Pech.«

»Er war so weit weg wie Frankie von einem Olympiasieg beim Eistanzen«, brummte Moser.

»Hehe«, machte Frankie.

»Glaubt irgendeiner von euch, dass er eine reelle Chance hat?« Hanebiehl formte mit Zeigefinger und Daumen ein O.

»Frag nicht mich«, sagte Moser.

»Es war der erste Härtetest«, sagte Liv. »Nun bleibt mal locker.«

»Wir haben noch reichlich Zeit«, sagte Erdmann.

»Toto ist *jetzt* schon durch«, rief Hanebiehl. »Und wir sitzen hier wie die Kaninchen und warten darauf, ob er morgen auftaucht oder sich auf der Reeperbahn vielleicht gerade die Lampen ausschießt. *Wir* sollen die Nerven bewahren, aber könnte zur Abwechslung nicht mal Toto Berger die Nerven bewahren?«

»Peter, lass, das bringt doch nichts«, sagte Erdmann.

»Sch… Schnauze«, sagte Frankie.

»Er wird sich steigern«, sagte Liv. »Er muss erst mal seinen Rhythmus finden.«

»Warum bist du dir da so sicher, Liv Hansen?«, fragte Hanebiehl.

»Fuck you«, sagte sie.

Mit einem Ruck ging die Tür auf.

»Wer sagt, dass ich durch bin?«, die Stimme blechern.

Toto stand im Raum und rieb sich die Hände, als wärmte er sie auf oder müsste noch eine Lotion verteilen. Hanebiehls O war verschwunden.

Unter Totos Augen waren Schatten zu sehen. Seine Wangenknochen traten hervor. Er sah aus wie früher nach der ersten Turnierwoche eines Grand-Slam-Turniers, nach einem Fünfsatzmatch in glühender Sonne.

Keiner sagte etwas. Tiefe Atemzüge. Fragende Blicke.

Liv hörte ihr Blut in den Ohren rauschen. Sie betrachtete ihn mit einer Mischung aus Sorge, Neugierde und Angst.

»Kommt schon«, rief Toto nach quälend langen Sekunden und klatschte in die Hände. »Lasst uns feiern. Tiefer bergab geht es nicht mehr. Von jetzt an werden die Tage heller!«

Nils prustete unsicher, bis Toto zu grinsen begann. Wer wie Liv genau hinsah, konnte erkennen, dass es kein echtes Grinsen war, aber es tat seinen Dienst.

Wie sich aus dieser Stimmung noch ein lauter Abend entspann, an dem Erdmann seine Gitarre holte und selbst Moser mitsang, das war Liv auch am anderen Morgen ein kleines Rätsel. Sie fragte sich, wo Toto seinen Frust gelassen hatte.

Nils war wie aufgedreht, wie von einem Alp befreit. Selbst Erdmann war aufgetaut und hieb bei jedem seiner formidablen Fremdwörter mit der Faust auf den Tisch.

Toto verabschiedete sich gegen halb zwölf, ohne einen Tropfen Alkohol getrunken zu haben. Die anderen atmeten auf, als er draußen war. Liv wünschte allen ein paar Minuten später eine Gute Nacht, doch die anderen blickten kaum mehr hoch.

2

Sie schickte Toto eine SMS, erhielt aber keine Antwort. Kurz zögerte sie, schaute nach Smilla, die selig mit Freddy zwischen den Armen schlief, dann ging sie den Gang entlang und stieg zu ihm hinauf in die Turmstube. Sie klopfte leise.

Seine Stimme, die etwas Unverständliches brummelte.

Er lag angezogen auf dem Bett, die Füße nackt, die Arme hinter dem Kopf verschränkt, und starrte an die Decke. Eine Nachttischlampe erhellte eine Seite seines Gesichts, die andere lag im Dunkeln.

Liv blieb im Türrahmen stehen.

»Hey«, stieß sie flüsternd hervor.

»Hey«, gab er mit kratzender Stimme zurück.

»Das hast du gut gemacht«, sagte sie.

»Schrecklich gut.«

»War nicht leicht, ich weiß.«

Er antwortete nicht.

»War wichtig für die Gruppe.«

»Ich dachte, die Gruppe ist dafür da, mich zu unterstützen.«

»Du wirst dich an das Tempo gewöhnen«, sagte sie. »Du wirst dich ransaugen.«

»Natürlich«, sagte er rau. »Nichts leichter als das. Hernandez ist schnell, aber nicht so schnell. Und ich bin noch ganz schön stark. Geht fast wie von selbst, alles.«

»Schau mich an«, sagte sie.

»Komm erst rein.«

»Schau mich erst an.«

Er reagierte nicht.

»Wenn du nicht aufhörst, dich selbst zu beschimpfen«, sagte Liv, »werde ich gehen. Egal, wie gut du hier den Laden zusammenhältst. Egal, wie hart du trainierst. Egal, wer du bist oder wen ich in dir sehe oder was du noch leisten könntest. Ich gehe. Und habe auf einen Schlag Frieden zu Hause.«

Er wandte sich ihr zu, winkte sie heran, aber sie bewegte sich nicht.

»Du musst Brown hinter dir lassen«, sagte sie. »Du zerstörst dich selbst.«

Auf einmal hielt er einen Tennisball in der Hand und warf ihn in Richtung Decke, gerade so, dass der Ball die Balken kaum hörbar touchierte, bevor er wieder in seiner Hand landete. Er wandte sich ihr zu.

»Ich bin Charlie«, sagte er, »und ich bin Brown.«

Sie kam ins Zimmer und setzte sich auf die Bettkante, ohne ihn zu berühren.

»Hör auf«, sagte sie.

»Was?«

»Mit dem Ball.«

Er warf ihn zu Liv, die ihn auffing, ohne hinzusehen. Seine Hand blieb in der Luft.

»Ihr hattet in Kopenhagen einmal ein enges Match, Krisch und du«, sagte Liv. »Du hattest Pickel, das weiß ich noch, deine Beine waren dünn und wie aus Gummi, deine Haare fielen dir immer vor die Augen, aber so ein Händchen hatte ich noch nie gesehen. Doch obwohl du gewonnen hast, hast du während des Spiels unaufhörlich getobt und geheult. Ich konnte auf der Tribüne kaum fassen, wie du dich aufgeführt hast.«

»Da hatte wohl Brown das Kommando übernommen«, sagte er leise.

»Hinterher sagte ich zu Krisch: ›Dieser Toto ist wirklich unmöglich. Der kann sich nicht benehmen.‹ Du hattest ihn sogar beleidigt.

Und die Zuschauer auch. Und weißt du, was Krisch gesagt hat? ›Gib ihm Zeit. Wir werden noch oft gegeneinander spielen, und du wirst sehen, eines Tages wird er sich im Griff haben. Das wird der Tag sein, an dem ich keine Chance mehr habe.‹«

»Das hat Krisch gesagt?«

»Ich habe ihn gefragt: ›Aber was, wenn er immer so weitermacht? Wenn er einfach so ist? Wenn es in ihm drin ist? Er ist einfach kaputt, innerlich.‹ Er nahm mich in den Arm. Er sagte: ›Er meint nicht mich. Er meint nicht mal sich selbst. Es ist nur Wut.‹ – ›Aber worauf?‹, fragte ich.«

Ihre Blicke trafen sich, verhakten einander.

»Worauf, Toto?«

»Das hat er gesagt?«, flüsterte Toto. »Wie alt war er da?

»So alt wie du.«

»Noch keine fünfzehn.«

»Langsam wird es Zeit«, sagte sie.

Er nickte, wollte etwas sagen, schluckte es hinunter. »Es geht schon«, flüsterte er schließlich.

Sie beugte sich nach vorne, nahm sein Kinn mit den Fingern der linken Hand, zog ihn an sich und küsste ihn. Als sie sich löste und die Augen aufmachte, sah sie etwas aufblitzen, sah, dass er mit der rechten Hand etwas zur Seite schob, das leise knisterte.

Liv Hansen war schon wieder auf dem Gang, als sie ihn sagen hörte: *Love forty.*

3

Das Aufstehen fiel ihm schwer. Inzwischen war er es gewohnt, dass er sich gemartert fühlte. Aber um elf Uhr wartete schon wieder der Chilene. Wartete die nächste Lektion.

Beim Joggen schwitzte er stark und beschloss, in der Liebesbucht eine Pause einzulegen. Nils saß auf einem Handtuch in der Morgensonne, lesend.

»Heute keine Arbeit?«, fragte Toto, etwas außer Atem.

»Hab mir die Woche freigenommen.«

»Okay. Schön. Was liest du da?«

»*Die Leichtigkeit des Seins*«, sagte Nils.

»Willst du mich verarschen?« Toto warf eine Handvoll Sand in Richtung seines Sohnes.

Nachdem sie gebadet hatten – die Luft war kühl, aber das Meer angenehm warm –, schleuderten sie Kiesel ins Wasser. Ein paar Mal passte der Winkel ideal, die Steine erhoben sich noch vier, fünf Mal aus dem Wasser, ehe sie versanken.

»Wie geht's weiter?«, fragte Nils.

»Wie soll's weitergehen? In einer Woche bin ich schlauer. Ihr auch.«

»Die anderen sind schon am Anschlag.«

»Jetzt schon?«

»Sie haben mir erzählt, wie es früher war. Morgens durfte man dir nicht zu nahe kommen. Abends durfte man dir nicht zu nahe kommen. Nicht vor einem Spiel. Nicht nach einem Spiel. Nicht nach einem Turnier. Nicht vor einem Turnier.«

Toto faltete die Hände. »Es ist anstrengend, die Nummer eins zu sein.«

»Was hat Liv damals mit dir gemacht?«, fragte Nils. »Wie würdest du das nennen?«

»Mich ertragen. Mich runtergedimmt. Mich aufgebaut. Mich kalibriert. Such dir was aus.«

»So einen Menschen möchte ich auch einmal im Leben finden«, sagte Nils.

»Vielleicht findet dieser Mensch ja dich.«

»Und wie verkraftest du das, was gestern war?«

»Was muss ich verkraften?«

»Dieses erste Spiel. Du wolltest Selbstvertrauen tanken, stattdessen hast du 'ne Klatsche kassiert.«

»Fandest du?«

»War schon krass.«

»Hab ich echt verloren? Gegen den?«

Weitere Kiesel landeten im Wasser. Eine Möwe umkreiste sie.

»Komm schon, Toto. Tu nicht so.«

Toto hob eine Muschel auf und musterte sie.

»Das macht einen ja verrückt«, sagte Nils.

Die Muschel war hellbraun, mit feinen weißen Linien. Toto hielt sie gegen die Sonne. Er seufzte. »Weißt du, Nils, ein bisschen was weiß ich schon über Psychologie. Zumindest über meine. Du musst lernen, Rückschläge zu ignorieren. Wenn du das schaffst, kannst du im Leben nach vorne blicken. Dann bist du in der Lage, Großes zu leisten.«

»Den Kopf in den Sand stecken wie ein Vogel Strauß?«, fragte Nils. »Was ist denn das für eine lächerliche Einstellung? Das klingt ganz schön nach Wichtigtuerei.«

»Du hast null Ahnung, wie das läuft. Glaub's mir. Null. Ich habe ein paar Dinge gelernt im Tennis. Du kannst dir zum Beispiel bei anderen abschauen, wie man sich wehrt. Du kannst dir vielleicht aneignen, wie man Trash redet. Du kannst dir aber niemals abschauen, wie man gewinnt. Jeder Weg zum Sieg ist einzigartig. Du musst deinen eigenen Weg finden, um das Beste aus dir zu machen. Und ob du es hören willst oder nicht, das ist deine Verpflichtung, mein Junge.«

Toto stutzte, als er sich das sagen hörte. Er redete wie ein Vater. Er hörte sich an wie sein eigener Vater.

»Manchmal sind es Wege, die sonst kein anderer sieht«, fuhr er langsam fort, die Worte kamen wie von selbst. »Manchmal sind es Wege, die du bis zuletzt selbst nicht siehst. Und … Und manchmal gibt es den Weg eigentlich gar nicht, aber du findest ihn trotzdem, indem du die Augen zumachst, deinem Gefühl folgst und losmarschierst.«

Nils hatte sich auf einen Felsbrocken gesetzt, das Kinn in die Hand gestützt.

»Vielleicht will ich gar nicht gewinnen«, sagte er.

Toto trat neben ihn, stupste ihm mit seinem Zeigefinger gegen die Brust.

»Nein? Was denn dann? Sag mal, vermisst du die Schweiz, dein Zuhause, irgendein Mädchen?«

Nils schüttelte den Kopf. »O Gott, nee. Das Internat schon gar nicht. Und die Mädels können mich grade mal. Vor allem eine.«

»Du hast eine Freundin.«

»Hatte.«

»Hast du …?«

Nils schüttelte den Kopf. »Aber darum geht es jetzt auch nicht.«

»Was willst du dann?«, fragte Toto.

»Ich will … Ich will, na ja, glücklich sein.«

»Dann sprechen wir von derselben Sache.«

»Eher nicht«, sagte Nils. »Ich will nicht das Beste aus mir machen. Ich will einfach ein glücklicher Mensch sein. Kann sein, dass ich vom Gegenteil spreche, oder? Ich weiß nicht, aber manchmal muss man vielleicht sogar verlieren, um hinterher in den Spiegel schauen zu können.«

Toto legte die Hand auf die Schulter seines Sohnes und spürte, wie sie sich unwillkürlich versteifte.

»Mein Vater«, sagte er zögernd, »hat verlangt, ich solle das Beste aus mir machen, was immer ich auch tue. Und wenn es geht, soll ich darin der Beste werden.«

»War er denn der Beste?«, erwiderte Nils schnell.

»Wie bitte?« Toto zog seine Hand zurück.

»Hat er das Beste aus sich herausgeholt?«, fragte Nils. »War er der Beste?«

»Mike Berger?« Toto lächelte. »Du hättest ihn spielen sehen sollen. Deinen Großvater.«

»Er spielte Handball, oder?«

»Nationalspieler. Hat alles abgeräumt. Keiner konnte ihn aufhalten, wenn er einen Lauf hatte. Er war unwiderstehlich.«

»Und war er glücklich?«, fragte Nils. »War er ein glücklicher Mensch?«

»Ich … Ich weiß es nicht, Nils.« Toto überlegte für einige Sekunden. Er hob die Hände. »Ich kann es dir nicht sagen. Über das Glück haben wir nie gesprochen.«

Nils schüttelte den Kopf. »Ihr wart ja bescheuert, dein Vater und du. Ihr seid einfach allem ausgewichen, worauf es ankommt.«

4

Das hatten sie nun davon. Das große Geschrei. Die Zeitungen und Websites brachten die Story prominent. Alle. Mitsamt formatfüllendem Foto eines groß gewachsenen, hageren Mannes, der auf dem Turm eines hölzernen Baus stand – wer je da gewesen war, erkannte das Haifischhaus sofort – und mit einem Gewehr in Richtung des Betrachters zielte. *KochNews* titelte:

Totos irrer Heckenschütze
Wer ist der Mann mit der Knarre?

Hanebiehl war in aller Frühe abgereist, ohne sich zu verabschieden. Nun saßen sie beim Kaffee. Toto fütterte den Kachelofen mit den Zeitungsseiten und warf ein Streichholz hinterher.

Asche zu Asche, ihr Arschgeigen.

Das Ganze war nicht schmeichelhaft für Peter Hanebiehl, der als mysteriöser Zahlenfreak und absurd hoch bezahlter Finanzanalyst dargestellt wurde, ein erfolgreicher, aber auch dubioser Einzelgänger. Er sei bekannt dafür, Statistiken zu lesen wie eine Betriebsanleitung. Die Berichterstattung war auch wenig schmeichelhaft für Toto, der bei den Vorbereitungen auf sein Comeback augenscheinlich einem Schießwütigen vertraute.

5

Am vierten Tag gewann er seinen ersten Satz gegen Jorge Hernandez. Der Chilene war zäh und ließ in seiner Konzentration kaum nach. Allerdings würde er es nie in die Top 5 schaffen, darin war sich Toto sicher. Ihm fehlte der besondere Schlag. Die Aura auf dem Platz. Das Kompromisslose. Die Männer ganz oben waren zu seiner Zeit Solitäre gewesen. Dieses Defizit beim Chilenen in aller Klarheit zu erkennen, das ermutigte ihn.

Am Morgen dieses vierten Tages war er aufgestanden und hatte gewusst, er war so weit. Das Tempo überraschte ihn nicht mehr. Am ersten Tag hatte ihn jeder Schlag des Chilenen noch überwältigt, jeder eigene Abwehrschlag ihm nicht mehr als ein Luftholen gegönnt. Jetzt hoffte er nicht mehr insgeheim, dass der Chilene Fehler beging. Auf diesem Niveau gab es keine Fehler, wenn man auf sie wartete. Trotz allem war es nur ein Trainingsmatch. Die Nervosität war nicht da, das Fieber, das einen Wettkampf so anders machte. Toto war nie ein Trainingsweltmeister gewesen. Im Wettkampf war er gewachsen. Die Besten zeigen ihre echte Klasse erst im Wettkampf. Man erkennt sie im Stadion nicht wieder, wenn man sie zuvor nur im Training gesehen hat.

Es gelang ihm nun auch immer besser, Hanebiehls Vorgaben umzusetzen. Er erinnerte sich sogar daran, dass Hanebiehl gesagt hatte, Hernandez werde beim Aufschlag unsicher, wenn der Gegner beim Return fünf Meter hinter der Grundlinie stehe. Nur mal so, als Provokation.

Toto hatte auch seine Gedanken im Griff. Brown schlief. Die Balance im Haifischhaus half ihm. Es war ihm geglückt, seine Erschütterung nach dem ersten Match vor den anderen zu verbergen. Und auch nach der Berichterstattung. Wie er das geschafft hatte, wusste er selbst nicht. Lag es am Haifischhaus? Das Haus war so eng. So weit weg von der Welt. Es presste sie zusammen. Ein Entrinnen gab es nicht.

Am vierten Tag gewann er den zweiten Satz mit 7:5. Dass er den dritten Satz 7:6 für sich entschied und damit auch dieses Match, erfüllte ihn nicht mit Jubel. Noch war nichts erreicht.

Nichts.

Von hier aus nach vorne.

Du kannst es.

Du bist nicht so schlecht.

So will ich das sehen!

Aber glaubst du, damit kommst du durch?

Als er den Platz verließ, war er in seinen Gedanken gefangen. Ein kurzes Gespräch mit Frankie, dann zog er sich zurück in sein Zimmer, warf die Tasche in die Ecke, setzte sich auf sein Bett. Er überlegte. Er kramte in der Schublade. Schob die *Moby Dick*-Ausgabe zur Seite, darunter lag eine frische Packung Tabletten. Dahinter eine weitere Packung. Und noch eine. Das Ibuprofen gegen die Schmerzen. Das Prozac gegen die Angst. Das Propranolol gegen das Prozac. Er löste eine Tablette, nahm sie in die Hand, drehte sie hin und her.

Wirf sie ein.

Bist du verrückt?

Es geht nicht anders.

Ein Klopfen. »Toto«, rief eine Frauenstimme. »Toto, bist du da?« Er erkannte sie erst, als sie vor ihm in der Tür stand. Rasch schob er die Schublade zu und steckte die Hand in die Hosentasche, ließ die Tablette darin verschwinden.

»Toto«, rief Liv, und er sah, dass ihre Stirn gefurcht war. »Du bist einfach an mir vorbeigegangen, ohne mich wahrzunehmen.«

Langsam zog er die Hand aus der Tasche. Seine Fäuste waren geballt.

»Tut … Tut mir leid. Ich war wie weg.«

Liv nickte.

Er blickte sich um, ob sie jemand beobachtete, dann stand er auf, drückte ihr – schweißüberströmt, wie er war, nach zweieinhalb Stunden auf dem Platz – einen Kuss auf die Wange, direkt neben ihre Lippen. Sie blieb steif.

»Mach dir keine Gedanken, ja?«, sagte er, als sie ging. »Ich komme zurecht.«

Sie sagte noch etwas, aber sie war schon auf der Treppe, zwei Stufen auf einmal nehmend.

Das Wunder, das der Sport bewirkt, wenn du dich ausgepowert hast, dich überwunden hast, wenn es gut gegangen ist. Wie alle Gedanken beiseitegedrängt werden, der müde Körper alles ist, was noch zählt, und aus Zufriedenheit besteht.

Wie leer er sich fühlte. Und voller Zauber. Erschlagen sank er aufs Bett. Erst später wurde ihm klar, dass in diesem Augenblick ein Motor angesprungen war, der knirschende Kies von rollenden Reifen stammte und ein Wagen davonfuhr, dessen Geräusche der Wald nach kurzer Zeit aufgesaugt hatte.

6

Liv und Smilla waren abgereist. Und ein paar Tage später auch Jorge Hernandez mitsamt Tross. Das Haus schien Toto plötzlich furchtbar leer. Vielleicht deswegen hatte er Hanebiehl aufgefordert, mit seinem Gerätepark anzurücken. Dieser kehrte scheinbar völlig ungerührt zurück ins Haus. Sie sprachen nicht über den Vorfall, die Berichterstattung, über die Peinlichkeit.

Aber er war gekommen. Er ließ zwei seiner Mitarbeiter in einem rückwärtigen Zimmer mit Blick auf den Wald Rechner und Monitore aufbauen, klappte die Fensterläden zu und verließ das Zimmer nur noch, um etwas zu sich zu nehmen oder sich zu erleichtern. Am ersten Tag schauten Erdmann und Toto rein und sahen für kurze Zeit zu, wie er Zahlenkolonnen und Videos verglich. Es war eine einsame Arbeit.

Tage ging das so. Bei den gemeinsamen Essen sagte er nicht viel. Seine Anwesenheit veränderte aber etwas. Toto hatte stets spüren können, wenn Hanebiehl in der Nähe war. Als er gerade mit Moser über die Vor- und Nachteile von Polyester-Saiten im Vergleich zu Naturdarm diskutierte, drang aus dem Nichts ein Schrei durchs Haus.

»Kommt her«, brüllte Hanebiehl. »Seht euch das an!«

Toto warf die Saiten auf den Tisch und eilte herbei, Moser im Schlepptau. Frankie kam aus der anderen Richtung, und Erdmann stürzte im Pyjama die Treppe hinunter. Sie fanden Hanebiehl mit weit aufgerissenen Augen vor einem seiner Monitore, das Weiß der Augen von Adern durchzogen, die Wangen erhitzt. Im Zimmer roch es nach kalten Zigaretten und Schwarztee.

»Das musst du dir ansehen, Toto. Zwei Dinge.«

Hanebiehl war außer Atem. Es war einer dieser seltenen Momente, in denen die Trennscheibe beiseitegeschoben schien, die ihn sonst von der Welt separierte. Auch wer keinen Sinn für die Schönheit von Datenkolonnen und den sich daraus ergebenden Algorithmen hatte und Peter Hanebiehl für einen seltsamen Menschen hielt, der sich nichts aus anderen machte, der wäre von dessen Liebe gerührt gewesen, die er in diesem Augenblick ganz offenkundig für seine Arbeit verspürte.

»Zeig her«, rief Toto.

»Das glaubst du nicht.« Hanebiehl deutete mit zitternden Fingern auf eine Tabelle mit Hunderten Ziffern.

»Okay, okay«, sagte Toto. Er unterdrückte den Impuls, abgeklärt zu reagieren.

»Du hast Breakball, setzt am Ende einer langen Rally von der Grundlinie eine unterschnittene Rückhand scharf cross in sein Halbfeld und rückst sofort nach ans Netz – wie reagiert Lamenteau?«

»Hängt davon ab, wie ich mich positioniere, schätze ich.«

»Er wird longline durchziehen.«

»Ich weiß nicht.«

»Garantiert.«

»Du spinnst.«

»Wir reden hier von fast tödlicher Sicherheit. Das einzige Mal hab ich hier nahezu hundert Prozent stehen. Das einzige Mal.«

»Heißt was?«

»Dass der Ball, mit dem du vielleicht das Spiel entscheiden kannst, longline kommen wird. Dass du das Break in der Tasche hast.«

»Sicher?«

»Sicher.«

»Wie viele Spiele hast du ausgewertet?«

»Ich hatte ja in Grundzügen vorher schon alle ausgewertet. Alle tausendplus Spiele. Und jetzt setze ich den Fokus hier und da. Und dort.«

»Danke«, sagte Toto. »Das ist nicht schlecht. Ich werd's mir merken.«

»Dieses Wissen ist eine Waffe«, murmelte Hanebiehl und rieb sich mit dem linken Daumen über die Narbe. »Und jetzt die zweite Sache. Schau her. Konzentrier dich.«

Toto starrte auf den riesigen Monitor. Lamenteaus Beinarbeit war famos. Diese tänzerische Eleganz, die Schnelligkeit der Füße, wie er hineinglitt in die Schläge, die Sprungkraft.

»Ja doch«, sagte Toto. »Alles legendär, alles bekannt. Toll, toll, toll.«

Mit schmalen Lippen zwang ihn Hanebiehl, weiterzuschauen. Lamenteaus Knie, Lamenteaus Waden, Lamenteaus Knöchel, Lamenteaus Schuhe, tanzend, wippend, spurtend. Sand wirbelte auf, Grashalme, Staubkörner.

»Siehst du es jetzt?«, sagte Hanebiehl. Er hatte im Schneidersitz auf dem Boden Platz genommen und die Stimme gesenkt. »Schau hin, ich will, dass du es selbst entdeckst.«

»Was denn?«

In diesem Ton hatte er ihm früher Hunderte Male detaillierte Handlungsanweisungen vorgetragen. Nicht selten war der Schlüssel zum Erfolg dabei gewesen.

»Siehst du es?«, fragte Hanebiehl erneut.

»Nein«, sagte Toto.

»Schau genau hin.«

Komm auf den Punkt.

Hanebiehl spulte zurück, wieder vor. »Sieh genau hin! Siehst du? Da, wieder. Er trippelt!«

»Wow. Er trippelt. Ich bin geflasht.«

»Aber verstehst du denn nicht?«

Toto schaute ihn ausdruckslos an. *Reiß dich zusammen.*

»Er bekommt den Ball in all diesen Sequenzen immer wieder lang auf die Rückhand, forciert. Drei Mal. Beim vierten Mal kommt der unnötige Schritt. Warum auch immer. Vielleicht wird es ihm lästig, diesen Schlag präzise auszuführen. Vielleicht ist hier eine Grenze seiner Perfektion erreicht. Jedenfalls kommt das Trippeln beim vierten Schlag. Du weißt, was das bedeutet.«

»Er verliert dreißig Zentimeter zur Mitte.«

»Oder sogar einen halben Meter.«

»Ich sollte genau dann auf die Vorhand angreifen. Die paar Zentimeter nutzen.«

»Exakt.«

»Das ist gut beobachtet, aber letztlich zu wenig«, sagte Toto. »Das ist kein entscheidender Vorteil.«

Hanebiehl zuckte mit den Schultern. Er stand auf, holte aus seiner Hosentasche eine Art Militär-Klappmesser und nahm sich einen Apfel vom Tisch. Langsam, ohne hinzuschauen, setzte er das Messer an und begann ihm die Haut abzuziehen.

»Fünf dieser kleinen Beobachtungen können zusammengenommen entscheidend sein.« Hanebiehl lächelte. Dieser Blick, ins Leere, nur nicht in Totos Augen. »Wenn du in der Lage bist, es umzusetzen.«

»Es kommt auf so vieles an«, sagte Toto zu niemand Bestimmtem.

7

Der Repeater war schuld. Er hätte ihn nicht aufstellen lassen sollen, damit das WLAN überall im Haus funktionierte, selbst in der Sauna. Vor allem hätte er sein Handy nicht in die Sauna mitnehmen sollen. Anfängerfehler. Die Bayern spielten auswärts in Dortmund, die neue Saison hatte begonnen, und Frankie hatte ihm den *11 Freunde*-Liveticker empfohlen, aber jetzt funkte ihn Erdmann an.

Ich brauch dich hier.

Seine fünfzehn Minuten bei neunzig Grad waren noch nicht mal zur Hälfte rum. Das Handtuch war getränkt. Es lief, überall lief es, die Poren hatten Tag der offenen Tür. Der Ofen knackte. Die Sauna war im Keller des Haifischhauses untergebracht. Die Holzlatten waren dunkel, gefärbt vom Schweiß der Jahre. Wie oft hatte er hier früher gesessen, gegrübelt und die Latten angestarrt.

Was gibt's?, tippte er missmutig.
Ein Bericht auf KochNews.
Lass mich raten. Sie sind begeistert von meinem Comeback.
Finanziell ruinierter Altstar vor seinem letzten Gefecht. Alles nur PR-Getöse.
Wo sie recht haben.
Haha. Komm rauf.

Eine andere Nachricht. Von Frankie.

Komm rauf und lies diesen Scheiß.

Er sandte Liv eine Nachricht. Dringende Bitte um Rückruf. Keine Antwort. An Erdmann schrieb er:

Hat es Substanz?
Sie wissen zu viel, antwortete der. *Über uns hier.*
Das kommt aus dem inneren Kreis?
Absolut.

Er nahm sein Handtuch und schleuderte es gegen die Wand.

Wer?
Du wirst toben, wenn du's liest.
Dann lese ich es besser nicht. Geht nicht. Meinereiner wird hingehängt. Nehoda sowieso. Auch Frankie. Wegen der Dopingsache mit seinen Russen.
Da war er doch gar nicht mehr bei denen.
Sogar Nils.
Nils?
Ein, ich zitiere, Pubertier im Gulag.
Wie reagieren wir?
Frag Liv.
Die antwortet mir nicht.

Er setzte sich wieder. Sein Puls war zu hoch, aber seine Sanduhr näherte sich auch dem Ende. Warum schrieben sie ihn runter? Was wussten sie denn schon von ihm? Warum ließen sie ihn nicht in Frieden, bis es so weit war?

Was wäre jetzt die Linie, die Liv festlegen würde?

Sie hatte sich nicht zurückgemeldet.

Er duschte sich kalt ab, so kalt, dass die Haut brannte, und so lange, bis er eine Antwort gefunden hatte. Anschließend begab er sich auf den Weg nach oben, bereit für die Schlacht.

8

Gewiss hatten die Reporter vorab Fragen an Liv geschickt. Sie hatte sie sicher freundlich beantwortet, dies sei noch nicht die Zeit, um Antworten zu geben. Man bitte um Verständnis, zu gegebener Zeit werde man antworten. Den vernichtenden Tenor hatte sie aus den Fragen garantiert nicht herauslesen können, das konnte man nie. Sie hatte ihn aber sicher geahnt – die Phase der Sticheleien und Provokationen musste ja irgendwann einsetzen – und sich entschieden, Toto nichts davon zu erzählen.

Er stieg langsam die Treppe hoch, in jenen voluminösen blauen Bademantel gewandet, den Frankie einmal aus einem Hotel in Manila hatte mitgehen lassen.

Die Sherpas waren in der Küche versammelt. Jemand hatte die Geschichte fünf Mal ausgedruckt und geheftet.

Erdmann stand am Kühlschrank und spielte mit einem Schlüsselbund. Er deutete mit dem Kinn in Richtung des Tisches, den Kiefer fest zusammengebissen. Über seine Schläfen zogen sich Zornesadern. Frankie saß am Tisch, las, knetete mit seiner Linken einen Tennisball. Moser grinste bei der Lektüre, einen Muffin in der einen Hand, einen Kaffee in der anderen.

Nils hockte bleich da. Der Papierstapel lag vor ihm wie ein Gerichtsurteil. Er stützte seinen Kopf in beide Hände, legte schließlich die Stirn auf den Tisch.

»Kommt schon«, sagte Toto, »Kopf hoch.«

Die anderen reagierten nicht. Sie starrten ihn an. »Ist wahrscheinlich halb so wild«, sagte Toto noch mal in die Runde.

»Halb so wild?«, rief Erdmann. »Hier steht, wie es um deine Finanzen steht: schlecht. Hier steht, wie es um deine Verfassung steht:

schlecht. Hier steht aber zum Beispiel auch, wie es um den Geruch in meinem angeblich denkmalgeschützten Haus bestellt ist. Muffig, steht da.«

»Was?«, fragte Moser.

»M… M… M… Muff… Muff…«, fing Frankie an.

»Muffig!«, rief Erdmann mit einer Empörung, die Toto durchaus auch als gespielt empfand. »Das Haifischhaus! Das Haus, in dem wir leben!«

»Na ja, manchmal riecht es hier schon ein bisschen komisch«, sagte Moser. »Wie nach faulen Gespenstern.«

»Und denkmalgeschützt ist es definitiv nicht«, brummte Erdmann. »Toto, für dich zum Genießen.« Er las laut vor, seine Stimme vibrierte.

Bei seinem ehemaligen Trainer Bernd Erdmann hat der finanziell angeschlagene Toto Berger Unterschlupf gefunden – seine Ex-Frau Bettie ist derweil in Hamburg geblieben. Nach der Ankündigung seines Comebacks hat er hier mehrere seiner alten Weggefährten zusammengetrommelt. Gemeinsam haust die Gruppe – Erdmanns malade Gattin Dagmar ist ebenfalls zugegen – in einem denkmalgeschützten Holzhaus an der Ostsee. Berger wolle dort ungestört trainieren, heißt es. Wer ihn zuletzt hat spielen sehen, sagt, dies habe er auch bitter nötig. Ein wirkliches Duell gegen Frédéric Lamenteau, die Nummer eins der Welt und seit mehr als anderthalb Jahren bei Grand Slams ungeschlagen, sei in der jetzigen Verfassung nicht mal als PR-Zirkusnummer vorstellbar. Aber darum soll es allen Ernstes gehen.

Toto setzte sich. In der Tat, von seiner Reaktion würde nun viel abhängen.

Berger ist nicht der Einzige in dem Tross, dessen Ruhm mit den Jahren verblasst ist. Bernd Erdmann hatte nach Bergers Rücktritt zunächst pausiert und später erfolglos versucht, auf der Tour einen Topspieler als Klienten zu gewinnen. In der Szene gilt er als erheiterndes Unikum, als im Profisport selten anzutreffende Kombination aus Redseligkeit und Sentimentalität. Zuletzt gehörte sein Name nicht mehr zu denen, über die routinemäßig spekuliert wurde.

»Ich habe denen damals abgesagt, aber das glaubt einem ja keiner«, zischte Erdmann. »Und wenn einer von euch jemals behauptet, ich wäre redselig, ziehe ich ihm den Wiener lang.«

In Erdmanns muffigem Sommerhaus, das einsam an einer Steilküste im Flensburger Hinterland liegt, geht es derzeit zu wie in einem Taubenschlag. Bergers unehelicher Sohn Nils ist eingezogen, offenbar aus Gründen der Selbstfindung. Er wirke wie ein Pubertier im Gulag, berichtet einer, der ihn erlebt hat. Nach Informationen von KochNews hat Liv Hansen, Bergers frühere Managerin, gar ihre Tochter Smilla (2) mitgebracht, die nun in einem kleinen Weiler in der Nähe Tagesbetreuung genießt. Der exzentrische Hamburger Statistiker Peter Hanebiehl ist derweil wieder abgereist – erst kürzlich hatte er eine Kameradrohne mit einem Kleinkalibergewehr abgeschossen.

Der Franzose Lamenteau selbst wollte nicht kommentieren, warum er dem Duell in Wahrheit zugestimmt hat. Aus seiner Wahlheimat Los Angeles ist zu hören, er habe mit Berger kürzlich ein paar Bälle geschlagen. Mehr habe Bergers körperlicher Zustand nicht hergegeben. Bei einem Empfang an jenem Abend sagte Lamenteau nach Angaben mehrerer Gäste – schmunzelnd, also wohl im Scherz: »Der spielt nicht viel schlechter als mein alter Herr.«

Dennoch trommelt Jaroslaw »Bubi« Nehoda, umtriebigster Agent der Branche und sowohl mit Berger als auch mit Lamenteau verbandelt, derzeit bei Fernsehsendern und potenziellen Sponsoren, das Duell der beiden werde »das Sportereignis des Jahres«. Die üblichen Großsponsoren des Tennissports wollten sich auf Anfrage indes nicht äußern, und es erscheint derzeit mehr als fraglich, ob das kolportierte Preisgeld von 3 Millionen Dollar zusammenkommt.

»Drei Millionen?«, fragte Toto.

»So steht das da«, sagte Erdmann.

»Wie erbärmlich beschissen recherchiert!«

Ein zögerndes Lachen war zu hören. Frankie.

Nils schaute auf.

»Wenn das schon nicht stimmt, was dann?«, sagte Toto.

»Was machen wir?«, fragte Erdmann.

»Nichts machen wir«, sagte Toto. »Ich werde das – wie hat dieser bayerische Komiker gesagt? – nicht einmal ignorieren; und ihr gefälligst auch.«

9

Er nahm einen Waldbeer-Smoothie und ging nach draußen vors Haus. Mit den nackten Füßen scharrte er im Kies. Ein Augusttag. Möwen in der Luft. Das Rumoren eines Mähdreschers. Die Luft war wie Wein hier draußen. Einer aus dem inneren Kreis hatte wieder gequatscht. Sich vielleicht ja nur verquatscht. Er hätte nicht gedacht, dass so etwas passieren könnte. Es gab Regeln, an die hielten sich alle, die dazugehörten. Es war unvorstellbar, dass jemand aus dem inneren Kreis die Regeln brechen könnte.

Weil das eine Katastrophe wäre. Weil das zu Misstrauen führen würde, das nagende Misstrauen, das er nur zu gut kannte.

Drinnen hörte er ein Handy klingeln.

Zwei Minuten später schlenderte Nils hinaus, die Hände in den Hosentaschen.

»Nehoda hat angerufen«, sagte der Junge betont cool, aber Toto sah, dass er Mühe hatte, seine Aufregung zu unterdrücken. »Das Preisgeld ist zusammen. Nächste Woche ist Pressekonferenz in London.«

10

Ein paar Tage später gingen die Tickets online. Die seitliche Zusatztribüne der Schalke-Arena war in sechs Stunden ausverkauft. Die hinteren Tribünen, zu niedrigeren Preisen, in drei. Und dann wurde verkündet, dass auch in die größte Tribüne keine VIP-Boxen gebaut würden, sondern dass diese für Fans gedacht sei. Stehplätze.

In zwei Stunden waren die Tickets weg.

»Ein Triumph«, flüsterte Nehoda, der per Skype mit der Runde im Haifischhaus konferierte. »Die Sponsoren sind aus dem Häuschen«, sagte er. Er deutete auf seine Unterarme, die bleichen Haare, die wie kleine Raketen senkrecht in die Luft standen. Als Halbwüchsiger hatte er sich in Prag den sowjetischen Panzern entgegengestellt. Seine Lieblingsgeschichte. Nicht wegen der Politik oder so. Wegen der Mädchen. Und wegen der Elektrizität, die in der Luft lag.

»Gute Arbeit, Towarischtsch«, sagte Toto.

»Bedank dich lieber bei Liv«, sagte Nehoda und schaute in die Leere seines Bildschirms. »Du kriegst gar nicht mit, wie sie das da draußen steuert.«

11

Sie kehrte zurück, einfach so. Ohne Ankündigung, ohne Erklärung. Sie sagte ihm nicht, dass sie es nicht mehr ausgehalten hatte. Weil sie sich gefühlt hatte, als wäre sie die Einzige, die vielleicht eine Chance hatte, ihn davon abzubringen, in jenen Modus zu schalten, der schon jetzt einzusetzen schien.

Statt einer Begrüßung nickten sich Liv und Toto zu, hielten Abstand. Kein Wort von ihr. Kein Wort von ihm. Er sah ihre Blicke und schaute ab und zu herausfordernd zurück. Mittags aßen sie schweigend, wortlos ließ er sich von Frankie massieren, ohne Gruß stapfte er danach die Treppe nach oben. Mittagsschlaf.

Noch an diesem Nachmittag machte Liv sich mit Nils und Smilla in ihrem SUV auf die Reise. Smilla saß hinten im Kindersitz und schlief mit offenem Mund. »Was für ein Kind«, sagte Nils.

»Sie kann auch anders«, sagte Liv, »aber sie hat es zum Glück meist nicht nötig.«

»Operation Sandsturm«, so markig hatte Erdmann das Unternehmen getauft, als stünde ein Feldzug bevor. Lange Zeit hatte er sich damit beschäftigt, den besten blauen Sand zu finden, den es auf dem Markt gab. In Hamburg war nun endlich eine Lieferung eingetroffen.

Vor Flensburg bogen die drei auf die Bundesstraße. Liv schien sich auszukennen. Sie hatte das Fenster heruntergelassen, die Ärmel ihres dünnen Sweatshirts heraufgekrempelt und legte den gebräunten Unterarm auf den Türrahmen.

Nils hatte den Sitz ganz nach hinten geschoben, saß aber dennoch mit gebeugten Knien da. Sein Kopf berührte den Wagenhimmel. Er hatte ihn superkurz geschoren. Die Beatles-Gedächtnis-

Frisur abrasiert. Dafür ließ er sich jetzt am Kinn einen zauseligen Bart stehen.

»Sieht aus wie gemäht«, hatte Toto die Frisur kommentiert und es dabei bewenden lassen.

»Sieht gut aus«, sagte jetzt Liv und nickte ihm zu.

Nils grinste. »Mir war danach.«

»Zeit für ein Statement?«

»Zeit, dass es nicht mehr juckt.«

Beide lachten.

Liv stellte das Radio an und tippte, bis sie Klassikradio gefunden hatte.

»Den verehre ich«, sagte sie, »Rachmaninow. Das zweite Klavierkonzert.«

»Cool«, sagte er. Erst als sie auf der Autobahn hinter Schleswig waren, schien er mehr Mut zu fassen. Er erzählte, wie viele Stunden er auf dem Internat am See Klavier geübt hatte. Wie oft er an Rachmaninow gescheitert war. Sie nickte, schwieg.

»Liv, warum bist du eigentlich so … so ernsthaft? Du sagst manchmal kaum ein Wort. Du bist fokussierter, als Toto es ist. So kommt's mir wenigstens vor.«

»Täusch dich mal nicht.«

»Ich meine, worum geht es dir hier?«

Sie kurbelte das Fenster hoch, hielt das Lenkrad mit beiden Händen, die Arme gestreckt.

Sie schaute herüber.

Während Liv den Wagen beschleunigte, drückte es Nils immer tiefer in den Sitz. Vom Klavier war längst nichts mehr zu hören, nur das Hochdrehen des Motors, der lärmende Fahrtwind. Bei 195 blieb die Tachonadel stehen. Sie flogen an den wenigen Lkws vorbei. Als ein Wohnmobil vor ihnen ausscherte, bremste Liv ab. Bei Tempo 130 goss sich Nils einen Milchkaffee aus der Thermoskanne ein und bot Liv einen Schluck an. Die winkte ab.

»Der Profisport ist eine einzige Wette«, sagte sie. »Du musst möglichst schnell möglichst viel Geld machen. Wenn dir das nicht gelingt, hast du ein Problem.«

»Nämlich?«

»Dann wirst du dein Leben lang nicht von der Tour loskommen oder wenigstens vom Tennis.«

»So wie ihr alle.«

Sie lachte leise auf.

»Du doch auch«, beharrte Nils.

Ihr Blick wurde leer. Sie gab wieder Gas.

»Das hat andere Gründe. Ich war schon draußen. Ich könnte sofort wieder draußen sein. Das Problem ist: Wenn du einen Titel geholt hast, willst du den zweiten. Und dann den dritten. Und den vierten. Du vergisst, wie es ist, satt zu sein. Du wirst immer hungriger, je mehr du kriegst.«

»Es sei denn, du hörst auf nach dem ersten. Einfach so. So wie du. Aber warum?«

»Du willst alles wissen, oder? Hab ich irgendwo im Vertrag stehen, dass ich zu jeder Auskunft verpflichtet bin? Ich hab nicht mal einen Vertrag.«

Er lief rot an. »Ich frag ja nur. Mich interessieren Menschen. Ich habe so viele Ideen. Ich würde am liebsten alles zugleich versuchen. Und parallel denke ich dann, das ist aber riskant, und das könnte ja auch schiefgehen. Also verzichte ich erst mal und hör mir an, wie andere Menschen damit umgehen. Mit dem Risiko des Lebens.« Er merkte, dass er sich beinahe in Rage geredet hatte, musste grinsen und sagte: »Ist das so schlimm?«

»Nicht schlimm«, antwortete Liv. »Nur ungewöhnlich. Für mich ging es nicht anders. Ich hatte das Ende des Weges erreicht.«

»Du warst am Ziel.«

»Nein. Am Ende des Weges gab es kein Ziel.«

Das Gespräch erstarb.

Sie erreichten Bordesholm, der Verkehr wurde dichter. Die Endlos-Baustelle nach Hamburg begann.

Smilla erwachte und verlangte etwas zu trinken. Nils gab ihr die Schnabelflasche. Bald wollte sie etwas essen. Nach dem Apfel wollte sie ihren Schnuller, sofort. Nils fand ihn unter dem Fahrersitz, voller Sand. Er hielt ihn Liv fragend hin.

»Lutsch ihn sauber«, sagte sie.

»Wie bitte?«

»Na komm schon.«

Nils tat wie ihm geheißen, und Smilla störte es nicht.

»Dein Vater ist ein merkwürdiger Mann, Nils«, sagte Liv. »Und du siehst ihm ähnlich, weißt du das? Der Knick in der Hüfte beim Rumstehen. Das Hochziehen des linken Mundwinkels, wenn ihr ein Lachen unterdrückt.«

»Ich weiß nicht«, sagte Nils.

»Schade, dass sein Vater so früh gestorben ist. Dein Opa. Er hat nicht mehr erlebt, wie Toto Wimbledon gewann. Wie sein Sohn die Nummer eins wurde.«

»Er wäre vermutlich stolz auf ihn gewesen.«

»Glaube nicht. Vor allem hat er ihm nicht erzählt, was kommt, wenn du erst mal der Beste bist. Was du anschließend mit dir anstellst. An dem Punkt war Toto mit zwanzig. An dem Punkt ist er heute immer noch.«

»Krass«, sagte Nils.

»Ja«, sagte sie. »Du sagst es. Eine Zeit lang hat er es nur mit Prozac ausgehalten.«

»Was ist das?«

»Ein Mittel gegen Depressionen. Macht dich gelassen und glücklich und ist gerade deshalb gefährlich. Aber Toto kam damals morgens oft nur schwer aus dem Bett. Mit Prozac ging es ein bisschen besser.«

»Das ist ja krank.«

Liv lächelte. »Sind wir nicht alle ein bisschen krank?«, gab sie zurück. »Jeder auf seine Art?«

Kurz vor Hamburg fuhr sie raus. Industriegebiet. Baustoffe, Autohändler, Teppichläden. Und der Spezialist für Tennissand. Smilla hatte Durst. Nils' Griff zur Wasserflasche, die Wasserflasche nach hinten reichen, warten, bis sie zurückkam, das war inzwischen Routine.

»Erzähl mir noch eins«, sagte er. »Lieg ich richtig, oder ist das gar nicht so toll, wenn einen alle kennen? Ist es nicht sogar schrecklich, dass einen die Leute nicht vergessen? Dass es dann aber zu spät ist?«

Sie zuckte mit den Achseln. »Vielleicht«, sagte sie.

»Guck dir Toto an.«

»Ich guck mir Toto den ganzen Tag an«, sagte Liv leise.

»Das Duell ist doch das Dümmste, was er tun kann.«

»Woher willst du das wissen? Du hast ihn doch nicht …«, sie schmunzelte, »… gefragt?«

Nils schüttelte den Kopf, fuhr sich über die kurzen Haare. Er kratzte sich am Bart.

»Ich weiß es einfach. Ich spüre das. Ich möchte nicht mit ihm tauschen.«

»Sag ihm das lieber nicht.« Liv lachte. »Könnte sein, dass er eines Tages auf die Idee kommt, dass du die Firma übernimmst.«

Beim Aussteigen wandte sie sich nochmals um. »Das mit dem Prozac darfst du übrigens gar nicht wissen.«

»Was ist daran so schlimm?«

»Toto denkt, es wüsste niemand.«

»Niemand wie in ›niemand außer dir‹?«

»Niemand wie in ›überhaupt niemand‹.«

»Ich verstehe«, sagte Nils.

»Nein«, sagte Liv. »Du verstehst nicht. Es war *sein* Geheimnis.« Sie schaute ihn an und legte ihre Hand auf seinen Arm. »Es bleibt *sein* Geheimnis.«

12

Sie schlief schlecht in der Nacht davor. Smilla war bei Sebastians Mutter in Potsdam. Die Nervosität. Sie würde mit Toto reden. Sie würde ihn konfrontieren. Sie würde ihm sagen, dass es sonst vorbei wäre. Morgen würde sie es tun. Aber erst dies hier. Erst London.

Ob Frédéric tatsächlich kommen würde? Wie würde sie reagieren, wenn sie ihn sah?

Eine warme Septembersonne war durch die Wolken gebrochen. London glänzte. Im prachtvollen Ballsaal im Erdgeschoss des Landmark Hotels drängten sich die Journalisten. Von ihrer Position am Rand der improvisierten Bühne hatte Liv einen guten Überblick und beobachtete die Szenerie – wenn sich nicht gerade ein Reporter vorstellte, in Erinnerung brachte, seine Interviewanfrage für Toto Berger bekräftigte oder einfach plaudern wollte, wie dies Reporter gern tun, in der Hoffnung, ihr etwas zu entlocken, das eine Detail, das andere nicht kannten. Auf der anderen Seite, bei Lamenteaus Pressereferenten, war ähnlich viel los. Sie sah erhitzte Gesichter. Die wichtigsten Reporter hatte sie persönlich begrüßt. Die Amerikaner waren da, die Australier, die Engländer, die Deutschen und Schweizer sowieso. Sie sah Japaner und Chinesen und Brasilianer, und sie konnte Nehoda ganz hinten an der Espresso-Bar jenseits des Pulks der aufgebauten Kameras ansehen, dass er einen wunderbaren Tag hatte. Das Preisgeld stand, dafür musste er den Sponsoren weltweite Aufmerksamkeit liefern. Das war der Deal. Und heute gab es die erste Lieferung.

Als Moderator hatten sie den Schweden Lars Lagerberg gewinnen können, einen Star des Sports aus den Tagen vor Toto, den so gut wie alle mochten. Lagerberg stand in den Achtzigern für das Gute im Tennis. Und so wollte Nehoda jetzt auch das Duell verkaufen.

Nicht als Gut gegen Böse. Sondern als Gut gegen Gut.

Für die Zuschauer sollte es die Qual der Wahl sein. Auf Livs Gesicht zeichnete sich ein Lächeln ab, als sie daran dachte. Es gab nur eine Sache, die sich der Manager von beiden Lagern für diese Pressekonferenz erbeten hatte: Benehmt euch.

»Was hat Lamenteau geantwortet?«, hatte Toto wissen wollen.

»Er wollte wissen, was *du* geantwortet hast, kurwa«, sagte Nehoda. »Ihr seid schon zwei Helden!«

Liv hatte Frankie und Toto am Morgen in dessen Suite zurückgelassen, mit einer Gymnastikmatte und ein paar Zeitungen. Frankie sollte ihn pünktlich runterbringen. Lamenteau, der gerade wieder die US Open gewonnen hatte, würde von Heathrow direkt mit dem VIP-Fahrdienst herbeikutschiert werden. Gelandet war er immerhin schon, hieß es. Verloren gehen konnte er aber immer noch.

Frédéric. Die Beziehung mit ihm war nicht im Streit zu Ende gegangen. Sie war gar nicht zu Ende gegangen. Eines Morgens war Liv mit der Gewissheit aufgewacht, keine Sekunde länger mit diesem Mann verbringen zu wollen. Eine Frage der Selbstachtung. Sie hatte ihre Koffer gepackt, sein Haus in der Schweiz mitsamt ihren Habseligkeiten verlassen und war nie mehr wiedergekommen. Er spielte gerade ein Turnier in Baku. Er rief sie nicht an. Bis heute hatten sie nicht miteinander gesprochen.

Er hatte sie damals erobert, weil sie sich erobern lassen wollte. Seine Härte hatte sie angezogen.

Es war zwei Minuten vor elf. Das Murmeln der Journalisten verstummte, die Menge teilte sich. Er kam wie so oft zu früh. Zuerst erschienen zwei Bodyguards, dahinter Lamenteaus drei Physiotherapeuten, sein Ernährungsberater und sein Trainer, und schließlich glitt Frédéric in der Mitte herein. Er trug einen weißen, eng geschnittenen Anzug mit weißer Lederkrawatte zum fliederfarbenen Hemd, dazu weiße Slipper. Schon klar, es war eine Provokation.

Als er Liv erblickte, löste er sich aus seiner Entourage und kam mit angedeutetem Hüftschwung auf sie zu. In seinem Blick lag Spott, aber auch Vertrautheit. Sie erinnerte sich daran, was sie einmal an ihm fasziniert hatte, seine fokussierte Kraft und Zielstrebigkeit, die Abwesenheit von Zweifeln. Sie wusste inzwischen, dass es sich dabei um sein Desinteresse handelte, sich mit etwas länger als nötig zu beschäftigen, was auch immer es war. Sobald es emotional wurde, hatte er sich stets ausgeklinkt. »Unziemliche Argumentation« nannte er das, ein Schimpfwort. Seine eigene Haltung bezeichnete er als Professionalität. Irgendwann hatte Liv entschieden, dass es Kindlichkeit war.

Er wird mich doch vor der versammelten Weltpresse nicht etwa in den Arm nehmen wollen, dachte sie, als Frédéric mit ausgestreckten Händen auf sie zukam. Lasse ich das zu? Er umarmte sie, und sie ließ es zu. Er küsste sie drei Mal auf die Wange, gefährlich nahe neben den Mund. »Chérie«, flüsterte er ihr ins Ohr. »Da bist du ja.« Sein Eau de Toilette war von Chanel, unverändert. Die Glätte seiner Wangen auf ihren Wangen. Er war größer als Toto. Bei aller Eleganz ein Berg von Mann. Wie breit seine Schultern waren, wie klein sie sich fühlte in seiner Umarmung, aus der sie sich jetzt wand.

»Willkommen in London«, sagte sie, als er sie losgelassen hatte.

»Es ist mir ein Vergnügen, Chérie«, sagte er. Toto war noch immer nicht zu sehen. Lamenteau zwinkerte, beugte sich nach vorne und schob seinen Mund wieder in die Nähe ihres Ohrs. »Du siehst verdammt gut aus, Chérie«, flüsterte er.

Sie beugte sich zu ihm, sprach aber laut. »Und du siehst unfassbar schwul aus.«

»Immer noch so gut im Return?«

»Je besser der Gegner …«

»Aah, Liv.« Sie spürte seinen warmen Atem in ihrer Ohrmuschel. Sein Atem roch nach Menthol. »Ich bin so froh, dass es funktioniert hat.«

Sie trat einen Schritt zurück. »Erzähl keinen Bullshit.«

»Dass wir uns so wiedersehen. Dass du meine Einladung nicht ausgeschlagen hast.«

»Wenn ich wüsste, was du meinst, hätte ich sie ausgeschlagen.«

»Um dir zu sagen, dass ich dir … Ich verzeihe dir. Ich bin dir nicht mehr böse. Dieser Moment wiegt alles auf. Dir in die Augen zu sehen, wenn du es erfährst.«

Aus den Augenwinkeln nahm Liv wahr, wie die Menschen um sie herum sie anschauten. Sie lächelte und stellte sich auf die Zehenspitzen.

»Du bist immer noch ein Fantast«, sagte sie leise. »Ein unreifes Kind. Ich wünsche mir so, dass Toto dich besiegt. Es wäre ein Triumph.«

Sie strahlte ihn an, für die Kameras.

»Frag die Sherpas, ob sie sich das auch wünschen«, sagte er.

»Warum sollte ich?«

»Frag sie, warum sie dabei sind. Frag sie, wer sie bezahlt.«

»Was soll das, Frédéric?«

»Frag sie. Und sag mir …«, er senkte wieder die Stimme. »Ich sehe deinen Mann nirgendwo. Fickst du jetzt endlich Toto? Aber er ist nicht besser, als ich es war, oder?«

Frédéric strich ihr über die Wange, was sie in ihrer Sprachlosigkeit über sich ergehen ließ, ließ sie stehen und betrat die Bühne. Dort begrüßte er Lagerberg mit ausgebreiteten Armen.

Liv stand da wie betäubt. Ihr war kalt.

»Können wir anfangen?«, fragte Lamenteau ins Mikrofon.

Unruhiges Lachen unter den Journalisten. Man setzte sich, rückte die Stühle zurecht, zückte Stifte, tippte in den Laptop auf den Knien. Lagerberg, mit seinen grauen Haaren und seinem markanten Kinn, sah auf die Uhr, schaute fragend herüber zu Liv. Sie deutete auf ihr Handy, keine Antwort von Toto. Gerade als sie dachte, Lagerberg würde wirklich die Konferenz eröffnen, betrat Frankie würdevoll den Saal. Er trug seinen All-Blacks-Sweater und hatte die Ärmel zurückgeschoben. Hinter ihm ging Toto, betont gerade, Wettkampfblick, dunkelblaues Poloshirt zur verwaschenen Jeans. Im Vorbeigehen schlug er Frankie von hinten auf den Rücken, berührte Liv leicht an der Schulter und betrat die Bühne. Er wirkte viel kleiner als Lamenteau, aber drahtig. Liv sah die Journalisten tuscheln, anerkennende Blicke tauschen.

Lamenteau stand auf. Die Rivalen sahen sich an. Einen Tick zu lang für eine kameradschaftliche Begrüßung. Der Handschlag für die Fans. Beide wussten, wie man siegesgewiss lächelte. Ein Fotograf forderte sie auf, Auge in Auge zusammenzustehen, wie Boxer dies tun, aber Toto winkte ab.

Lagerberg begrüßte die Anwesenden jovial und schloss mit den Worten: »Heute Morgen war ich mir noch nicht sicher, ob die Sportwelt wirklich auf dieses Match gewartet hat, aber seit soeben weiß ich: Wenigstens ich freue mich sehr darauf.«

Toto musterte die Menge und sah dann zu Liv. Sie war beruhigt. Er blinzelte nicht, verharrte nicht, schien sie kaum zu erkennen. Er war im Wettkampfmodus, total fokussiert. Das Wichtigste war, dass er bei sich war, sich an ihre Linie hielt. Und er durfte nicht bemerken, dass sie selbst taumelte.

Lagerberg skizzierte die Eckpunkte des Deals:

Das Match findet in Deutschland in der Schalke-Arena statt.
Es wird auf Sand gespielt.
Es wird auf drei Gewinnsätze gespielt, Tie-Break im fünften Satz. (Falls es dazu kommt.)
Das Preisgeld beträgt zehn Millionen Dollar. Genau wie beim legendären Boxkampf Ali gegen Foreman!
All or nothing.

Der letzte Punkt sorgte auch unter den erfahrenen Reportern für ein Raunen. Das Match werde am 4. Dezember stattfinden, erklärte Lagerberg, nach dem großen ATP-Saisonfinale, das Lamenteau wohl bis zum Ende beehren werde, »und Toto, wo wirst du davor sein?«

»Skifahren«, sagte Toto. »Kitzbühel. Oder St. Moritz. Ich erwarte einen frühen Wintereinbruch.«

Er erntete Heiterkeit.

»Ihre Fragen, bitte«, sagte Lagerberg.

Dutzende Finger schossen in die Höhe. Liv versuchte sich nicht darauf zu konzentrieren, wie Lagerberg moderierte, wer etwas fragte oder in welcher Sprache, nur darauf, was er fragte. Und was die beiden antworteten. Sie versuchte ihren Job zu machen.

Mr. Lamenteau, Sie haben inklusive der US Open dieses Jahr sechzehn Millionen Dollar an Preisgeld verdient. An Werbeeinnahmen kommen dazu noch einmal geschätzte dreißig Millionen.

»Ich kenne Sie. Sie sind vom Schweizer Finanzamt, oder?«

Vereinzeltes Gelächter.

Warum reizt es Sie, für Geld Ihren Ruf aufs Spiel zu setzen?

»Zunächst einmal finde ich geschätzte fünf Millionen Dollar keinen allzu schlechten Stundenlohn, oder? Und ich freue mich auf die Kulisse. Das wird für alle ein Spektakel. Meinen Glückwunsch an Toto Berger und sein Team für diese extraordinäre Idee.«

Mr. Berger, Sie sind damals über Nacht zurückgetreten. Viele haben das nicht verstanden. Für Ihre Fans war es ein Schock.

»Für mich war es auch ein Schock.«

Bereuen Sie heute diesen Schritt?

»Ich meinte damit, dass ich vorher auch nicht wusste, wie die Leute reagieren würden. Was für eine Kritik da losbrechen würde. Welche Gerüchte entstehen würden, wie mir nachgestellt wurde. Sie wissen ja sicher noch, was damals los war. Viele von euch haben mich gejagt.«

Weil viele es nicht verstanden haben.

»Ich schon. Das hat mir genügt.«

Sind Sie deswegen untergetaucht?

»Ich war der offenbar unpopulären Meinung, dass ich zunächst einmal mir gehöre.«

Es folgten ein paar Fragen an Lamenteau. Der antwortete mit Geplauder, verzichtete auf jede Schärfe.

Warum nur?, fragte sich Liv.

Toto, was haben Sie noch drauf?

»Oh, ich kann schon noch den Schläger halten.«

Wie oft haben Sie in den letzten drei Jahren auf höchstem Niveau gespielt?

»Das wissen Sie doch. Exakt null Mal.«

Wie würden Sie derzeit Ihren Fitnessstand beschreiben?

»Na ja, mein Kampfgewicht lag früher bei 83 Kilo. In die Vorbereitung bin ich mit 92 Kilo gegangen. Jetzt, nach acht Wochen Training, bin ich bei 86. Ich trainiere hart. Knüppelhart. So hart, dass ich manchmal denke, Jungs wie Frédéric wären vielleicht gar nicht erst hochgekommen, hätte ich nur früher so gearbeitet.«

Auch er erntete ein wenig Gelächter.

Das würde ihm guttun, dachte Liv. Keiner sieht, was in ihm vorgeht. Die beiden hatten bis in die Nacht diskutiert. Nur über diesen Auftritt. Über seine Sorge, Blößen zu zeigen. Es war wie früher gewesen. Hin- und hergelaufen war er, wie ein Panther. Sie hatte überlegt, ob sie ansprechen sollte, was sie gesehen hatte, es dann aber gelassen. Schließlich war sie auf dem Sofa eingeschlafen, und als sie aufwachte, sah sie ihn am Fenster stehen, wie er in die Morgendämmerung hinausstarrte.

Aber er hatte sich bis jetzt gut geschlagen. Bis ins Mark ein Profi, immer noch.

Mr. Lamenteau, stimmt es, dass Sie gerade erst in Los Angeles ein paar Bälle mit Mr. Berger geschlagen haben?

»Na ja. Das war mehr Federball, wenn wir ehrlich sind.«

Was erwarten Sie sich vom Spiel?

»Ich werde Ohropax mitnehmen, das ist sicher.«

Sie sind derzeit der Zehn-zu-eins-Favorit. Fürchten Sie nicht, überrascht zu werden?

»Um eins deutlich zu sagen: Toto Berger war ein ausgezeichneter Tennisspieler. Ich hatte große Hochachtung vor seinem variantenreichen Spiel. Was er jetzt noch leisten kann, werden wir sehen. Unterschätzen werde ich ihn bestimmt nicht, oder?«

»Oder was?«, fragte Toto.

»Oder ich muss ein wenig schwitzen.«

Mr. Lamenteau, nehmen wir einmal an, Mr. Berger kommt wirklich fit zurück, spielt sein bestes Tennis, so wie früher. Glauben Sie, er kann Sie schlagen?

»Im Sport weißt du nie, was passiert.«

Er kann Sie also schlagen?

»Natürlich nicht.«

Mr. Berger, was sagen Sie dazu?

»Ich habe Fred schon immer um seinen Mangel an Selbstzweifeln beneidet.«

Glauben Sie denn, dass Sie eine Chance haben?

»Säße ich sonst hier? Ich kann, trotz meines biblischen Alters, sicher zwei von zehn Sätzen gegen ihn gewinnen. Ich kann sogar drei oder vier gewinnen. Die Frage ist allerdings, ob es zum richtigen Zeitpunkt geschieht. Daran arbeite ich.«

Toto, worin bestand früher das Geheimnis Ihres Spiels, was meinen Sie?

»Geheimnis? Es gab kein Geheimnis.«

»Dafür warst du aber ziemlich erfolgreich«, sagte Lamenteau.

Toto sprach weiter. »Was ich meine, ist: Mein Spiel war durchsichtig. Jeder konnte es durchschauen. Man musste nur sehr genau hinschauen, das gebe ich zu.«

Frédéric, als Sie als junger Spieler ganz neu waren auf der Tour, sagten Sie einmal, es treibe Sie vor allem eins an: Toto Berger zu schlagen. Weil er so kreativ spiele.

»Das tat er auch. Das muss man ihm lassen. Kann man sich heute kaum noch vorstellen.« Lamenteau schmunzelte. »Oder?«

Wie haben Sie einst Ihr Spiel bezeichnet, Toto?

»Ich benutze gern das Wort Fantasie.«

Ihre langjährige frühere Agentin Liv Hansen, die selbst Tennisprofi war …

»Sie ist auch jetzt wieder meine Agentin. Liv hat mit neunzehn die US Open gewonnen und danach ihre Karriere beendet. Ich bin froh, sie wieder in meinem Team zu haben.«

Mehrere Köpfe wandten sich in ihre Richtung. Liv nickte unmerklich. Äußerlich unbewegt. Innerlich aufgewühlt.

Diese Liv Hansen hat einmal gesagt, sie versteht nicht, wie man gegen Toto Berger verlieren kann.

Lamenteau lachte mit den anderen.

»Liv Hansen gehört zu den wenigen, die mich schon damals durchschaut haben. Ich habe es auch nie verstanden.«

Mr. Berger, Frédéric ist derzeit unbezwingbar. Woran liegt das?

»Das liegt daran, dass er wirklich unschlagbar ist. Das sagt zumindest mein Analyst. Die Zahlen und Statistiken belegen eindeutig: Dieser Mann ist nicht zu knacken. Aber Peter Hanebiehl hat erste Löcher entdeckt.«

Löcher?

»Na ja, wissen Sie, wir suchen Löcher in der Deckung. Kleinigkeiten. Selbst Fred hat diese Löcher. Davon weiß er zum Glück nichts. Manche sind ganz schön groß, wenn man sie mal entdeckt hat. Kaum zu fassen, wie groß sie sind. Man kann, wenn man will, sogar hindurchgehen und sich die ganze Angelegenheit von hinten betrachten.«

Mr. Lamenteau, wovon spricht er?

»Das würde mich auch interessieren.«

Welche Rolle wird es spielen, dass Sie in Deutschland antreten?

»Tennisfans sind fair, überall auf der Welt.«

Mr. Berger, ja?

»Oh, ich möchte den Leuten da draußen gern etwas zurufen: Macht daraus alles, aber kein Tennisspiel.« Toto breitete die Arme aus. »Ich will Leben in der Bude. Ich will Leute, die jubeln, und Leute, die pfeifen. Es ist immerhin auch das Abschiedsspiel, das ich nie hatte.«

Toto, du bist nach allem, was zu lesen war, finanziell angeschlagen. Was ist, wenn du verlierst?

»Dann besitze ich keine zehn Millionen Dollar abzüglich der nicht bezahlten Provisionen für mein Team und abzüglich der nicht zu zahlenden Steuern.«

Spielen Sie tatsächlich um alles oder nichts?

»So könnt ihr es gern schreiben. Aber ich sehe es so: Ich spiele um alles. Das Nichts habe ich längst.«

Liv hatte sich wieder beruhigt. Sie achtete darauf, aufrecht zu stehen. Toto stahl Lamenteau wie erhofft die Schau. Er forderte Lamenteau heraus. Ihre Linie.

Noch während der Pressekonferenz reagierten auf Twitter viele Menschen verblüfft, dass er sich wirklich zutraute, das Duell zu gewinnen. Viele Kommentatoren rieten Toto zur Demut. Manche staunten über seine Angriffslust. Noch mehr schrieben, dass dieser Termin im Dezember wider Erwarten doch recht interessant zu werden versprach. Die Quote sackte von zehn zu eins auf sechs zu eins. Wer sich so aufführte wie Toto Berger, der würde es auch durchziehen.

Auf dem Weg zum Flughafen saßen die beiden nebeneinander, sie sprachen nicht viel. Frankie war schon los, zu seiner Familie geflogen, Heimaturlaub. Toto war bleich, ermattet. In Liv herrschte Aufruhr.

Sie konnte Toto den Vorfall nicht erzählen, das war ausgemachte Sache, aber es ihm nicht zu sagen, brachte sie fast um.

Die beiden hatten einen Leihwagen genommen, weil sie davon gesprochen hatten, noch ein wenig durch die Stadt zu fahren. Alte Wege. Das kleine vegetarische Café in Chelsea, Nähe Fulham Road, mit diesem überirdischen Käsekuchen und dem Rote-Bete-Carpaccio. Jetzt kam ihnen die Idee absurd vor. Sie wollten nur noch nach Hause. Sie waren noch in der Stadt, als Toto seine linke Hand vom Lenkrad nahm, ihre rechte ergriff und ohne sie anzusehen sagte: »Er hat dich beleidigt, nicht wahr? Er hat dir irgendwas gesagt, das dich umgehauen hat.«

Sie räusperte sich und schaute nach draußen. »Toto, wir müssen über deine Schlafprobleme reden. Wir müssen über all das reden, was da gerade bei dir hochkommt, damit wir es kontrollieren können.«

Seine Finger umklammerten das Lenkrad, bis die Knöchel weiß wurden.

13

Kurz vor Heathrow schlief Liv auf dem Beifahrersitz ein. Er hatte Johnny Cash eingelegt.

We'll meet again
Don't know where
Don't know when.

Komisch, sein Abschied aus dem Haifischhaus kam ihm in den Sinn. Nils' linkisches Winken. Erdmanns kräftiger Händedruck. Dagmars kühle Hand auf seiner Wange, eine Geste, die ihn an seine Mutter erinnert hatte. Letztere hatte er nun schon seit Tagen nicht gesprochen. Ein paar Mal hatte er den Anruf auch vergessen. Das lag am Training. Hartes Training macht mürbe.

Livs Haare lagen wie zum Kissen verknäult unter ihrem Kopf, der Kopf war nach rechts geneigt. Ihr Hals lag frei, und die dünnen Träger des Kleids waren etwas zur Seite gerutscht. Sie sah hinreißend aus. Er hätte sie zu gerne geküsst, aber während der Fahrt würde das kaum gehen. Also fuhr er weiter, so langsam es ging, auf dem Motorway, den Hals betrachtend, die helle, glatte Haut, unter der sich die Adern abzeichneten. Ein kleines Muttermal hob sich da ab, wo das Schlüsselbein eine Mulde in der Schulter bildete.

Ein Blick in den Rückspiegel. Kein Auto in Sicht, das sie überholen wollte. Er würde das Steuer loslassen müssen. Sein Mietwagen, ein Rover, zog etwas nach links.

Als er in eine lange Gerade bog, löste er den Gurt, beugte sich zu ihr hinüber, nahm eine Hand vom Lenkrad und drückte ihr vorsichtig einen Kuss auf den Hals. Wie weich sie war. Ihre Wärme auf seinen Lippen. Sie legte die Innenseite der linken Hand auf die Stelle, die seine Lippen berührt hatten, schlief aber weiter. Er lächelte, beschleunigte und setzte die Sonnenbrille auf. Weit konnte es nicht mehr sein.

All das hatte nicht länger als eine Sekunde gedauert, aber manchmal liegt in einer Sekunde das ganze Universum.

14

Totos Handy klingelte, als er sich in dem Airbus gerade anschnallte. Die Stewardess, die nur zwei Meter entfernt saß, machte ein eindeutiges Zeichen.

Toto sah Mosers Nummer auf dem Display.

»Excuse me, Sir«, sagte die Stewardess, »please.«

Moser wusste doch, dass sie um diese Zeit starten würden.

Liv schaute Toto fragend an.

Das Klingeln hörte auf.

Die Stewardess nickte ihm zu.

Nach ein paar Sekunden blinkte das Handy. Die Voicemail.

Die Maschine nahm Schub auf.

Toto hob das Handy zum Ohr.

»Please, Mr. Berger, Sir!«, rief die Stewardess.

»Toto«, vernahm er Mosers Stimme, die fremd klang.

Er hörte die Nachricht ab, unter bösen Blicken. Er ließ die Hand sinken, das Smartphone fiel heraus, glitt zu Boden.

Sie hoben ab.

»Was ist?«, fragte Liv und griff seine Hand. »Was ist, Toto?«

SECHS

1

Der Tod war nichts, das ihn noch schockierte. Ihm war vertraut, was er für die Hinterbliebenen mit sich brachte. Die Dunkelheit, die sich erst nach und nach auflösen würde, unplanbar und undankbar. Zurück blieben Risse im Gefüge, und durch diese Risse würde etwas entströmen. Die Selbstverständlichkeit, am Leben zu sein, das Vertrauen, dass alles gut wird.

Er rief Bettie an, die nach ihrer Scheidung weiter in Hamburg lebte und versuchte, ihr altes Leben aufrechtzuerhalten. Nun, da er mit ihr sprach, hatte ihre tiefe Stimme wieder diese besänftigende Wirkung auf ihn. Daran erinnerte er sich, wann immer er sich fragte, was sie einmal miteinander verbunden hatte. Ja, sie werde zur Beerdigung kommen. Und sie bedankte sich für den Anruf.

»Du fehlst mir«, sagte sie, »manchmal.«

»Du bist schon verrückt. Erst zerrst du mich vor Gericht und ziehst mir die Hosen aus, und jetzt sagst du mir so was.«

»Manche Dinge ändern sich nie«, sagte sie. »Du bist ein Riesenrindviech und ein Egomane, und trotzdem fehlst du mir manchmal, weil du halt bist, wie du bist.«

O mein Gott, wie froh war er, dieser Frau entronnen zu sein, ihrer ständigen Bewertung.

»Hast du gerade jemanden?«, fragte sie.

»Bettie, lass gut sein.«

»Sind sie alle wieder da?«

»Wer?«

»Deine Sherpas.«

»Ja.«

»Liv Hansen auch?«

»Ja.«

»Sie tut dir gut, oder?«

»Ich glaube schon.«

»Lüg mich nicht an, Toto.«

Für einen Moment verspürte er den Impuls, das Handy über die Brüstung der Terrasse hinunter ins Meer zu werfen, dann besann er sich eines Besseren. Sein Schweigen deutete sie immerhin richtig.

»Ciao, Toto. Wir sehen uns.«

2

Die Kirche von Steinhagen mit ihrer vergoldeten Wetterfahne war ein schmuckloser, weiß getünchter Backsteinbau. Ihr Dach war mit dunklem Schilfrohr gedeckt, sodass sie aussah, als stünde sie schon immer hier, dabei war sie erst vor ein paar Jahren fertiggestellt worden, nachdem die alte Kirche niedergebrannt war. Das Holz der Bänke war weiß gestrichen, von der Decke hingen Modelle von Segelschiffen. Für Liv Hansen war es ein gewohnter Anblick. Die Kirche hätte auch auf einer der Inseln im südfünischen Inselmeer stehen können, eine dieser Kirchen, an die sich die Grabreihen schmiegen wie aus Sorge um eine Sintflut. Es gab Menschen, das wusste sie, die in Kirchen aufatmen konnten. Zu diesen Menschen gehörte sie nicht.

Sie sah Bernd ins Innere wanken, gestützt von seinen beiden Söhnen. In ihr wuchs das Gefühl, diese Trauerfeier nicht bewältigen zu können, doch als sie kurz davor war zu glauben, davonrennen zu müssen, dachte sie an Dagmar, und das gab ihr etwas Frieden. Sie stellte sich neben den Eingang, mehr aus Pflichtgefühl, als dass es etwas zu regeln gab. Die verbliebenen Sherpas erschienen gemeinsam, pünktlich. Sie nickten ihr zu, schmale Lippen. Keiner sprach ein Wort.

Der dicke Moser hatte den Kopf zwischen die Schultern geschoben. Daneben Hanebiehl. Diese Augen. Liv hatte vom *Thousand Yard Stare* gelesen, wie Amerikaner das Starren von Irak-Veteranen in die Unschärfe hinein nannten. So schaute Hanebiehl, fand sie. Er hatte einen Ausdruck, der ihr gläsern erschien, als könnte man durch ihn hindurchsehen, ohne auf Widerstand oder eine Seele zu stoßen. Dass so einer Analytiker war, einer, der das Verhalten und Denkmuster anderer durchdrang, ohne selbst erkennbar ein Leben zu haben.

Zum Glück kam in diesem Augenblick Frankie mit seinem schwankenden Schritt. Als er Liv erkannte, steuerte er direkt in ihre Richtung. Er hielt eine rote Rose umklammert, die in seinen großen Händen klein aussah. An seiner Seite schritt eine schmale, hochgewachsene Frau. Ihr Gang war schwungvoll und elegant, ein Gang für den Laufsteg.

»Bettie«, sagte Liv. Sie legte Wärme in ihre Stimme und streckte beide Hände aus. »Tut mir leid, dass wir uns unter diesen Umständen wiedersehen.«

Bettie gab Liv einen Kuss auf jede Wange. Als sie Betties Haut berührte, spürte Liv, wie kräftig ihre eigenen Hände waren, wie gehärtet ihre eigene Haut.

»Toto hat mir erzählt, dass Sie wieder dabei sind«, sagte Bettie gedämpft. »Ich freue mich für ihn. Es ist ihm sehr wichtig. Wir reden später, ja?«

Liv wusste, dass es dazu niemals kommen würde, und sie fragte sich kurz, ob dies ein Fehler war.

Minuten bevor die Zeremonie begann, gab es kaum mehr einen freien Platz in der Kirche. Erdmann saß vor Liv. Seine Söhne flankierten ihn, beide einen Kopf größer als ihr Vater, mit langen Haaren, die sie zum Zopf zusammengebunden hatten. Liv hätte nicht sagen können, wer von beiden den Surfladen auf Sylt betrieb und wer der Kunsthändler aus Düsseldorf war. Neben den Ehefrauen der beiden saß Dagmars Bruder Kilian, der Arzt, den sie im Haifischhaus ein paarmal gesehen hatte, zusammen mit einer Frau, die sich fortwährend die Nase putzte, und zwei halbwüchsigen Kindern. Er schaute sich suchend um, blickte Liv dann stirnrunzelnd an, setzte sich.

Frankie hatte Smilla auf dem Schoß, die sich mit großen Augen umsah. Liv blickte auf die Uhr. Toto hatte zusammen mit Nils und Nehoda fahren wollen. Ihm graute vor diesem Tag, hatte er ihr anvertraut. Keine Minute bevor das Orgelspiel begann, schritten Vater und Sohn im Gleichschritt den Mittelgang hinunter. Man hörte

Menschen murmeln, die Toto erkannten. Nehoda blieb hinten am Eingang, wahrscheinlich, um ab und zu draußen eine rauchen zu können. Nils machte sich klein, als er Livs Reihe erreicht hatte. Er zwängte sich an ihr vorbei und nahm Platz. Toto rutschte neben sie. »Scheiß Alfa«, zischte er. Er nickte Bettie zu und auch den Sherpas und setzte sich dann auf seine Hände.

Liv sah, dass ihm die Krawatte zu kurz geraten war. Seinen Geruch, wenn er angespannt war, kannte sie gut. Sie knuffte ihn in die Seite, deutete auf Erdmann, der vor ihnen saß. Toto hielt inne, ehe er sich nach vorne beugte und seinen Trainer an die Schulter fasste. Erdmann zuckte zusammen, wandte halb den Kopf, realisierte, dass es Toto war. Sie wechselten ein paar Worte und drückten die Köpfe aneinander, sekundenlang, die Augen geschlossen.

Der Sarg war aus glänzendem Eichenholz. Davor lagen Kränze über Kränze. Trauerfeiern nahmen Liv die Luft. Alles zu organisieren, die Todesanzeigen zu verschicken, die Zeremonie mit den Söhnen durchzusprechen, war nicht das Problem gewesen. Hier zu sitzen, war ein Problem. Nicht schreien zu dürfen, war ein Problem. Das weiße Schweißband am Handgelenk war ein Problem. Sie hatte es Kristian zum zwölften Geburtstag geschenkt, von ihrem eigenen Geld.

Der Pfarrer sprach über Dagmar, jene Frau, die stets im Hintergrund gewirkt hatte. Die Menschen sangen. Bald sprach einer der Söhne von der Tapferkeit seiner Mutter und dem Vorbild, das sie gewesen war, und wie sehr sie ihnen fehle. Es war still nach dieser Rede.

In Toto arbeitete es, sie spürte es, aber Liv wusste nicht recht, was es bedeutete. Er konnte kaum ruhig sitzen. Sie sah ihn von der Seite an. Sein Blick ging zu Boden.

Nach dem nächsten Lied stand er plötzlich mit einem Ruck auf und trat nach vorne. Er sagte etwas zu dem Pfarrer, der ihm mit einer Geste bedeutete, dass er sprechen dürfe.

Zuerst schien er nicht zu wissen, wohin mit den Händen. Schließlich verschränkte er sie hinter seinem Rücken, wie ein Fußballspieler bei der Hymne. Er sprach frei. Die Oberschenkel im schwarzen Anzug bebten.

»Wisst ihr, wissen Sie«, begann er, »ich war mir nicht sicher, ob ich hier reden soll. Aber ich tue es jetzt. Ich tue es für Bernd, der hier sitzt und den ich liebe. Und ich tue es für Dagmar.«

Man hörte ein Schniefen hier, ein Husten da. Schuhe scharrten über den Steinboden.

»Liebe Dagmar«, fuhr er fort, »ich war siebzehn, glaube ich, als ich es nicht mehr ausgehalten habe im Training. Es war im Mai, weißt du noch? Der Raps hat geblüht an der Küste, überall. Du hattest Heuschnupfen und hast geflucht, auf deine ganz eigene Art, sehr freundlich. Bernd wartete schon auf mich in Hamburg, wo ich mich auf das Turnier vorbereiten sollte. Stattdessen saß ich bei dir in Flensburg und hab mich ausgeheult. Und du bist aufgestanden, hast mich in den Arm genommen und gesagt: ›Und mir schwärmt er jeden Abend am Telefon von dir vor.‹ Ich wusste, es war eine Lüge. Und ich wusste, es war wahr. Bernd hat mich überall suchen lassen, aber er kam nicht auf die Idee, dass ich bei dir in Flensburg übernachten könnte. Wir sprachen bis spät in die Nacht. Am nächsten Morgen hast du mich in meinem Wagen nach Hamburg gefahren und am Eingang abgeliefert. Bernd stand schon auf dem Platz. Er hat mich nie gefragt, wo ich damals war, und ich glaube, er hat es bis eben auch nicht gewusst.«

Toto holte einmal tief Luft und schaute auf. Erst jetzt schien er die vielen Menschen in der Kirche wahrzunehmen. Er blinzelte.

»Liebe Dagmar, ich bin mit deinem Mann viele Jahre durch die Welt gezogen, und oft genug warst du nicht dabei. Du wolltest es so, der Jungs wegen, die längst Männer sind. Torben und Sven. Es war gut so, wenn ich sie heute sehe. Aber damals ist es mir oft vorgekommen, als wären wir nicht komplett, wenn du nicht dabei warst. Heute wünschte ich, ich hätte mich damals gefragt, warum.«

Toto sah Erdmann an, der reglos dasaß.

»Als ich zurückgetreten bin, Dagmar, bist du nach London geflogen. Du hast gewusst, Bernd braucht dich. Und vielleicht hast du geahnt, ich brauche dich auch. Du hast nur gesagt: ›Lass jetzt los, Junge.‹ Liebe Dagmar, leider ist es zu spät, um es dir selbst zu sagen. Euch jedoch möchte ich es sagen.«

Seine Stimme brach. Er räusperte sich.

»Es mag etwas seltsam klingen, aber vielleicht wisst ihr, was ich meine. Wann immer du da warst, hast du uns gezeigt, was es heißt, ein Mensch zu sein, auch wenn die Dinge gerade schwer sind. Man muss nur einen Schritt zurücktreten, und schon sieht man die Welt aus deinen Augen. Wir vermissen dich, Dagmar. Gute Reise.«

Vor ihr hörte Liv, wie Bernd einen tiefen Seufzer ausstieß und in diesem Seufzer zwei Mal Luft zu holen versuchte. Toto ging wie unter Hypnose zurück an seinen Platz und setzte sich, ohne sich umzublicken, wieder auf seine Hände.

Nie zuvor hatte Liv ihn so gesehen. Seine Augen waren von Falten umfriedet, die Kerben um seinen Mund waren wie eingebrannt. Die Schultern hingen nach vorn, aus dem Körper war jede Spannung gewichen. Neben ihr saß nicht mehr der Mann, der noch vor ein paar Tagen in London perfekt seine Rolle gespielt hatte.

Sie berührte ihn an der Seite. Er reagierte nicht. Ihre rechte Hand schob sich unter seinen Schenkel und zog seine linke Hand hervor. Nach ein paar Sekunden erwiderte er den Druck.

SIEBEN

1

Das Haifischhaus und seine Ohren. Die provozierende Enge. Die Beklemmung, die der Tod mit sich bringt. Aus Erdmanns Augen war jeder Glanz gewichen. Seine Haut schien fahl unter der Bräune. Seine Söhne blieben mit ihren Familien noch für ein paar Tage. Toto setzte sein Training unbeirrt fort wie geplant, jeden Tag ein straffes Programm. Erdmann verpasste keine Einheit, setzte sich an den Rand des Platzes, sprach aber kein Wort. Er schaute in eine Ferne, deren Horizont nur er erkennen konnte.

Liv war geblieben. Als wäre das kein Thema. Aber jedes zu vertraute Wort, jedes zu lange Gespräch schien Toto ein Risiko. Als würden die anderen lauschen, beobachten, tuscheln. Als hätten sie eine Ahnung. Zumindest Frankie, der sie so gut kannte. Aber auch Nils, der feinnerviger schien als der Rest der Bande. Vermutlich bildete es sich Toto nur ein.

With the lights out
It's less dangerous
Diddeldiddeldi
Dangdang

Am dritten Abend stahlen sie sich davon zu einem längeren Gesprächstermin mit *L'Équipe,* den Liv schlicht erfunden hatte, nachdem Toto darum gebeten hatte, sie einmal in Ruhe sprechen zu können. Fernab der dünnen Wände des Haifischhauses, fernab der allzeit besorgten Blicke der anderen Sherpas.

Es war unwürdig für erwachsene Menschen, so heimlich zu tun wie Teenager. Aber in gewisser Weise war es auch aufregend.

Der Worst Case wäre natürlich nicht zielführend. Der Worst Case sprengte die Gruppe. Weil sie eine der Regeln der Sherpas missachteten: *Don't fuck, don't even kiss in our company.*

In Wahrheit aber dachte er nur an den Best Case.

Erstaunlich.

Er wartete auf sie neben dem Alfa. Frankie hatte die Zündkerzen ausgetauscht. Als sie auftauchte, verschlug es ihm kurz die Sprache. Sie trug so hohe Absätze, dass sie damit etwas größer war als er, hatte die Haare zu einem Zopf gebunden, der seitlich an ihrem Hals hinunterführte und direkt auf der linken Brust endete, und trug ein tailliertes, halblanges Kleid.

»Bereit«, sagte sie und hauchte ihm einen Kuss auf die Wange.

Er hielt ihr die Tür auf. Vielleicht würde sich Liv treiben lassen, würden sie diesen Abend nutzen, um den Magnetismus besser kennenzulernen, der sie verband. Sie sprachen zunächst über Dagmar, über das, was sie gewollt hätte. Und dann sprachen sie über sich. Toto hatte sich davor gefürchtet. Aber Liv zwang das Gespräch in ihre Richtung.

In Flensburg unterzutauchen, ging gut, dieser Grenzstadt, die in Deutschland keiner so recht wahrnahm, die aber für die Dänen schon sehr deutsch war.

»Das Problem ist«, begann Liv, als sie an der u-förmigen Theke einer abseits gelegenen Hafenkneipe saßen, »wir würden nicht zusammenpassen. Das ginge gar nicht, du und ich.«

Sie hatte die verräucherte Kneipe angesteuert, nachdem sie bei einem Italiener gegessen hatten. »Hier kennt uns keiner«, hatte sie gesagt, »es ist ein Ort, der einen auf andere Gedanken bringt.« Liv wollte ein Bier und ein Wasser, Toto verzichtete aufs Wasser.

»Warum sollen wir nicht zusammenpassen?«, fragte er leise.

Er wusste nicht, warum sie so etwas sagte. Vielleicht tat sie es, weil sie wirklich so empfand, weil es ein Spiel war, dessen Verlauf sie mal genoss, mal fürchtete.

»Ich bin nicht gut im Alltag«, kam endlich ihre Antwort. »Als Partnerin. Als Mutter einer entzückenden Tochter.«

»Uuuuh«, machte er. »Shocking. Ich kann Alltag hervorragend.«

»Der Mann an meiner Seite muss mich ertragen. Das wünsche ich mir. Nicht umgekehrt.«

Toto hatte das Bild vor Augen, wie Sebastian kürzlich Liv und Smilla bei einem kurzen Besuch vorm Haifischhaus abgesetzt hatte, die drei, eine kleine, glücklich wirkende Familie. Sebastian war ihm sympathisch gewesen. Nicht unbedingt seine Art Mann. Zu wenig Erde an den Schuhen. Das Kinn duftend glatt rasiert, die Hände weich. Gewandter in seinen Manieren, eleganter in seiner Erscheinung. Er lachte anders und über andere Dinge, aber er schien ein guter Typ zu sein.

Ach, verdammt.

Sie tranken aus, bestellten noch ein Bier und tranken es, ohne viel zu reden. Das rötliche Licht der Bar lag auf Livs Haar als geheimnisvolles Leuchten.

Es war schon elf Uhr, als sie zahlten. Sie nahm den Schlüssel, der ihm heruntergefallen war. Er streckte seine Hand aus, eine Geste der Hilflosigkeit, eine letzte Einladung, so genau wusste er es nicht. Sie ergriff seine Hand, bevor sie sich dagegen wehren konnte.

Er schaute auf ihre Hände. »Willst du das wirklich?«, fragte er.

»Ich weiß nicht«, sagte sie.

Draußen ging sie voran und ein paar Schritte weiter in die nächste Kneipe, in der noch ein paar Nachtschwärmer saßen. Niemand beachtete sie. Liv holte zwei Bier, sie setzten sich an einen Tisch in einer Ecke. Durch das Fenster sah man hinaus auf den Parkplatz, dahinter spiegelten sich die Lichter des Hafens auf dem Wasser der Förde. In der Luft stand Rauch. Laute Musik. Udo Jürgens, »Griechischer Wein«. Sie setzten sich nebeneinander auf die Bank, nicht zu nah, darauf achtete Toto.

»Wir passen gar nicht zusammen«, sagte sie wieder. »Es wäre total verrückt. Wie lange bist du mit Bettie auseinander?«

»Wir sind seit neun Monaten geschieden.«

»Und als Paar?«

»Seit zwei, vielleicht drei Jahren.«

»Vielleicht?«

»Ich weiß nicht, wann man da zu zählen beginnt.«

»Ich frage mich, ob du …«

»Was?«

»Ob du es überhaupt in einer Beziehung aushältst.«

Er reagierte gereizt. »Warum sollte ich das nicht?«

»Weil du jemanden neben dir akzeptieren müsstest. Weil du jemandem vertrauen müsstest.«

»Ich vertraue euch. Ich vertraue dir.«

»Das ist was anderes. In einer Beziehung mit mir könntest du nicht mehr in die Schatten schlüpfen.«

Sie schaute aus dem Fenster, spielte mit den Fingern an ihrer Unterlippe.

Abrupt stand er auf, nahm sein Jackett und zahlte. Er trat hinaus, ohne sich umzudrehen. Die weißen Wolken seines Atems stiegen senkrecht empor. In den Taschen des Jacketts suchte er nach dem Schlüssel und fand keinen. Er wartete, dass sie hinterherkam. Sie kam nicht. Die Kälte schlich ihm langsam in die Glieder, er lief auf und ab. Er spürte den Alkohol. Er war ihn nicht mehr gewohnt. Das Gefühl gefiel ihm allerdings, die helle, innere Klarheit. Ein, zwei Minuten vergingen, bis sein Handy vibrierte.

Komm rein, du holst dir noch den Tod.

Nein, schrieb er zurück.

Ich erklär's dir.

Was?

Was ich eben meinte.

Er steckte das Handy weg und überlegte. Endlich drehte er sich um. Liv stand in der Tür und winkte ihn herein.

»Also, was kann ich nicht?«, fragte er, während er sein Jackett auszog.

»Eine Beziehung. Ich hab's damals ja live miterlebt. Du hast es nie gekonnt. Jemanden ertragen, der seine eigenen Wünsche hat, der dich einschränkt, der dich auch mal überflügelt. Jemanden, der dich so gut kennt, dass du ihm nichts vormachen kannst. Vor dem du nichts verbergen kannst.«

»Du hörst dich an wie ein Trainer. Ich will keinen Trainer zur Frau. Und einen Therapeuten auch nicht.«

»Ich rede von mir.«

»Von jemandem, der wankelmütig ist und meint, nicht zu mir zu passen.«

»Genau so jemandem«, sagte sie langsam.

Er würde es ihr leicht machen. Er würde sich zurückziehen, falls es das war, was sie erreichen wollte. Es war aussichtslos, es war dumm, es weiterzutreiben. Und es lenkte ihn ab von seinem großen Ziel, dem er alles unterordnen musste, wenn er eine Chance haben wollte und damit eine Zukunft.

Er nahm sein Bier und kratzte an dem Stanniolpapier herum, nahm einen Schluck. Es war das vierte oder fünfte Bier an diesem Abend. Vielleicht das sechste. Sie hatte auch mindestens fünf. Er hatte die Leinen losgeworfen, so fühlte es sich an. Wenn nur nicht alles so heillos kompliziert wäre. Dann würde er ihr sagen, was er von ihr wollte, was er von sich zu geben bereit war.

Diese Lieder, die in der Kneipe liefen. Rod Stewart. Gitte. Freddy Quinn. Furchtbar sentimental. Diese platte Sehnsucht, die sie besangen. Es löste in ihm etwas aus. Er wusste nicht, warum. Etwas schob sich zur Seite, befreite sich in ihm, und er spürte auf einmal, dass ihm diese Sehnsucht gar nicht so platt vorkam, sondern unschuldig und echt. Als wäre es seinerzeit noch möglich gewesen, so zu reden, so zu singen.

»Was hat Lamenteau in London zu dir gesagt?«

Sie zögerte, sagte dann: »Ob wir beide miteinander schlafen.«

Er stützte sein Kinn in die Hand und schaute hinaus. Als er eben draußen herumgelaufen war, hatte Liv gedacht, wie er als Gegner sein konnte auf dem Tennisplatz, entschlossen und durchtrieben, und wie behutsam er mit ihr war. Die Lichter der vorbeifahrenden Autos spiegelten sich auf seiner Haut, und in seinen Augen war die Reflexion des Wassers zu sehen. Etwas war mit ihm geschehen.

Sie hatte sich fest vorgenommen, an diesem Abend nicht die Bremse zu lösen. Sie war es Sebastian schuldig, der sie liebte, der ihre Tochter liebte, der ein guter Mann und ein guter Vater war. Und doch ging sie weiter. Schritt für Schritt. Sie sah Toto lautlos mitsingen – »I am sailing« –, und plötzlich kam ihr der Song nicht mehr wie ein Klischee vor, sondern wie etwas, das ihm gehörte.

Als sie sich nach vorne beugte, war er überrascht. Sie rückte etwas herüber und legte ihre Oberschenkel auf seinen rechten Oberschenkel, sodass ihr Rock hochrutschte. Sie trug eine schimmernde Strumpfhose, die sich unter seinen Fingern glatt anfühlte. Erneut nahm sie seine Hand und legte sie dann wieder weg.

»Wir müssen jetzt los«, sagte sie irgendwann. »Die Jungs von *L'Équipe* sind längst nach Hause. Du musst morgen Mittag trainieren. Und ich fahre.«

»Wir passen echt nicht zusammen«, sagte er lächelnd.

»Denk an den Skandal, wenn sie dich erwischen.«

»Ich denke nur an dich.«

»Lass das«, sagte sie und strich ihm über die Wange. Die Fahrt über die Dörfer verlief schweigend. Auch Liv hätte nicht mehr am Steuer sitzen dürfen. Sie ließ ihre Hand auf dem Schalthebel liegen. Totos linke Hand deckte sie zu, wärmte sie.

Es dauerte bis zur Einmündung zum Haifischhaus, ehe sie sagte: »Ich werd nicht schlau aus dir.«

Die Scheinwerfer erfassten die schmale Fahrbahn. Der Wald links und rechts des Weges war tiefschwarz, die Stämme schluckten das Licht.

Sie sah ihn an.

»Glaubst du, ich?«, sagte er.

Das Haifischhaus war hell erleuchtet, als sie in den Hof rollten. Frankie empfing sie im Flur, Smilla auf dem Arm. Beide tanzten zu »Kalinka«, das im Hintergrund lief. Frankie hob entschuldigend die freie Hand und rollte mit den Augen, als könnte er etwas dafür.

»Mama!«, rief Smilla, die Haare wie im Sturm zerzaust. »Mama, wo warst du?«

Liv ging auf sie zu, nahm ihre Tochter und drückte sie an sich. Sie gab Frankie einen Klaps auf die Schulter, flüsterte: »Danke!«, roch den kalten Rauch in ihren eigenen Kleidern und in ihren Haaren. Und sie spürte noch Totos Wärme auf ihrer Hand.

2

Mitte September spannte sich über den Trainingsplatz endlich die Traglufthalle. Bislang hatten sie Glück gehabt. Es war ein trockener, warmer Sommer gewesen. Toto, der die letzten Sommer bei Freunden in den Hamptons auf Long Island verbracht hatte, wo man auch als Prominenter ein unbehelligtes Leben führen konnte, war sich dennoch immer darüber im Klaren gewesen, dass die Tage des nordischen Dauerregens kommen würden. Die Halle war eine simple Zeltkonstruktion, finanziert von Nehoda, die ihren Zwecken genügte. Toto war es leid gewesen, auf Regenpausen warten zu müssen oder, wenn keine Hoffnung war, nach Kappeln auszuweichen. Nun, da sich die Dinge langsam zuspitzten, wollte er das Haifischhaus und dessen Umgebung so selten wie möglich verlassen. Es fühlte sich dort an, als hätte er sich vor der Welt verschanzt, als heckten sie etwas aus. Es fühlte sich an wie die harte Tour. Nichts anderes wollte er. Trotzdem hatte er Erdmann angeboten, das Quartier zu verlegen. Nach Kapstadt, Sydney, Mallorca oder sonst wohin, wo es warm war und Dagmar nicht so sehr fehlte. Kein Tee mehr, den Erdmann ihr abends kochen musste, keine Wärmflasche, die er ihr nachts, durch die Dunkelheit tapsend, bereitete. Kein Leberwurstbrot mehr, das sie sich morgens manchmal gewünscht hatte. Ihre Jacke hing noch an der Garderobe, ihre Hausschuhe standen im Flur, ihr Zimmer war so, wie sie es verlassen hatte. Liv hatte sich angeboten, sich gemeinsam mit den Schwiegertöchtern um die Hinterlassenschaften zu kümmern.

»Später«, hatte Erdmann geantwortet. »Dazu ist dann immer noch Zeit.«

Zu Toto sagte er: »Ihr lasst mich hier nicht allein.«

Danach verloren sie darüber kein weiteres Wort.

An den ersten kühleren Tagen probierten sie in der neuen Halle die Heizlüfter aus. Die Geräte machten viel Lärm, brachten das Zelt aber auf eine ordentliche Temperatur, und weil man hier geschützt vor dem Wind war, blieben alle nach einer Einheit gerne ein wenig länger auf dem Platz. Frankie schaffte einen weiteren Massagetisch herbei und bearbeitete Toto gleich an Ort und Stelle. Noch waren die Flutlichter nicht geliefert worden, die fast dieselbe Lichtstärke hatten wie die der Schalke-Arena. Noch war der blaue Sand nicht geliefert worden. Es war etwas duster in dem Zelt, und wenn es regnete, hörte es sich an, als klopften von draußen Äste auf den Stoff.

»D… ieses Z… Zelt«, sagte Frankie.

»Ja«, sagte Toto unter Frankies Händen, »wie auf einer …«

»Ex… Ex… Expedition.«

Als schließlich der Sturm losbrach, war Liv abgereist. Sie verbrachte mit ihrem Mann und Smilla eine Woche auf El Hierro. Ständig schaute Toto in diesen Tagen auf sein Handy. Ob sie anrief. Ob eine Nachricht eingetroffen war. Es kam keine.

Er dachte über Liv nach, wie man über ein schwieriges Rätsel nachdenkt. In seinen freien Stunden bewegte er sich ziellos durchs Haus, wie in der Hoffnung, sie um die Ecke biegen zu sehen. Manchmal spielte er Dame mit Nils, manchmal hatte Nils dazu aber keine Lust und schnappte sich die Playstation, die er sich vor einiger Zeit von seinem ersten Gehalt gekauft hatte. Toto kam sich in den freien Stunden vor wie ein streunender Hund.

Auch die körperlichen Schmerzen ließen jetzt nicht mehr nach. Wie früher versuchte er in sich hineinzuhorchen. Im Lauf der Jahre hatte er zu unterscheiden gelernt, welcher Schmerz ein Vorbote von etwas Größerem war. Und welchen Schmerz er wegtrainieren konnte. Letztere Art von Schmerz war für ihn leichte Beute.

Vor langer Zeit hatte er in Moskau bei zwei Grad minus ein Match gegen einen Russen gewonnen, als in der Riesenhalle die Heizung ausgefallen war und im fünften Satz die Bananen eingefroren waren.

Er hatte in Mexiko City im Davis-Cup bei fünfzig Grad mit Beinen wie Brei gegen einen Mexikaner und dessen zehntausend Landsleute gewonnen. Jetzt fror er, wenn der Wind um seinen Kopf herumstrich, und er wusste nicht, warum. Er ärgerte sich über sich selbst, denn er verstand nicht, was in ihm vorging. Kaum fünfunddreißig Jahre alt und schon so verbraucht.

Im Spiegel sah er seine Falten um die Augen, seine immer zahlreicher werdenden grauen Haare, sah das gelebte Leben. Das müsste doch reichen, um zufrieden älter werden zu können, aber das hatte es ganz offensichtlich nicht. Er war erfüllt von einem Gefühl, über das er nachdenken musste. Liebeskummer.

»Erwachsener Liebeskummer«, wie Liv es ausgedrückt hatte, weil er sie beide betraf. Dieser Kummer nahm ihm die Worte und grub ihm den Magen um. Wenn er früher Leute davon hatte reden hören, hatte er innerlich abgewunken. Als wäre dieses Gefühl etwas aus einer Welt der Unreife, derjenigen, die das Leben noch nicht verstanden hatten. Oder keine Ziele verfolgten.

Wie arrogant er gewesen war. Wie sinnlos es war, dagegen anzukämpfen.

Wie müde er war. All das auszuhalten. Er zog die Schublade auf und knisterte mit den Tablettenpackungen. Der Schlüssel zum Schlaf, hier lag er.

An diesem Abend schärfte der Wind am Haifischhaus seine Krallen. Toto ging irgendwann runter, weil er den vertrauten Duft gerochen hatte. Erdmann hatte den Kamin angefacht und war anschließend nach oben verschwunden. Nils las *Game of Thrones*. Frankie döste, die Füße auf der Seitenwange des Sofas. Moser spielte Luftgitarre, auf dem Kopf riesige Kopfhörer.

Erdmann kam und ging mit kleinen Schritten zum Schrank, entnahm ihm eine Magnumflasche Bordeaux, öffnete sie, setzte eine kleine Apparatur auf den Flaschenhals und füllte sein riesiges Glas zu nicht einmal einem Viertel. »Wollt ihr auch?«, sagte er.

Sie schüttelten den Kopf. Nils verdrückte sich wieder.

Erdmann nahm sein Glas und starrte in die Flammen. Erst nach einiger Zeit riss er sich, wie es Toto schien, mit Gewalt aus seinen Gedanken und drehte sich zu ihm, holte Luft und … Das Licht flackerte. Von irgendwo im Haus war der Gesang einer Frau zu hören, eine kraftvolle Stimme, »This Girl is on Fire«. Erdmann lauschte kurz, und über sein Gesicht zog der Ausdruck von Sehnsucht. Dann setzte das Schlagzeug ein. »Ich gehe hoch und sag Nils Bescheid, dass er das leiser dreht«, sagte Toto. Erdmanns Nicken war kaum wahrzunehmen.

Der Sturm ließ das Haifischhaus unter seinen Schlägen immer wieder erzittern. Drei Nächte und zwei Tage lang rüttelte er an den Läden wie ein zorniger Fremder. Seine Böen fegten kalten Sand durch die Luft und ließen die Leute im Dorf geduckt gehen, bogen die jungen Eichen an der Abbruchkante des Steilufers, sodass Toto sich sicher war, dass sie umknicken würden. Der Wind zerrte am Zelt und brachte dort die Leinen zum Singen. Hohe, helle Töne, die an Intensität nachließen und zunahmen, aber nicht verstummten. Ein Jaulen, wie von Wölfen, die der Hunger treibt, die hinter dem nächsten Hügel ihre Mitwölfe zur Jagd rufen.

Eine Nachricht erreichte Toto nicht.

3

Auch am dritten Tag des Sturms drückten weiter starke Böen auf den Zeltstoff, und das Heulen war durchdringend. Drinnen ereiferte sich der Coach lang und breit über Totos Handgelenkdrehung bei der Rückhand. »Feinjustierung unter Höchstbelastung«, nannte er es.

Er nahm offenbar nicht wahr, dass Toto kaum in der Lage war, sich zu konzentrieren. Immer wieder verspürte er einen Stich in der Magengrube.

»Die Bewegung sitzt ums Verrecken noch nicht wieder«, gab ihm Erdmann schon zum x-ten Mal zu verstehen. Toto lag auf seiner grünen weichen Gymnastikmatte. Frankie beugte sich über ihn, dehnte den hinteren Oberschenkelstrecker.

»Ums Verrecken, Bernd. Es nervt. Lass mich doch einfach mal in Frieden.«

»Die ist einfach noch nicht dynamisch genug«, sagte Erdmann von seinem Stuhl aus. »Dadurch fehlt die Beschleunigung. So kriegst du die Winkel nicht hin, die wir brauchen, um Lamenteau vor Probleme zu stellen.«

»Das ist irre schwer, die Rückhand aus dem Lauf so extrem diagonal«, quetschte Toto hervor, weil Frankie ihm die Luft rauspresste. »Was willst du denn von mir?«

»Dass du endlich systematisch lernst, die Rückhand aus dem Lauf extrem diagonal zu ziehen. Und dazu scharf.«

»Scharf konnte ich noch nie wirklich gut.«

»Dann lern es jetzt.«

»Mach's mir nicht so schwer, Bernd.«

»Das wird nicht reichen, Junge. Tut mir leid.«

Später, beim Training, feuerte Toto mehrfach hintereinander eine Vorhand ins Netz, schlug eine Rückhand zwei Meter ins Aus, rutschte beim nächsten Schlag aus und landete auf dem Rücken.

Langsam stand er wieder auf, ging zu seiner Bank, nahm ein Handtuch, wischte die Körner von seinen Beinen ab, säuberte sich die blau panierten Hände. Der Sand war vorige Woche geliefert worden.

Was für eine bescheuerte Idee.

»Wie soll man sich hier konzentrieren?«, rief er. »Da hab ich lieber tausend Zuschauer. Das ist ein scheiß Orkan da draußen!«

Er schaute Frankie an, der bewegungslos am Rand stand, die Arme verschränkte und Kaugummi kaute. Moser putzte sich auf der anderen Platzseite die Brille und spielte ihm einen Ball zu.

Toto ließ ihn regungslos passieren.

Erdmann schlenderte zu ihm herüber.

»Weiter«, brüllte der Trainer ihn aus kurzer Entfernung an.

»Da kriegst du doch einen Vogel.«

»Mach weiter, du Schrapnell«, rief Erdmann. »Den Orkan hab ich extra für dich bestellt. Und den Sand auch. Glaubst du, auf Schalke werden die Leute leise sein? Glaubst du, du wirst nicht ausrutschen? Glaubst du, du wirst dich kommod fühlen? Während du hier jammerst, gewinnt Frédéric gegen die Besten der Welt Spiel auf Spiel. Mach jetzt weiter, sonst kannst du in drei Monaten alleine dahinfahren.«

»Nein«, entgegnete Toto. »Ich bin keine achtzehn. Ich brauche das nicht mehr.«

Er warf seinen Schläger gegen die Bank und ging hinaus.

Den ganzen restlichen Tag sprachen sie kein Wort miteinander. Frankie weigerte sich, ihn zu massieren. Moser war nicht aufzutreiben. Erdmann kündigte an, sich im Dorfkrug volllaufen zu lassen, und ließ sich nicht mehr blicken.

Nur Nils war da. Sie redeten beim Abendbrot über den Krieg in Syrien, die Flüchtlinge auf dem Mittelmeer und später über Fußball.

Fußball ging immer. Dabei entspannte sich Toto. Das waren die Jungs, die noch mehr Stress hatten, wenn sie nicht aufpassten.

Am späten Abend kamen alle Sherpas, ohne sich verabredet zu haben, wieder vor dem Kamin zusammen.

Das Holz zischte, es war feucht geworden. Keiner sprach den Vorfall beim Training an. Toto hatte zuvor eine SMS von Liv erreicht.

Geh nachher runter und sei cool.
Das ist eine Dienstanweisung.
L.

Am vierten Tag ließ der Wind nach. Doch unten hörte er, wie die Wellen an die Felsen schlugen; es war ein Donnern und Rauschen, wie er es nicht kannte. Für jene paar Minuten, in denen er, noch träumend, aus dem Schlaf empordämmerte, meinte er zu spüren, wie die Welt sich um ihre Achse wälzte. Er nahm eine Tablette und fiel in eine traumlose Dunkelheit.

Sie trafen sich am Morgen vor dem Haus und schüttelten sich wie Hunde nach einem Schneesturm. Die Sonne schien. Der Wald war nicht wiederzuerkennen. Zahlreiche Bäume waren umgeknickt, manche gar entwurzelt. Die Straße, die Verbindung zur Außenwelt, war unpassierbar. Frankie hatte bereits Erdmanns Kettensäge organisiert, Nils an seiner Seite.

Vom Turm aus konnte Toto erkennen, dass der Strand verschwunden war, begraben von der Flut. Die Wellen fraßen an dem Wall aus Dünen. Die Möwen waren wieder in der Luft, es roch durchdringend nach Seetang. Ein blendender Himmel hing über ihnen, wie von Stahlkanten geputzt. Der Wind kam nun gemäßigter aus Osten.

Plötzlich stand Frankie neben ihm. Der Physio zeigte nach oben. Von Totos Fahne waren nur mehr Fetzen übrig.

»Ist das ein Zeichen?«, fragte Toto.

Frankie hob die Schultern.

»Und wenn schon. Sie bleibt da oben.«

Später, beim Mittagessen, sagte Erdmann: »Habt ihr ein solches Naturspektakel schon einmal erlebt? Ist das nicht erhaben und wunderschön? Und jetzt kriegen wir Sonne serviert, wie zur Versöhnung. Ich bin nicht gläubig. Demütig bin ich aber schon manchmal.«

Am Tisch wurde zustimmend gemurmelt, alle waren froh, dass Erdmann nicht wieder in seine Trübsal rutschte, aber als sie mit Hanebiehl am Telefon darüber sprachen, hatte der nur Spott dafür übrig.

»Ganz gewöhnliches Rückseitenwetter. Der Wind dreht, weil sich die Luftströmungen um das Tief herumbewegen. Und weil sich das Tief bewegt, ändert sich die Windrichtung. Einfache Physik.«

»Rindviech«, zischte Moser, aber so, dass Hanebiehl es hören konnte.

»Rindviechphysik«, sagte der. »Ich kann nichts für die Gesetze der Natur.«

Totos Handy vibrierte. Liv. Er verbarg das Display vor den anderen. Heute war ihr letzter Urlaubstag.

Dies ist keine Dienstanweisung, Toto Berger.
Es ging nicht, mich zu melden.
Ich konnte es nicht.
Es hätte sich wie Verrat angefühlt.
Miss you.
Deine Liv
PS: Wie geht es dir?

4

Die See hatte die Wärme des Sommers noch gespeichert und gab sie nur langsam ab. Es hatte gedauert, bis der Herbst eingetroffen war. Doch nun, Mitte Oktober, kamen die ersten Frostnächte. Der Wald um das Haifischhaus verwandelte sich, die Blätter der Birken und Eichen nahmen das Rot der Abendsonne an und das Gelb der letzten Sonnenblumen. Durch den Wald zu joggen, war ein Vergnügen, ein Bad im Tuschekasten. Toto ließ es an diesem Sonntagmorgen gemütlich angehen. Es erwartete ihn nach dem Frühstück eine Einheit im Kraftraum und die Aussicht, bald unter einer bepackten Langhantel zu liegen. Als er den Wald hinter sich ließ und den Hof erreichte, ließ ihn etwas zögern. Er ging um das Haus herum, nahm die Stufen hoch zur Terrasse und sah Erdmann am Geländer stehen, gleich neben dem Fahnenmast, in der Hand einen Pott Kaffee. Der Trainer schaute aufs Meer hinaus. Er wandte den Kopf, als er die Schritte hörte.

»Morgen, Trainer«, sagte Toto und legte Erdmann die Hand auf die Schulter. Die Förde lag da wie schlafend. Die wenigen Segelboote ließen die Segel in ihren *Lazyjacks,* hatten ihre Motoren in Betrieb und zogen in ihrem Kielwasser dunkle Schleppen hinter sich her. Unter seinen Fingern spürte er, wie Erdmann bebte. Er hatte den Trainer früher gefürchtet. Erst in den letzten Jahren, nach seiner Karriere, war aus ihrer Beziehung eine Freundschaft geworden. Je mehr Toto an Halt verloren hatte, umso öfter hatte Erdmann gesagt: »Wenn du mich brauchst, ich bin da.«

»Sie fehlt«, sagte Toto jetzt. »Sie fehlt uns allen.«

Er spürte mehr, als dass er hörte, wie Erdmann Ja sagte.

Er wusste nicht, ob Erdmann seine Worte tröstlich fand oder bedrängend. Er sprach weiter. Es war das Einzige, was ihm einfiel.

»Weißt du, wie dankbar ich dir bin? Ohne dich würde ich das hier nicht schaffen. Ohne deine Gastfreundschaft. Ohne deine Erfahrung. Verdammt, ohne deine Härte. Was hab ich dich in den letzten Wochen verflucht. Und wie oft habe ich gedacht: Mein Gott, das würde Dagmar gefallen, uns so zu sehen.«

Der Trainer nickte und stand starr.

»Sie wäre stolz auf uns«, sagte Toto.

Er drückte den kleinen Mann an sich. Über ihnen hörte er die kläglichen Reste seiner Fahne flattern.

Es dauerte, bis Erdmann reden konnte.

»Damals …«, fing er mit brüchiger Stimme an. Er sammelte sich. »Die Geschichte, die du auf der Beerdigung erzählt hast.«

»Als ich Dagmar in Flensburg besucht habe? Was du nicht wissen durftest?«

Erdmann lächelte schwach. »Sie hat mich noch in derselben Nacht angerufen und mir alles erzählt.«

»Wirklich? Wir hatten ausgemacht, dass sie dir nichts sagt. Sonst wärst du doch ausgeflippt.«

»Hast du echt geglaubt, Dagmar erzählt mir so etwas nicht?«

Erdmann schaute Toto von unten an. »Ich durfte natürlich nichts verraten. Ich musste so tun, als ob. Sonst hättest du ihr nicht mehr vertraut. Aber wenn du eine Partnerschaft führen willst, die das Wort verdient, musst du über solche Dinge sprechen.«

Toto war froh, dass Erdmann weiterredete.

»Erst dann wird aus einem Leben, das man zusammen führt, ein gemeinsames Leben«, sagte Erdmann. »Keine Geheimnisse. Vielleicht merkst du es dir. Das gehört zu den Dingen.«

»Welchen Dingen?«

»Genau zu denen.«

5

Das Wiedersehen ging daneben. Nach dem Urlaub war Liv von Sebastian bekniet worden, noch in Potsdam zu bleiben. Sie hatte es ihm nicht abschlagen können, obwohl ein Sog von der Ostsee ausging, der sie kaum mehr schlafen ließ. Als sie im ZDF ein kurzes Interview mit Toto sah, das sie eingefädelt hatte, eine Art Wasserstandsmeldung für seine Fans, war sie erschrocken, wie er ausgesehen hatte. Am nächsten Morgen saß sie mit Smilla im Auto. Sebastian hatte die Fäuste geballt, aber er sagte nichts, ihm fiel offenbar nichts mehr ein, was er hätte sagen können.

Der Moment des Wiedersehens geschah vor allen anderen und gab ihnen keine Möglichkeit, sich vertraut zu berühren, sich etwas zu sagen. Smilla kletterte beim Frühstück auf den Knien der Sherpas herum und landete bei Toto. Der las seinen Tagesplan und löffelte Müsli, während Smilla mit seiner Gabel spielte, ihre Milch auf sein Hemd verschüttete und »Meine Hände sind verschwunden« sang.

Aber sobald sie Smilla herunterheben wollte, fing ihre Tochter so durchdringend an zu weinen, dass Toto sagte: »Schon gut, lass sie ruhig da.«

Nils sah es und wandte sich ab; aus dem Augenwinkel bemerkte es Liv. Aber sie beobachtete vor allem Toto. Dünn war er in den letzten Wochen geworden. Die Wangen wie eingefallen. Schatten unter den Augen. Sein Lächeln kam mühsam, sein Blick war müde.

Mit den anderen ging er gut um, schien sich im Griff zu haben. Aber Liv brauchte ihn nicht zu fragen, um zu wissen, was los war.

Er war auf dem Weg in den Berg.

ACHT

1

Das erste Turnier, an dem er zur Eingewöhnung teilnehmen sollte, gehörte zur Challenger-Kategorie in Stockholm. Zweite Liga. Nur Frankie und Erdmann kamen mit. Kleines Turnier, wenig Presse, wenig Publikum, kleiner Tross, kleine Erwartungen.

»Low Profile«, hatte Nehoda gesagt.

»Du lässt uns hier in diesem muffigen Haus zurück«, sagte Liv mit gespielter Entrüstung; der angebliche Muff des Haifischhauses war zum Running Gag unter den Sherpas geworden.

»Hier müffelt es doch nicht«, antwortete Toto gut gelaunt, er freute sich auf das Turnier, die erste Standortbestimmung.

»Doch«, sagte sie. »Manchmal riecht es hier nach Fisch, der zum Trocknen aufgehängt worden ist.«

Drei Tage später waren die Männer zurück.

Im Tross war er mit Respekt aufgenommen worden. Die jungen Spieler hatten sich ihm vorgestellt, die älteren mit ihrer typischen Mischung aus Coolness und Misstrauen ihn begrüßt. Sie wünschten ihm Glück gegen Lamenteau, sagten, sie drückten ihm die Daumen. Es war erstaunlich viel Presse da und die Halle bis zum Bersten gefüllt. 3:6, 2:6 verlor er in der ersten Runde gegen Giacomo Fiolenzi, Nummer siebenundvierzig der Welt. Ein paar gute Ansätze waren zu sehen, am Ende jedoch hatte ihn der Italiener abserviert. Die Konstanz fehlte. Die Wettkampfhärte.

Nur zu holen durch weitere Wettkämpfe.

Er hatte die Niederlage fast teilnahmslos hingenommen. Kein Ausbruch, keine Leidenschaft, kein Widerstand.

Vielleicht lag es am Propanolol vom Abend zuvor.

Toto versuchte ruhig zu bleiben.

Hohn und Spott ergossen sich in den klassischen Medien über ihn, dazu noch Hass und Hetze in den sozialen Netzwerken. Auch Mitleid. Die Fragezeichen in den Augen der Menschen um ihn herum umgaben ihn wie ein Wall aus Lanzen.

Wie will der gegen Lamenteau gewinnen?

Er ist halt nicht mehr derselbe.

Toto, lass es bitte.

Mr. Berger, beschädigen Sie nicht Ihren Legendenstatus.

Diese Art Kommentare.

Nach der Niederlage hatten sie sich in ihrem Hotel bertunken, nachdem Erdmann zu Bett gegangen war. Der Alkohol löste Totos Zunge. Niemand hörte so zu wie Frankie. Niemand verstand so gut wie Frankie, wann er reden musste. Und worüber er reden wollte. Toto redete viel. Aber bei Frankie gab es kein *Zuviel.* Er redete auch ein bisschen über Liv. Dies und das. Wenn nicht mit Frankie, mit wem dann?

Toto war sich nicht sicher, ob er es gut machte. Frankie übernahm zwischendurch das Reden und erzählte, wie Liv den Laden zusammenhielt. Was Toto alles gar nicht mitbekomme, die Eitelkeiten, die sie erstickte, die Konflikte, die sie löste.

»Vielleicht lasse ich es auch«, sagte Toto. »Vielleicht trete ich gegen Lamenteau einfach nicht an.«

Frankie widersprach auf seine ihm eigene Art. Er schüttelte immer wieder den Kopf und bestellte noch ein Bier.

Es wurde ein langer Abend.

Nach der Rückkehr ins Haifischhaus vergrub sich Toto in seinem Zimmer. Er setzte, wenn er auftauchte, seinen wie abwesend scheinenden Blick auf und fühlte sich auch danach.

Er ging Liv aus dem Weg.

Nils, Smilla, allen.

Am zweiten Abend kam Liv zu ihm hoch. Er lag auf seinem Bett, warf den Tennisball gegen die Decke und fing ihn wieder auf.

»Ich will das alles nicht mehr«, sagte er und starrte weiter an die Decke.

Sie trat zu ihm und fuhr ihm mit der flachen Hand über die Stirn. »Du musst. Es gibt kein Zurück mehr. Zieh es durch. Du wirst dir das niemals verzeihen, wenn du jetzt zurückziehst.«

Er nickte.

»Bleib bei mir«, bat er.

»Wenn ich kann«, sagte sie.

»Liv«, sagte er, fing den Ball und wandte den Kopf. Sie sah die Schatten in seinen Augen. »Liv, ich weiß nicht, ob ich es schaffe …«

»Ich weiß«, sagte sie.

Am nächsten Tag brachte Liv Smilla nach Potsdam. Sebastian hatte darauf bestanden.

Nils besuchte Freunde in der Schweiz.

Moser besuchte seine kranken Eltern in der Pfalz.

Erdmann verzog sich, da die Tage kürzer wurden, immer früher hoch in Dagmars Zimmer, wo er dasaß und auf ihr verlassenes Bett starrte. Toto hatte Liv darum gebeten, dass weiße Lilien im Raum waren, jede Woche frische.

Es wurde still im Haifischhaus.

Sechs Wochen noch.

2

»Den Weg zum Sieg«, nannte es Erdmann. Hanebiehl winkte ab, als er das hörte.

Am Anfang war es in den Gesprächen vor allem um ihrer aller Einschätzungen, Beobachtungen und Erfahrungen gegangen. Auch Erdmann hatte Hanebiehl alles erzählt, was ihm einfiel, und das war eine ausufernde Geschichte geworden, die dieser ab einem gewissen Zeitpunkt auf Band aufzunehmen begann. Monate war das her. Monate, die Hanebiehl genutzt hatte.

Stockholm steckte Toto noch in den Knochen. Das Schlimme war gar nicht mal die Kritik, das Schlimme war die Ungewissheit. Er war nicht so schlecht gewesen, es reichte nur noch nicht. Vielleicht würde ihm Hanebiehls Dossier Mut geben, einen Weg aufzeigen.

»Ein Tourguide«, sagte der, in der Tür des Haifischhauses stehend. Kalter Wind fegte ums Haus. »Nicht mehr. Aber auch nicht weniger. Wer ihn lesen kann, kommt mit etwas Glück ins Ziel.«

Da war er wieder, dieser Unterton. Hanebiehl bemerkte ihn selbst vermutlich gar nicht, Toto aber schon.

Eine Böe wirbelte ersten Novemberschnee durch die Luft. Toto fröstelte. Rasch bat er Hanebiehl hinein.

Das Dossier war ein orangefarbener Kunststoffordner mit Hunderten Seiten, darauf klebte ein USB-Stick.

Erdmann nahm den Ordner und blätterte ihn gierig durch. Hin und wieder stutzte er oder zog die Augenbrauen hoch, dann klappte er ihn anerkennend nickend zu. Er saß wieder am Kachelofen, wie ein Hofhund, der die Wärme sucht. Sein Rücken schmerzte ihn, vermutete Toto, aber er sprach den Trainer nicht mehr darauf an. Die

Antwort war immer dieselbe gewesen. »Wie geht's *dir,* Toto? Nur das interessiert hier.«

Die Lektüre sparte sich Toto auf. Hanebiehl wollte erst einmal die große Linie präsentieren. Seine Interpretation dieser monumentalen Aufgabe namens Frédéric Lamenteau. Er setzte sich Toto gegenüber, die Beine übereinandergeschlagen.

»Also, hör zu.«

»Ich höre zu«, sagte Toto.

»Ich auch«, sagte Erdmann. »Ich höre.«

»Gut. Das Wichtigste gleich zum Anfang: Frédéric Lamenteau will dich nicht schlagen, er will dich demütigen.«

»Das hat Liv auch gesagt«, sagte Toto. »Dass es was Persönliches ist.« Das mochte er an Hanebiehl. Er kam sofort zur Sache.

»Was Liv sagt, interessiert mich nicht. Mich interessiert nur, was ich sehe. Hör zu.«

»Alles klar.«

»Er hat eine Persönlichkeit, die Psychologen, wenn sie Klartext redeten, psychopathisch nennen würden.«

»Wie bitte?«

»Das ist ein klinischer Begriff, keine Täterbeschreibung aus dem *Tatort.*«

»Du spinnst doch. Erzähl nicht so ein Zeug.«

»Das entscheide schon noch ich«, sagte Hanebiehl. »Hört weg, wenn ihr das nicht ertragt.« Er machte eine kurze Pause, schaute sie prüfend an, fuhr dann fort. »Also, er hat in seinem Hotel am Lac de Neuchâtel wahrscheinlich eine behütete Kindheit gehabt. Seine Mutter ist jedoch früh abgehauen. Raus aus dem goldenen Käfig. Der Kleine wurde nicht geschlagen, nicht gemobbt, war von netten Menschen umgeben, die sein Vater, der Hoteldirektor, anständig bezahlte, damit sie sich rund um die Uhr um ihn kümmerten. So einer wird nicht zum Killer.«

»Peter, was ist für dich ein Psychopath?«, fragte Erdmann. »Gib uns eine Definition.«

»Ein Psychopath«, sagte Hanebiehl, »kennt den Unterschied zwischen Gut und Böse. Zwischen Richtig und Falsch. Die Sache ist nur die: Er ist ihm vollkommen egal. Viele sind sehr gut darin, das zu verbergen. Die allermeisten. Ihr würdet staunen.« Hanebiehl lächelte.

Toto und Erdmann schwiegen.

»Er spielt mit den Menschen. Er weiß, wie sie ticken. Er hat keine Empathie, aber er kennt ihre Gefühle. Oder glaubt sie zu kennen. Er kann die Menschen manipulieren. Oder glaubt das zumindest.«

»Was macht dich da so sicher?«, fragte Erdmann.

»Willst du jetzt den Plan hören oder nicht?«

»Schieß los«, sagte Toto genervt. »Am Ende bleibt es ja hoffentlich noch ein Tennisspiel.«

Hanebiehl beugte sich nach vorne. Er formte sein O. »Lamenteau will dich demütigen. Vergiss das nie. Was auch immer geschieht. Er hat lange zu dir aufgesehen, du warst sein Meister, sein Idol, schließlich sein Ziel. Jetzt bist du eine Art Fluch, weil die Journalisten immer deinen Namen nennen. Und bei diesem Match hat er die Gelegenheit, dich endgültig loszuwerden.«

»Der Abschuss.«

»Und das ist unsere Chance.«

»Warum?

»Weil er sich in Gefahr begeben wird, ohne es zu realisieren. Wenn du es zulässt.«

»Werd konkret, Peter.«

Erdmann schenkte allen Kaffee ein. Das Gespräch begann Toto zu irritieren. Das war kein gewöhnliches Briefing. Das war eine Kriegserklärung. Die Frage war nur, von wem an wen.

»Du lässt dich demütigen«, fuhr Hanebiehl fort. »Er darf nur nicht merken, dass du es *zulässt*. Er muss dich so demütigen können, als wäre *er* es, der das erzwingt.«

»Ts«, machte Erdmann. »Das ist ja hanebüchen.«

Totos Augen verengten sich. Er atmete tief durch. Er sprach jetzt leise. »Aber … das kann ich nicht. Ich bin kein Schauspieler, und es wäre gegen … meine Ehre.«

»Ehre? Seit wann geht's dir um die Ehre? Es geht ums Gewinnen. Nur ums Gewinnen. Willst du gewinnen?«

Toto antwortete nicht.

»Willst du gewinnen?«

»Na klar.«

»Dann zeige ich dir den Weg. Du schlägst ihn nur durch einen Mix aus Unberechenbarkeit, Schmeichelei seiner Eitelkeit und deiner eigenen Leidensfähigkeit.«

Hanebiehl machte eine Pause und betrachtete Toto eindringlich.

»Du musst ihm eine Falle stellen. Du musst selbst leiden. Und mit leiden meine ich leiden, so wie du überhaupt zu leiden in der Lage bist. All die Punkte in Folge, die weggehen, ohne dass du eine Chance hast. Stopps, die zu lang geraten und die du um die Ohren kriegst und so weiter. Ein mieser Lauf, nichts klappt, es ist zum Verzweifeln. Er könnte dich vorführen, wenn er nur wollte. Es muss reizvoll für ihn sein. Immer reizvoller werden für ihn. Erst mal wird er widerstehen. Er wird cool weiterspielen. Er wird sich nicht anmerken lassen, dass er mit sich zu ringen beginnt. Sich fragt, ob er seiner Gier nachgeben darf. Das bedeutet, du musst lange durchhalten.«

»Ein paar Minuten bekomme ich vielleicht hin. Reicht das?«

»Du musst eineinhalb Sätze lang durchhalten, vielleicht sogar zwei. So lange, bis er denkt, da kommt nichts mehr. Bis er ein bisschen müder wird, bis er die Ernte einfahren will. Du kennst diesen Punkt. Wahrscheinlich kennen wenige diesen Punkt so gut wie du, und deswegen wirst du ihn auch erkennen. Erst dann darfst du umschalten.«

Toto lachte auf, mehr verzweifelt als spöttisch.

»Und dann soll ich umschalten, ja? Weißt du, wie schwer das ist, wenn ein Spiel so läuft? Gegen einen Gegner von einem solchen

Kaliber, der an guten Tagen alles trifft? Der mich auch an seinen schlechten auseinandernehmen kann? Er kann, wenn ich Pech habe, im Flow sein. Dann walzt er einfach über mich hinweg. Und wir haben noch gar nicht über meine eigenen Dämonen gesprochen, die du …«

»Hah!« Hanebiehl klopfte mit der flachen Hand auf den Tisch. »Du hast es schon halb begriffen. Eine Stunde lang walzt er dich platt. Und dann stehst du auf und schüttelst dich und wendest das Match. Ohne dass er es am Anfang bemerkt. Du hast einen Korridor von zehn Minuten, schätze ich. ›Glückstreffer‹, denkt er erst. ›Na gut, trifft der Berger auch mal wieder einen. Upps, das Spiel ist ja weg. So langsam sollte ich … Upps, das nächste auch.‹«

Hanebiehl ballte die Faust und machte eine Geste, als packte er einen Mann an der Kehle. Dann machte er wieder das O.

»Wenn alles gut geht«, sagte er, »bricht er ein. Er hat das selbst zu einer persönlichen Sache werden lassen, und jetzt kommt er da nicht mehr raus. Und du musst danach angreifen wie ein Kampfhund. Gehst ihm nicht mehr von der Gurgel. Packst ihn, würgst ihn, erstickst ihn.«

Auf Hanebiehls Stirn standen jetzt Schweißtropfen. Seine Narbe leuchtete wie unter Feuer. Toto lehnte sich zurück, schaute Erdmann an, der den Kopf gegen den Kachelofen gelehnt und die Augen geschlossen hatte.

»Das ist die riskanteste Strategie«, sagte Toto, »von der ich jemals gehört habe. Wenn das schiefgeht, wird dieses Spiel die Blamage des Jahrhunderts. Ich mache mich radikal lächerlich. Ist dir das egal?«

»Aber natürlich. Das ist mir vollkommen egal. Weil es die Chance auf den Sieg birgt.«

Toto erwiderte nichts.

»Mir geht es darum, Lamenteau zu knacken, Toto.«

»Es geht nicht nur ums Geld«, sagte Toto. »Es geht um alles. Um meinen … meinen … um mein weiteres Leben.«

»Es ist deine Entscheidung. Mir ist egal, wie hoch der Preis ist. Ich zeige dir den Weg. Das ist er. Verfolge ihn, und du kannst ihn knacken. Wenn nicht, hast du keine Chance.«

»Du gibst mir die Auswahl zwischen Kamikaze und Selbstaufgabe.«

»Er bewegt sich auf einem einsamen Plateau. Er ist noch viel besser als zu deiner Zeit. Selbst wenn du gut spielst – da hinauf kommst du nicht. Was bleibt? Du musst ihn von seinem Plateau runterholen. Er muss schlechter spielen, als er jemals dachte, spielen zu können. Du musst ihn zur Verzweiflung bringen. Dafür muss er sich in Sicherheit wiegen. Er muss denken, er wäre fast am Ziel. Er hört schon den Applaus. Er hat die Hand bereits am Scheck.«

»Und davon soll er sich täuschen lassen?«

»Oh, er ist erfahren, und er ist ein Fuchs. Er lässt sich nicht täuschen von zwei, drei Bällen. Das ist ja das Problem. Er beobachtet dich und wartet.« Das O. Hanebiehl senkte die Stimme. »Deswegen musst du durchhalten. Aber irgendwann wird die Verführung zu groß sein. Dann schnappt er zu. Es wird erste Anzeichen geben, dann musst du da sein.«

Erdmann öffnete die Augen. Mit der heiseren Stimme von drei Jahrzehnten als Coach fragte er: »Was werden das für Zeichen sein?«

»Keine Ahnung.« Hanebiehl schüttelte langsam den Kopf. »Wir werden auf der Tribüne sitzen und es wissen. Oder auch nicht. Du wirst es auf dem Platz wissen oder auch nicht. Noch niemand hat Lamenteau in dieses Land gelockt.«

»Ich wäre ein Pionier«, sagte Toto.

»Du wärst Christoph Kolumbus«, sagte Erdmann. »Nur dass du am Ende deiner Reise die Weltenscheibe runterfällst.«

Sie schwiegen. Toto kniff die Augen zusammen. Der Kühlschrank knackte. Im Kachelofen stürzten brennende Scheite ineinander.

»Fuck you, Peter Hanebiehl«, sagte Toto. »Ich soll mich da draußen vor den Augen der Welt vorsätzlich abschlachten lassen. Das ist die bescheuertste Strategie, von der ich jemals gehört habe. Oder vielleicht auch die genialste.«

»Das heißt was?«

»Dass ich darüber nachdenke.«

Keiner rührte sich. Toto betrachtete sein Gegenüber lange. Ihm gefiel der auf den ersten Blick wahnsinnig erscheinende Ansatz. Hier ging es nicht ums Trippeln. Dieses Spiel würde, wenn es knapp wurde, nicht durch eine Rückhand entschieden werden, sondern nur im Kopf. Er war dem Analytiker dankbar. Das hatte er bislang allenfalls gespürt. Jetzt war es ihm klar geworden.

Hanebiehl strich sich die Haare glatt.

»Ich gebe dir drei Tage.«

Toto richtete sich auf.

»Wie bitte?«

»Ich gebe dir drei Tage, Toto.«

»Sonst?« In Toto kam eine Ahnung hoch.

Das wagt er nicht.

»… nehme ich sein Angebot an.«

In die Stille am Tisch brach das Schlagen einer Tür. Schritte auf den Bohlen.

Toto glättete mit der Hand die Tischplatte.

»Ich will eine Garantie von dir, Toto.«

Ihre Blicke trafen sich.

»Sprich mit Nehoda«, sagte Hanebiehl. »Kurwa, er findet eine Lösung.«

Business, sagte sich Toto. Es ist nur Business. Menschen in diesem Business.

Das allerdings wollte er nicht mehr. Um nichts in der Welt.

»Danke für den Vorschlag, Peter. Aber ich entscheide mich dagegen.«

Erdmann atmete laut auf und räusperte sich: »Ich möchte dich bitten, dieses Haus zu verlassen. Sofort.«

Es dauerte mehrere Sekunden, ehe Hanebiehl sich gefasst hatte. Er erhob sich. Er nahm das Dossier, das Erdmann auf den Tisch gelegt hatte, und steckte es zurück in seine Tasche.

»Das war's? Ihr werft mich einfach so raus, wegen deiner lächerlichen Ehre, oder was?«

»Das war's.«

Er stellte sich vor Toto hin, die Hand ausgestreckt.

»Viel Glück, Tom Torge Berger. Und denk nicht, dass ich der Einzige bin, der ein Angebot von Frédéric Lamenteau bekommen hat.«

In einer Bewegung, die Desinteresse wie Verachtung darstellen sollte, zuckte Toto mit den Schultern, ehe er aufstand. Die ausgestreckte Hand des anderen ignorierte er. Erst glaubte er die Wut, die in ihm aufstieg, unterdrücken zu können, bildete sich ein, cool bleiben zu können, so gelassen und gleichgültig, wie man sich geben sollte, wenn man sich in dieser Welt bewegte.

Dann entschied er sich, einfach loszulassen.

»Verschwinde«, brüllte er. »Hau ab. Lass dich nie wieder blicken.«

In der Tür drehte sich Hanebiehl noch einmal um. »Falls du entgegen meiner Erwartung gewinnst, schicke ich dir natürlich trotzdem die Rechnung. Gerade dann.«

»Verschwinde«, sagte Toto matt.

Sie warteten zwei Minuten, ob Hanebiehl noch einmal zurückkehrte. Draußen schimpfte ein Mann. Es war Mosers dunkle Stimme, historische kurpfälzische Flüche, die keiner je verstehen würde. Dann sahen sie durchs Fenster, wie Hanebiehls Tesla davonfuhr.

3

Am Abend schauten sie das Freitagsspiel der Fußball-Bundesliga. Bayern gegen Wolfsburg. Erdmann hatte noch vor Spielbeginn zu schnarchen begonnen, der Mund stand offen. Er sah friedlich aus. Toto und die anderen flüsterten nur noch. Erdmann hasste viele Dinge, aber im Schlaf geweckt zu werden besonders. Schlaf war ein kostbares Gut, pflegte er zu sagen. Mittags, nach dem Training, nach dem Essen, schlief er wie ein Stein. Schnarchte, dass sich im Haifischhaus die Balken bogen. Das Spiel lief längst, als das Handy klingelte. Nils deutete darauf.

»Nehoda.«

Toto stöhnte. »Das bedeutet nichts Gutes.«

Nils ging ran. »Für dich«, sagte er. »Nehoda will dich und nur dich. Es ist dringend.«

»Bad timing, Nehoda«, sagte Toto, »die Bayern drücken gerade. Da knallt's gleich.«

Nehoda sagte nicht viel anderes als »kurwa«, aber das sehr häufig und in großer Lautstärke. Als er schließlich doch anfing zu erzählen, kam Totos Zorn aus seiner Brustmitte, breitete sich durch den Körper aus und endete in den geballten Fäusten. »Okay. Ciao. Danke für die Info.« Er drückte den Manager weg.

Erdmann war zu sich gekommen, blinzelnd. Als er Toto mit dem Handy sah, war er ruckartig hellwach.

»Hanebiehl«, sagte Toto.

»Hanebiehl hat was?«

»Bei Lamenteau angeheuert.«

»Das ging ja flott.«

»Nehoda hat von einer Privatparty in Montreux gehört, auf der Hanebiehl auf den Tischen getanzt hat, und alle anderen machten es ihm nach, vorneweg Clémentine, Lamenteaus Frau. Obwohl sie schwanger ist, wie Nehoda sagt.«

»Die Arme«, sagte Liv.

Toto schmunzelte. »Clémentine Pardidou und Frédéric Lamenteau. Kann das noch jemand außer Nils fehlerfrei aussprechen?«

»Wie viele Akzente werden wohl die Kinder abkriegen?«, fragte Nils.

»Ich tippe beim Erstgeborenen auf Cédric René Frédéric«, sagte Toto.

»Was machen wir wegen Hanebiehl?«, fragte Erdmann. »Das scheint mir bedeutend wichtiger zu sein. Wie gehen wir damit um?«

»Hast du dir in dem Dossier ein bisschen was im Detail ansehen können?«, fragte Toto. »Hast du dir ein paar Sachen gemerkt?«

»Nun ja«, sagte Erdmann. »Ich hatte meine Lesebrille oben vergessen.«

»Eher nichts also.«

»Eher gar nichts.«

»Wir müssen nachdenken«, sagte Toto. »Das wird wie beim Pokern oder Elfmeterschießen, wenn sich Schütze und Torwart sehr gut kennen. Er weiß, dass ich weiß, dass er weiß, dass ich weiß und so weiter.«

4

Liv versuchte sich nichts anmerken zu lassen. Smilla war zu Hause in Potsdam, aber es ging ihr nicht gut. Sie litt an Durchfall und leichtem Fieber. Sebastian hatte sie trotzdem in den Kindergarten geschickt.

»Ich muss zur Arbeit«, sagte Sebastian Liv per Skype, »was soll ich tun? Ihre Mutter ist nicht hier.« Er schaute nicht in die Kamera, sondern nach unten, zu dem Monitor, fuhr sich mit der Hand durch die Haare. Er sah abgekämpft aus, aber auch kämpferisch.

»Es ist unser gemeinsames Kind«, sagte Liv, die sich ihre Sorge nicht anmerken lassen wollte. »Wo ist Brigitte?«

»Sie kann nicht.«

»Schon wieder Migräne?«

»Ich sag doch, sie kann nicht.«

»Hol Smilla nach Hause und steck sie ins Bett«, wollte Liv sagen, aber er redete und redete und warf ihr vor, etwas wegzuwerfen, das sie doch selbst geschaffen hatte. Nach einer Weile war Liv nicht mehr danach zumute, etwas zu entgegnen.

5

Er lag platt auf seinem Bett, erschlagen und zugleich hellwach, in T-Shirt und Leinenhose. Sie stand auf einmal in der Tür, eine Flasche Weißwein und zwei Gläser in der Hand. Ihre Augen und Wangen waren gerötet.

»Ich bin keine große Hilfe gerade, fürchte ich«, sagte Toto.

Als sie hineinkam und sich im Schneidersitz vor ihn setzte, packte er sich ein Kissen hinter seinen Kopf und stemmte sich nach oben. Seine Augen wanderten umher. Norman Mailers *The Fight* lag aufgeschlagen auf dem Nachttisch. Er hatte vielleicht ein Viertel geschafft in den letzten Monaten.

»Sebastian hat mir vorhin gesagt, dass er mich verlassen wird, wenn das so weitergeht«, sagte Liv wie abwesend. »Smilla ist krank, er hat sie seiner Mutter gegeben. Und dann ist er auf seinen verdammten Kongress gefahren, den er schon abgesagt hatte.«

Sie schenkte ihm ein halbes Glas ein und reichte es ihm, machte dann die Nachttischlampe an und löschte das große Licht. Sie tranken. Über den Rand des Glases sah er ihre geweiteten, feuchten Augen.

»Rede mit mir«, sagte sie. »Über irgendwas. Nicht über uns. Über dich, von mir aus. Wie es dir geht. Was mit dir los ist. Was du dir antust, wenn keiner von uns hinschaut. Oder wenn du glaubst, dass keiner von uns hinschaut.«

»Du …« Toto stockte. »Du kennst mich so lange.«

Sie nickte, ohne ihn anzusehen.

»Ich werde das schaffen. Aber bleib bei mir. Bei dir muss ich nicht über das nachdenken, was war. Nur über das, was sein könnte. Wenn ich mit dir zusammen bin, denke ich nicht über Tennis nach. Und wenn du weg bist … Ist alles wieder da. Und wächst. Und ich drifte ab.«

Sie lachte etwas zu laut und trank aus ihrem Glas, das sie randvoll gefüllt hatte. »Das ist ziemlich beunruhigend, finde ich, wenn ich mir vorstelle, worauf du dich eingelassen hast. Und wenn man bedenkt, was auf dem Spiel steht.«

»Ach was. Es ist nur Geld.«

»Es ist nie nur Geld. Und ganz schön viel für ›nur Geld‹. Aber was du sagst, ist schön. Es heißt, du fängst jetzt an.«

»Womit?«

»Dich zu stellen.«

»Wem sollte ich mich stellen?«

»Dir selbst.«

Sein Lachen war mehr ein Räuspern. »Aber es scheint nur mit dir zu gehen. Das ist das Problem.«

Nach einer Weile sagte er: »Willst du … Sebastian noch?« Er hatte es bis jetzt nie zu fragen gewagt.

»Er ist integer. Und loyal und liebevoll und begeisterungsfähig.«

»Ein Langeweiler?«

Liv lachte. »Bedaure. Charmant und lebenslustig.«

Toto lachte mit. »Aber doch wohl zumindest mit einem trüben Job.«

Liv schwieg jetzt.

»Was fehlt dir an seiner Seite?«

»Mir fehlt nichts.«

»Was suchst du?«

»Ich suche nichts.«

»Macht er dich komplett?«

»Nein«, sagte sie. »Das kann er nicht.«

Sie fuhr gedankenverloren mit der Hand seine Wade hoch. Ob sie es realisierte, wusste er nicht. »Noch mal«, fing er an. »Was fehlt dir?«

»Das weißt du.«

»Krisch?«

»Nein. Er ist immer da. Er ist gegangen, aber er bleibt. Sebastian versucht alles. Aber was soll er tun? Das spielte alles zu einer Zeit, in der wir uns noch nicht kannten. Ich hatte aufgegeben. Bis ich hierherkam, ins Haifischhaus. Ich hoffe jetzt wieder auf … Ich weiß es nicht.«

»Warum bist du überhaupt gekommen? Es hat keiner dran geglaubt. Ich am allerwenigsten.«

»Ich wollte wieder zu euch. Zu dir.«

»Zu mir?«

»Den roten Faden aufnehmen, glaube ich.«

»Und jetzt?«

»Es gibt diese Momente. Wenn ich sehe, wie du mit Nils kämpfst. Wie du an ihm verzweifeln könntest, weil er so unverblümt ist. Und wie du anfängst, dir selbst Fragen zu stellen. Das liebe ich. Du näherst dich ihm langsam an. Es ist keine bloße Einbahnstraße. Oder wenn du mich anschaust und ich dich dabei ertappe. Wenn ich sehe, wie du kurz davor bist zu verschwinden, dann will ich dich packen und halten und mit da hinein, wenn es sein muss.«

Sie schwiegen lange. Livs Hand strich über die Innenfläche seiner rechten Hand, die übersät war von Schwielen und dem Abdruck verheilter Blasen.

»Ich habe so vieles für andere gemacht«, sagte sie leise. »Tennis habe ich angefangen wegen meinem Bruder. Profi bin ich geworden, um Krischs Erbe fortzuführen, schätze ich. Und dich habe ich betreut, weil …« Sie beendete den Satz nicht.

»Es war kein schlechter Job.«

»Es war ein irrer Job.«

»Du hast jetzt Smilla.«

»Sie … Ich …« Sie flüsterte. »Ich habe so was wie Panik, glaub ich.«

»Du wirst sie nicht verlieren.«

»Smilla ist das Beste, was ich je vollbracht habe. Ich tue alles für sie. Aber in den wachen Momenten weiß ich, das allein erfüllt mich nicht. Da ist etwas hohl in mir. Ich habe einfach nie etwas für mich gemacht.«

Sie hatte ihr Glas ausgetrunken, während er noch immer an seinem Wein nippte. Sie erhob sich, nahm die Weinflasche mit.

»Lies mal die Stelle, wie George Foreman trainiert«, sagte sie und deutete auf das Buch. »Die Stelle mit dem Sandsack. Und dem Loch, das er in den Sandsack gehauen hat. Dann weißt du, was dich erwartet.«

6

@FLamenteau twitterte:

Transfercoup: PHB heuert bei Nr. 1 an. Numbers for Victory! #EarthquakeToto #MountBergerIsDoingFine

In den Medien wurde die Personalie ausgiebig debattiert, und die Buchmacher reagierten heftig, aber die Sherpas erzählten Toto nicht mehr als das. Und er wollte nicht mehr wissen. Über Nehoda wurden noch ab und zu Botschaften verbreitet, Nichtssagendes, das die Stimmung draußen hochhielt.

»Haltet mich von jetzt an dumm«, sagte er. »Im Berg muss man dumm sein.«

7

Nehodas Anruf kam morgens um sieben. Toto lag noch im Bett, die Arme hinter dem Kopf verschränkt, eher komatös dösend als schlafend. Was Nehoda durch den Hörer bellte, ließ ihn aufschrecken; als er aufgelegt hatte, sank er wie unter Schock zurück.

KochNews hatte die Meldung gebracht, dass Toto Bergers Managerin Livgret Agnes Hansen in privaten Schwierigkeiten stecke. Man verbreitete Gerüchte, dass eine Affäre der früheren US-Open-Gewinnerin der Grund sein könnte, und dass sie bekanntermaßen auch mal mit dem Weltranglistenersten Frédéric Lamenteau liiert gewesen sei und jetzt wieder Tom Torge Berger managte, bei dem sie auch wohne und der übrigens geschieden sei. Dass ihr Ehemann Sebastian aus ihrem gemeinsamen Haus in Potsdam ausgezogen sei.

Wer war das gewesen?

Er wusste es.

Es war der, der ihn nie verraten würde. Er, der ihn so oft davor bewahrt hatte, sich selbst zu verraten.

Der innere Kreis, in die Luft gesprengt.

Wie sollte er reagieren? Mit ihm reden? Unmöglich. Es war vorbei. Und dann? Einfach weitermachen? Er konnte so nicht weitermachen. Es ging nicht mehr. Trainieren, wofür? Sich quälen, wofür? Die Menschen um ihn herum litten noch mehr als er. Er würde das Spiel gleich nachher absagen oder wenigstens verschieben lass…

Liv erschien in der Tür. Aufrecht, ruhig. Sie hatte ihre Haare zu einem dicken Zopf zusammengebunden, trug wasserfeste Kleidung und Lederstiefel.

»Komm mit«, sagte sie. Sie betrat ohne zu zögern sein Zimmer, eine Tasche unterm Arm. Sie ging an seinen Schrank und warf wahllos Wäsche in die Tasche, ließ die Schubladen in Frieden.

»Liv, das ist schlimm. Es tut mir so leid.«

»Sei in fünf Minuten unten. Wenn ich dich je um etwas gebeten habe, dann jetzt.«

Er tat wie ihm geheißen. Er war froh, dass ihm jemand das Denken, das Handeln abnahm. Früher wäre er durchgedreht. Früher hätte er sein Zimmer demoliert.

Er war nicht allein an diesem Ort. Staunend registrierte er das, und genauso staunend akzeptierte er es.

8

Erdmann fuhr sie die paar Kilometer nach Gelting zum Hafen, wo seine *Dagmar* lag, ein fünfzig Jahre altes Folkeboot aus Mahagoni, von einem Bootsbauer restauriert, ein Kleinod, an dem der Trainer an seinen freien Tagen herumgebastelt hatte, bevor Dagmar krank wurde.

Toto schluckte, als er sah, wie tief das Cockpit lag, wie nahe das Wasser war. Sie verstauten ihre Taschen unter Deck. Keine Stehhöhe. Eine Koje rechts und links, dicke Matratzen, die dunkelrot bezogen waren, darauf Schlafsäcke. Von der Decke baumelte eine Messinglampe. Ein Gaskocher, ein paar Bücher, eine Kühlbox, dann war der Salon zu Ende. Im Vorschiff lagen zwei Segel, eingepackt, dazu Fender, Leinen, ein Sammelsurium aus Blöcken und Utensilien, die Toto nicht einordnen konnte.

Liv hatte ihm ein paar Sachen in die Hände gedrückt. Seemannsklamotten, die ihn trocken halten würden, eine Automatikweste, Lederstiefel in seiner Größe, eine Wollmütze. Woher auch immer sie das so kurzfristig organisiert hatte. Er bedankte sich. Im Herbst war er noch nie auf See gewesen. Erst recht nicht auf der Ostsee.

Das Boot schaukelte unter jedem Schritt. Acht Meter war es vielleicht lang. Der Mast war immerhin vertrauenerweckend dick, aus Holz. Liv schaute sich die Leinenführung an.

»Kein Reff?«, fragte sie.

»Folkeboot«, sagte Erdmann. »Die haben kein Reff. Immer nur Vollzeug. Aber geht heute gut.«

»Fünf, sechs Stunden, bei dem Südwest?«

»Das Boot kann mehr ab als der Mann«, sagte Erdmann.

»Das hab ich schon mal gehört, glaube ich«, sagte sie.

Toto hatte sich umgezogen, sah nun zu, wie Liv den Außenborder anwarf und Erdmann an den Steg kletterte, um die Leinen zu lösen. Es war gerade mal acht Uhr.

»Toto, halt uns von den Pfählen ab, wenn es sein muss, ja?«, fragte Liv.

Er sprang auf, froh, eine Aufgabe zu haben. Sie tuckerten langsam rückwärts, und erst als sie drehten, bemerkte Toto, dass Erdmann am Steg geblieben war.

»Hey«, rief er. »Willst du nicht mit?«

Erdmann schüttelte langsam den Kopf. »Ab mit euch«, rief er. »Grüßt Poul von mir.« Abrupt drehte er sich um und strebte mit kleinen Schritten davon, den Kopf gesenkt, eine Hand in der Hosentasche, die andere hielt seine Kappe in die Luft wie eine Standarte, als ginge es in einen Kampf.

9

»Wie geht es dir?«, fing er an.

»Shh«, machte sie.

»Ich hätte niemals gedacht, dass er …«

»Shh«, machte sie.

Liv stand wortlos an der Pinne und steuerte das Boot aus dem schlafenden Hafen. Später, als sie mit straffen Segeln bei frischem Rückenwind – *achterlichem* Wind, sagte Liv – den Leuchtturm Kalkgrund passierten und die Flensburger Förde verließen, übergab sie die Pinne an Toto. Die Sonne kam heraus, sie wärmte ein wenig. Der Kleine Belt lag vor ihnen wie eine Tuchbahn aus Seide, kaum Wellen, ein Segen.

»Und jetzt?« Er wollte fragen, was man tun konnte, wenn einem die Welt um die Ohren fliegt, wenn immer alles nur noch schlimmer wird, aber ihm fiel nicht ein, wie er es hätte ausdrücken können.

»Das ist unser Kurs«, sagte sie. »Vierzig Grad. Versuch ihn zu halten. Wenn der Leuchtturm von Aerö zur Rechten liegt, weckst du mich.«

»Liv …«, begann er.

»Ich hab nicht geschlafen heute Nacht«, sagte sie leise. »Keine Sekunde. Hab gestern Abend davon erfahren. Konnte es nicht mehr verhindern.« Sie strich sich ein Haar aus der Stirn, versuchte ihn anzuschauen, es gelang ihr nicht. Erst jetzt fiel Toto auf, dass sie ihre Schultern hängen ließ, dass ihre Lider beinahe zufielen. »Ruf mich, wenn es ein Problem gibt«, sagte sie und schloss die Luke hinter sich.

Toto war zu verblüfft, um etwas zu antworten. Sie mussten reden. Sie würde reden wollen. Erwartete sie, dass er ihr folgte? Aber dazu hätte er die Pinne loslassen müssen. Und er wusste nicht, ob das Boot dann so bocken würde, dass die Segel rissen oder sonst was. Die Bedingungen waren gut, so viel verstand er vom Segeln. Es herrschte weiterhin wenig Wellengang, aber der schob sie vor sich her. Und das Glucksen am Bug klang wie eine Einschlafmelodie. Es war kein anderes Segel auf dem Belt zu sehen. Zur Rechten konnte Toto eine lang gezogene flache Insel ausmachen – Aerö. Zur Linken glitten sie an der Halbinsel Kegnæs vorbei, er kannte die Windräder.

Sie wartet unten.

Sie ist todmüde.

Never ever wartet sie.

Als er sich umdrehte, sah er hinter sich Deutschland liegen, grau und flach, ein stilles Land, das im Dunst versank. Er streckte seine Beine aus, beschattete die Augen. Irgendwo da hinten thronte das Haifischhaus mit allem, was ihm an diesem Morgen so unbezwingbar erschienen war. Und irgendwo in der Ferne war Hamburg, und irgendwo weiter da hinten wartete ein Spiel – ein *Duell* – auf ihn, das sein Leben möglicherweise einteilen würde in ein Vorher und ein Nachher. Aber hier, da das Boot unbeirrt nach Nordosten hielt, wenn er die Pinne in der Hand behielt, kam ihm all dies bald entrückt vor, wie ein unscharfer Traum, der irgendwann verblassen würde.

Ihr Alltag war mittlerweile hoffnungslos ineinander verheddert. Da war der Job. Ihre Gespräche begannen immer unterkühlt, als hätten sie sich mit der Unmöglichkeit abgefunden. Doch es genügte ein falscher Blick, eine Frage, die naheging, und sie verloren ihre Beherrschung, ihre Finger fingen an, sich zu suchen. Es war schon mehrfach vorgekommen, dass Liv sagte, sie könne mit ihm nicht über die Möglichkeit einer Beziehung reden, und dabei gleichzeitig seinen Unterarm mit beiden Händen streichelte, wie um ihm Funken zu entlocken.

Liv lag unter Deck in ihrem Schlafsack. Sie lauschte dem Gesang des Bootes, dem Glucksen des Wassers und dem Knarren des Holzes, dem Gesang ihrer Kindheit. Sie mutmaßte, dass er über Frankie nachdachte und zugleich nur auf ein Wort von ihr wartete, eine kleine Geste. Sie wünschte es sich selbst, dass er hinunterkam, sich aus den Klamotten schälte und zu ihr schlüpfte, dass sie hier auf dem Kleinen Belt miteinander schliefen, während das Boot in diesem harmlosen Wind beigedreht lag.

Ruf ihn schon, dachte sie.

Und wenn er von selbst käme?

Darüber schlief sie ein.

Zwei Stunden später tauchte sie wieder auf, mit gelösten, durcheinandergewirbelten Haaren, die sie mit einer Schirmmütze bändigte. Sie überblickte einmal den Belt, entdeckte dann den Leuchtturm, der nicht mehr weit entfernt war, bevor sie wieder ihre Schwimmweste anzog.

»Gute Arbeit, Toto. Irgendwas passiert?«

Ein kurzer, prüfender Blick.

»Ich bin gar nicht groß zum Nachdenken gekommen«, sagte er. »Ich war viel zu sehr mit Steuern beschäftigt. Und mache mir viel zu viele Sorgen um das Boot.«

»Ein Boot kann dir noch mehr Ärger machen, als du glaubst.«

Unter Deck setzte sie summend Kaffeewasser auf und reichte ihm ein paar Minuten später Shortbread und einen schwarzen Kaffee, was er begierig annahm.

»Wenn wir zurück sind, werde ich mir Frankie vorknöpfen.«

Sie schüttelte den Kopf. »Nicht hier«, sagte sie. »Nicht jetzt.« Ihr Handy vibrierte, sie ging ran. Als das Gespräch beendet war, schwieg sie und schaute in die Ferne.

»Und?«, sagte er.

»Smilla. Brigitte sagt, ihr gehe es gut.«

»Aber?«

»Sie hat mich beschimpft. Dass ich ihren Sohn im Stich lasse. Dass ich sie beschäme.«

Nach einer Weile, in der sie die Wirbel im Wasser fixiert hatte, fragte er: »Wer hat dir das Segeln beigebracht? Dein Vater?«

»Zuerst er, dann, als ich in die Schule kam, vor allem Krisch. Ich segle so lange, wie ich denken kann.«

»Erzähl mir von deinem Vater.«

»Nein.«

Sie biss sich auf die Lippen. Sie saß nur einen Meter entfernt, aber die Art, wie sie dasaß, ließ ihn zögern, sie zu berühren. Schließlich ließ er es sein. Ihre Stimme klang fremd, als sie anfing.

»Meine Mutter starb vor ein paar Jahren. Seitdem besteht sein Leben nur noch aus Fischen und Saufen. Und Saufen und Fischen. Er ist nie über ihren Tod hinweggekommen.«

Sie stand auf, starrte zum Horizont, eine ganze Zeit lang, und sah plötzlich besorgt aus.

»Siehst du da hinten«, fragte sie, »links von der Nordspitze Aerös, jenseits des Durchlasses? Da drüben ist Lyö. Und das rechts ist Avernakö.«

Sie machte eine Pause.

»Und dazwischen die schwarze Wolke, die sich durch die Passage hindurchzwängt?«

Toto bejahte, die Augen groß.

»Da gibt's eins auf die Nuss.«

»Was können wir tun?«, fragte er.

»Nichts«, sagte sie. »Das Großsegel verkleinern geht nicht. Festhalten und beten, wenn du willst. Wir können vorne die Fock runternehmen und die Sturmfock setzen, dann haben wir mehr Kontrolle. Gehst du noch mal an die Pinne?«

Sie kletterte, in der Hand einen Ballen Segelstoff, über das Deck nach vorne und nahm das Vorsegel herunter. Kurz darauf erreichten die ersten Böen von schräg vorne ihr Boot, und ihr Bug begann zu tanzen, weil neue Wellen auf alte Wellen prallten. Liv wurde hoch in die Luft gehoben und mit dem Bug hart ins Tal gedrückt. Endlich hatte sie das große Vorsegel notdürftig zusammengepackt und das kleine Segel angeschlagen. Immer mit einer Hand am Boot, schleppte sie das Segeltuch ins Cockpit und warf es unter Deck. »Hätte mich einhaken sollen«, knurrte sie, »man wird leichtsinnig.« Sie zog die Leine des Sturmsegels stramm, keine Minute zu spät.

Nun erreichte sie der Böenkragen, die Walze, die der dunklen Wolke vorausdrängte. Plötzlich kam der Wind von allen Seiten, sodass der Verklicker am Mast im Kreis fuhr. Liv nahm die Pinne, tat schnelle Griffe, zog hier an einer Leine, kurbelte da an der Winsch. Im Nu hatten sie den Wind platt im Gesicht, schlagartig wurde es kalt, die See nun wirklich ruppig. *Dagmar* legte sich zur Seite und schoss voran, schlug nach jeder Welle mit dem Bug aufs Wasser. Toto klammerte sich an den Rand des Cockpits. Ihm wurde flau im Magen. Jetzt packte sie die Wolke. Böen rissen an den Segeln, und eisiger Regen schlug auf sie ein, durchmischt mit Hagelkörnern. Vom Großbaum strömte literweise Wasser, das sich im Großsegel gesammelt hatte, ins Cockpit. Ein Jaulen und Heulen und Rauschen erfüllte die Luft, dass sie sich nur noch schreiend verständigen konnten.

Toto rückte hinab in den Niedergang, hielt sich mit beiden Händen fest, den Kopf geduckt. Von da beobachtete er Liv, die inmitten des Hagels die Pinne fest umklammert hielt, den Blick zwischen der Mastspitze und der See voraus hin und her wechseln. Von ihrer Wange prasselten die Regentropfen wie Knallfrösche oder gefrorene Tränen. Für Toto war es, als stürzte der Himmel herab. Aber in ihren Augen sah er nur Konzentration.

Und dann waren sie durch. Sofort drehte der Wind zurück. Liv lockerte die Leinen, das Großsegel schwang wieder zur Seite. Es war plötzlich Ruhe im Boot, als wäre nichts gewesen. Sie waren durchtränkt vom Regen. Die Leinen und Wanten troffen vor Nässe, und in Livs Gesicht stand die Erleichterung geschrieben, es überstanden zu haben. Seine Haut brannte. Er küsste sie, und sie ließ es geschehen. Sie schmeckte nach Eis und Salz. Sie glitten in ihrem kleinen Boot zwischen den beiden Inseln hindurch wie Entdecker und betrachteten in ihrem Rücken das Wüten der Elemente.

10

Als sie die Untiefentonne umrundet hatten und den Hafen an der Nordspitze Avernakös von Osten her ansteuerten, lag Zwielicht über dem Wasser, es dämmerte bereits. Nebel war aufgezogen. Wie Geisterfinger schälten sich die Stege und Pfähle aus dem Licht. Ein Mastenkran zeichnete sich in den Schwaden ab. Die Laternen brannten gelb. Liv ahnte die Gestalt mehr, als dass sie sie sah. Um diese Jahreszeit waren fast alle Liegeplätze leer, nur ein paar Fischerboote lagen noch am hinteren Steg. Liv verzichtete auf den Außenborder, nahm spät die Segel herunter und ließ sich mit dem schwachen Wind in eine Box hineintreiben, orderte Toto nach vorne. Da wartete ihr Vater, eine Silhouette in Grau, silberfarbene Stoppeln im Gesicht, eine Pfeife im Mund, von der Rauch aufstieg. Er nahm von Toto die Leinen entgegen und belegte sie.

Als auch die hinteren Leinen fest waren, ging Liv nach vorne, wo Toto und ihr Vater nebeneinander am Steg standen, mit einigem Abstand, die Hände hinterm Rücken.

»Ihr kommt spät«, sagte ihr Vater auf Englisch. Er zog sie an sich und versuchte eine Umarmung, aus der er steif zurückwich.

Muschelschalen knackten unter ihren Schuhen. Mit jedem Schritt verteilten sie Möwenkot über die Planken.

»Nicht viel Wind«, sagte Liv. Sie wechselten ein paar Worte auf Dänisch, von dem Toto, wie sie wusste, nur wenig verstand.

»Guten Tag, Herr Hansen«, sagte Toto.

»Poul«, sagte Poul Hansen. »Lange her, ja.«

»Bernd ist nicht …«, fing Liv an.

»Ich weiß«, sagte er. »Er hat mir erzählt, dass er nicht mitkommen würde.«

Sie gingen hinauf ins Dorf. Ihr Vater trug seinen alten Troyer, den er immer trug, alte Jeans und grobe Gummistiefel. Er ging vor ihnen, die Hände auf dem Rücken, in seinem schwankenden Seemannsgang, über den Krisch und sie früher so oft gelacht hatten. Nun ging sie selbst so. War die See nicht mehr gewohnt. Toto, der sich beide Taschen über die Schulter geworfen hatte, tappte sogar noch unbeholfener neben ihr her. Das Land schwankte unter ihren Füßen. Sie kamen an reetgedeckten Fachwerkhäusern vorbei, in denen Licht brannte. Die Menschen von Avernakö verbrachten den Winter wie Pflanzen, sie zogen sich zurück, sammelten Kraft, warteten auf den Frühling.

Ihr Vater blieb stehen und deutete nach Süden, wo ihr eigenes kleines Haus lag, ihr schmaler Küstenstreifen, mit allem, was darauf war.

»Es steht noch«, sagte er.

»Das will ich doch hoffen«, entgegnete sie.

»Magda kümmert sich. Ich war seitdem nicht mehr da.«

In der Luft, die sie atmeten, hing der Duft seines Tabaks, eine Ahnung von Aquavit.

Sie gingen vorbei am Kaufmannsladen, in dem immer noch die Uhr im Fenster hing. Die stehen gebliebene Uhr. Ein paar Schritte weiter die an einen Wehrturm erinnernde weiße Kirche, in der ihre Eltern geheiratet hatten, in der Liv getauft worden war, in der die Trauerfeiern für Krisch und ihre Mutter stattgefunden hatten. Ihre Gräber lagen hier. Bald erreichten sie ihr Elternhaus. Als sie ins Haus trat, sah sie die leeren Flaschen hinter der Küchentür, die verkrusteten Töpfe in der Spüle, den Staub auf allem.

Seit Jahren waren die Möbel nicht mehr angerührt worden. An den Wänden hingen Familienbilder aus den Dreißiger- und Vierzigerjahren. Paare im Hochzeitsgewand. Krisch und Liv als Kinder, als Jugendliche. Toto erkannte ihre Gesichter sofort. Das Ahornparkett war fleckig und stumpf, und als er sich in einen Sessel sinken ließ, stiegen kleine Wolken auf. Er musste an Frankie denken, in Split. Seine Wohnung, seine Tochter, seine Frau. Das Sofa vor dem riesigen Fernseher. Frankies Blick, als er Toto erkannt hatte. Es war keine Überraschung in diesem Blick gewesen, eher Freude – und auch Verwundung.

Es war sehr warm im Haus, viel zu warm. Liv machte ihnen Kaffee. Sie hatten die verschmutzten Schuhe im Flur ausgezogen, ihr Ölzeug abgestreift, die Handys ausgestellt. Livs Vater verschwand und kramte eine Zeit lang hinter dem Haus herum. Irgendwann bot er ihnen Grog an und eine Erbsensuppe. Nun schlürften sie beide, die Ärmel ihrer Pullover hochgeschoben, ihre Suppe und sahen sich über ihre Löffel hinweg an. Auf Fragen antwortete Poul Hansen einsilbig. Selbst ein Gespräch führen, das tat Livs Vater offenbar selten.

»Poul …«, fing Toto irgendwann an. Es war ihm ein Bedürfnis. »… ich wollte dir das schon lange … Dein Sohn war ein sehr guter Spieler. Ich wollte dir das persönlich sagen. Kristian war besser als ich. Er wäre immer besser gewesen als ich.«

Liv erstarrte. Sie fasste Totos Hand, aber der sah nicht zu ihr herüber.

Poul Hansen nickte und schaute zu Boden. »Er war ein guter Junge«, sagte er langsam. »Ich kann Gott nicht verzeihen, was er mit ihm gemacht hat. Verstehst du das?«

Geäderte Augen schauten Toto an. Der Bart bestand aus kleinen grauen Nadeln. Die Mundwinkel zuckten.

Toto nickte vorsichtig. »Ich kenne niemanden, der Kristian nicht mochte.«

Hansen zog die Beine an, dass seine Kniegelenke knackten, und nahm einen langen Schluck.

»Und Liv …«, sagte Toto und deutete zu ihr hinüber. »Ohne sie wäre es aussichtslos, es noch mal zu versuchen.«

Ihr Vater hob die Brauen.

»Wie geht es deinem Mann?«, fragte er und fixierte sie aus den Augenwinkeln.

»Hab ihn erst gestern gesprochen, über Skype, Bildtelefon im Internet, weißt du? Er hat viel zu tun, leider.«

»Natürlich«, brummte er. »Männer wie er haben immer viel zu tun.«

»Was meinst du damit?« Liv konnte ihre Verärgerung nicht überspielen.

Stille breitete sich im Raum aus. Toto hustete, wusste nichts zu sagen.

»Wie geht es der Kleinen?«, fragte ihr Vater.

»Auch gut«, sagte Liv, die Arme vor dem Bauch verschränkt. »Sie fragt, wie viele Fische du gestern gefangen hast.«

Poul Hansen stieß ein Lachen aus. »Zu viele«, sagte er. »Aber das Fischen lohnt sich heute kaum noch, die …«

Er fragte Liv auf Dänisch nach einem Wort, das er suchte.

»Meerforellen«, sagte Liv.

»… die Meerforellen sind weniger als früher im Winter. Aber nur ein Netz, das draußen ist, ist ein gutes Netz. Verstehst du mich?« Poul Hansens prüfender Blick.

Nachdem er ihnen nachgeschenkt hatte, verabschiedete er sich ins Bett. Er würde in der Nacht aufstehen und hinausfahren mit seinem kleinen Kahn. Die Fische bissen am besten in der Morgendämmerung, sagte er, und er konnte nicht anders, als seinen Rhythmus beizubehalten. Es war das, was ihm noch blieb. »So eine Art Mann bin ich eben«, sagte er und stand auf. »Nicht viel zu tun. Aber genug, um mich zu beschäftigen.«

Als er draußen war, legte Toto seine Hand auf ihre.

»Seit zwanzig Jahren ist in diesem Haus Kristians Name nicht mehr gefallen«, sagte sie.

»Oh, das … das wusste ich nicht.«

»Seit zwanzig Jahren möchte ich hier seinen Namen herausbrüllen. Und schaffe es nicht. Seit zwanzig Jahren will ich meinem Vater sagen, dass ich nicht schuld an seinem Tod war. Ich kann nichts dafür, dass ich noch lebe.«

»War er immer so?«

»Er war so. Er wurde so. Ich weiß es nicht.«

»War er mit den anderen auch so wie mit mir?«

»Mit welchen anderen?«

»Mit Lamenteau zum Beispiel.«

»Frédéric war niemals hier. Wo denkst du hin? Schon der Gedanke ist absurd.«

»Und Sebastian?«

Sie zog ihre Hand zurück.

»Sebastian hat sich hier nicht willkommen gefühlt«, sagte sie. »Er sagte, er habe den Eindruck, alles weise ihn ab.«

»War dein Vater bei ihm noch unbeholfener als bei mir?«

»Er war grob. Seb konnte meinem Vater gar nichts recht machen.«

»Weil …«

»Das geht dich nichts an.«

Toto stand auf und trat ans Fenster, sah aber nur sein eigenes Spiegelbild. Draußen war Nacht.

»Wenn wir uns die Dinge nicht sagen, sind wir sehr einsam, Liv.«

»Ich …«

»Ja?«

»Vielleicht war *ich* diejenige, die abweisend war. Ich wollte Seb das alles hier ersparen. Alles hier ist Krisch. Und ich wollte Seb nicht an Krisch messen.«

»Aber mir ersparst du ihn nicht.«

Sie trat von hinten an ihn heran und legte ihm die Arme um den Bauch, schmiegte ihren Kopf an seine Schulter.

»Bei dir ist es was anderes. Krisch kannte dich. Krisch mochte dich.«

Sie hörte sich selbst reden und staunte über sich. Zuvor hatte sie diese Gedanken nicht gehabt, nun erschienen sie ihr ganz natürlich, als wäre es das Richtige, das zu sagen.

11

Sie verließen das Haus, in dem Pouls Schnarchen die Wände durchdrang, durch die Hintertür. Liv hatte eine Taschenlampe in der Hand, mit der sie den Weg erhellte. Der Nebel war gewichen, die Sterne kamen heraus, aber ihr Licht war kraftlos. Der Pfad lief bis zum Ufer, wo die Böschung steil abbrach. An der Kante wandten sie sich nach rechts, durchliefen eine Senke und erreichten schließlich hinter einem Wäldchen eine Hütte. In der Hütte brannte ein Licht. Sie war zur See hin verglast.

»Ich habe ihm keine Schlüssel dagelassen«, flüsterte sie. »Hat auch nie danach gefragt. Es ist sowieso nie abgeschlossen. Auf den Inseln schließen wir nie ab.«

Nach ihrem US-Open-Sieg hatte sie sich das Häuschen geleistet. Sie dachte damals, hier auf Avernakö würde sie ihre freien Sommertage verbringen und sich zwischen den Turnieren zurückziehen können, aber so war es nie gekommen. Ihr Rücktritt stand bereits fest, als der Umbau der alten Fischerhütte fertig war. Aber sie zog es durch. Solange ihre Mutter lebte, war es erträglich gewesen, da zu sein. Danach nicht mehr. Magda, die Nachbarin, hielt die Hütte sauber. Sie hatte am Morgen gelüftet und das Licht angemacht. Und den Kühlschrank gefüllt, so hatten sie es besprochen. Liv Hansen, die an alles dachte.

Als sie eintraten, schaute Toto sich um. Im Schein der Öllampe spiegelte sich sein wild abstehender dunkler Schopf.

»Es ist nicht groß«, sagte sie fast entschuldigend. »Aber es genügt für zwei. Oder auch drei.«

Das Haus bestand im Wesentlichen aus einem loftartigen Wohnzimmer, in das die offene Küche integriert war. Sie hatte damals ihr ganzes Preisgeld in den Umbau gesteckt. Die Dämmung war gut, die Möbel waren Liebhaberstücke, die Aussicht unbezahlbar. Heimat, dachte sie. Sie spürte den Grog im Blut, ihr Puls schlug hoch. Die Sache mit der Rationalität und der Moral war nicht einfach. Manchmal spülte es sie hinweg.

Sie führte ihn zu einer Tür und fasste mit ihrer Hand unter seinen Pullover. Seine Haut. Warm. Die Haare auf der Brust.

»Komm mit«, sagte sie.

Die Badewanne war groß.

»Wo genau tut's dir noch mal weh?«

»Überall«, sagte er.

»Komm ich überall ran?«

»Wir können es versuchen.«

Mit dem Handrücken fuhr er über ihre Wange. Ihr lief ein Schauer über den Rücken.

»Ich mach uns was zu essen«, sagte sie. »Von Erbsensuppe wird ja kein Mensch satt.«

Er ließ Wasser in die Wanne laufen, kippte Badeöl hinein. Durch die geöffnete Tür sah er sie ein Tablett durch die Wohnung tragen, eine Weinflasche und Gläser, sah ihren Schattenriss an der Wand einen Tisch richten. Sie waren in einer Zwischenwelt. Die Wärme strömte ihm durch die Muskeln hindurch und füllte ihn aus. Er schloss die Augen.

Sie hatte ihn schon oft nackt gesehen. Doch als sie ihn eben berührt hatte, entzündete ein Funke ihre Synapsen. Sie hätte am liebsten getanzt. Sie konnte nicht anders. Ihre Natur. Die Romantik schlug die Rationalität, so war es immer bei ihr gewesen, und sie wehrte sich nicht dagegen.

Sie war gierig, sie wollte wissen, wie er sich anfühlte, wenn sie ihn an sich zog.

Er wartete mit der Ruhe eines Menschen, der in unendlich vielen nervenaufreibenden Situationen gelernt hatte, sich im Augenblick größter Erregung davon nichts anmerken zu lassen. Er fragte sich, wie sie riechen würde, wenn er ihr nah war. Wie sie sich bewegen würde.

Als sie Geplätscher aus dem Bad hörte, fürchtete sie, er stiege schon heraus. Sie stellte rasch das Glas ab und zog sich im Laufen aus. Ihre Furcht war unbegründet. Seine Haut war durchtränkt von Hitze.

»Ist bei dir vielleicht noch Platz?«, sagte sie.

Ohne eine Antwort abzuwarten, schlüpfte sie zu ihm in die Wanne. Das Wasser war so heiß, dass ihr der Atem stockte.

Ihre Hände fuhren über seinen Körper, und er presste sich an sie, sodass sie spürte, wie es um ihn stand.

Sie küssten sich, bis sie kaum mehr Luft bekamen.

12

Er trocknete sich ab und nahm den Bademantel, den sie ihm hingelegt hatte. Auf dem Tisch standen Brot, Käse und Wein. Dazu Oliven und Datteln, gesalzene dänische Butter und geräucherte Makrele. In einem schwebenden Kamin, dessen Rohr in die Decke führte, brannte ein Feuer.

»Da sind wir«, sagte sie. »So töricht.«

»So ehrlich.«

»Hier im Nirgendwo.«

»Was deine Heimat ist«, antwortete er.

»Was man so Heimat nennt.«

Er setzte sich neben sie, schenkte ihnen ein, erhob das Glas. »Du hast wenigstens eine. Ich habe nur ein paar Provinzstädte zu bieten. Handballstädte.«

Sie tranken, aßen. Ihre nackten Füße berührten sich.

»Es kommt mir unerreichbar weit weg vor, das Leben hier«, sagte sie. »Vielleicht ist das meine Methode, damit umzugehen.«

»Irgendeine Methode braucht man.«

Sie nahm seine Schlaghand, betrachtete lange die Schwielen, die Linien.

»Warum warst du mit Lamenteau zusammen?«, fragte er.

Sie lehnte sich zurück. »Es war die Natur. Frédéric ist auch nur ein Tenniskind wie wir. Vielleicht noch etwas verkrüppelter als du und ich. In der Phase, in der andere Menschen zu richtigen Menschen werden, haben wir Tag für Tag ein paar Tausend Bälle über ein Netz geschlagen. Wir sind Aliens.«

»Du warst kein Alien. Du hattest immerhin ein paar Jahre lang deinen Bruder, mit dem du alles teilen konntest. Ich hatte niemanden. Die Matches, die ich damals gegen ihn gespielt habe, waren die ersten, die mir etwas bedeutet haben. Manchmal denke ich, ich spiele sie noch immer.«

»Das ist so lange her«, flüsterte sie.

»Damit fing alles an«, sagte er. »Du warst auf der Tribüne, mit deinen … flammenden Haaren. Deiner hellen Stimme. Wie du gebrüllt hast für ihn.«

»Und du warst ein kleiner Kerl«, sagte sie. »Ein talentierter kleiner trauriger Kerl.«

»Traurig, ich? Ich war ehrgeizig. Krankhaft ehrgeizig.«

»Und heute suchst du nach etwas, was du nie hattest.«

»In dem Wissen, dass ich meine Jugend nicht nachholen kann.«

»Du suchst das Fundament.«

Er nickte langsam. »Ich suche, seit ich denken kann.«

»Hör nicht auf«, sagte sie und zog ihn an sich, als wollte sie ihn festhalten mit ihren Lippen. Sie küsste ihn, als wollte sie so Luft bekommen.

Sie öffnete mit einer Hand seinen Bademantel, führte ihn zum Bett. Ihre Körper erkannten sich ohne Zögern, ohne Scham. Er schaute ihr in die Augen, als er sie hielt, den Kopf so weit erhoben, wie es nur ging. Sie liebten sich ohne Hast, sich durch die Augen des anderen sehend, zwei Ichs flossen ineinander und wurden eins, waren eins, waren wir.

13

Im Morgengrauen wachte er davon auf, dass sein rechter Arm unter ihr eingeschlafen war und ihre Haare an seinen Lippen kitzelten. Feine Kondenstropfen liefen die Fenster herab. Grauer Himmel, graues Meer.

In der Nacht hatte er von seinem Vater geträumt. Er hatte am Rand des Tennisplatzes gestanden und ihm beim Training zugesehen. Als Toto einen Volley-Stopp perfekt abtropfen ließ, hatte er zu seinem Vater hinübergeschaut. Der richtete sich auf, nickte zweimal und schlenderte davon. Damit endete der Traum.

»Fast kein Wind«, sagte Liv. »Wir können es ruhig angehen lassen. Unsere Handys bleiben aus.«

»Draußen wird die Hölle los sein.«

»Hier drinnen nicht«, sagte sie.

Sie küssten sich innig. Es war ungewohnt, ohne Hemmungen zu sein, für die Zeit, die ihnen blieb.

Er betrachtete das kleine Tattoo über ihrer linken Hüfte. Es mochte ein Buchstabe sein oder ein japanisches Zeichen für …

»Es ist ein stilisiertes K«, sagte sie.

»Jetzt sehe ich es.«

Sie hielten sich im Arm und schauten aus dem Fenster.

»Warum hat Frankie mich verraten?«, fragte er irgendwann.

»*Uns* hat er verraten«, korrigierte sie ihn und küsste seinen Handrücken.

»Es gibt keinen treueren Gefährten als Frankie. Nehoda hat doch Geld, wenn es das ist. Hat er sich so verändert? Bedeutet ihm das alles so wenig? Warum tut ein Mensch das?«

»Wahrscheinlich enttäuschte Liebe«, murmelte sie.

Später duftete es nach aufgebackenen Brötchen und Kaffee. Während Liv duschte, zog Toto Frankies Programm durch – isometrische Übungen, Liegestützen, Sit-ups. Zehn Minuten, über die er nicht mehr nachdachte. Vier Wochen noch bis zum Match. Er war körperlich in Form. Er war wirklich in Form. Erdmann und Frankie hatten ihn dahingebracht, so ehrlich musste man sein.

Wie sich Verrat wohl anfühlte?

Bevor sie zurückkam, hatte er Äpfel und Bananen klein geschnitten. Mit einem Kaffee in der Hand stand er am Fenster und blickte hinaus in die milchige Luft.

»Was wird sein?«, fragte er sie.

»Ich weiß es noch nicht.«

»Entscheide dich«, sagte er.

»Ich weiß nicht, ob das reicht.«

»Sag es mir rechtzeitig.«

Sie schwieg.

»Vor dem Spiel.«

Sie sagte noch immer nichts. Sie schaute ihn an. Ihre Augen waren weit und groß und schauten in ihn hinein.

»Ich glaube …«, fing sie an.

»Ja?«

»… die Entscheidung liegt nicht bei mir, sondern bei dir.«

14

Beim zweiten Kaffee äußerte sie das Bedürfnis, im Haus ihres Vaters nach dem Rechten zu sehen. Aber er war nicht zu Hause. Hatte auch keine Nachricht hinterlassen. Sie gingen hinüber zum Friedhof, der die Kirche umgab, und besuchten das Grab von ihrer Mutter und Kristian. Die niedrigen gestutzten Hecken. Das knirschende Geräusch ihrer Schuhe auf dem Kies. Sie legte Blumen auf die Gräber. Die Nachbarin hatte auch daran gedacht.

Zurück im Haus ihres Vaters, riss sie die Fenster auf, schüttelte Decken und Teppiche aus, holte den Staubsauger aus seinem Verschlag und drückte ihn Toto in die Hand. Sie sammelte leere Flaschen ein und warf sie in den Container an der Straße, spülte Töpfe und Teller, las Kleider vom Boden auf und steckte sie in die Waschmaschine. Schließlich blieb sie vor den Familienfotos neben dem Ofen stehen und betrachtete das Bild ihres Bruders. Das Strahlen in seinen Augen. Die Pläne in seinem Blick. Sie empfand vor allem Wut. Auf wen, wusste sie nicht.

15

Es war seine Idee gewesen.

Alleine wäre sie die paar Meilen nicht hinübergesegelt.

Nach Faaborg.

In die Stadt, in der es geschehen war.

Die Fahrt über die tote Novembersee zwischen den Inseln war gespenstisch gewesen. Enten flogen auf, stumm, verschwanden im Nebel. Man sah keine hundert Meter weit. Toto versuchte seine Mutter zu erreichen, ließ es nach einer Minute Klingeln sein. Sie entglitt der Welt. Wahrscheinlich würde er sich demnächst aufmachen müssen nach Perpignan, um zu sehen, ob sie noch ansprechbar war. Er wollte nicht darüber nachdenken.

Liv hätte sich ohne Kompass zurechtgefunden, auch wenn die Welt anders aussah, die Küstenlinien verschwammen. Es war eine Gewissheit, die von innen kam, die sie nicht erklären konnte. Trotzdem schielte sie ab und zu aufs Mobiltelefon, wo die Navigation mitlief.

Am frühen Nachmittag legten sie im Stadthafen an. Ein paar Yachten lagen noch da, aber niemand beachtete die beiden dick eingepackten Herbstsegler, die mit klammen Fingern ihr Boot sicherten. Der Fischhändler hatte geöffnet. Ein Kaminofen brannte in dem Geschäft, und sie wärmten sich über zwei Makrelenbrötchen auf.

Anschließend gingen sie am Ufer entlang, Hand in Hand. Kühltransporter parkten am Hafen, die Fahrer saßen in den Kabinen, schlürften ihren Kaffee und starrten hinaus aufs Meer. Von irgendwoher drangen Hammerschläge. Die Straßenlampen brannten. Es war nicht richtig hell geworden an diesem Tag, und die Dämmerung kündigte sich bereits an. Das Meeresschwimmbad ließen sie hinter sich, eine kühne Rampe aus Holz, die in einer Kanzel über dem Wasser endete.

»Das haben sie erst vor ein paar Jahren gebaut, soviel ich weiß«, murmelte Liv. »Unsere Tante ist weggezogen aus der Stadt, kurz nachdem das mit Krisch geschah. Hat es nicht ausgehalten. Hatte ja ganz in der Nähe gewohnt.«

Ein Friedhof zu ihrer Linken. Steinerne Torbögen führten zu einer Allee aus Bäumen, die ihre Blätter bereits verloren hatten. Ein Gärtner harkte den Weg und grüßte sie. Hinter dem Friedhof ein Wäldchen, das zum Meer in einer sanft abfallenden Wiese auslief. Zur Rechten, durch den Nebel über dem Wasser, zeigten sich die gelben Lichter der Insel Björnö. Möwengeschrei in der Luft. Liv wandte sich nach links, zog Toto hinter sich her. Nur ein paar Meter waren sie von der Ostsee entfernt. Aber man sah das Meer nicht mehr. Häuser versperrten den Blick. Eine Straße mit Kopfsteinpflaster, die von einem kleinen Hügel hinunterführte. Wenige Autos waren unterwegs. Das Pflaster leuchtete steinern im Schein der Straßenlampe.

Ihr schwindelte.

Die Kreuzung. Nach links zum Strand, nach rechts zur Stadt.

Auf dem Gehweg blieb sie stehen.

Die Platten auf der Straße glänzten.

»Hier?«, fragte er mit rauer Stimme.

»Man sieht gar nichts«, flüsterte sie.

Sie kniete nieder und schloss die Augen. Die Farben. Das Blond seiner Haare, bevor sie ihn in den Krankenwagen schoben. Das dunkelbraune Rot, später, auf dem durchtränkten Stein. Das weiße Schweißband.

Sie ist zwölf, er fünfzehn. Ein milder Winternachmittag. Vom Haus ihrer Tante fahren sie mit dem Fahrrad den Hügel hinab in Richtung Strand, es ist nicht weit, nur einmal links und dann rechts runter. Es nieselt, die

Straße ist feucht. Krisch fährt freihändig, wie er es immer tut, die Arme verschränkt vor der Brust, schnell, wie er es immer tut. Sie ruft ihm nach, er solle warten, ihre Kette sei heruntergesprungen. Er dreht sich um, um zu schauen, was ist, was denn los sei, seine Haare wehen im Fahrtwind, und seine Jacke flattert und …

Sie hört ein Geräusch, wie sie es noch nie gehört hat, ein Quietschen oder Kreischen, und einen Schlag und ein Klatschen, wie wenn ein Sandsack auf Beton geworfen wird. Und sie sieht den Schatten des Lkws, sie sieht ein Fahrrad zur Seite fliegen, sie sieht, wie es den Lkw kurz anhebt und wieder nach unten drückt, wie der Lkw zum Stehen kommt, dass darunter ein Mensch liegt. Liv sieht nur einen leblosen Arm unter dem Fahrzeug hervorschauen, am Handgelenk ein weißes Schweißband.

Sie darf mit den Sanitätern im zweiten Wagen mitfahren, aber Krisch stirbt auf dem Weg ins Krankenhaus.

Als sie ankommen, ist er fort.

Sie hatte erwartet, dass die Bilder scharf sein würden. Auch nach zwanzig Jahren. Und sie hatte gedacht, der Schmerz würde sie übermannen, die Bilder würden alles in ihr zur Explosion bringen. Aber so war es nicht. Die Erkenntnis kam so überraschend und war so überwältigend, dass sie nicht aufzustehen vermochte.

»Liv«, sagte Toto leise.

»Hier«, sagte sie. »Hier lag er. Er war sofort tot. Hat nichts gemerkt. Das Letzte, was er gesehen hat, das war ich. Und das Letzte, was er gehört hat, war meine Stimme.«

Er versuchte etwas zu sagen, aber er brachte kein Wort heraus. Er wollte sie halten, bis er merkte, dass sie es war, die ihn hielt.

16

Es war fünf Uhr am Nachmittag und schon dunkel. Die Glocken des Faaborger Glockenturms läuteten. Die klamme Luft kroch durch alle Lagen, sie froren.

»Zeig mir, wo ihr trainiert habt«, sagte er.

»Warum?«, erwiderte sie. »Ich bin dort mit zwölf Jahren weg.«

»Wenn du von früher erzählt hast, hast du oft gesagt: ›Bei uns in Faaborg.‹ Erinnerst du dich? Die Orangenmarmelade, weißt du noch, der Geschmack von Wimbledon?«

»Oje. Na klar.«

»Zeig es mir.«

Er wusste nicht, woher er plötzlich die Klarheit hatte. Das Kreisen hatte aufgehört. Er war für sie da, hier, es gelang ihm, für sie zu denken, für sie zu handeln, zu spüren, was sie brauchte, wer sie war. Er hatte es nicht gekannt. Hatte es nie erlebt. Jetzt schon.

Wir, ein ungewohntes Gefühl.

Die Linien der Außenplätze waren mit Ziegelsteinen abgedeckt, die Netze ausgehängt. Die Halle war ein geschwungener Betonbau aus den Siebzigerjahren, daran angeschlossen ein Fitnesscenter, eine Pizzeria und eine Kegelbahn. Durch die Milchglasscheiben sah man die Silhouette von Kindern, die Tennis spielten.

»Es gibt immer wieder neue Kinder, die den Traum träumen«, sagte sie.

»Schlimm, wenn es nicht so wäre«, sagte Toto.

Sie gingen nach drinnen, vorbei an den Umkleidekabinen, in den Gang, aus dem man dem Geschehen auf den beiden Plätzen zuschauen konnte. Auf dem linken Platz spielte ein Trainer fünf

Halbwüchsigen Bälle zu. Sie hatten alle denselben weit ausholenden Schwung, dieselbe fleißige Beinarbeit.

»Gute Technik«, sagte Toto. »Eure Technik.«

»Klassische Petersen-Schule. Einmal waren wir auf der Fähre nach Hause. Ich jammerte, dass ich zu klein war, dass ich es nie zu was bringen würde mit diesen dünnen Armen. Und Krisch sagte mir: ›Du wirst besser als ich, stärker. Wart es nur ab.‹ ›Niemals‹, sagte ich, ›ich werde nie so gut sein wie du. Es wird bei mir nicht reichen für die Weltklasse.‹ Und er sagte: ›Ich meinte nicht das Tennis.‹«

Plötzlich stieß sie einen Kiekser aus. Sie war sich erst nicht sicher, sah den Trainer nun von der Seite, die spitze Nase, das fliehende Kinn.

»Das ist Jorgen!«, sagte sie. »Mit ihm war ich in einer Klasse. Er ist Lehrer geworden, hieß es. Ich wusste nicht, dass er noch Tennis spielt. Und jetzt ist er vermutlich Petersens Nachfolger. Petersen wird in Rente sein. Oder schon tot.«

»Schau mal«, sagte Toto. Er deutete auf die gegenüberliegende Wand.

Ihr stockte der Atem.

Auf einem Schild, das aussah wie ein Straßenschild, stand: Court Liv Hansen.

Ein paar Minuten später war das Training beendet. Jorgen strebte auf den Ausgang zu. Er stutzte, als er sie dort stehen sah.

»Liv«, rief er. »Liv!«

Er drückte sie und schüttelte Toto die Hand, achtete aber nicht weiter auf ihn.

»Ihr hättet den Platz nicht nach mir benennen sollen«, sagte sie nach einer Weile.

»Du bist Ansporn für unsere Kinder. Die große Liv Hansen.«

»Mein Bruder hätte es mehr verdient gehabt.«

»Court Kristian Hansen, meinst du?«, fragte er.

Sie nickte.

»Sein Schild hängt ganz rechts über dem zweiten Platz.«

Es verschlug ihr die Sprache.

»Dein Vater hat sich sehr ins Zeug gelegt, als wir ihn um ein paar Andenken gebeten haben.«

»Mein Vater?«, sagte sie leise.

»Ihr seid unsere Helden hier.«

»Hör auf.« Sie sah Toto hilflos an.

»Warte, bis du Petersen siehst.«

Der Trainer warf sich ein Handtuch um den Nacken und führte sie hinüber in die Pizzeria. An einem Ecktisch saß ein dicklicher älterer Mann, der Zeitung las und vor sich ein Bier stehen hatte. In seinem Mundwinkel hing eine Zigarre. In den Regalen hinter und neben ihm standen Pokale, hingen Wimpel, Urkunden und Fotos.

»Hansen«, las sie, immer wieder. »Hansen. Hansen. Hansen. Hansen.«

Das größte Foto war gerahmt. Zwei Jugendliche. Geschwister, eindeutig. Der gleiche Blick aus grünen Augen, wie aus einer strahlenden Zukunft geborgt. Die langen blonden Haare, in denen sich das Sonnenlicht fing. Darunter war zu lesen: »Liv und Kristian Hansen, 1999«.

Als Lasse Petersen sie wahrnahm, richtete er sich mühsam auf. Es tat Liv weh zu sehen, wie alt er geworden war. Er stand gebückt, die Haut ledrig, seine Augen blinzelten.

»Liv«, flüsterte er.

Er breitete seine Arme aus. Sie warf sich hinein. Eine Umarmung, auf die sie lange gewartet hatte, ohne es je zu wissen.

NEUN

1

Wie er erwartet hatte, war Frankie abgetaucht. Auf SMS reagierte er nicht. Die Presse schrieb vom »Bunker an der See«.

Die Reporter hatte Erdmann abgewimmelt. Warum Toto Berger nicht reagiere, was mit Liv Hansens Ehe sei? »Totos erster Aufschlag macht mir Sorgen«, antwortete Erdmann, »er hat noch nicht genug Kick.«

Der Trainer hatte sie nach der Rückkehr gedrückt. Mit seinen Armen sie beide gleichzeitig umklammert, so klein, wie er war.

Die verbliebenen Sherpas kamen nur zögerlich zum Vorschein, nachdem Toto und Liv zurück waren. Sie mieden es, über das zu reden, was vorgefallen war. Und die beiden sprachen es auch nicht an.

Doch die Realität brach mit Macht über sie herein. Das Handy abzuhören, die Botschaften im Netz zu überfliegen, eine Art Überblick zu bekommen, dafür brauchte Toto die ganze Mittagspause zwischen den beiden Trainingseinheiten. Liv hatte sich im Wohnzimmer mit ihrem Laptop und einem Headset verschanzt und übernahm wieder die Steuerung der Dinge.

Später telefonierte Toto mit Nehoda, der in Gelsenkirchen die Organisatoren briefte. Das Ganze lief, bekam er zu hören. Der passende Sand war inzwischen geliefert worden. Die Choreografie des Spieltags war festgelegt. Nehoda klang zuversichtlich. Das klang er immer. Auch deswegen hatte ihn Toto schon des Öfteren feuern wollen, wegen seiner überschäumenden Zuversicht; aber Menschen mit Zuversicht waren rar.

Zwei Wochen noch. Im Fernsehen liefen die World Tour Finals, bei denen Lamenteau siegte. Toto schaute nicht hin. Am Ende der

Woche würde er nach Doha fliegen, ein hochkarätig besetztes Einladungsturnier, wo ihm Nehoda die zweite Wild Card besorgt hatte.

Im Training lief es gut. Er fühlte sich stark. Konnte durchweg ein hohes Tempo gehen und fegte den Flensburger Müller 6:1, 6:0 aus dem Zelt. Beim Matchball, einer Vorhand longline aus dem Lauf, blieb er beim Hineinrutschen aber an der Seitenlinie hängen und knickte um. Die Bänder im Sprunggelenk. Erdmann eilte herbei. Auch Rolf, den sie nach Frankies Verschwinden wieder engagiert hatten. Zu gut kannte Toto dieses Pochen, diese Hitze im Gelenk. Die Heilung würde Zeit brauchen. Die Toto nicht hatte. Er humpelte hoch in sein Zimmer. Sie kühlten das Gelenk, betteten ihn bequem, riefen einen befreundeten Orthopäden aus Kappeln.

Gegen den Schmerz nahm er doppelt so viel Voltaren wie sonst. Nun kam es auch nicht mehr darauf an. Den ganzen Abend blieb er im Bett, das Bein hochgelegt. Schlafen konnte er nicht. Was er spürte, spürte er nur dumpf. Wie ein Klopfen an eine gedämmte Tür.

In seiner Nachttischschublade hatte er vor Kurzem eine frische Packung Propranolol gebunkert. Das würde ihm die Unruhe austreiben. Wenn die Balance der Präparate stimmte, würden sie ihn müde machen, er wusste, wann und wie sein Körper reagierte, er wusste, wie er ihn auf den Höhepunkt hin fit machte, er wusste, dass ihm nun nur noch seine Erfahrung helfen konnte, um überhaupt antreten zu können.

Ohne seine Lage zu verändern, tastete er nach der Schublade und schob sie auf. Aus den Augenwinkeln sah er, dass es die richtige Packung war, drückte eine Tablette heraus, schob sie sich in den Mund, griff zum Glas Wasser.

Schritte vor der Tür. Liv platzte in sein Zimmer. Ein Anruf aus Potsdam, Brigitte. Vorwürfe über Vorwürfe. Sebastian war von seiner Dienstreise zurückgekommen und gleich wieder abgereist. Smilla hatte er mitgenommen.

Toto schluckte, was er im Mund hatte.

Liv sah die offene Schublade, den Blister Tabletten, sah das Glas Wasser und lief aus dem Zimmer. Er hörte ihre Schritte auf den alten Bohlen des Haifischhauses widerhallen, bis ihn der Schlaf übermannte.

2

In dieser Novembernacht erreichte der Winter das Land der Angeln. Aus dem Sprühregen, der das Haifischhaus am Abend umhüllt hatte wie ein nasser Schwamm, wurde feiner Schnee, nachdem Liv davongefahren war.

Toto verfolgte die Verwandlung im Bett liegend, zum Fenster hinausstarrend, während der Lymphdrainage, der Massage, der Besprechung mit Erdmann.

Wenn er sich aufrichtete, sah er, dass der Schnee liegen blieb und den Kies in der Einfahrt wie ein Mosaik tupfte.

Liv, wieder in Potsdam, ging nicht ans Telefon.

Seine Mutter verstand ihn immer weniger. Ihr Gedächtnisverlust wurde zunehmend schlimmer.

Sein Magen schmerzte.

Er schaute fern, irgendwas, nur kein Tennis.

Verzichtete auf Tabletten, obwohl der Drang fast übermächtig war.

Muhammad Ali schlug George Foreman im strömenden Regen k. o.

Gute Quoten vermutlich.

Als er in einen unruhigen Schlaf fand, graute schon der Morgen.

3

Toto blinzelte in die Morgensonne, die es soeben über die Kronen der bestäubten Bäume geschafft hatte. Sein Sprunggelenk machte einen besseren Eindruck. Vorsichtig belastete er es unter Erdmanns Aufsicht. Er konnte wieder auftreten, ohne aufzuschreien. Das Frühstück nahm er spät ein. Ein Kaffee, vier Toasts mit Honig, dazu zwei Bananen. Er unterhielt sich mit Nils, der heute freihatte. Mit einem frischen Kaffee in der Hand humpelte er nach draußen. Gleich würde Rolf Hand anlegen. Morgen würde er es wieder versuchen. Leichtes Training. Er räumte mit der bloßen Hand eine Schicht Schnee von einer Mauer, setzte sich und spähte aufs Wasser hinaus, das wie ein blinder Spiegel dalag.

Später füllte Erdmann drinnen den Kachelofen nach, schweigend. Toto checkte sein Handy. Keine Nachricht von Liv.

»Wo ist Frankie hin?«, fragte er.

»Ich hab ihn fortgeschickt«, nuschelte Erdmann.

»Zurück nach Split, oder wohin?«

»Er ist hier in den Dorfkrug gezogen. Er wartet, sagt er.«

»Worauf wartet er?«

»Auf dich. Er will mit dir reden.«

Toto zuckte mit den Achseln. »Da kann er lange warten.«

Als Nils mit Jacke und Tasche über der Schulter hereinplatzte, schrak Toto hoch.

»Willst du auch noch gehen?«, fragte er. »Ist es hier nicht schon leer genug?«

Nils fuhr sich über den Flaum auf seinem Kopf und griff sich eine Banane.

»Ich dreh nur ’ne Runde.«

»Wann bist du wieder zu Hause?«

»Weiß noch nicht«, sagte Nils, den Türgriff in der Hand.

Toto rang sich ein Lächeln ab.

»Nils?« Er hob die Hand. »Schön, dass du hier bist.«

Sein Sohn grinste, öffnete die Tür und war verschwunden.

4

Ich vermisse dich,

schrieb er nach Potsdam.

Kann nicht sein ohne dich.
Toto

Sie antwortete erst in der Nacht.

Dass du so bist,
Toto Berger.
Dass du nicht frei bist.
So allein bist.
In Gedanken dein –
Liv

5

Die Kleine sah fröhlich aus mit ihren apfelroten Backen. Ihre langen Unterhosen waren bis ganz nach oben gezogen, und sie trug ihre Lieblingsspange im Haar. In dem Hotel habe es ein Schwimmbad gegeben und einen eigenen Kindergarten, erzählte sie. Und Pommes mit Ketchup und Apfelsaft mit leuchtend gelbem Strohhalm!

»Ach, Smilla«, rief Liv. Smillas Haare, die nach Pfirsich dufteten. Ihre weiche Haut. Ihre kleinen Hände. Ihre Grübchen. Ihr Doppelkinn. Ihr warmer Atem.

Sebastian hatte die Tasche ausgeräumt und die Waschmaschine angeworfen. »Hier ist Freddy und hier ihr Schnuffeltuch«, sagte er, »bei uns kommt nix weg.« Er lächelte. »Nett, dass du hier bist, Liv.«

»Mach das nie wieder«, sagte sie, die Augen geschlossen.

»Wir führen eine gleichberechtigte Ehe, oder nicht?«, sagte er, nahm Livs Hand und drückte sie. Dann ging er, Schlüssel klimpernd, hinaus ins Schneetreiben, die Arbeit.

6

Liv würde erst mal in Potsdam bleiben. Smilla brauchte jetzt Ruhe und ein stabiles Zuhause. Ihm konnte sie nicht mehr helfen, nicht mehr dort, wo er jetzt war. Nachdem er die Nachricht gelesen hatte, warf er das Handy gegen die Tür. Das Display hatte einen Riss, der es diagonal teilte, aber es funktionierte noch.

Rolfs Lymphdrainagen hatten angeschlagen, Tag für Tag wurde es etwas besser, und schließlich flog er wie geplant nach Doha. Kleiner Tross, größeres Turnier, wieder viel Presse. Sein Fuß war dick getapt, und er bewegte sich zunächst unrund, gehemmt und misstrauisch dem eigenen Körper gegenüber. Dennoch lief es, einfach so, weil es manchmal eben läuft. In der ersten Runde schlug er den unerklärlich lustlosen Daljan Stojkovic klar. Immer wieder hatte sich vor dessen Cross-Schlägen die Faust geballt – Toto erinnerte sich an die Lamenteaus DVD. In der nächsten Runde besiegte er ausgerechnet Jorge Hernandez in drei umkämpften Sätzen und verlor erst im Halbfinale gegen den wiedergenesenen Kanadier Frank DiMarco 4:6, 6:1, 6:7, nach einem Spiel, das die TV-Kommentatoren als »begeisternd« bezeichneten. Hinterher telefonierte er mit Liv und gab sich Mühe, fröhlich zu klingen, während sein Sprunggelenk in Eis eingepackt war und der Turnier-Physio ihn bearbeitete.

»Von hier aus nach vorne, Toto«, flüsterte Liv.

Er seufzte, und es dauerte, ehe er etwas entgegnen konnte.

»Bei dir alles in Ordnung?«

Sie sagte: »Nichts ist in Ordnung hier. Und bei euch?«

»Moser wirbelt für zwei. Nils unterstützt ihn neuerdings. Aber dir selbst – geht es dir gut?«

»Ich bin bei meiner Familie«, sagte Liv.

7

Die Blicke der verbliebenen Sherpas – Erdmann und Moser – veränderten sich in diesen letzten Tagen. Ihre Sprüche ließen sie sein. Auch Rolf hielt die Klappe, vermutlich, weil Erdmann ihm klargemacht hatte, was angesagt war. Sie alle ließen sich jetzt in der Küche, im Gang, im Wohnzimmer mehr Raum, wenn sie sich begegneten. Toto versuchte milde zu sein, was gelang, solange sie keinen Disput hatten, aber trotzdem schlug er Türen, warf er Schläger, zogen seine Flüche durchs Haifischhaus auf der Suche nach Abnehmern. Sein Fußgelenk war noch dick. Nur wenn er sich bewegte, spürte er nicht, wie es im Knöchel pochte. Die Sherpas sprachen morgens sämtliche Dinge auf einmal an, als liefe ihnen mehr als nur die Zeit davon. Und abends diskutierten sie alles so genau, als wollten sie die Zeit anhalten.

Nehoda hatte schon vor Längerem einen Wachdienst engagiert, der die Reporter fernhalten sollte, und das verstärkte den Eindruck, in einer Burg zu leben. Toto las aus Prinzip keine Zeitung mehr, schaute nicht mehr ins Netz. Das Fieber war im Anmarsch. Es war mit nichts zu vergleichen, was ihm in den vergangenen Monaten widerfahren war. Er spürte, wie sich sein Sichtfeld weiter verengte. Er spürte, dass er anders ging, aufmerksamer. Aber dass er auch im Begriff war abzustumpfen. Schon tief im Berg. Etwas jedoch hielt ihn zurück. Er würde total eintauchen müssen, aber noch gelang es ihm nicht. Er dachte zu oft an Liv und schlief kaum mehr anständig. Natürlich bemerkte er, wie sich die anderen für ihn Mühe gaben, ohne dass er dies mitbekommen sollte. Erdmann ließ ihn locker trainieren. Rolf schlich wie auf Zehenspitzen durchs Haus. Nehoda rief jeden Morgen an, um sein gutes Gefühl mitzuteilen. Moser verzichtete ganz auf die grünen Smoothies und schnitt die Steaks extra dick. Und Nils … ja, Nils war immer an seiner Seite. Er hatte Urlaub genommen von der Arbeiterwohlfahrt. Es war nicht so, dass Toto ihn darum gebeten hätte. Aber er erkannte, dass Nils immer mehr seine Nähe suchte. Gleichzeitig redete sein Sohn nicht mehr so viel. Fragte auch weniger. Hatte sein Temperament ans Haifischhaus angepasst. Er reichte Toto im Training das Handtuch oder den Schläger, brachte ihm eine Flasche Wasser, durchforstete für ihn Twitter und Instagram, um ihm mitteilen zu können, dass alles gut war da draußen – dabei überschlugen sich die Gerüchte –, und gab ihm das Smartphone nur, wenn er es für wichtig erachtete.

Einmal fragte ihn Toto nach einer Einheit, ob er nicht ein bisschen mit ihm spielen wolle. Einfach ein paar Bälle hin und her schlagen.

»Ich?«, fragte Nils.

»Du«, sagte Toto und hielt ihm einen Schläger hin.

»Es ist so lange her«, sagte Nils. »Ich habe früh angefangen und früh aufgehört. Vor zwei, drei Jahren. Und ich war nicht besonders gut.«

»Gegen dein Idol Lamenteau hattest du keine Scheu.«

»Der ist auch nicht mein Dad, weißt du.«

Dad.

Der Aufschlag seines Sohnes kam mit ziemlicher Wucht. Besser, als es Toto erwartet hatte. Nils bewegte sich wie ein Mehlsack, aber die Vorhand hatte Potenzial, die Rückhand eher nicht. Ihn durchfuhr ein Anflug von Stolz, als ihm Nils einmal eine Vorhand ins Eck setzte und er den Ball nur drucklos zurückspielte, als wäre er in Bedrängnis, und wie Nils dann mutig am Netz auftauchte und den Volley versenkte.

Schau mal an, mein Sohn.

8

Nils hackte draußen vor dem Schuppen Holz. Toto entdeckte ihn nach der letzten Einheit und half ihm die Scheite zu stapeln. Der Kamin und der Ofen fraßen ihre Vorräte weg. Vor allem der Kachelofen durfte nicht ausgehen, hatte Erdmann gesagt, sonst säßen sie, wenn die Heizung ausfiel, in einer gottverdammten Kühltruhe. Der Winter setzte ihnen zu. Die Balken waren dick, aber er drang durch die Ritzen.

Die Bäume um das Haus hatten ihre Blätter mittlerweile abgeworfen. Starr stand der Wald. Die Nächte brachen immer früher herein, die Tage später an. Hier oben im Norden gab es viel Dunkelheit, Toto kannte das so nicht mehr.

Nils trug ein dünnes Fleecehemd und eine Daunenweste, auf dem Kopf eine Wollmütze. Sein Atem stand über ihm wie die Wolken einer Dampflok.

»Na«, sagte Toto. »Auspowern?«

Nils nickte. »Es geht alles so schnell vorbei. Ich weiß nicht, wohin mit mir. Am liebsten würde ich selbst spielen.«

Toto zog ihn an sich. Eine kurze Umarmung, während der Nils nicht zu wissen schien, wohin mit der Axt.

»Was ist, wenn das Spiel vorbei ist?«, fragte Nils. »Was dann?«

»Das hängt davon ab, ob ich gewinne.« Er grinste. Dann nahm er Nils die Axt ab, legte sie beiseite und führte ihn ums Haus, an den Abbruch der Felsen. Von da schauten sie aufs schiefergraue Meer. Er drückte seine Wange an die des Sohnes und deutete auf den Horizont im Osten, wo ein Fischerboot langsam schipperte. Eine Möwe stand himmelwärts im Wind, unbewegt, und schaute zu ihnen herunter. Toto fuhr sich über seine Bartstoppeln. Sein Vater hatte früher immer gekratzt, wenn er ihn manchmal zufällig berührt hatte.

»Wenn ich verliere, bleibe ich vielleicht hier«, sagte Toto. »Erdmann würde sich wahrscheinlich freuen. Zwei kauzige Typen, wie die Alten aus der *Muppet Show*. Und was hast du vor? Wie lange läuft deine FSJ-Stelle noch?«

»Ein halbes Jahr. Aber ich kann sie auch woanders fortsetzen. In Freiburg zum Beispiel. Da studiert Hella.«

»Hella?«

»Meine Freundin. Oder Ex-Freundin. Ich weiß es nicht. Vor ihr bin ich im Sommer geflüchtet, weil sie mich … mit einem anderen Typen betrogen hat.« Nils hob die Schultern.

»Und darum bist du nach Köln?«, fragte Toto.

»Ich wusste nicht, wie man mit so was umgeht.«

»Nicht wegen mir?«

»Mehr wegen mir.«

Toto war, als wäre ihm eine Last genommen.

»Und jetzt bist du nicht mehr sauer auf sie?«

»Teils ja. Teils nein. Ich fühle mich verraten. Und denke trotzdem ständig an sie. Kann man nichts machen, was?«

»Doch. Sie suchen. Mit ihr reden. Oder es wenigstens probieren. Geht nicht immer. Aber manchmal schon.«

Nils antwortete langsam. »Ich werd mein Bestes geben.«

Sie gingen zurück zum Schuppen, in Gedanken.

»Hey Nils«, sagte Toto, als wäre ihm eben gerade etwas eingefallen. »Ich bin schon auch stolz auf dich. So, wie du bist.«

»Jetzt hör schon auf«, sagte Nils und nahm ein Stück Holz, um es zu spalten.

9

Noch fünf Tage. Fünf Tage Vorbereitungen sind nicht viel Zeit im Sport. Fünf Tage Warten bringen dich um im Sport.

@MountBerger meldete sich zu Wort:

> *5 days to go #BergerReturns. #LamenteauIsUnbeatable? Lost my first serve somehow. If anybody found it, please send it to Schalke-Arena!*

Toto ignorierte die Antworten, obwohl ihm Nils erzählte, dass es eine Flut sei, kaum mehr zu überblicken. »Es sieht so aus, als ob die ganze Welt um dich kreist«, sagte er. »Das ist schon krass.«

»Aber es ist nicht real.«

»Aber der Hype ist real.«

»Aber er bedeutet nichts. Gar nichts.«

10

@FLamenteau schrieb:

Feeling incredible. @MountBerger is it getting cold up north at the Baltic Sea? #Totoisfreezing

11

Kommentarlos stand auf dem Tagesplan, den seit Livs Abreise Nils organisierte: *20h Videostudium.*

Für Toto blieb der bequemste Sessel frei, als wäre er reserviert worden. Er erschien Punkt acht Uhr, widerwillig. Er hatte genug von Analysen und Klugscheißereien.

Kein Frédéric mehr, bitte. Kein Getänzel mehr. Missmutig ließ er sich in den Sessel fallen. Die anderen hielten so gut es ging die Klappe. Moser drückte ihm einen Kräutertee in die Hand.

Erdmann hielt einen Stapel DVDs hoch. »Wer von euch hat damals den legendären America's Cup gesehen?«, fragte er. »Den vorletzten, in San Francisco.«

»Ich schaue kein Baseball«, sagte Moser.

Die anderen lachten.

»Habt ihr mitbekommen, wie er ausgegangen ist?«

Nicken. Sportler wissen, was anderswo im Sport passiert, selbst wenn es Segeln ist.

»Die Amerikaner haben ihn gewonnen«, sagte Toto. »Wie hieß das Team dieses verrückten Milliardärs Ellison?«

»Oracle«, sagte Nils. »Die Titelverteidiger. Ich hab ein bisschen was gesehen.«

»Die lagen klar zurück gegen Neuseeland«, sagte Toto. »Und haben das doch noch umgebogen.«

»Mehr weißt du nicht?«, fragte Nils.

Toto schüttelte den Kopf.

»Gut«, sagte Erdmann. »Schauen wir uns das in Ruhe an. Es wird ein bisschen dauern. Das ist historischer Stoff. Das ist das Comeback des Jahres. Fast so gut wie Ali gegen Foreman.«

Vor ihren Augen startete das Duell zweier hochgerüsteter Katamarane. Das Duell zweier Mannschaften, die ihr zwanzig Meter langes, zweirumpfiges Boot so mit dem Wind spielen ließen, dass es sich aus dem Wasser erhob, zu »foilen« begann, was nichts anderes ist, als zu fliegen. Mit vierzig Knoten durch die Bucht von San Francisco. Das war ein Spektakel, ohne Frage, und schon das erste Rennen begann mit maximaler Spannung; wie sich beide Boote belauerten, wie sie auf die erste Boje zurasten und nur um ein Haar einen Zusammenstoß vermieden.

»So muss man loslegen«, murmelte Erdmann.

Vor allem, das begriff Toto nach wenigen Minuten, war es ein Duell zweier Männer, der Skipper Spithill und Barker.

Jimmy Spithill, ein Australier, steuerte das Boot der Amerikaner, die die Gastgeber waren und als Favoriten galten. Aber den ersten Start dominierte Dean Barker, der das ganze Rennen dominierte, für Neuseeland den ersten Punkt errang. Nach dem Zieleinlauf wurden beide Skipper interviewt. Der unterlegene Spithill sagte nicht viel mehr als: »We need to regroup.«

»Das ist ja nicht sehr originell«, rief Toto. »Das geht nicht in die Geschichte der schlauesten Kommentare unter der Sonne ein.«

»Vorsicht«, sagte Erdmann.

Der Wind war ein Faktor, die Strömung war ein Faktor, manchmal wurden die Rennen wegen zu viel Wind verschoben und dann noch abgesagt, doch bald führte Neuseeland fünf zu null. Neun Punkte, und der Cup würde in Auckland sein. Neuseeland war überlegen, wendete besser, brachte das Boot konsequenter zum Fliegen.

»We need to regroup«, sagte Spithill nach jeder Niederlage.

»Das ist ja wie 'ne Schallplatte, die hängt«, sagte Moser. »Oder hab ich mich verhört?«

»Der kann nur diesen einen Satz«, sagte Toto.

»Vorsicht«, sagte Erdmann. »Das ist Leadership. Das ist Mannschaftsgeist.«

»Langsam mussten die Amis anfangen sich zu wehren«, sagte Nils, der offenbar mehr wusste als Toto.

»Schluss für heute«, sagte Erdmann, es war schon elf Uhr.

Toto wollte erst protestieren, ließ es aber sein, als der Trainer hinzufügte: »Ab in die Falle.«

12

Als sie sich am nächsten Abend zur selben Zeit wieder trafen, war Toto einige Minuten zu früh da. Er hatte in der Nacht ein paar Stunden geschlafen.

Eher läppisch gaben die Neuseeländer ein Rennen ab, siegten dann dreimal.

»We need to regroup.«

Acht zu eins führten die Underdogs schließlich. Ein Sieg noch. Aber es war zu sehen, dass die Amerikaner näher kamen. Sie hatten das größere Budget, sie veränderten das Boot in jeder Nacht, sie drehten an jeder Schraube. Die Zeit spielte für sie.

»Irgendwas passiert da«, sagte Toto. »Das spürt man. Das spüren auch die Neuseeländer.«

Zweimal gewannen nun die Amerikaner.

Es war jetzt Barker, der sagte: »We need to regroup.«

Den Neuseeländern fehlte weiterhin nur ein einziger Sieg. Spithill aber entschied die Starts nun für sich. Und Oracle foilte nun auch *gegen* den Wind, die Kommentatoren waren außer sich. In der folgenden Wettfahrt allerdings – es herrschte so wenig Wind wie nie – setzten sich die Neuseeländer ab, strebten unbeirrt der letzten Boje entgegen, vorbei an Alcatraz Island, waren fast da, wohin sie sich geträumt hatten.

Kurz vor dem Ziel.

Der Wind. Jetzt schlief er ein. Langsam überquerten sie als Erster die Ziellinie, die Männer fielen sich um den Hals – da erst bemerkten sie, dass das Rennen kurz zuvor annulliert worden war. Das Zeitlimit war überschritten.

»O mein Gott«, sagte Toto. »Das überleben sie nicht.«

»Das ist eine Tragödie«, sagte Erdmann.

»We need to regroup«, sagte Barker hinterher ohne sichtbare Regung.

»Die Jungs sind echt cool«, sagte Toto. »Respekt.«

»Leadership«, sagte Erdmann. »Mannschaftsgeist.«

Nun erschien das Boot der Amerikaner bei jedem Start schneller, zogen sie regelmäßig davon. Aber immer wieder kamen die Neuseeländer auf, ein einziger Fehler ihres Gegners, und sie würden gewinnen. Aber es kam kein Fehler.

Barker sah immer schmaler aus.

»We need to regroup«, sagte er tonlos.

Im Haifischhaus rückten sie näher an den Fernseher heran.

»Barker hält den Laden zusammen«, flüsterte Erdmann. »Die Neuseeländer könnten längst zu Hause sein, und jetzt geben sie es aus der Hand. Aber er klagt nicht. Für die anderen.«

Und dann, vor dem wer weiß wievielten Rennen, gab die Rennleitung die Warnung aus, dass ein Buckelwal in der Bucht von San Francisco gesichtet worden sei. Falls der Wal den Regattakurs kreuze, werde das betreffende Rennen sofort abgebrochen.

»Ein Wal!«, rief Moser begeistert. »Das ist ja besser als Hollywood.«

»Denen bleibt aber auch nichts erspart«, sagte Toto leise. »Mein Gott. Ein Wal. Der jeden Augenblick auftauchen kann. Und die Neuseeländer wissen, falls sie es schaffen sollten, noch einmal an den Amis vorbeizukommen, dass der scheiß Wal genau dann aufkreuzen kann, wenn sie als Erster die letzte Boje umkurven.«

»Mit dem Wal«, sagte Erdmann, »ist plötzlich alles klar. Ist das nicht unglaublich? Wie ein Gottesurteil. Egal, was sie tun werden, sie werden niemals siegen. Niemals.«

»Der Wal entscheidet es«, flüsterte Nils.

»Und die Jungs wissen es«, sagte Toto. »Schaut sie euch an. Sie sind gebrochen.«

Dreimal hintereinander siegten die Amerikaner mit großem Abstand. Das Duell endete schließlich neun zu acht. Der Cup blieb in Amerika. Das versteinerte Gesicht von Dean Barker, die versteinerten Gesichter seiner Männer, die Glückwünsche an den Sieger, keine Vorwürfe, kein Gejammer.

»Wir brauchen einen Wal«, murmelte Toto.

»Pardon?«, sagte Erdmann.

»Wir brauchen einen Wal.«

»Was meinst du damit?«, fragte Nils.

»Ich weiß noch nicht«, sagte Toto. Er hatte nur eine Ahnung. Nicht mehr. Es würde darum gehen, einen psychologischen Wirkungstreffer zu landen, etwas völlig Ungewöhnliches.

Ein Gottesurteil.

»Mit einem Wal rechnet selbst der schlaue Monsieur Lamenteau nicht«, sagte Moser.

»Gestern Abend habe ich gelesen«, sagte Nils, »dass Pottwale …«

»Pottwale?«, fragte Toto. »Sind das die aus *Moby Dick?*«

»Na ja«, sagte Nils, »wenn man Pottwale jagt und tötet, wenn sie dann sterben …«

»Tut es für dein Match nicht auch ein Walhai, Toto?«, unterbrach ihn Moser. »Der wäre auch groß, aber letztlich etwas kompakter. Ich denke da an die Transportkosten für einen ausgewachsenen Wal. Und die benötigte Wassermenge, damit er unterwegs nicht eingeht.«

Toto lachte. Moser verbeugte sich.

»Jedenfalls«, fuhr Nils fort. »Die schwimmen einen Kreis, bevor sie sterben, und richten sich schließlich mit dem Kopf nach der Sonne aus. So sterben sie dann. Mit dem Kopf voraus Richtung Sonne. Das ist doch irre.«

»Das ist romantisch«, sagte Rolf.

Alle wandten ihre Köpfe und sahen ihn irritiert an.

»Ist es doch«, verteidigte er sich. »Wenn man mal vom Töten der Wale absieht.«

»Ihr nehmt das nicht ernst«, klagte Erdmann. »Ihr begreift nicht, was ich euch zeigen wollte. Ich wollte euch ein leuchtendes Beispiel von Sportsgeist und …«

»O doch«, sagte Toto. »Tun wir. Wissen wir. Schätzen wir.«

»Das erinnert mich an den Dude«, rief Moser. Sein Gesicht strahlte plötzlich. In seinen schwerfälligen Leib kam Leben. Er rutschte auf seinem Sessel nach vorne und hielt beide Fäuste in die Luft. Wie bei einem Torjubel.

»Den aus *Big Lebowski?*«, fragte Rolf.

»Es gibt nur einen Dude!«

»Das stimmt.«

»Der kann einen ganzen Abend in der Badewanne verbringen, sich einen Joint reinziehen oder auch zwei, und hört dazu nur … Was? Na?«

Nils meldete sich.

»Ja, hier, wer weiß es?«, sagte Moser wie ein Lehrer.

Nils schnippte.

»Komm schon, Moser!«, brüllte Toto.

»Berger junior!«, rief Moser.

»Walgesänge!«, schrie Nils, »Walgesänge!«

»Yeah!«, brach es aus Toto heraus, und für einen winzigen Moment kam es ihm so vor, als liefe sein Leben in den richtigen Bahnen. Doch dann dachte er an die, die nicht hier waren an diesem Abend. Ob er auch so »We need to regroup« sagen könnte, dass man es ihm abnehmen würde.

»Hört mal her«, meldete sich Nils zu Wort. »Da, wo wir herkommen, gibt es keinen Wal.«

Er erntete Gelächter und setzte eilig hinterher: »Ich meinte ja nur. Haifischhaus. Ich glaube, unser Wal müsste ein Hai sein. So 'ne Art Haifischhaus-Hai.«

ZEHN

1

Ihre Nachricht traf am Tag vor dem Spiel ein, vor dem Frühstück. Er lag noch im Bett im Kölner Hilton, in dem sie abgestiegen waren. Keine Sekunde Schlaf hatte er gefunden. Zumindest fühlte er sich so.

Lass die Tabletten weg, so war er in die Nacht gegangen, ihr zuliebe.

Als er sie dann schließlich doch eingeworfen hatte, wegen seiner Unruhe, wegen der Stiche, war es zu spät gewesen. Die Sache mit der Balance.

Brown war schon auf den Beinen.

Wo bist du?, schrieb er ohne große Hoffnung auf Antwort.

Ich bin hier, Toto.
Ich bin bei dir, Toto, wenn du willst.
Wir sehen uns auf der anderen Seite.
Es liegt an dir.
L.

2

Morgen Abend würde es vorbei sein, dann würde das Leben beginnen. Was meinte sie mit dem, was sie schrieb? Rätselhaft. Natürlich, er würde alles daransetzen zu gewinnen. Aber das lag nicht an ihm alleine.

Morgen.

Er kannte es, dieses Gefühl. Es setzte zuerst im Bauch ein. Das Kitzeln, das überallhin ausstrahlte.

Morgen entscheidet sich dein Leben.

Nach Morgen gibt es vielleicht keine Sorgen mehr.

Nach Morgen gibt es vielleicht gar nichts mehr.

Jetzt verengte sich der Blick.

Jetzt öffnete sich der Stollen, durch den er musste, und das, was ihn am Ende des Stollens erwartete. Früher – ganz früher – hatte es Turniere gegeben, da hatte er sich auf die Endspiele gefreut, die maximal große Bühne.

Jetzt zwang er sich, nicht zu weit hineinzuschauen in die Dunkelheit.

ELF

1

Natürlich kannte er die Schalke-Arena. Er war hier zu einem Spiel der Champions League gewesen, er wusste, wie laut sie sein konnte, wie dicht die Atmosphäre. Aber es war etwas anderes, wenn man selbst im Mittelpunkt stand.

Auf den Parkplätzen standen schon Ü-Wagen mit ihren riesigen Satellitenschüsseln. Drinnen im Stadion wurden Hostessen eingewiesen, höchstens zwanzig Jahre alt, enge hellblaue Hosen und taillierte weiße Blusen. Keine von ihnen erkannte ihn.

Überall hingen die Schilder. *FC Schalke 04. Wir lieben Dich.* Die schwarzen Wände ließen den Spielertunnel, der in den Innenraum führte, wie einen Kohleflöz oder einen Bergwerksstollen aussehen.

Draußen marschierte er durch einen improvisierten Gang entlang des Fußballfelds, ein weiter Weg bis zum Court. Sie hatten einen Teil des Stadions abgehängt, nutzten zwei Tribünenseiten der Arena und hatten da, wo sonst der Rasen war, zwei massive Zusatztribünen aufgebaut.

Im Tennis hatte er Endspiele vor zwanzigtausend Zuschauern erlebt, nach Turnieren, die zwei Wochen gedauert hatten. Im siebten Spiel eines solchen Turniers war er längst in einem Film gewesen, der seit ewiger Zeit lief und einen einzigen Hauptdarsteller hatte, ihn selbst. Das hier war neu. Er bekam eine Gänsehaut. Nehoda klopfte ihm von hinten auf die Schultern. Toto bog um eine Ecke, sah das Meer aus blauen Sitzschalen, sah blauen Sand, *tatsächlich blauen Sand,* und fand sich plötzlich auf dem Platz wieder. Er musste stehen bleiben. Hinter sich hörte er Nils fast unhörbar »Wow!« sagen.

Die Ränge ragten steil auf, bis in den Himmel des Stadions. Alles war in dieses Blau getaucht.

Und die Tribüne an dieser einen Seite ... Toto sah keine Sitze. Nehoda hatte also wirklich ...

»Stehplätze«, sagte Nehoda zufrieden. »Tausende.«

Erdmann grinste sein tapferstes Wir-schaffen-das-Grinsen. Neben ihm hatte Moser die Hände in die Taschen gesteckt und tat so, als wäre er unbeeindruckt. Er gab sein Bestes, aber er sah bleich aus. Als sich ihre Blicke trafen, nickte Nehoda langsam.

»Wow!«, sagte Toto.

Ein paar Ordner standen ganz oben auf den Rängen. Eine Putzkolonne arbeitete sich auf der Gegentribüne durch die mittleren Reihen. Die wenigen Menschen ließen ihn die Leere spüren. Alles war Erwartung. Wie ein Vakuum, das sich füllen musste.

Beide Kontrahenten durften am Tag vor dem Spiel eine Stunde in der Arena trainieren. Um Witterung aufzunehmen. Um den Raum und das Licht und die Energie des Ortes kennenzulernen. Zwischen diesen Trainingseinheiten war eine Stunde Pause vorgesehen, damit die beiden sich nicht begegneten.

Der Chilene erwartete Toto am Netz. Als sie Jorge Hernandez gefragt hatten, ob er komme, hatte er sofort zugesagt. »Morituri te salutant«, sagte er zur Begrüßung.

Toto verstand den Sinn des Grußes nicht, nahm sich aber vor, Erdmann oder Nehoda danach zu fragen. Erdmann wusste so etwas. Nehoda sowieso. Aber Nehoda würde ihm erst mal einen Vortrag über die Qualitäten der höheren Lehranstalten im Kommunismus halten.

Lamenteaus Lager, das sicher einen Spion unter den Putzleuten versteckt hatte, sollte nichts Wesentliches beobachten können. Toto hielt sich zurück, bewegte sich auf dem Platz bewusst etwas steif. Es war gottlob wirklich der gleiche Sand wie am Haifischhaus, ein schneller, rutschiger Untergrund, aber nicht so schnell wie Rasen- oder Hartplätze.

Als sie sich die Bälle zuspielten, ging er jeden Teil seines Körpers durch. Die Fußgelenke waren von Rolf zu straff getapt, sie steckten wie in einer Rüstung. Die Tape-Streifen nicht genau genug gesetzt. Das müssten sie ändern. Beiden Knien und dem lädierten Sprunggelenk hatte der Arzt am Morgen eine Spritze verabreicht, um die Stiche zu lindern. Das Ibuprofen würde auch helfen. Die weiche Stelle in der Leiste sorgte ihn, sie würde aber keine Ausrede sein – es tat eben weh bei den Ausfallschritten, unter Adrenalin würde er das nicht spüren, zumindest nicht die ersten ein, zwei Stunden lang. Die rechte Schulter war so dick mit Finalgon eingeschmiert, dass Erdmann ihn angeschaut hatte, ob er noch bei Trost wäre. Die Haut dort brannte, als röstete sie über einem Feuer. Er wollte die Wärme tief nach drinnen sickern lassen, die Schulter maximal beweglich wissen. Jeder Schlag, den er denken konnte, sollte möglich sein.

Das war Qualität. Wenn alle Optionen offenstanden.

Blieb der Kopf. Er fühlte sich bereit. Er wusste, was Lamenteau abziehen würde. Er spürte es im Magen, wie ein Gewitter, das sich am Horizont ankündigt und ihm entgegenzieht. Entweder zog er den Kopf ein und versuchte es bei seiner Entladung abzuwehren.

Oder er richtete sich auf und trat dem Gewitter entgegen.

2

Hernandez schlug die Bälle mit Risiko an die Grundlinie. Toto kam in den Rhythmus, bewegte sich dennoch etwas tapsig, als wäre er nicht recht in Form. Er konnte während des Schlagens die Putzfrauen beobachten, wie sie eine Pause machten, sich hinsetzten und ihnen zuschauten. Toto hörte das Knallen der Schläge und die Schritte auf dem Sand sowie das Aufprallen des Balles, der Soundtrack seines Lebens, aber hier hörte er sich unverbraucht an. Wie der Schall hinausgeschleudert wurde in die leere Arena und dort vielfach wiedergegeben wurde, wie ein Brausen.

Nach morgen würde der Rest seines Lebens beginnen. Das war ein Gedanke, der ihn in der Umkleide gepackt hatte. Ein verhältnismäßig neuer Gedanke. Morgen war er am Ziel, dem Fluchtpunkt aller Bemühungen der letzten Monate. Es kam, ob Sieg oder Niederlage, wieder das Danach. Wie würde er es gestalten? Er kannte den Abgrund nach den großen Niederlagen, der erschreckend dunkel war und ihn auf Tage gefangen halten konnte. Er kannte die Leere nach den großen Siegen. Er war morgens aufgewacht, der Mund ausgetrocknet. Die Welt war ihm schal vorgekommen, sinnlos. Tagelang blieb das so. Bis sich die Dinge eines Morgens wieder änderten, einfach so. Beide Zustände fürchtete er. Er hatte damals keinen Menschen an sich herangelassen. Wer hätte ihn schon verstanden? Aber jetzt …

Nach einer halben Stunde wechselten sie die Gangart. Nun schienen sie um jeden Punkt zu kämpfen, sie wählten andere Winkel, Hernandez streute extremen Top-Spin ein oder einen Slice, bei dem der Schläger den Ball bei der Berührung fast rasierte; Toto versuchte sich halbherzig an seinen Stopps. Sie sollten unrund aussehen, ungeschliffen, was ihm durchaus gelang.

Kurz vor Ende des Trainings, als er sich umdrehte, sah er Liv ganz oben allein auf der Tribüne sitzen. Die Füße lagen auf der Stuhllehne vor ihr, sodass man ihre hellen Schuhsohlen sah. Die Arme hatte sie hinter dem Kopf verschränkt.

Er sah sich um. Erdmann unterhielt sich leise mit Nils. Niemand sonst sah zu ihr hoch.

»Toto!«, rief Liv gerade so laut, dass er es hören konnte. »Dein Stadion.« Sie hob einen Daumen. Ihre Haare leuchteten im dunklen Blau wie die Sonne an einem wolkenlosen Spätsommerhimmel. Die Farben seiner Fahne.

Ein Balljunge warf ihm einen Ball zu, was ihn ablenkte. Als er wieder emporblickte, war da oben niemand mehr.

In den Spielen gegen Kristian hatte er immer gewusst, wo dessen kleine Schwester saß. Sie war nicht zu übersehen. Es hatte Partien gegeben, da wollte er gegen ihn nicht gewinnen, wenigstens nicht so schnell, es sollte nicht so schnell vorbei sein.

Das Gefühl hatte ihn verwirrt. Auch wütend gemacht auf sich selbst. Erst jetzt verstand er es.

Das Licht da oben.

In diesem Augenblick gelang ihm ein Schlag, den man als Zuschauer nur in Zeitlupe hätte nachvollziehen können, eine glatte Vorhand, ganz flach übers Netz, diagonal extrem an die Linie, unerreichbar für Hernandez. Es durchströmte ihn etwas, das er erst nicht zu deuten wusste, das aber zu stark war, um es missverstehen oder ignorieren zu können.

3

Nehodas Idee. Sie hatten es nicht an die große Glocke gehängt, dass sie vorher mit Schalker Fanclubs geredet hatten. Das heißt, Frankie war vor ein paar Wochen da aufgekreuzt. Hatte vor deren Sprechern eine, ähm, Rede gehalten.

Liv kam zu Ohren, dass er seine Sache gar nicht schlecht gemacht hatte. Na gut, es hatte lange gedauert, bis er zum Punkt kam, aber das schien niemanden zu stören. Seine Botschaft war so schwer nicht zu verstehen.

Da der ganz in Weiß gekleidete Frédéric Lamenteau, der Galaktische, der Unschlagbare, das Real Madrid des Tennis.

Und hier Toto Berger, der Underdog.

Es war, so hatte man sich erzählt, ein wunderbarer Abend geworden in Gelsenkirchen, für Frankie.

4

Im Hotel, allein, kamen die Gedanken.

Lange Gespräche waren das am letzten Abend im Haifischhaus gewesen. Dazwischen auch Minuten des hilflosen Schweigens. Tiefe Seufzer der verbliebenen Sherpas. Nils, der ihn betrachtete, als sähe er seinen Vater das erste Mal. Erdmann, der den Wein schwenkte und die Tränen laufen ließ. Nehoda, dessen Züge vor Aufregung glänzten, der sich unentwegt über die Unterarme strich, um sie fasziniert zu betrachten.

Toto war für sich geblieben. Die Füße hochgelegt vor dem Kamin. In die Flammen starrend. Keinen Gedanken zurückhaltend. Er hatte begonnen, sich einzustellen auf das, was passieren würde, was ziemlich sicher kommen würde: die Brutalität der Erkenntnis, chancenlos zu sein, wenn kein Wunder geschähe; seine Verachtung für den Einsatz des Hawk-Eye. Exakt drei Mal pro Satz durfte jeder Spieler von den Sensoren der Computertechnik eine Entscheidung per Challenge-Ruf überprüfen lassen – früher hatte er fragwürdige Schiedsrichterentscheidungen genutzt, um in sich Widerstand zu finden, den er dann auf den Gegner übertragen konnte. Auf einmal gab es diesen Hebel nicht mehr, das Computerauge war kein würdiger Feind. Lamenteau hatte darauf bestanden. Bei den French Open nutzte man das System nicht, man vertraute auf den Abdruck auf dem Sand, aber der Franzose hatte in diesem Punkt nicht lockergelassen. Toto stellte sich auf den keimenden Hass auf Lamenteau ein, der ihn demütigen wollte; die Wut auf sich selbst, nicht gut genug zu sein. Er wappnete sich für die Emotionalität, die physische Präsenz der Massen. Er rechnete mit der Angst. Angst vor der Blamage, gewiss, aber auch jene namenlose Angst, die keinen Grund braucht.

Mit all dem rechnete er. Mit Glücksmomenten, die ihn nicht übermütig machen durften, die er nicht überstürzt in Punkte umwandeln durfte.

All das imaginierte er. Jeden Gemütszustand, den er je erlebt hatte, spielte er durch.

Jetzt, am Abend im Hilton, im Bett liegend, wusste er, dass das nicht reichen würde. Dass dieses Match anders würde als alle anderen.

Er wählte die Nummer, die er schon so oft gewählt hatte. Immer mit schlechtem Gewissen. So oft im Gefühl, es lieber bleiben zu lassen. Zu feige. Sein Vater war ein Mann gewesen, den das Leben gelehrt hatte, dass es nur auf den Willen ankam, um ein Ziel zu erreichen. Zwei Jahre lang hatte er nach den Olympischen Spielen von München um die Gunst einer jungen Frau geworben, die dort im Pressezentrum gejobbt hatte. Beatrice. Eine vorlaute Germanistikstudentin, die Schriftstellerin werden wollte und sich über Leistungssportler lustig machte. Zuletzt gab sie sich geschlagen. Toto kam Jahre später. Sie umsorgte seinen Vater, der für alles Kraft hatte, nur nicht für seine Familie. Beatrice war eine Frau voller Träumereien, die ihrem sachlichen Mann bis zur Selbstverleugnung gefolgt war, weil sie genau diese Vorstellung von sich hatte und an das glaubte, was sie Werte nannte. Treue. Und Pflichtgefühl. Sie begann zu trinken, um ihre Pflicht zu tun. Nach dem Trinken kam die Krankheit.

»Ich bin's, Toto. – Ja, Mam, Toto! – Wie geht es dir? – Das freut mich! – Aah, das freut mich. – Nein, mir geht es gut, ja. – Was …? Was soll ich? Okay, Mam. Du hast es mitgekriegt? – Ich versprech's dir. Ich werde alles tun. – Na klar ist er stark, aber ich lass mir was einfallen, okay? – Schön, dass es dir gut geht. Ich ruf dich wieder an, Mam. Vielleicht besuche ich dich bald, soll ich? – Ich liebe dich auch, Mam. – Ja, meinst du, Mam? – Doch, verlieren wäre schlimm. – Okay, Mam. Nein, ich reg mich nicht so auf wie früher. – Ich ruf dich wieder an. Schlaf gut.«

Er legte auf. Sie hatte richtig gut geklungen, wach. Er zappte durch das Fernsehprogramm, ohne richtig hinzusehen. Seine Mutter. Drückte ihm die Daumen.

Er nahm sein Handy und morste Frankie an:

We need to regroup.
Sei um 12.30 Uhr da.
T.

Wegen der Stiche im Magen zögerte er es hinaus, seine Tabletten zu nehmen, dann gab er auf. Er nickte wenig später ein, schlief traumlos und wachte erst auf, als der Wecker um acht Uhr klingelte.

ZWÖLF

1

Die Umkleidekabine des FC Schalke 04 war viel zu groß für ein so kleines Team. Nils saß auf einer Bank und schaute an die Decke, die Hüfte nach vorne geschoben, mit den Füßen wippend. Moser rührte einen Drink an, die Schultern auf halbmast. Nehoda wischte auf seinem Handy herum. Erdmann hatte die Fäuste in die Seiten gestemmt und beäugte ihn.

Frankie war gekommen.

Toto hatte ihm nicht die Hand gegeben. Er würdigte ihn keines Blickes.

»Ich w… wusste n… n… nicht …«, fing Frankie an, aber Toto bedeutete ihm, still zu sein.

Erdmann klärte Frankie auf. Die Verletzung am Knöchel, die Bänderdehnung, Rolfs Unvermögen, es kam alles auf ihn an.

Frankie schluckte, er nickte.

Als er Totos Füße mit weißem Tape umwickelte, kämpfte er um seine Fassung. Er ließ sich viel Zeit. Er war sehr genau. Er kannte die richtige Spannung, es fiel kein Wort. Er wischte sich, als er mit dem linken Fuß fertig war, mit der Hand den Schweiß von der Stirn.

Toto lag auf dem Rücken und starrte Frankies Schultern an, die Baseballkappe, die kräftigen Arme, die ihm so vertraut waren. Sie sagten nichts, bis Frankie auch mit dem verletzten Fuß fertig war. Zuletzt klopfte er nach alter Sitte auf Totos Knöchel, ging dann hinüber zu seinem Koffer und verstaute Tape-Rollen und Schere. Der herbe Geruch nach Tape, nach bevorstehender Arbeit.

»V… Viel Er… Erfolg«, sagte er, mit dem Rücken zu Toto.

»Hey, Frankie«, sagte Toto.

Frankie drehte sich nicht um.

»Hey, Frankie.«

Er trat auf Frankie zu, der in seiner Tasche kramte, und drehte ihn mit beiden Händen um.

Frankie gelang es kaum, ihm in die Augen zu schauen.

»Ich wollte dir danken, Frankie. Für alles. Aber was du getan hast, werd ich nie verstehen.«

Er sah, wie sich Frankies breiter Brustkorb hob und senkte.

»H… Hau ihn um, T… Toto«, sagte Frankie.

»Lebe wohl, Frankie. Wenn ich gewinne, bekommst du deinen Anteil.«

»T… Toto, es … t…, es …«

Was für ein Mist.

Erdmann sagte: »Geh jetzt, Frankie.«

Frankie hob die Brauen.

»Wir kommen schon zurecht, Frankie.«

Als Hermann Franke die Tür hinter sich schloss, hieb Toto mit der Faust gegen einen offen stehenden Massagekoffer, dass der Raum vom Knall widerhallte.

Mit der linken Faust.

Verdammter Profi.

2

Er hatte Nils gebeten, gleich hinter seiner Spielerbank zu sitzen, neben Erdmann und Moser.

»Das ist mir zu prominent«, sagte Nils. »Sicher zeigen sie deine Box die ganze Zeit im Fernsehen.«

»Eben«, sagte Toto. »So weiß jeder, dass du zu mir gehörst. Außerdem denkt Erdmann sonst noch, er sei unentbehrlich.«

»Aber ich will nicht. Echt nicht.«

»Du setzt dich da rein, Nils, mach es einfach!« Toto hatte die Stimme erhoben.

Die Tür ging auf, ein Supervisor steckte den Kopf herein, sagte: »Gentlemen, fifteen minutes, please«. Aus der Ferne hörte man Musik. Sonst vernahm man nichts davon, was draußen passierte. Ob hundert Menschen da waren oder sehr viel mehr.

»Fuck«, sagte Toto unvermittelt, »ich muss da raus, was?«

Durch seine Adern schoss Adrenalin, das kannte er so gut. Noch einmal auf die Toilette. Die Muskeln begannen zu ächzen, als hätte er schon Stunden gespielt. Das war die Nervosität, die zu Lähmung führen konnte. Kannte er auch gut. Konnte er ignorieren. Er hatte sich vorhin mit Moser eingeschlagen, in einer Halle in der Nähe. Halbe Stunde, ganz locker.

»Du machst das schon, Papa«, sagte Nils. Er trug ein hellblaues Shirt mit der weißen Aufschrift SHERPA und eine weite dunkelblaue Jogginghose, die um seine Beine schlackerte wie eine Fahne.

»Komm her«, sagte Toto.

»Ich?«

Toto zog ihn an sich. An seiner Backe spürte er den dünnen Bart seines Sohnes. Wie schmal der Kerl in den Schultern war.

»Ich weiß, du hast von der Idee nie was gehalten.«

Stille.

»Du glaubst nicht daran, dass ich es schaffe.«

Nils sagte weiter kein Wort.

»Du fürchtest, dass es peinlich wird.«

Nils legt den Kopf schief. »Nee, ich fürchte was ganz anderes.«

Toto erstarrte.

»Nichts«, murmelte Nils.

»Okay, mein Lieber«, sagte Toto, seinen Sohn noch immer umarmend, »pass auf, was dein Papa abziehen wird. Mach dich auf was gefasst.«

»M… Muss ich w… wirklich …?«

»Du klingst schon wie Frankie.«

3

Moser klopfte ihm auf die Schulter und deutete auf die Tasche, die er Toto vor die Füße gestellt hatte.

»Nur der beste Stoff«, sagte er. »Für den Besten.«

»Danke, Moser.« Wie immer sprach Toto so laut, wie es ging, ohne peinlich zu werden.

»Am Gerät wird's nicht scheitern. Ich habe alle Zaubersprüche eingesungen, die ich kenne, und noch ein paar mehr. Und exakt bespannt. Mein Gefühl ist gar nicht so schlecht, Toto. Ich bin«, sagte er lachend, »darüber selbst fast ein wenig beunruhigt.«

»An dir ist es noch nie gescheitert, Moser.«

»Hör auf, Chef.«

Zwei schwitzende Hände, die feste einschlugen.

»Weißt du, was das Beste ist?«, sagte Toto. »Nie mehr Kräutertee oder grünen Smoothie!«

Als Toto sich abwandte, stand Moser da wie angewurzelt, als verweigerten ihm seine Beine den Dienst.

4

Nehodas warmer, rasselnder Atem an seinem Ohr. Sie hielten sich für ein paar Sekunden im Arm, setzten sich dann nebeneinander auf die Massageliege und starrten die gegenüberliegenden Spinde an.

»Wenn ich das gewusst hätte«, murmelte Toto. »Mit vierzehn ist man ja ein leichtes Opfer.«

»Du warst die Pest, damals«, sagte Nehoda. »Du hattest gegen Kris Hansen in Miami verloren.« Er grinste. »Ich sollte mich zur Hölle scheren. Dein Vater meinte: ›Mein Sohn ist noch nicht so weit.‹ ›Kurwa‹, sagte ich, ›ich bin Geschäftsmann, kein Zauberlehrling. Ich gebe Ihnen vier Wochen Zeit.‹ Und Mike hat geantwortet: ›Morgen. Morgen ist er so weit.‹«

Toto lachte auf. »Hat er das echt gesagt, der Hund?«

»Am nächsten Morgen um halb acht hast du mich angerufen. Da wusste ich, du wirst ein Großer.«

»Und das ist daraus geworden.«

Sie sahen sich an. Nehoda nickte.

»Wenn du das hier gewinnst, reißen wir die Bude ab, kurwa.«

»Dann kann ich es mir endlich leisten, dich zu feuern.«

Sie lachten beide.

»Wie sind die Quoten?«

»Ich hab zehntausend auf dich gesetzt, Toto. Es lohnt sich.«

»Wie genau?«

»Ein, zwei Semester für Nils sind drin, wo auch immer er studieren will.«

Nehodas Hand fuhr immer wieder über Totos Schulter. »Schone meine Nerven. Mach keinen Scheiß da draußen, kurwa.«

5

Ein regnerischer Adventssonntag, nicht zu kalt, die Leute würden dampfend in die Arena kommen. Das Dach würde geschlossen sein. Eine Riesenhalle. Eine Riesengruft.

Der Beton summte. Da war ein Pochen, das von fern kam. Es war nicht sein Herz, das hätte er ganz sicher bemerkt.

6

Eine Nachricht von Liv.

Ich bin hier, Toto.

7

Es wurde Zeit, fünfzehn Uhr rückte rasch näher. Er lief sich auf dem Laufband warm, dehnte sich, machte Liegestützen und Sit-ups, trank etwas, dehnte sich wieder. Schlug seine linke Faust in die Handfläche der rechten.

»Okay?«, fragte Erdmann, der seine Hand unentwegt übers Kinn fahren ließ.

Toto nickte.

»Bau dich auf, Junge.«

Toto nickte.

»Denk daran, wer du bist.«

Toto nickte.

»Du bist besser als der.«

Toto nickte.

»Du bist Mount Berger.«

Erdmann nahm Totos Schlaghand und gab ihr einen Kuss. »Wir wollen heute Charlie sehen und nur Charlie, Toto.«

»Danke, Trainer«, sagte Toto und umarmte den bebenden Mann, der einen Kopf kleiner war als er.

8

Er wollte noch einmal kurz allein sein. Schickte die anderen hinaus, damit sie auf dem Gang warteten.

Ich spiele für dich, schrieb er. *Ich werde dich suchen. Ich werde dich finden.*

Sie antwortete nur wenige Augenblicke später.

I know.

Er zog sein Hemd aus den Shorts, Dunkelblau auf Weiß. Zog sein blaues Stirnband zurecht, das seine Haare bändigte. Er nahm seine Tasche und warf sie sich über die Schulter. Dann setzte er sich auf die Massagebank und schloss die Augen.

Sie trug ein rotes Kleid, das Rot einer blühenden Mohnblume. Keinen Lippenstift. Ihre Pupillen waren weit. Das Grün ihrer Augen pulsierte. Er sah, was in diesen Augen war.

Sie nahm sein Kinn in ihre Hand und zog ihn zu sich.

»Such mich«, flüsterte sie.

9

Die Sherpas warteten vor der Tür, auf der Stelle tretend. Dahinter standen Ordner, Offizielle, Prominente. Gesichter, die er kannte, die er kaum registrierte. Toto tänzelte. Er sah seinen Sherpas an, dass sie vor Aufregung am liebsten ins Stadion gerannt wären.

»Leute«, rief er und klatschte in die Hände, »genießt es!«

Von oben erreichte sie eine Woge aus Lärm.

Lamenteau marschierte gerade in die Arena ein. Sie waren sich nicht über den Weg gelaufen.

Es lief »Time to Say Goodbye«, von Andrea Bocelli.

»Meint der mich?«, fragte Toto.

Erdmann lächelte. »Subtil, was?«

»Und wie halten wir dagegen?«

Erdmann zuckte mit den Achseln.

»Ein Hoch auf uns, auf dieses Leben«, schmetterte Nils.

Toto lachte auf.

»Junge – kurwa –, komm bald wieder«, rief Nehoda.

»It's fun to stay at the Y.M.C.A.!«, rief Moser.

»Woohoo!«

Ihr Lachen erfüllte den Stollen.

Als die ersten Töne seines Liedes mit dieser gezupften, alten Country-Gitarre erklangen, schaute er sie dankbar an.

Von hier aus nach vorne.

Er sah Liv vor sich gehen. Sah ihren durchgedrückten Rücken. Ihren gespannten Gang. Als ginge sie selbst aufs Feld.

Sie drehte sich um und kniff die Wimpern zusammen.

Ihr Lächeln hatte die Oberlippe verschwinden lassen. Als Mädchen hatte sie auch schon so gelächelt.

DREIZEHN

1

Kurz bevor er hinaustrat in die gleißende Helligkeit, begriff Toto, worauf er sich eingelassen hatte. Seine Beine fühlten sich auf einmal furchtbar schwer an, aber er wusste, es war nur die Aufregung. Die würde nach ein, zwei Minuten Warmschlagen weggespült sein. Er hörte die tiefe, brechende Stimme Johnny Cashs, die eigentlich so gar nicht hierher gehörte und ihm eine Gänsehaut verpasste.

We'll meet again
Some sunny day.

Wunderbar, diese Energie.

Court und Stadion waren in Dunkelheit getaucht. Der Spot, dem er entgegenging, blendete ihn wie eine Sonne. Als er ins Licht hinauslief, hinein in den Lichtstrahl, war es, als würde ihm ein Teppich entgegenfliegen, gewebt aus Schallwellen. Einen solchen Lärm hatte er noch niemals gehört, und es war ihm, als müsste es einem anderen gelten. Er wusste, wie sich jede große Arena seines Sports anhörte, doch so hörte sich keine an. Das Match war noch nicht eröffnet, aber viele der Leute hatten sich schon entschieden, für ihn, den Außenseiter.

Toto ging weiter, die Tasche auf der Schulter, Schritt für Schritt, die Leuchtstreifen am Boden entlang, den Kopf erhoben, dass es aussah, als schaute er direkt in den Scheinwerfer, aber er sah durch das Licht hindurch.

Plötzlich ließ er seine Tasche fallen und kippte nach vorne in den Handstand. Lief die letzten Meter auf Händen in die Arena ein.

Die Leute schrien vor Begeisterung.

Von hinten, im Gang stehend, hatte sie ihn gehen und mit jedem Schritt mehr mit dem Licht verschmelzen sehen. Der Lärm schwoll an und füllte alles aus. Ein Monitor hing in der Ecke. Sein Gesicht war grell ausgeleuchtet, seine Augen verengt.

Beim Boxen kommt der Titelverteidiger erst dann, wenn der Herausforderer schon im Ring steht. Der andere muss auf ihn warten, den Champion. Dass Toto als Zweiter erscheinen durfte, war Livs Idee gewesen.

Im Vertrag war das nicht geregelt worden. Vielleicht war es Lamenteau egal gewesen, wobei Liv das eigentlich ausschließen konnte. Seine Unterhändler hatten dieses Detail offenbar nicht bedacht. Oder war ihnen die Nummer mit dem Hawk-Eye so wichtig gewesen, dass sie es deswegen schluckten? Nun musste die Nummer eins die Demütigung ertragen, im Dunkeln zu sitzen, während die Ränge um ihn herum für den Rivalen explodierten.

Wie gefällt Ihnen das, Monsieur?

Frankie war bei Toto in der Kabine gewesen zum Tapen, hatte Liv gehört. Es war einerlei. Was war, würde bald Vergangenheit sein, das Spiel war die Scheide.

Als Toto in den Handstand überging, griff sie sich an die Stirn, musste aber auch schmunzeln. Er würde jedes Körnchen Kraft brauchen. Sie wandte sich kopfschüttelnd ab und umarmte die Sherpas, jeden Einzelnen. Dann ging sie nach oben, ihren Platz einnehmen.

Lamenteau saß betont entspannt auf seiner Bank, als Toto einlief. Die Nummer-eins-Haltung, die Beine von sich gestreckt. Das erkannte Toto, als das Flutlicht wieder anging. Er hatte Lamenteaus Anwesenheit jenseits des Spots in der Dunkelheit gespürt, so wie man im Zoo die Nähe eines Tigers spüren kann, selbst wenn man ihn nicht sieht, nicht hört, nicht riecht.

Sie gaben sich über dem Netz die Hand und sahen sich in die Augen, beide mit dem üblichen leicht spöttischen Grinsen. *Er schaut durch mich hindurch*, dachte Toto. Er schaut mich gar nicht an. Er wagt es nicht. Oder ist das schon Teil seiner Strategie? Was hat Hanebiehl ihm erzählt?

»Auf ein schönes Spiel«, wünschte Toto. Er musste laut sprechen, der Stadionsprecher zählte gerade ihrer beider größten Erfolge auf. Das dauerte. »Ich wünsche dir viel Glück.«

»Blauer Sand?«, fragte Lamenteau, und für einen Moment fokussierten sich seine Augen. »Wurde der nicht vor ein paar Jahren verboten?«

»Er wurde nur aussortiert. Wegen unserer Proteste.«

»Respekt. Hätte mir fast auch so einen Platz herrichten lassen, als ich's hörte. Ich muss schon sagen, Liv hat sich alle Mühe gegeben.«

»Lass sie aus dem Spiel«, sagte Toto.

»Hat sie es dir nicht gesagt?«, sagte Frédéric Lamenteau.

Ihre Hände lösten sich, griffen nach den Schlägern, die jeweils in der anderen Hand geruht hatten.

»Halt's Maul, Fred«, sagte Toto mit freundlichem Ausdruck im Gesicht.

Lamenteaus Gesicht leuchtete auf. »Schöne Nummer, auf Händen gehen. Tränchen verdrückt, was?«

Im Fernsehen würde es aussehen, als ob er einen kameradschaftlichen Scherz gemacht hätte.

»Du nicht?«, fragte Toto und gönnte ihm sein Mount-Berger-wird-siegen-Lächeln.

Beide schlenderten in Richtung der Grundlinie, von wo aus sie sich zum Warmwerden Bälle zuspielten, ganz zahm, während der Sprecher weiterredete.

Liv hatte mit den Sherpas vereinbart, dass sie per WhatsApp permanent in Kontakt blieben. Ihr Platz war nicht da unten. Unmöglich für sie, sich da zu konzentrieren.

Toto ist nervös, schrieb Erdmann, nachdem Nils ihm diesen Eindruck bestätigt hatte. *Ich dachte für einen Moment, er geht Frédéric beim Händeschütteln an die Gurgel.*

Liv hatte in einer Traube Menschen Platz genommen, die in den königsblauen Trikots von Schalke 04 erschienen waren. Von oben sah es für sie aus, als säße neben Erdmann ein zu groß geratener Balljunge. Hätte über den Platz flitzen können und wäre nicht weiter aufgefallen.

Ich bin so aufgeregt, als stünde ich selbst da unten, schrieb Liv.

Willkommen im Klub, schrieb Erdmann. *Dachte immer, ich hätte schon alles erlebt. Eben haben fünfzehn Mann gleich hinter uns Totos Namen skandiert, aber ich habe sie kaum gehört.*

2

Die Frage war, wie lange das Überraschungsmoment anhalten würde. Im Training war es ein quälend langer Prozess gewesen, seinen Rhythmus beim Prellen des Balles vor dem Aufschlag zu verändern, verborgen vor allen anderen. Das war tief drin, so tief, wie man eine Gabel hält oder einen Kugelschreiber – keine Gewohnheit, sondern eine *Art,* Dinge zu tun. Er begann, nach siebenmaligem Tippeln, mit einem blitzsauberen Ass durch die Mitte. Lamenteau hatte offenbar einen scharf angeschnittenen Aufschlag nach außen erwartet.

Der Aufschrei der dreißigtausend blies Toto fast um. Es war der erste Punkt, und er gehörte ihm.

Den nächsten Service setzte er, nach dreimaligem Tippeln, außen an die Linie, sodass er Lamenteau auf dem falschen Fuß erwischte. Mehr als den Rahmen brachte sein Gegner nicht an den Ball, dessen Return schlug flach ins Netz. Toto blickte zu Lamenteau hinüber, ob er irritiert war; der Franzose nestelte an seinen Schuhen herum.

Yeah, schrieb Liv.

Nur zwei Punkte, schrieb Nils.

Die ersten beiden Punkte. Der Glaube, dass es geht.

Na klar geht es.

Sag das mal Brown. Er ist ganz nah.

Warum?

Ich spür's.

Zwei leichte Punkte, das war die Arbeit wert gewesen. Doch Lamenteau hatte schon begriffen, was los war. Er rechnete fortan mit allem, dominierte den ersten längeren Ballwechsel mit seinen Schlägen direkt vor die Grundlinie, rückte rasch vor ans Netz und platzierte den Volley unerreichbar. Auch er erntete Jubel. Stärkeren Jubel, als Toto erwartet hatte. Es waren ganz einfach viel mehr Leute im Stadion, als er es je erlebt hatte. Von diesem Gedanken war er noch abgelenkt, als der nächste Return ihm schon vor die Füße knallte, seine Reaktion kam zu spät. 30 beide.

O Gott.

Wenn das das Tempo war, dann war er raus.

Erstes Spiel, erster Satz, und doch hatte er das Gefühl, es stünde bereits alles auf der Kippe. Ganz merkwürdig. Im Tennis war der Weg zum Sieg so lang. Ein Glückstreffer half nicht, anders als im Fußball oder beim Boxen. Man musste stundenlang auf der Höhe sein, und daher tasteten sich Gegner normalerweise so früh im Spiel eher ab; manchmal plätscherte der erste Satz auch nur vor sich hin.

Toto legte seine ganze Kraft, jede Spannung seiner Muskelfasern in den nächsten Aufschlag, servierte glatt durch die Mitte. Lamenteau hatte die Richtung gewittert, war gut postiert, aber er rutschte beim Return auf dem blauen Sand weg. »No!«, hörte Toto den anderen rufen, da war der Ball noch in der Luft. Ein unnötiger Fehler. Die Masse schrie auf wie bei einem entscheidenden Tor. Toto sah Fäuste, die sich ballten, Männer auf der Stehtribüne, die ihren Nebenmann abklatschten, Frauen, die miteinander tanzten. Er sah an sich herunter, Schweiß stand auf seinen Armen, seinen Schenkeln. Keine fünf Minuten gespielt.

40-30, Spielball Berger. Er servierte weich, aber mit viel Effet auf Lamenteaus Rückhandseite. Der konfrontierte ihn mit einem Schlag, der glatt auf der Linie aufsprang und hinauf zum Mond geflogen wäre, hätte Toto nicht sofort den Schläger drübergehalten. Ein Rückhandduell entspann sich, cross hin und her. Nach jedem Schlag federte Toto zurück in die Mitte, den Longline-Schuss erwartend, Lamenteaus gefährlichste Waffe, ein Schlag, so glatt und schnell, dass er kaum zu erreichen war, selbst wenn man ihn kommen sah. Aber entweder wollte ihn Lamenteau reizen, oder er fühlte sich noch nicht sicher genug – jedenfalls feuerte er diagonal eine Rückhand nach der anderen herüber, und Toto war froh über jede Extra-Trainingsstunde, die er im Haifischhaus noch verflucht hatte, die Rückhand in Bedrängnis übend, schlecht stehend, hilflos, immer bedacht, den Ball nicht nur zurückzubringen, sondern mit genügend Druck, mit genügend Länge. Sechzehn Mal, achtzehn Mal flog der Ball hin und her.

Nimm den.

Und den.

Und hier.

Und den.

Und den.

Und den.

Und den.

Und das hier.

Und den.

Man vernahm nichts mehr als die Sohlen auf dem Sand, die Geräusche des Schlagens, das stoßweise Atmen der Spieler. Es kam nur auf den nächsten Schlag an, auf genau diesen Schlag. Immer wieder aufs Neue. Jeder Schlag eine naive Hoffnung, dass er reichte. Das Zischen der Menge während der Wechsel, wie ein tierhaftes Wesen. Das Zurücktänzeln in die Mitte, die innere Spannung, jederzeit mit der Vorhandseite rechnen zu müssen, das zehrte. Aber selbst den Rhythmus des Wechsels zu unterbrechen, den Schuss selbst zu setzen, das wagte Toto nicht.

Tippelt er, wie Hanebiehl gesagt hatte?

Tut er nicht.

Warum nicht?

Spiel ihn kurz, mach den Stopp, nein, lass es, er wartet nur darauf, dass du die Nerven verlierst, hab Geduld.

Schließlich entschied sich Lamenteau für einen scharfen Slice die Linie entlang. Kaum dass der Ball aufsprang, glitschte er auch schon flach weg, und Toto, der mit dem Angriff immer gerechnet hatte …

Aber nicht mit einem unterschnittenen Ball, du Hund, den spielst du doch sonst nicht.

… war mit zwei schnellen Schritten in der Ecke, rutschte fast schon im Spagat heran und drehte den Schläger im letzten Moment aus dem Handgelenk. Lamenteau stand am Netz.

Wie kommt der so schnell nach vorne? Totos Feld war leer, und Lamenteau stand bereit, den Ball nur noch abtropfen zu lassen. Der Ball prallte gegen die Netzkante und begann auf ihr entlangzutanzen …

Geh rüber!

… rollte zwei Meter zur Seite …

Come on!

… schaute hinüber, wand sich wieder zurück …

Nein!

… und landete schließlich knapp neben der Aus-Linie … im Feld. Auf Lamenteaus Seite.

Es war, als würde Toto von seinem eigenen Aufschrei gepackt und ein paar Zentimeter emporgehoben.

Vorher hatte er mit Erdmann besprochen, dass er ruhig blieb, egal, wie es beginnen würde, da er überzeugt war, mehr Energie zu brauchen, als er überhaupt besaß. Aber als das Geschrei der Zigtausend ihn erreichte, hob er seine linke Faust und streckte sie in Richtung Stadiondach. Er schloss die Augen und blieb so stehen. Er atmete schwer, so eng war es ihm in der Brust.

Das Erste, was er sah, als er die Augen wieder öffnete, war auf der Tribüne gegenüber, auf halber Höhe, in einem wogenden blauen Feld, eine Frau mit langen blonden Haaren in einem Kleid von der Farbe einer blühenden Mohnblume, die irgendwie dazwischengeraten war. Sie stand breitbeinig da und streckte ihre Faust in die Luft.

Das Licht da oben.

Game Mr. Berger. Mr. Berger leads by one game to love, sagte der Schiedsrichter im tiefen Basston. Er hatte tätowierte Unterarme, eine Glatze, einen dunklen Vollbart. Toto kannte ihn, hatte zugestimmt, als Lamenteaus Lager den Norditaliener vorgeschlagen hatte. Walter Gregorij. War bei den meisten Spielern beliebt, weil er Humor hatte.

Toto suchte Blickkontakt zu seinem Rivalen, aber der schaute auf seinen Schläger, zupfte an den Saiten. Es war nicht zu erkennen, ob er die Kulisse wahrnahm. Totos Beine flatterten, so strömte das Adrenalin durch seine Adern. Seine Muskeln schmerzten, so sehr standen sie unter Strom.

Das hältst du unmöglich durch.

Lass locker.

Werd nicht fest. Du führst.

Genieß es einfach.

3

Lamenteau wirkt formidabel verspannt, schrieb ihr Erdmann.

Er hat nicht mit dieser Atmosphäre gerechnet, schrieb Liv zurück. *Er wundert sich gerade über sich selbst. Aber er bleibt cool. Er macht sich keine Sorgen. Leider.*

Wie sieht er aus, wenn er sich Sorgen macht?, schrieb Nils.

Genauso.

Ach so.

Er bewegt sich dann nur anders. Weniger gewandt.

Das Kleid rutschte ihr immer wieder die Schenkel hoch, wenn sie sich auf der Sitzschale bewegte, und sie musste daran zuppeln. Kein Kleid, in dem man ein Vier-Stunden-Match bequem aushielt, aber es war das einzige leuchtend rote Kleidungsstück gewesen, das sie auf die Schnelle auftreiben konnte.

Da saß sie nun und vermisste Smilla mehr, als sie sagen konnte. Sie war an diesem Wochenende bei ihrer Großmutter, würde danach erst mal bei ihr bleiben. Wenn Sebastian sich an die Absprache hielt.

Gestern hatten sie gesprochen. Sie hatte ihm gesagt, was Sache war. Sie hatte nichts ausgelassen. Dass sie nicht wusste, was sie tun sollte. Dass nichts klar war. Aber auch, dass er nichts tun konnte. Er hatte angefangen zu weinen. Beide weinten. Sie umarmten sich, und er stieß sie weg. Sie setzten sich, redeten, stockend.

Sie hatten eine Regelung vereinbart, wie man das so macht unter Erwachsenen. Fürs Erste. Am Schluss hatten sie noch dagesessen, hilflos schweigend. Dann ging er hinaus und fuhr mit dem Auto weg.

Was in ihr los war, darüber wollte sie nicht nachdenken. Später. Danach. Sie konzentrierte sich auf das Spiel, auf den Kampf.

»Liebe Liv«, hatte ihr Erdmann vor dem Spiel gesagt, »du bist heute Andromache.«

»Wer?«

»Meine Lieblingsfigur bei Homer. Die alten Griechen. Du siehst von der Mauer deinen Hektor vor den Toren Trojas gegen Achilles kämpfen. Wenn alles normal abläuft, wirst du sehen, wie Achill hinterher den Leichnam deines Mannes an den Füßen durch den Staub schleifen wird.«

»Nur, dass ich mal mit Achilles zusammen war«, antwortete Liv. »Und Achilles so gut kenne, dass ich weiß, er ist nicht unbesiegbar.«

Sie seufzte.

»Dann sag Toto, wie es geht.«

»Es hat noch keiner herausgefunden, wie es geht.«

4

Vom ersten Aufschlag Lamenteaus sah Toto lediglich den Schatten des Windhauchs. Er holte nicht einmal aus. 223 km/h stand auf der Anzeige, ein Raunen ging durch die Reihen. Der nächste Aufschlag schlug genauso hart ein, und wieder reagierte Toto nicht.

Thirty love.

»Challenge!«, rief Toto.

Was tust du denn da?

So früh im Satz?

Was soll das?

Lass das Zocken.

Aber er hatte es gesagt. Aus dem Bauch heraus. Der Abdruck war nicht klar zu erkennen. Schon zu viele Abdrücke nebeneinander.

Das Hawk-Eye war gefragt. Auf der Videoleinwand erschien die T-Linie des Aufschlagfeldes, die Zuschauer zischelten erwartungsfroh, der animierte Ball sauste heran – und landete, hauchdünn, aber eindeutig, im Aus.

»Yeah!«, hallte es durch die Arena. Toto fuhr es kalt den Rücken hinunter.

Lamenteau setzte den zweiten Aufschlag ins Netz.

Er zeigt Nerven, schrieb Nils. *Ich sehe, dass seine Nasenflügel beben. Moser sagt, er wird gleich eine Toilettenpause beantragen.*

Ihr Spinner, schrieb Liv. *Ihr Träumer.*

Beim nächsten Aufschlag gelang es Toto, den Ball zurückzuspielen, wenn auch viel zu weich, zu hoch. Den Volley setzte Lamenteau satt ins Eck, schön lang, sehr lang. Sehr, sehr lang.

Drin!, zeigte der Linienrichter.

Thirty fifteen, sagte der Schiedsrichter.

»Challenge«, rief Toto erneut, der wieder keinen eindeutigen Abdruck sah.

Du bist wahnsinnig.

Das wirst du noch bereuen.

Das Raunen hob wieder an. Die Sekunde, in der alles möglich scheint ... Und wieder, um eine Winzigkeit: aus.

Fifteen thirty.

Das Match lief keine zehn Minuten, aber Toto konnte sich an den Anfang schon nicht mehr erinnern. Er nahm kaum wahr, dass er den folgenden Service durch glückliche Umstände perfekt traf: Rückhand-Return scharf diagonal, unerreichbar für Lamenteau. Und als direkt danach der Franzose ans Netz rückte, erwischte Toto den Ball nur mit dem Rahmen, doch Lamenteau glitt im Heranstürmen aus, der Sand stäubte.

Break.

Das Wunder, das man Wettkampf nennt.

Ein Sturm, und er hatte ihn entfacht.

Mr. Berger leads by two games to love, first set.

Er sah Nils und die anderen beiden. Sie standen nicht weit von Lamenteaus beherrscht dreinblickendem Anhang in einer Box und applaudierten.

Drüben sah er Liv. Stehend. Die Arme emporgereckt.

Toto war sich vor dem Match nicht sicher gewesen, ob ihm überhaupt ein Break gelingen würde. Lamenteaus Aufschlag war gewöhnlich tödlich, auch an schwächeren Tagen.

Erst jetzt begann das Spiel. Lange Ballwechsel, die meistens Lamenteau bestimmte. Er hetzte Toto von links nach rechts, ließ ihn kaum

Luft holen, zwang ihn zu Notschlägen, verwandelte sicher. Aber bei eigenem Aufschlag rettete sich Toto durch seine Winkel, seine Einfälle, seinen Mut. Er strich immer wieder schnelle Punkte ein, die am Ende genügten, dass er seine Aufschlagspiele durchbrachte, trotz Einstand, trotz Breakbällen, er hielt sein Service, führte 3:0, 4:1, 5:2, hatte bei 5:3 schließlich Satzball, *Advantage Berger.*

Er macht es, schrieb Nils.

Kolossaler Hundesohn, schrieb Erdmann.

Er kann nicht mehr, schrieb Liv. *Er ist jetzt schon fertig. Seht ihn euch an.*

Was meinst du?, schrieb Erdmann.

Er atmet schwer. Es ist zu schnell für ihn. Frédéric wird ihn überpowern. Er will Toto zermürben, deshalb geht er volles Tempo.

Wir haben nicht hart genug trainiert, schrieb Erdmann.

Unten im Kessel fühlte sich Toto tatsächlich, als dauerte das Match bereits Stunden. Den Vorsprung in diesem ersten Satz zu verteidigen, hatte ihn alles gekostet, alle Finesse, alle Konzentration. Lamenteau war wütend. Seine Aufschlagspiele hatte er präzise und erbarmungslos erledigt, und Toto hatte sich kaum zu wehren vermocht. Nicht, dass er es nicht gewollt hätte, aber gegen diese Schlaghärte und Konsequenz konnte er auf Dauer keinen Widerstand entwickeln. Also begann er diese Spiele sausen zu lassen, sich nur auf seinen Aufschlag zu konzentrieren. Auf das Auftippen des Balles, damit er es unberechenbar machte. Auf die Winkel. Beim Satzball wählte er einen Kick-Aufschlag, der in hohem Bogen übers Netz flog, sich spät senkte, auf die Linie prallte und Lamenteau weit aus dem Feld drängte.

Der Return landete fast vor seinen Füßen, aber Toto hatte aufgepasst, zog seine Vorhand voll durch, trieb Lamenteau weit nach hinten in dessen Rückhand-Ecke. Die Antwort war zu kurz. Nicht viel. Vielleicht einen Meter. Aber ein Meter genügte Toto. Er holte aus wie zu einem mächtigen Treibschlag, stoppte plötzlich mitten in der Schlagbewegung ab und wickelte den Schläger um den Ball, mit einer weichen, exakt durchgeführten Drehung des Handgelenks, bei der er es darum ging, die haarige Haut des Balles zu streicheln wie die Wange einer Geliebten.

Komm schon.

Es war eine dieser Situationen, in denen die Zeit stillsteht für den, der mit dem Herzen dabei ist. Es gab Zuschauer, die erregt aufsprangen, als er den Stopp setzte, andere sperrten den Mund auf. Lamenteau zögerte nicht und spurtete los. Toto fürchtete schon, der Schlag wäre etwas zu kurz geraten, der Ball bliebe an der Netzkante hängen, aber er hatte sich getäuscht.

Moser ist groß, perfekte Saiten.

Direkt hinter dem Netz prallte der Ball auf und hatte so viel Rückwärtsdrall, dass er wieder zurück ins Netz drehte. Lamenteau stürmte heran, machte sich lang, unfassbar lang, brachte den Schläger aber nicht mehr unter den Ball, setzte seinen Schritt zu spät, rutschte hinein ins Netz und blieb hängen. In einer Flugrolle stürzte er hinüber auf Totos Seite.

Die Arena erzitterte.

Totos Faust.

Er drehte sich weg, ignorierte Lamenteau, der sich auf seiner Seite aufrappelte, sah die Frau im roten Kleid und ihre Faust. Und er sah etwas an ihrem anderen Handgelenk, ein Band, mit dem sie sich über die Augen wischte, ein weißes Band.

Mr. Berger wins the first set by six games to three.

Als sie zum Seitenwechsel einander im Abstand von vielleicht zwanzig Zentimetern passierten, blieb Toto stehen und schrie ihm ins Ohr: »Das ist mein Spiel, hörst du?«

Lamenteau reagierte nicht. Er klopfte sich den blauen Sand aus den Kleidern, von der Haut. Strich sich die Haare aus dem Gesicht.

Die Leute pfiffen. Es war unklar, wen sie meinten. Auf den Stehplätzen wogten die Menschen hin und her, als schunkelten sie. Es war so laut, dass ihn nur Lamenteau verstehen konnte. Er hatte den Mund kaum bewegt. Es war für Toto, als schaute er sich selbst dabei zu. Nicht aufzuhalten. So ein Stopp bei Satzball.

Er war im Flow.

Er war Charlie.

Charlie war kein freundlicher Mensch, o nein. Charlie wollte zerstören.

Und der erste Satz war seiner. Er ließ einen Urschrei los, zog sein Shirt aus, warf es unter die Fans, kassierte eine Verwarnung. Wieder Pfiffe, dass es in den Ohren wehtat. Toto, mit nacktem Oberkörper, bedeutete den Zuschauern, noch lauter zu sein.

»Ich hör euch nicht«, rief er. »Ich hör euch nicht!«

Hitze!

Oh, er liebte die Hitze.

Er ist durchgedreht, ich werde für ihn schon mal Räucherstäbchen anzünden, schrieb Moser.

Er sammelt nur Kraft, schrieb Erdmann.

Er ist Charlie, schrieb Liv. *Er glaubt, es ginge so weiter.*

Ich liebe Charlie, schrieb Nils.

5

Das Duell. Sie kannte beide so gut. Sie verachtete den einen und liebte den anderen, aber wie sie sich da unten beharkten, vergaß sie manchmal, wer wer war. Sie verfolgte jeden Schritt Totos, versuchte zu erkennen, wie es ihm ging, wie sein Körper die Belastung mitmachte. Versuchte zu erspüren, wie er sich als Nächstes entscheiden würde.

Und zwischendurch, wenn Lamenteau zum Handtuch griff und sich die Stirn abtupfte, betrachtete sie sich auch aufmerksam den Mann, mit dem sie einmal zusammen gewesen war. Es gab Menschen, die auftauten, wenn man sich ihnen näherte, die weich wurden, sich öffneten. Frédéric war ein Mensch, der mit seinem Charme ganze Gesellschaften in seinen Bann zog. Und er konnte Frauen verführen, wenn *er* wollte. Aber sobald man sich *ihm* näherte, versteinerte er. Und es zeigte sich, was in ihm steckte, das Eis oder der Stein, jedenfalls ein Kern, der einen Panzer um sich hatte und augenscheinlich kein Eingangstor.

Aber sie hatte das erst erkannt, als sie schon mit ihm zusammenwohnte. Da erst sah Liv die Gefahr, dass sie selbst versteinern würde.

Sie war froh, ihm nicht öfter begegnet zu sein. Sie würde ihn nach dem Spiel um jeden Preis meiden. Nach Siegen hatte es noch keinen gegeben, der ihm ins Ohr zu flüstern gewagt hätte, dass er sterblich sei.

6

Sein Gegner hatte nun seinen Rhythmus gefunden. Er quälte Toto. Einmal trieb er ihn bei 40-0 ein Dutzend Mal von links nach rechts und wieder zurück, verzichtete auf die Netzattacke, spielte den Ball exakt so, dass Toto ihn gerade noch erlaufen konnte. Er wollte ihn müde spielen, und Toto kam nicht raus aus dem Würgegriff. Bei eigenem Aufschlag fehlte ihm nun häufiger die Sicherheit. Immer öfter musste er über den zweiten Aufschlag gehen und bekam den Ball prompt vor den Latz geknallt.

Mit 1:6 verlor er den zweiten Satz, und in der Arena wurde es merklich leiser.

Das wird nichts mehr, schrieb Moser.
Lamenteau macht zu viel Druck, schrieb Liv,
Er muss mehr variieren, schrieb Erdmann. *Mehr riskieren.*
Doch Liv schrieb: *Er muss gar nichts. Es steht eins zu eins.*
Dafür muss ich *gleich mal.*

In der Satzpause saß Toto auf seiner Bank und starrte ins Leere. Er lockerte seine Schenkel, spülte Wasser in den Backen hin und her. Er spürte Brown nach oben drängen, aber darüber lag eine Schicht aus was auch immer, die bislang den Ausbruch verhinderte. Körperlich fühlte er sich okay. Nicht mehr, aber okay.

Es ist nichts passiert. Eins eins. Alles noch offen.
Lass es nicht raus.
Lass es nicht zu.
Darauf wartet er nur.

Darauf setzt er. Mich zu knacken. Aber es will raus. Das ist nicht zum Aushalten. Er ist zu schnell. Zu gut.
Was tun?
Seinen Rhythmus brechen.
An Liv denken. Denk an sie.

Auf der Videoleinwand war zu sehen, dass Toto versonnen lächelte. Livs Sitznachbarn diskutierten miteinander, was dies bedeuten mochte.

Time.

Lamenteau erhob sich und ging an ihm vorbei, die Stirn mit einem Handtuch bedeckt. Aus dem Augenwinkel blickte er ins Publikum und nickte ganz leicht. Toto sah das.

Time.

Er blieb sitzen, bis die Zuschauer zu murmeln begannen. Die Richtung, in die Lamenteau geschaut hatte, hatte er sich gemerkt. Er erhob sich erst, als er den Schiedsrichter sagen hörte:

Code Violation. Delay of Game. Warning Mr. Berger.

Er stand langsam auf, beugte den Rumpf und berührte mit den Fingerspitzen den Boden. Obwohl er muskulär locker war, obwohl seine Füße mitmachten, hatte ihn in den letzten Spielen eine Steifheit überfallen, die er sich nicht erklären konnte.

Er legte seinen Schläger auf die Bank und trocknete sich die Hände ab. Dabei durchsuchte er die Sitzreihen. Den Mann, der sich trotz seiner Größe klein zu machen versuchte, erkannte er sofort. Peter Hanebiehl wich seinem Blick aus, aber da saß er.

Third set, Mr. Berger to serve.

Toto ging zur Grundlinie, federte drei, vier Mal auf den Zehenspitzen und schaute dabei nach oben, auf die Ränge, suchte sie, fand sie aber nicht.

Im dritten Satz entspann sich zunächst ein offenes Match, mit langen Ballwechseln, die Lamenteau diktierte; dennoch fand Toto Wege, sich zu wehren. Er streute Stopps ein oder wählte in Bedrängnis scharfe Winkel. Die Steifheit drängte er beiseite. Nach manchen Ballwechseln standen die Leute auf den Sitzen, und es war unmöglich, die Stimme des Schiedsrichters zu verstehen. Toto blendete das aus. Ihn interessierte nur der Spielstand, das, was unterm Strich heraussprang, und das, was er bei Lamenteau beobachtete. Beides beunruhigte ihn. Die Nummer eins ließ keine Schwäche mehr erkennen, keine Konzentrationsfehler. Toto gelangen ein ums andere Mal Kunstschläge, aber in Summe erdrückte ihn Lamenteau.

Bei 0:3 fing Toto an, Mondbälle einzustreuen, ziemlich unmotiviert. Und bekam sie alle vernichtend zurück. Dann spielte er Stopps, die zu lang gerieten. Einigen Bällen lief er nicht mehr richtig hinterher. Im Publikum machte sich erste Enttäuschung breit. Was er im Schilde führte, war ihm selbst noch nicht ganz klar. So tun, als ob? Diesen Weg ernsthaft verfolgen?

Zeig dich, Hanebiehl.

Falls Lamenteau wusste, was sein Taktiker für Toto ausgeheckt hatte, so ließ er es sich nicht anmerken. Er spielte wie eine Maschine. Fehler unterliefen ihm nun so gut wie keine mehr. Zwischen den Ballwechseln blickte er stoisch ins Leere oder auf seinen Schläger. Wenn Toto nicht gewusst hätte, dass Lamenteau stets genau überlegte, was er tat, hätte man meinen können, das wäre nun mal seine Spielweise.

Lamenteau wollte ihn provozieren. Das war Hanebiehls Handschrift. Ihn an der Ehre packen. Und da packte er ihn auch.

Wo ist sie?
Wo … Bleib cool.
Bleib.
cool.
Bleib
cool.

Beim nächsten Seitenwechsel ließ er die Faust seiner Schlaghand in den Handteller der Linken sausen. Er tat aber nur so, als wäre er wild. Er staunte über sich selbst, dass es funktionierte. Distanz aufnehmen. Es genügte dazu innerlich ein Schritt zurück.

Ein Stich in der Magengegend, der ihn zusammenkrümmen ließ. War aber gleich vorbei.

Wenn Lamenteau von nun an attackierte, versuchte es Toto immer wieder mit extrem hohen Lobs, die kurz vor der Grundlinie aufsprangen – diese Bälle waren begleitet von einem Raunen und Pfeifen des Publikums, das rätselte, was Toto da gerade ausprobierte. Oder ob er sich aufgegeben hatte.

Wo ist sie?

Lamenteau hatte keine Probleme, die Schmetterbälle krachend in die Ecken zu setzen, unerreichbar für Toto. Dessen eigenem Aufschlag fehlte nun der Mumm. Bei 0:4 gelang ihm immerhin ein Spielgewinn, ohne dass er hinterher hätte sagen können, wie. Es war nur eine kleine Talsohle in Lamenteaus Hochplateau aus Konzentration und Selbstbewusstsein, nicht von Bedeutung.

Was ist los mit ihm?, schrieb Nils.

Der Mut ist weg, schrieb Erdmann. *Lamenteau hat ihm den Zahn gezogen. Er gleitet ab.*

Bei jedem anderen als Frédéric würde ich sagen, wartet ab, schrieb Liv, die an ihren Platz zurückgekehrt war. *Aber der ist wie George Foreman an seinem Sandsack.*

Wenigstens bleibt Toto ruhig, schrieb Nils.

Das ist allerdings ein Wunder, schrieb Liv. *Frédéric hat auf alles eine Antwort. Da würde selbst ich durchdrehen.*

Wo warst du?, schrieb Nils (und nur an Liv). *Toto hat dich gesucht. Ich hab's gesehen.*

Luft holen, antwortete ihm Liv.

Beim nächsten Seitenwechsel scannte Toto die Gesichter der Zuschauer. Zwei Stunden waren vergangen seit jenen ersten Minuten, in denen er Lamenteau am Wickel hatte. Nun waren die Gesichter schon seit längerer Zeit leer. Man hatte sich die Sensation erhofft, aber mittlerweile hatte sich die Überraschung in eine Art von Niedergeschlagenheit verwandelt, die Toto fast mit Händen greifen konnte. Und er hatte sie erzeugt. Rechts oben sah er etwas leuchten. Liv war zurückgekehrt. Er schaute nicht zu ihr hinüber, das Leuchten am Rande seines Blickfelds genügte ihm.

Und
bleib
cool.

7

Im nächsten Spiel ließ er die Mätzchen sein – es war ein Irrweg, ganz sicher – und legte alle Kraft in die Bälle, nahm Lamenteaus Geschwindigkeit mit, versuchte dessen Länge maximal zu kontern. Viel Risiko, das aber belohnt wurde. Bei Einstand kehrte der Glaube zurück. Den nächsten Return setzte er brillant. Breakball. Endlich wieder die Chance zu einem Break.

Es entspann sich ein zäher Ballwechsel, ein Abtasten ohne letztes Risiko. Schließlich entschied sich Toto, es zu wagen. Er spielte die Rückhand mit Slice cross ins Halbfeld und rückte nach vorne. Ein paar Zehntelsekunden Zeit blieben ihm zum Überlegen, Wittern, Pokern.

Bei Breakball und kurzem Slice cross würde Lamenteau longline spielen, fast hundert Prozent, hatte Hanebiehl gesagt. Lamenteau aber musste inzwischen wissen, dass Toto das wusste. Würde er ausnahmsweise also diagonal durchziehen? Oder den Schlag doch longline setzen?

Vielleicht war es nur, um recht zu behalten, vielleicht, weil er so gerne zockte. Toto wollte das Blatt des anderen sehen, selbst wenn er verlöre. Er deckte im letzten Moment die Longline-Ecke ab und musste mitansehen, wie Lamenteau den Schlägerkopf herumriss und der Ball cross an ihm vorbeirauschte.

Ob er grinste, konnte Toto nicht sehen. Er hatte nur dessen triumphalen Aufschrei gehört.

Zum Kotzen, Hanebiehl.

Direkt danach kamen in Folge zwei Aufschläge, die so hart waren, dass er sie kaum wahrnahm. Sein folgendes Aufschlagspiel verlor er, obwohl ihm zwei Volley-Stopps gelangen, die die Leute aufspringen ließen. In diesen Momenten sah er wieder das rote Leuchten, die Faust, die aus dem Leuchten wuchs. Er schöpfte Mut. Er attackierte nun unablässig, und indem er sich zur Aggressivität zwang, schüttelte er die Reste jener mentalen Trägheit ab, die ihn im Griff hatte. Bei den Seitenwechseln warf er ein Handtuch über sich und zermarterte sich das Hirn. Die Gedanken jagten sich.

Angst macht träge.

Angst vor dem Verlieren lässt dich verlieren.

Denk dran, Worst-Case-Denken führt zum Worst Case.

Lass es.

Best Case. Dass der da müde wird. Dass er nachlässig wird. Dass er zwinkert. Spielt wie ein Roboter. Dieser Freak.

Der nächste Fehler ohne Not, da schnellte Brown hervor und brach aus. Toto hätte am liebsten um sich geschlagen, stattdessen ließ er die Faust seiner Schlaghand in den Handteller der Linken fahren. Brown schrie.

Mann, bist du mies.

Wie schlecht kann man sein?

Willst du mich verarschen?

Vereinzelt waren Pfiffe im Publikum zu hören. Ein Raunen. Er spürte wieder Stiche im Bauch, aber er ignorierte sie. Dass er stark schwitzte, kannte er nicht anders. Sein Puls war hoch und ging auch in den Pausen kaum runter. Am Limit, na klar.

Lamenteau blieb eiskalt. Auf die Attacken Totos reagierte er ab und zu sogar mit einem weichen Ball im Stil der Alten, der direkt hinter dem Netz herunterplumpste und kaum mehr aufsprang. Toto konnte nicht anders und schaufelte ihn gerade noch übers Netz zurück, dahin, wo bereits Lamenteau lauerte und ihn volley verwandelte.

Mr. Lamenteau wins the third set by six games to one.

Mr. Lamenteau leads by two sets to one.

8

Das Problem war nicht, nach Sätzen zurückzuliegen. Das Problem war, dass kein Weg zum Erfolg zu führen schien. Nicht mal, dass er besonnen blieb, änderte etwas.

Er sah Erdmann an, der begann zu pfeifen, den Kopf hin und her zu wenden und nach oben zu schauen, hinauf in den riesigen künstlichen Himmel des Stadions. Toto verstand ihn nicht.

Beim letzten langen Ausfallschritt war er trotz des Tape-Panzers umgeknickt, und sein lädiertes Sprunggelenk hatte eine Stichflamme ausgesandt. Wieder wehte ein Raunen durchs Publikum, weil er liegen geblieben war. Es war nichts, das spürte er, aber er blieb zur Sicherheit erst mal liegen. Rappelte sich dann unter dem Beifall des Publikums auf, ging langsam zum Schiedsrichter, der ihn fragend anschaute.

Keine Behandlungspause, nein, das wäre jetzt erwartbar und würde nur Zeit bringen, aber keine Flucht.

Lieber eine Toilettenpause.

Unter freundlichem Beifall verließ er den Court und erreichte rasch den Gang zu seiner Kabine. Die Wege waren weit, von daher würde ihm der Schiedsrichter sicher drei, vier Minuten gewähren. Er hörte das Brausen der Arena, die von Sichtblenden verborgen war. Hinter ihm die Schritte des Supervisors, der ihm folgte.

Er musste gar nicht. Hatte noch nie gemusst während eines Matches. Er wollte nur für sich sein. Raus aus dem Licht.

Eine Minute im Schatten.

Ein Mann von der Security öffnete ihm die Tür zu seiner Kabine und ließ auch den Supervisor hinein.

»Please wait outside«, sagte Toto. »Won't take long.«

Tatsächlich wandte sich der Supervisor um. »Du hast eine Minute, Toto«, sagte dieser auf Deutsch, bevor er verschwand.

Toto legte sich auf die Massageliege, streckte die Beine von sich, verschränkte die Arme hinter dem Kopf und schloss die Augen. Die Schmerzen in seinen Eingeweiden waren nicht mehr zu ignorieren. Nur noch dieses Match durchstehen, bitte.

Warum spielst du so schlecht?

Ist das alles, Toto?

Ja, das ist alles!

Was, wenn du einfach nicht mehr rausgehst?

Wie damals bei dieser Gameshow?

Nein, nicht feige sein.

»We need to regroup.«

Leicht gesagt.

Der Wal.

Wie war das noch mal? Worum ging es da noch mal?

Wir?

»Unser Wal muss ein Hai sein. Ein Haifischhaus-Hai.« Das hatte sein Sohn gesagt.

Mein Sohn!

Wir.

Ein breites Lächeln huschte über sein Gesicht, obwohl seine Lippen gerade noch ein Strich gewesen waren, seine Kiefermuskeln hart.

Als er die Augen öffnete, sah er Liv da stehen, die Hände vor der Brust verschränkt.

9

Sie sah, wie sich sein Gesicht entspannte, als hätte ihn ein befreiender Gedanke erreicht. Als er die Augen öffnete, lächelte er, noch bevor er realisierte, dass sie es war.

10

»Hey«, flüsterte er.

»Hey«, flüsterte sie. »Ich war vor dir hier. Hab's kommen sehen.« Sie sah sein schmerzverzerrtes Gesicht, das Gejagtsein in seinen Augen. »So schlimm?«

»Geht schon«, sagte er. »Geht schon.«

»Ich glaub an dich. Bernd auch. Moser auch. Nils auch.«

Er deutete auf ihr Kleid. »Ist das nicht ein bisschen kurz, Miss Hansen?«

Ihre Finger berührten sich.

»Ich muss wieder raus.«

»Du machst dich selbst fertig …«

»Ich … Ich kann nicht anders«, sagte er leise.

Sie nahm sein Kinn in ihre Hand.

»Du kannst es.«

»Ich kann Brown nicht besiegen«, sagte er.

»Vielleicht nicht besiegen, aber deinen Frieden mit ihm machen.«

Müde schaute er sie an, strich sich über die Unterarme, lächelte.

»Pass auf dich auf, Toto. Geh nicht über deine Grenze.«

»Ich bin schon jenseits. Fred ist zu gut. Ich kann ihn nicht knacken.«

»Er ist aus Stein. Ich weiß. Aber irgendwie … vielleicht kannst du ihn gerade deshalb …«

Sie schaute ihn an, strich dabei mit beiden Händen ihr Kleid glatt. Ihre Haare fielen auf ihrer linken Seite über die Schulter. Sie hatte sie zu einem dicken Zopf gebunden. Das Ende des Zopfes lief in einem Wirbel aus, wie ein Strudel, ein Looping in einer Achterbahn.

»Hast du dich entschieden?«, fragte er.

»Ich wäre da«, sagte sie lächelnd. »Ich warte auf der anderen Seite.«

Bevor er hinausging, drückte er sie an sich, so fest, dass ihr kurz die Luft wegblieb. Sie umarmte ihn und strich ihm über die Schultern, den Rücken, spürte, wie verhärtet seine Muskeln schon waren. Er küsste sie, und sie schmeckte den Schweiß und das Salz und die Stunden des Kampfes. Er löste sich mit einem Ruck, wie man Eisen von einem Magneten befreit.

Sie trat erst in den Gang, als der Supervisor ihm schon nachgeeilt war, sah aber noch seinen erhobenen Daumen, bevor er um die Ecke bog. Ihr Kleid hatte dunkle Flecken von seinem Schweiß. Sie legte sich dahin, wo er gelegen hatte, streckte die Beine aus, schloss die Augen und wartete bei geöffneter Tür, bis das Rauschen einsetzte, von dem sie wusste, dass es Toto galt.

Dem Sicherheitsmann nickte sie dankbar zu. Er lächelte und machte mit der Rechten eine Bewegung, mit der er seinen Mund verschloss.

11

Lamenteau saß auf seiner Bank und beschäftigte sich damit, wie die Bespannungen seiner Ersatzschläger klangen, wenn er sie gegeneinanderschlug. Als Toto zurückkehrte und der Lärm anschwoll, schaute er nicht auf. Erst als der Schiedsrichter *Time* sagte, erhob er sich, dehnte sich die Oberschenkel und machte ein paar schnelle Schritte auf der Stelle.

Die ersten beiden Punkte schien er noch abwesend, und Toto trieb ihn von einer Ecke in die andere, vollendete die Wechsel dann mit seinem Vorhand-Schuss, den er zuvor selten hatte einsetzen können. Bei 30-40 hatte Toto wieder einen Breakball, und plötzlich tauchte Lamenteau nach dem Aufschlag am Netz auf. Toto zog die Rückhand durch, extrem diagonal, ein idealer Schlag. Lamenteau zuckte nicht einmal. Der Ball prallte gegen die Netzkante, wurde hoch zur Seite abgelenkt und landete im Seitenaus.

Mit dem Glück oder dem Pech war das so eine Sache im Tennis. Meistens kümmerte es die guten Spieler nicht, wenn der Zufall zuschlug; er glich sich ohnehin aus, sagten die Statistiker unter ihnen. Man konnte es eh nicht ändern, sagten die Fatalisten unter ihnen. In Toto war eine ganz andere Haltung eingebrannt. Das Glück, so war es die Überzeugung seines Vaters gewesen, ließ sich durch Beharrlichkeit und Glauben erzwingen, und wenn man Pech hatte, dann war das eine persönliche Sache, eine Frage von Versagen oder mindestens mangelndem Bemühen.

Bleib dran.

Die nächsten beiden Punkte spielte Lamenteau druckvoll und unwiderstehlich, cross, cross, cross, Longline-Schuss.

Falscher Fuß.

Game Mr. Lamenteau.

Es war eine Demonstration der Klasse. Kurz wurde Toto vom Drang zu fluchen übermannt, trat dann aber einen Schritt zurück. Mit der erhobenen Hand schlug er gegen seinen Schläger, kollegialer Glückwunsch. Er stand dabei in der Mitte des Feldes, breitbeinig.

Lamenteau hob den Kopf.

Schau mich an.

Als ob sie etwas spürten, wurden die Zuschauer leiser. Instinktiv.

Schau mich an.

Lamenteau drehte sich um, sah über die linke Schulter zu ihm herüber. Ihre Blicke trafen sich, das erste Mal seit dem Handschlag zu Beginn des Matches. Toto schob das Kinn in Richtung des Halses, verzog keine Miene und rührte sich nicht.

Lamenteaus Augen waren groß.

Toto lächelte und breitete die Arme aus. Er wollte den Augenblick verlängern. Er war kostbar. Endlich konnte er im anderen lesen.

Er ist wachsam.

Er glaubt nicht, dass ich tot bin.

Wird er so lange nicht glauben, bis es vorbei ist.

Und es ist noch nicht vorbei.

Arschloch.

Lamenteaus Augenbrauen verengten sich, dann schlossen sich die Lider, und er schaute wieder nach unten.

Er fürchtet, dass ich zurückkomme.

Er weiß nur nicht, wie ich es anstellen will.

Es war ein kleiner, stärkender Augenblick.

Zwei Spiele gab Toto sich noch. Hatte er die Bälle jemals besser getroffen? Er konnte sich nicht daran erinnern. Der erste Aufschlag kam jetzt sicher, hart, platziert, seine Beinarbeit war leicht, seine Schläge hatten die Länge, die es brauchte, er fühlte sich wohl.

Aber all das genügte nicht.

Lamenteau war im dauerhaften Flow. Er traf die Bälle, wie er wollte, und wenn er Risiko ging, tat er dies mit genau jener Mischung aus Kraft, Mut und Zurückhaltung, die Kontrolle gerade noch ermöglicht.

Besser konnte man Tennis nicht spielen.

12

Er bewegt sich eigentlich gut, der Faulpelz, schrieb Moser.

Er macht so vieles richtig, schrieb Erdmann.

Ich bin stolz auf ihn, schrieb Nils.

Hört auf, schrieb Liv, die wieder an ihrem Platz saß. *Es ist noch nicht vorbei.*

Und Erdmann antwortete:

Tennis ist ein großes Rätsel. Am Ende siegt die Intuition.

13

Es ging zu schnell. Zu einseitig jetzt. Lamenteau hatte Spielball zum 2:0 im vierten Satz. Er returnierte Totos satten Aufschlag mit einem Reflex, und beide lieferten sich erneut einen Schlagabtausch auf der Rückhandseite, wählten immer schärfere Winkel, die das Publikum zischen ließ. Keiner wagte aus dem Muster auszubrechen. Toto schaute auf Lamenteaus Füße, aber er konnte kein Tippeln erkennen, kein Warten, kein Spekulieren. Endlich riss er selbst beim siebten oder achten Schlag das Handgelenk extrem herum und wählte den Weg die Linie entlang, ein unerhört schwieriges Manöver, weil das Netz an dieser Stelle außen so hoch ist, aber es gelang ihm, den Ball mit Druck ins Eck zu setzen, und sofort rückte er nach. Es war ein prächtiger Vorbereitungsschlag, und Toto war sich sicher, den Punkt zu holen.

Lamenteau spurtete quer über seine Feldseite, bewegte sich trotz seiner Größe anmutig und gewandt, konnte allerdings unmöglich noch ausholen und einen vernünftigen Schlag zustande bringen. Das versuchte er auch gar nicht, sondern hechtete ins Eck wie ein Fußballtorwart und schob dabei den Schläger nach vorne. Er erwischte den Ball ein, zwei Zentimeter, bevor der den Boden berührte, machte eine wischende Bewegung aus dem Handgelenk, die dem Ball Tempo, Höhe und Schnitt mitgab, ein krummes Ding. Der heranstürmende Toto sah den merkwürdig angeschnittenen Ball auf sich zukommen und machte einen Stemmschritt, wie es Volleyballspieler beim Angriff machen, sprang mit aller Kraft hoch und reckte sich. Kurz glaubte er, er erreiche ihn, doch der Ball flog über ihn hinweg, beschrieb eine Kurve und landete – auf der Grundlinie.

Erst herrschte Stille. Schließlich brach ein Jubel aus, der Toto wehtat. Eine Huldigung.

Mr. Lamenteau leads by two games to love, fourth set.

14

Lamenteau lag flach auf dem Rücken im Sand, bestäubt mit blauen Sandkörnern, und hatte die Arme von sich gestreckt.

Toto sank auf die Knie.

Die Leute erhoben sich von den Sitzplätzen. Standing Ovations. Auf den Stehplätzen applaudierten sie mit erhobenen Händen.

Nach einigen Sekunden quälte sich Toto hoch, rieb sich den Sand von den wunden Knien und ging in Richtung Bank, als wollte er sich mit einem Handtuch säubern. Aber er blieb nicht bei der Bank stehen, sondern kletterte über die Brüstung dahinter und blieb vor Nils stehen.

Wie von ferne hörte er die Rufe, den Schiedsrichter, der etwas von *Time Violation* sagte, die Pfiffe, das Brausen.

»Nils«, sagte er, »übernimm du mal.«

»Papa, nein!«, schrie Nils. Er war aufgesprungen.

»Ich bin am Ende«, sagte Toto und setzte sich auf den Platz seines Sohnes, neben Erdmann. Er reichte Nils seinen Schläger. »Probier du dein Glück.«

»Auf geht's, du Held«, sagte Erdmann, der instinktiv begriffen hatte, und schlug Nils mit der flachen Hand auf den Oberschenkel.

Toto verstand nicht, was Nils antwortete, weil die Menschen um ihn herum johlten und brüllten.

Nils beugte sich zu ihm herunter. »Das kannst du mir nicht antun.«

»Tu's für mich«, sagte Toto so leise wie möglich. »Bitte.«

»Ich kann nicht«, sagte Nils. »Ich will nicht da raus. Das ist deine Welt, nicht meine.«

Toto legte seine Hand auf die Hand seines Sohnes.

Die Zuschauer sahen, dass Vater und Sohn diskutierten, es wurde noch lauter in der Arena.

»… ich bin allein da draußen«, fuhr Nils mit geweiteten Augen fort.

»Du bist nicht allein«, sagte Toto.

15

Als Liv begriff, was Toto vorhatte, sprang sie auf.

Das wagt er nicht.

Das kann er nicht tun.

Sie sah Nils zögern, sah die beiden diskutieren, sah, wie Nils letztlich den Schläger nahm und über die Bande stieg.

Das will er Nils antun?

Sie dachte an Smilla, und es war ihr, als würde ihr der Boden unter den Füßen weggezogen.

16

Toto verfolgte jede Regung seines Sohnes. Er wusste, wie es in ihm aussah. Was Nils dachte, was er fühlte. Als würde er es selbst denken, selbst fühlen. Verrückt. Ein Vaterding.

Liv dachte: Nils hat sein Leben lang gewartet. Darauf. Für seinen Vater wichtig zu sein.

Unter dem aufbrandenden Beifall schritt Nils auf das Spielfeld. Er spürte die Wärme seines Vaters am Griff des Schlägers, den kühl werdenden Schweiß. Er sah zum Schiedsrichter hinüber, der breit grinste, und zu Lamenteau, der zunächst mit einem Handtuch hantiert hatte und nun zu ihm herüberstarrte, ohne sich zu bewegen. Es wurde leise.

»Lust auf'n paar Schläge?«, fragte Nils zögerlich, aber vernehmlich. Auf seinem T-Shirt war SHERPA deutlich zu lesen.

Er drehte den Schläger in seiner Rechten. Man sah, wie weich seine Knie waren. Seine Wangen waren feuerrot, und am liebsten hätte er sich wahrscheinlich in die Küche des Haifischhauses verzogen, hinter den Bildschirm seines Laptops. Aber er hielt Lamenteaus Blick stand.

Liv tippte wütend in ihr Handy.

Was soll das, bist du wahnsinnig?, schrieb sie an Erdmann, der sein Handy an Toto weitergab. Der tippte zurück:

Da ist der Hai. Schau ihn dir nur an.

Du bist verrückt. Du machst ihn lächerlich.

Er macht das schon.

Zuerst hatte Lamenteau sich beschweren wollen über diese Aktion, das sah Toto ihm an, aber dann begannen die Menschen rhythmisch zu klatschen. Dreißigtausend Paar Hände, ein Sound, der alles hinwegspülte.

Der Schiedsrichter schien nicht recht zu wissen, was er machen sollte. *Technical Time-out,* sagte er schließlich. Und nickte Lamenteau zu.

Feel free to play.

Die Leute jubelten.

Lamenteau nickte Nils zu und ging zur Grundlinie, ließ sich ein paar Bälle geben und schaute dann hinüber zu Totos baumlangem Sohn, der mit seiner Glatze, dem kurzen Flaum und den dunkelblauen Storchenhosen aussah wie ein Mensch, der überall hingehörte, nur nicht auf diesen Court.

Stolz erfüllte Toto. Wehmut. Sein Sohn, da draußen. Sein Sohn, der sich da hinstellte. So groß. Ein Mann.

Der ihn nicht im Stich ließ.

Ein paar Meter weiter winkte Nehoda. Er hielt seinen nackten rechten Unterarm waagrecht in die Luft und deutete mit der linken Hand darauf.

Die erste Vorhand von Nils rauschte ins Netz, aber das machte nichts. Die Rückhand danach flog waagrecht in die Zuschauer, kein Problem. Lamenteau spielte brav noch einen Ball ein, und jetzt kam Nils in seinen Schlag, er löffelte die Bälle sicher zurück, hin und her ging es, Lamenteau spielte weich in die Mitte des Feldes, Nils traf den Ball nun sauber. Die Leute standen kopf.

»Hehe«, machte es hinter ihm.

Jemand ging hinter ihm in die Knie, legte Toto die Hand auf die Schulter, eine kräftige Hand –

Frankie?

Totos Hand zuckte, da vibrierte Erdmanns Handy.

Dein Sohn, schrieb Liv.

Die Hand löste sich von seiner Schulter.

Mein Sohn, schrieb Toto. *Ich bin ein Mann des Glücks.*

Er drehte sich um, aber da stand niemand hinter ihm.

Beim fünften oder sechsten Ballwechsel fasste sich Nils ein Herz und zog seine Vorhand voll durch. Lamenteau, der damit nicht gerechnet hatte, sah regungslos zu, wie der Ball unerreichbar in seiner Rückhand-Ecke aufsprang. Ein glasklarer Punkt für Nils Schöllhorn.

Der Hai!, schrieb Toto.

Der Haifischhaus-Hai!, schrieb Erdmann.

Und Moser: *Seht, wie er zubeißt!*

Ihr seid irre, schrieb Liv.

Plötzlich meldete sich Nehoda zu Wort, der zuvor geschwiegen hatte, aus Aberglauben: *Kurwakurwakurwakurwakurwa, ich dreh durch.*

In das Lachen, Trampeln und Gebrüll hinein ging Lamenteau mit ausgestreckter Hand zum Netz. Nils begriff sofort. Lamenteau verbeugte sich und zog ihn grinsend an sich, sagte ihm etwas ins Ohr.

17

Ohne sich vom Publikum zu verabschieden, trottete Nils vom Platz, stieg über die Bande und hielt den Schläger vor sich. Toto stand schon. Er zog den Kopf seines Sohnes an seine Brust.

»Auf, Papa«, sagte Nils von unten herauf. »Er hat mich *Putain de merde* genannt. Und Rotzlöffel. Jetzt ist er fällig.«

»Du Gigant«, sagte Toto. Seine Hand lag auf dem bloßen Nacken seines Sohnes, und er spürte, dass Nils am ganzen Leib zitterte.

VIERZEHN

1

Als er unter Getöse auf den Platz zurückkehrte, murmelte Toto eine Entschuldigung und hob die Schultern, als wäre dies nicht seine Idee gewesen.

Great entertainment, brummte der Schiedsrichter.

»Thanks for waiting«, rief Toto ihm zu.

Wieder suchte er Lamenteaus Augen, erneut trafen sich ihre Blicke. Die Leute beruhigten sich allmählich. Toto wartete, bis es einigermaßen leise war.

»Great sport, Fred«, rief er.

Die Showeinlage konnte nicht länger als fünf Minuten gedauert haben. Trotzdem hatte sich etwas verändert. Toto spürte, dass er leichter ging, dass er freier denken konnte, als hätte es die Stunden davor kaum gegeben. Und in Lamenteaus Augen hatte er nun Dinge gelesen, die da zuvor nicht gewesen waren, ganz sicher Wut, ganz sicher Abscheu, ganz sicher auch die Gewissheit, dass alles wieder zurückgestellt war auf Anfang, ganz sicher auch Irritation, weil das, was geschehen war, sich seiner Kontrolle entzogen hatte.

Vielleicht bildete er sich das alles auch nur ein.

Kam es darauf an?

2

Sie spürte es nur. Zu sehen war es nicht. Achilles, der Unbesiegbare, wankte.

3

Im nächsten Spiel führte Toto rasch 30-0, returnierte blitzsauber, 40-0. Als er aufblickte, sah er die hochgewachsene Frau in dem roten Kleid auf der Tribüne, ein Kleid in der Farbe blühenden Mohns. Sie stand und streckte ihre Faust in die Luft, ihr Zopf schlug gegen ihre Brust. Das weiße Band schien von ihrem Handgelenk verschwunden.

Sie wäre da.

Wäre?

Beim Spielball zum 1:2 im vierten Satz gelang Toto am Netz ein Stopp durch die Beine hindurch.

Es war ein Schlag, von dem er noch lange träumen würde, wenn er auf der Terrasse des Haifischhauses stand, hinaus auf die Ostsee schaute und das warme Holz unter seinen bloßen Sohlen spürte, so ein Schlag war das, ein Zaubertrick, den man nicht trainieren konnte, der gelang, wenn alle Kämpfe gekämpft und alle Gedanken gedacht waren, wenn alles getan war.

Ein Kunststück, das nur dem gelang, der noch an Kunststücke glaubte.

4

Lamenteau rann der Schweiß in Strömen herunter, ihm unterliefen Fehler, die man sonst nicht bei ihm sah, er tippelte auf der Rückhandseite, wenn der Wechsel zu lange dauerte; er war immer noch ein unerhört guter Spieler, aber nicht mehr im dauerhaften Flow. Es war nun ein hochklassiges, offenes Match. Toto fiel jeder Schritt schwer, die Adduktoren wollten nicht mehr mitziehen. Seine Knöchel, seine Knie waren durch, und bei jedem Aufschlag fürchtete er, dass in der Schulter ein Band riss. Die Wirkung der Schmerztabletten, die er vor dem Spiel zur Sicherheit eingeworfen hatte, war nun *perdu*. Er schlug und rannte wie unter Autopilot.

Mit 7:5 gewann er den vierten Satz.

Ich kann es nicht glauben.

Ich kann es nicht glauben.

Ich kann es nicht glauben.

Behalt den Kopf oben.

5

Als der fünfte Satz in seine entscheidende Phase ging, nach fast dreieinhalb Stunden Spielzeit, war Toto in einem Zustand, den er in seiner Karriere vielleicht ein oder zwei Mal erlebt hatte. Aber damals war er austrainiert gewesen, vollkommen gesund. Es fiel ihm schwer, noch einen klaren Gedanken zu fassen. Er bewegte sich wie in Trance, schlug wie in Trance. Das Match hatte so intensiv begonnen, hatte so viel Energie gekostet, dass die Speicher nun leer waren. Seine Beine schienen einem anderen zu gehören. Jeder Trainingstag, jede Trainingsstunde im Haifischhaus half ihm jetzt weiter, ließ ihn einen weiteren Aufschlag präzise setzen, einen weiteren Return erreichen. Lamenteau schien es nicht viel besser zu gehen. Körperlich wirkte er nicht angegriffen – seine Beinarbeit war noch immer vorzüglich –, aber jedermann konnte sehen, wie unruhig er war, wie es in ihm arbeitete. Er verfeuerte seine drei Challenges binnen weniger Minuten in der Mitte des Satzes, bei einem umkämpften Spiel, und mindestens zwei davon deutete Toto als Verzweiflungstat, als aussichtslos, womöglich nur gedacht, um ihn aus dem Rhythmus zu bringen. Nun gut, zweimal hatte er mit Challenges gekontert, auch die reines Gezocke, beide Male ohne Erfolg.

Er schafft es, schrieb Erdmann.
Er kann nicht mehr, schrieb Nils.
Frankie schreibt, die Schulter wird noch halten, schrieb Moser.
Zwei zu eins, dass er's packt, schrieb Nehoda.
Hört auf, schrieb Liv. *Ich will nur, dass es vorbei ist.*

Toto führte mit 6:5 im fünften Satz, 30–30, Aufschlag Lamenteau. Es war surreal. In zwei Punkten konnte es überstanden sein.

Zwei Punkte bis zum Sieg.

Zwei Schläge, mit etwas Glück.

Denk nicht so, so darf man nicht denken.

Zwei Punkte nur, gar nicht viel.

Das schaffst du schon.

Punkt für Punkt.

Zwei nur.

Denk nicht so.

Den Return schlug er halbherzig und kassierte sofort einen Gewinnschlag ins Eck. Den nächsten Aufschlag hämmerte ihm Lamenteau um die Ohren, das zwanzigste oder dreißigste Ass, was sich in einem einzigen Match, wenn man auf der anderen Seite steht, anfühlt wie tausend Asse.

Tie-Break.

FÜNFZEHN

1

Durch das Stadion hallten Gesänge. Die Leute feuerten beide Spieler an, es war ein Lärm, den Toto nur noch als Wand vernahm, als Umrahmung und Begrenzung seiner Welt. Das Dach war ein Himmel aus Stahl. Sie waren gemeinsam im Berg, gemeinsam eingeschlossen.

Sein Sichtfeld war schmal geworden, links und rechts schoben sich schwarze Balken in das, was er sah. Er schob es auf die Konzentration. Sein Atem ging schwer. Es fiel ihm schwer, nachzudenken, einen Plan zu fassen.

Quiet, please.

Die Stille. Lamenteau servierte hart ins Eck, unerreichbar, ein Aufschrei.

Toto revanchierte sich mit einem Ass, nach viermaligem Tippeln glatt auf den Körper. Die Arena explodierte.

Der zweite Punkt gelang ihm mit einem Vorhandschuss in Lamenteaus Vorhandecke, direkt an die Seitenlinie. Der Schläger war ihm noch fast aus der Hand gerutscht, aber der Ball war drin, 2–1 im Tie-Break für Toto.

Bleib

cool.

Nach dem nächsten Aufschlag tauchte Lamenteau wie eine Erscheinung am Netz auf. Toto hatte ihn gar nicht kommen sehen. Lamenteaus Volley war etwas lang, Toto spurtete los, verlor aber im Heranrutschen den Halt, verlor die Balance. Jetzt verfluchte auch er den Sand. 2–2.

Das 2–3 holte sich der Franzose mit einer glatt durchgezogenen Rückhand die Linie entlang, aus vollem Lauf. Ein unfassbar riskanter Kunstschlag, der ihm in dieser Situation glückte.

Der Glückspilz. Der Kotzbrocken.

Der erste Aufschlag Totos war etwas zu lang, der zweite landete an der Netzkante und im Aus. 2–4.

Werd jetzt nicht nervös.

Nach dem Seitenwechsel attackierte Lamenteau sofort Totos zweiten Aufschlag. Aus der Bedrängnis heraus setzte er einen Volley-Stopp, bei dem Toto nicht mal loslief. 2–5.

FuckFuckFuck.

»Fuuuuuck!«, schrie er. Er spürte, wie seine Adern an den Schläfen fast zersprangen.

Aus der Arena schien Druck zu entweichen. Lamenteau spielte jetzt sein bestes Tennis. Noch immer schaute er nicht herüber, suchte nicht den Blickkontakt, machte nicht das, was er sonst immer tat.

Warum?

Toto ging zur Bank, griff ein Handtuch, trocknete seine Hand, seine Stirn. Nickte Nils zu, nickte Erdmann zu, registrierte kaum, wie sie ihn anfeuerten, die Hände geballt.

Lamenteau mit Doppelfehler. 3–5.

Lamenteau sofort am Netz, aber Toto ließ nur abtropfen, passierte den Gegner – 4–5.

Und Toto schlug selbst ein Ass zum 5–5.

Er zeigte dem Stadion die Faust und drehte sich einmal um dreihundertsechzig Grad. Auf den Stehplätzen sah er Menschen wie von Sinnen auf und ab springen, alle standen. Er erkannte keine Gesichter mehr, keine einzelnen Menschen, nur noch eine hüpfende, wogende Masse. Die Luft summte. Der nächste Punkt würde einem von ihnen den Matchball bringen. Er suchte seine Leute, fand sie. Ging in die Knie, schüttelte die Beine aus, versuchte tief durchzuatmen, aber etwas schnürte ihm die Kehle zu. Verzweifelt suchte er sie.

Sie faltete die Hände. Von unten, vom Platz aus, sah es aus, als betete Liv Hansen.

Das Tippeln. Sechs Mal.

Sein erster Aufschlag, zu lang. Der zweite kam satt ins Feld, Lamenteau returnierte auf seine Rückhand, Toto hielt dagegen.

Cross.

Cross.

Cross.

Cross.

Cross.

Mist!

Toto hetzte in die Longline-Ecke, ein sehr lang geratener Ball, direkt an die, nein, *auf* die Linie, er fuhr den Schläger aus, warf sich in den Schlag, erreichte den Ball nicht mehr, hörte im Fallen einen Schrei.

»Out!«

Der Linienrichter.

»No!«, schrie Lamenteau in derselben Sekunde.

Die Ränge, der Lärm. Matchball für Toto Berger.

Lamenteau schrie etwas, aber es ging unter. Er stürmte vor ans Netz, stapfte zum Schiedsrichter, redete wild gestikulierend auf ihn ein. Der hob die Schultern.

Toto stand da, auf seinen Schläger gestützt, abwartend, beobachtend.

Mr. Berger leads by six to five, tie-break, fifth set.

Der ganze Weg.

Ein Punkt noch.

Denk nicht so.

Ein Schlag, nur etwas Glück.

Denk nicht so.

Toto allerdings war sich nicht sicher. Den Ball hatte er in der Bewegung nicht wirklich gesehen. Er hatte nur so ein Gefühl. Sein Blick wanderte durch das Stadion, hinüber zu seiner Box. Er ging zu seinem Stuhl, klopfte sich den blauen Sand vom Hemd, von der Hose, seinen Knien, wischte sich Hand und Schlägergriff am Handtuch, hielt das weiße Stück Stoff noch einen Moment fest.

Er sah Lamenteau abdrehen. Sah dessen breiten Rücken, dessen helle Locken.

Es waren nur ein paar Schritte in Richtung Schiedsrichter.

Seine Stimme war flacher, als er sie erwartet hätte. »Challenge.«

I beg your pardon?, sagte Walter Gregorij.

»Challenge«, wiederholte Toto.

2

Alle starrten nach oben.

Als das Hawk-Eye auf dem Videowürfel eingespielt wurde, war es in der Arena so leise, dass Toto seinen eigenen Atem, seine Sohlen über den Sand streichen hörte.

Er sah wieder zu seinen Leuten hinüber. Erdmann hatte seine Hand auf die Schulter von Nils gelegt, auch sie schauten nach oben, dahin, von wo die Wahrheit kam. Liv hatte die Arme verschränkt. Schaute nicht nach oben. Schaute nur zu ihm.

Er fand ihren Blick. Sie nickte ihm zu, oder vielleicht bildete er sich das auch nur ein, er wünschte sich, eine Eye-Cam zu haben.

3

Sie hatte in dem Moment gewusst, was er tat, als er zum Handtuch gegriffen hatte. Sie wünschte sich, dass er es tat.

4

Der Ball fliegt heran,
dreht sich,
nähert sich der Linie
und
setzt auf.

Streift die Linie haarscharf.

Ein Aufstöhnen.

Mr. Lamenteau leads by six to five, tie-break, fifth set.

Die Stille.

Zunächst hört man einen einzelnen Menschen applaudieren. Es ist Frankie. Mit einem Mal klatschen sie alle. Frédéric Lamenteau hebt die Schultern, schaut herüber und wirft seine rechte Hand gegen den Schläger, immer wieder. Schließlich legt er den Schläger zur Seite und verbeugt sich.

Quiet, please.

Aber die Menschen applaudieren.

Quiet, please!

Die Spieler gehen auf ihre Position.

Aber die Menschen applaudieren.
Es ist kein Rufen mehr zu hören, kein Gesang, nur dieses Klatschen, Tausende Hände.
Pssst!, machen einige.
Toto legt den Finger auf den Mund.
Sein Finger zittert nicht mehr.

Die Stille.

Lamenteaus Aufschlag kommt so schnell, dass er den Ball kaum sieht, aber er reagiert reflexartig richtig, ein anderer muss das getan haben. Sein Return zieht flach und lang in die Vorhandecke Lamenteaus hinein, bis kurz vor die Grundlinie. Er macht einen schnellen Schritt nach vorne ans Netz, und dann

wird alles
schwarz.

Er weiß nicht, wen er da aufschreien hört, er sieht sich selbst stürzen, als schwebte er über sich. Dann versinkt er im Meer und atmet blauen Sand und hört das Rauschen des Meeres wie eine Flut, die kommt. Und am Rand seines Blickfelds sieht er die Frau in dem roten Kleid, die die Hände vor den Mund hält.

I feel stupid
And contagious
Here we are now

»Geht schon«, krächzt jemand, als er die Augen wieder öffnet.

Die große, weiche Hand eines jungen Mannes fährt ihm unter den Nacken, und dahinter erscheint dessen vom Schrecken gezeichnetes Gesicht, das dem seinen sehr ähnlich sieht.

Er ruft etwas, aber das Meer rauscht zu laut.

Ein weiteres Gesicht, das ihm vertraut ist. Er ergreift die Hand dieser Frau und spürt an ihrem Handgelenk ein Band aus fest gewebtem Stoff.

SECHZEHN

Die Sonne stand hinter ihnen flach über dem Land, sie wärmte nicht, sie gab dem Meer keine Farbe.

Die Ärzte hatten ihm verboten, ins Wasser zu gehen. »Gib dir Zeit, dich zu erholen«, hatte Kilian gesagt. »Du hast jetzt alle Zeit der Welt.«

»Kein Problem«, hatte Liv gesagt. »Ich springe rein. Das machen wir zu Hause an Neujahr auch so.«

Sie warteten. Toto trug eine dicke Wollmütze, einen dick gefütterten Mantel und lange Unterhosen unter der Jeans. Smilla warf ein paar Meter weiter Steine ins Wasser.

An die Stelle der Leere war ein Zustand getreten, den er so vorher nicht gekannt hatte. Es fühlte sich seltsam und doch richtig an. Toto hatte kein Wort dafür. Er würde eins erfinden müssen. Seine Mutter hätte früher eins gewusst. Er würde sie fragen, vielleicht hatte er Glück und konnte mit ihr darüber reden.

Kurz nachdem Toto zusammengesackt war, hatte Frédéric Lamenteau dem Schiedsrichter zugerufen, dass er sofort aufgebe. Da offenkundig Toto Berger ebenfalls nicht in der Lage war weiterzuspielen, hatte sich Schiedsrichter Walter Gregorij nicht anders zu helfen gewusst, als das Spiel offiziell pari zu werten. Danach war vielleicht was los gewesen in der Arena.

Toto erfuhr davon erst, als er in der Kabine wieder zu sich gekommen war. Lamenteau war direkt von der Arena nach Düsseldorf gefahren und in den Flieger nach London gestiegen. Er hatte Toto per SMS gute Genesung gewünscht.

Draußen auf der Ostsee schob sich ein Folkeboot vorbei, dessen Segel weit gefiert waren, Kurs Dänische Südsee. An der Pinne ein kleiner Mann, der eine Kappe trug, den Blick nach oben zum Mast gerichtet. Toto schlug Nils auf die Schulter, dass der fast umfiel, und strich Smilla über das Haar. Da tauchte Liv aus dem Wasser neben dem alten steinernen Pier. In die Luft streckte sie ein triefendes, nasses Päckchen, eingeschweißt in durchsichtiger Folie.

Als sie den Strand erreichte, glühten ihre Wangen. Der Neoprenanzug, den sie über den Badeanzug gestreift hatte, glänzte schwarz, ihr Kuss schmeckte nach Eis.

Tatsächlich, die Hülle hatte dicht gehalten. Toto zog den Verschluss auf und entnahm dem Beutel einen hölzernen Kasten, den er behutsam öffnete. Darin ruhte auf einem Kissen aus Samt ein roter Orden, ein Kreuz, in dessen Mitte der Bundesadler prangte.

»Was ist das?«, fragte Nils.

»Mike Bergers ganzer Stolz«, sagte Toto. »Kannst du haben.«

»Und für mich bitte sofort 'ne warme Dusche«, sagte Liv, die ihre Haube abzog und ihre nassen Haare unter einem Handtuch verbarg. Ihre Lippen waren blau angelaufen.

»Pass gut auf das Ding auf«, sagte Toto, »bringt Glück.« Und dann half er Liv, sich aus dem Neoprenanzug zu schälen, damit sie schnell ins Warme kamen, zurück nach Hause, ins Haifischhaus.

DANK

Diese Geschichte hätte ich ohne die Unterstützung, Inspiration und Kenntnisse vieler Menschen so nicht erzählen können. Ihnen möchte ich von Herzen danken.

Auch meinem Vater möchte ich danken und ihm sagen, dass mir seine Vorhand als Kind mindestens so beeindruckend vorkam wie die von Ivan Lendl, die wir im Fernsehen bestaunten. Wir haben viele Stunden gemeinsam auf dem Tennisplatz in unserem Schwarzwalddorf verbracht, bis ich von ihm gelernt hatte, seine Vorhand zu entschärfen, den Ball lang in die Rückhandecke zu setzen und dann nach vorne zu stürmen, bereit für alles, was kommen mag.

ISBN 978-3-453-27190-6